As mentiras que nos unem

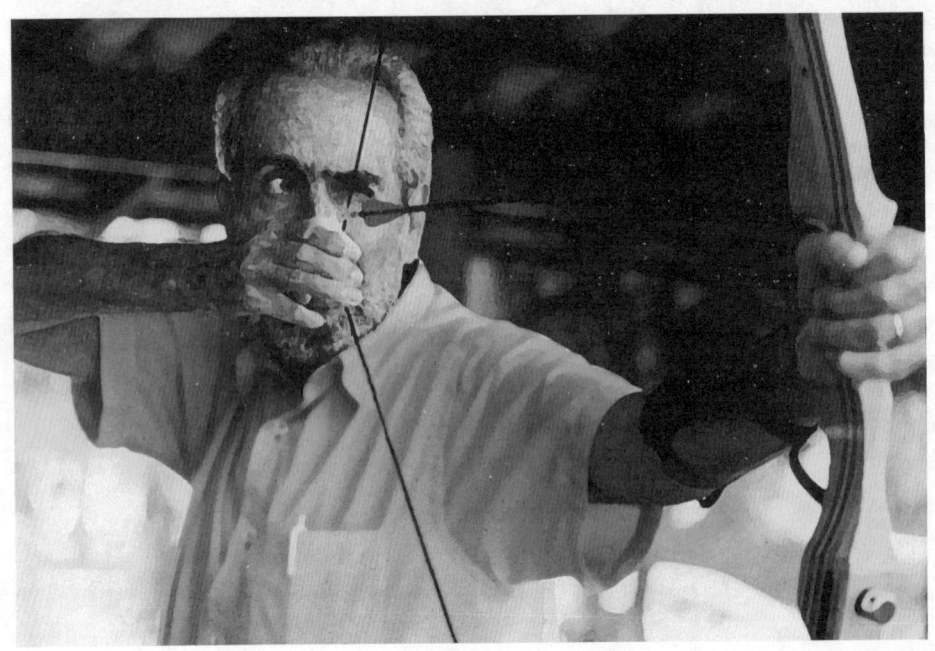

O ARQUEIRO

GERALDO JORDÃO PEREIRA (1938-2008) começou sua carreira aos 17 anos, quando foi trabalhar com seu pai, o célebre editor José Olympio, publicando obras marcantes como *O menino do dedo verde*, de Maurice Druon, e *Minha vida*, de Charles Chaplin.

Em 1976, fundou a Editora Salamandra com o propósito de formar uma nova geração de leitores e acabou criando um dos catálogos infantis mais premiados do Brasil. Em 1992, fugindo de sua linha editorial, lançou *Muitas vidas, muitos mestres*, de Brian Weiss, livro que deu origem à Editora Sextante.

Fã de histórias de suspense, Geraldo descobriu *O Código Da Vinci* antes mesmo de ele ser lançado nos Estados Unidos. A aposta em ficção, que não era o foco da Sextante, foi certeira: o título se transformou em um dos maiores fenômenos editoriais de todos os tempos.

Mas não foi só aos livros que se dedicou. Com seu desejo de ajudar o próximo, Geraldo desenvolveu diversos projetos sociais que se tornaram sua grande paixão.

Com a missão de publicar histórias empolgantes, tornar os livros cada vez mais acessíveis e despertar o amor pela leitura, a Editora Arqueiro é uma homenagem a esta figura extraordinária, capaz de enxergar mais além, mirar nas coisas verdadeiramente importantes e não perder o idealismo e a esperança diante dos desafios e contratempos da vida.

Título original: *The Lies that Bind*

Copyright © 2020 por Emily Giffin
Copyright da tradução © 2022 por Editora Arqueiro Ltda.

Todos os direitos reservados. Nenhuma parte deste livro pode ser utilizada ou reproduzida sob quaisquer meios existentes sem autorização por escrito dos editores.

tradução: Fernanda Abreu
preparo de originais: Carolina Vaz
revisão: Anna Beatriz Seilhe e Rachel Rimas
diagramação: Abreu's System
capa: Elmo Rosa
imagem de capa: Shutterstock / HappyAprilBoy
impressão e acabamento: Cromosete Gráfica e Editora Ltda.

CIP-BRASIL. CATALOGAÇÃO NA PUBLICAÇÃO
SINDICATO NACIONAL DOS EDITORES DE LIVROS, RJ

G388m

    Giffin, Emily, 1972-
        As mentiras que nos unem / Emily Giffin ; tradução Fernanda Abreu. – 1. ed. – São Paulo : Arqueiro, 2022.
        320 p. ; 23 cm.

        Tradução de: The lies that bind.
        ISBN 978-65-5565-286-4

        1. Ficção americana. I. Abreu, Fernanda. II. Título.

22-76682   CDD: 813
                                                        CDU: 82-3(73)

Gabriela Faray Ferreira Lopes – Bibliotecária – CRB-7/6643

Todos os direitos reservados, no Brasil, por
Editora Arqueiro Ltda.
Rua Funchal, 538 – conjuntos 52 e 54 – Vila Olímpia
04551-060 – São Paulo – SP
Tel.: (11) 3868-4492 – Fax: (11) 3862-5818
E-mail: atendimento@editoraarqueiro.com.br
www.editoraarqueiro.com.br

*Para Allyson Wenig Jacoutot,
minha primeira amiga em Nova York.
Aos nossos tempos juntas na cidade,
antes e depois do 11 de Setembro.*

UM

Maio de 2001

Já passa de uma da manhã e estou sentada sozinha num bar em estilo grunge do East Village, um daqueles com as paredes todas grafitadas. O ambiente é agradável, e os frequentadores são tão ecléticos quanto a seleção do jukebox – uma mistura de rock e metal, punk e hip-hop. No momento, Dido está cantando "Thank You", uma música lenta que eu amava até escutar demais e enjoar, e que agora só me faz ser invadida por uma solidão dolorosa.

Ao terminar meu copo de cerveja, cruzo olhares com o barman, um homem grisalho de meia-idade que parece amigável, mas não fala muito.

– Mais um? – pergunta ele com um leve sotaque irlandês no qual eu não tinha reparado antes.

– Sim, por favor – respondo, e então, mesmo sabendo que não deveria fazer isso, pergunto se o bar tem um telefone público.

Ele me responde que sim, mas está quebrado. Sinto uma onda de alívio, só que ele então tira um aparelho sem fio do outro lado do balcão, me entrega e diz que posso usá-lo contanto que a chamada seja local. Encaro o telefone e penso que é exatamente por isso que Scottie, meu melhor amigo desde a infância, me disse para ficar em casa naquele dia e não beber. *Fica de molho*, dissera ele, lá da nossa cidade natal de Pewaukee, no Wisconsin, insistindo que eu ainda não estava pronta para encher a cara.

No começo segui seu conselho e fiquei recolhida no meu sofá de segunda mão comendo comida tailandesa pronta e vendo os programas que gravara durante a semana para ver depois: *Will & Grace* e *West Wing*, *Frasier* e *Friends*, *Survivor* e *Família Soprano*. Como eu descobrira desde que Matthew e eu havíamos terminado, a televisão tinha o mesmo efeito entorpecedor do álcool sem as suas óbvias armadilhas, e acabava me ninando até eu dormir, um passo mais perto da fugidia promessa de que o tempo cura tudo.

Em algum momento por volta da meia-noite, porém, depois de me transferir do sofá para a cama no meu quarto e sala de 37 metros quadrados, acordei sobressaltada de um sonho desconexo mas definitivamente erótico protagonizado por Matthew e Jennifer Aniston – ou, para ser mais exata, Rachel Green, que por sinal estava traindo Ross. Encarando uma mancha de infiltração no teto de gesso, disse a mim mesma que no meu caso não seria uma traição, já que tínhamos terminado, não estávamos "dando um tempo", mas mesmo assim senti uma raiva irracional ao imaginar Matthew com outra pessoa, partindo para outra antes de eu conseguir superar o término. É claro que o contrário também poderia ser verdade. Ele talvez também estivesse encarando o teto de sua casa com saudades de mim. Talvez até tivesse sucumbido e me telefonado.

Peguei meu celular na mesinha de cabeceira para ver se tinha algum recado de voz ou mesmo uma chamada perdida. Nada. Levantei, fui cambaleando até a escrivaninha e encarei aquela maldita luzinha vermelha da secretária eletrônica me lembrando de que eu não tinha *Nenhum. Novo. Recado*. O último passo foi ligar o computador e checar meu e-mail e meu chat do AOL – o portal pelo qual Matthew e eu costumávamos nos comunicar durante nosso horário de trabalho. Nada ali também. É então que o pânico se instala. Pânico de nunca mais conseguir pegar no sono; pânico de que, *caso* consiga pegar no sono, tudo que me aguarde seja uma solitária manhã de domingo; e, acima de tudo, pânico de olhar para trás e ver aquela encruzilhada na estrada como o maior erro da minha vida. De Matthew se transformar Naquele Que Deixei Escapar. Naquele que *eu* mandei embora apenas por não ter garantia de um futuro ao seu lado.

Como um alcoólico agarrado a uma garrafa de vodca, corri os dedos pelo teclado ansiando por aquilo que eu conhecia, perguntando-me que mal faria dizer um oi. Disse a mim mesma para não fazer isso. Não só por causa do orgulho, mas porque eu não queria voltar atrás. A primeira semana com certeza era a mais difícil. Eu precisava ser forte. E foi então que tomei a decisão impensada de sair de casa, pegar um pouco de ar puro, afastar-me dos meus instrumentos eletrônicos de autodestruição.

Em poucos segundos já estava escovando os dentes, penteando os cabelos e tirando a camiseta e a calça velha de flanela. Vasculhei meu cesto de roupa suja e achei um vestido curto e um cardigã preto. Ambas as peças estavam amassadas e com um leve cheiro do restaurante engordurado na Lexington Avenue no qual eu comera mais cedo, mas mesmo assim as vesti, decidindo que não havia por que usar algo legal – ou sequer limpo – para dar uma volta já tão tarde. Deixando o celular estrategicamente para trás, peguei minha bolsa e calcei meus sapatos plataforma da Steve Madden. Tranquei o apartamento com as chaves que ficavam presas na minha carteira de náilon com velcro da Universidade de Wisconsin, um vestígio da minha graduação que Matthew certa vez me dissera ser "fofo" e "a sua cara" – o que eu agora via como uma crítica disfarçada de elogio, um comentário do tipo "você não é boa o suficiente para casar".

Atravessei o estreito corredor cinza, passando pelo apartamento de vizinhos que nunca viria a conhecer, bem longe do elevador claustrofóbico que só usava para subir com as compras, quase *sempre* imaginando que ficaria presa lá dentro e sufocaria lentamente. Meus passos ecoaram nos degraus de concreto da escada quando desci os quatro andares até uma portaria sem porteiro tão horrenda que deveria ter me feito desistir quando eu estava procurando um apartamento para alugar. Três das paredes eram forradas com um papel laranja de estampa psicodélica; a quarta tinha um espelho fumê – não um espelho legal e decorativo, mas deprimente e datado. Captei de relance meu próprio reflexo, e a palavra *desleixada* me veio à mente, um feito e tanto aos 28 anos de idade. Mas tentei ver pelo lado positivo: com meu aspecto atual, dificilmente eu "esbarraria" com Matthew – na porta do apartamento dele, digamos.

Então saí para a terra de ninguém entre Gramercy Park e o East Village. Ao inspirar o ar morno da noite, senti-me um tiquinho melhor, quase esperançosa. Afinal, aquela era Nova York, a cidade que nunca dorme. As possibilidades eram infinitas e o verão já estava ali na esquina. Era a mesma sensação que eu tivera ao me mudar para lá, quatro anos antes – antes de ficar desiludida. Como era possível ficar desiludida antes dos 30 anos?

Fui seguindo na direção leste, oposta ao apartamento de Matthew no Upper West Side, mas sem nenhum destino em mente. Cogitei parar na mercearia da Segunda Avenida, que tinha o melhor estoque de chocolates e revistas da região, mas segui em frente, passei pela Stuyvesant Square e peguei a 14th Street. Em alguns dos quarteirões mais suspeitos, pensei em tirar da bolsa meu spray de pimenta, mas havia gente demais na rua para eu me preocupar de verdade. Era um conceito que meus pais não compreendiam, já que para eles a imagem de Nova York continuava presa nos anos 1970, quando, caída a noite, a cidade aparentemente virava um covil de bandidos.

Ao chegar à Avenue B, não tive como não pensar em *Rent*, o musical ambientado em Alphabet City. É impossível conseguir um ingresso – além de ser ridiculamente caro –, mas Matthew tinha dado um jeito de assistirmos no meu aniversário. Senti uma pontada forte de nostalgia e o início de uma onda de baixo-astral, mas disse a mim mesma para seguir em frente, tanto no sentido literal como no figurado, e bem nessa hora vi um bar na esquina da 7th Street com a Avenue B, um bar com vidraças com padrão de losangos ao estilo Tudor e um portal vermelho arqueado. O lugar me pareceu promissor, tranquilizador até, então entrei e me acomodei diante do balcão em formato de ferradura.

E foi assim que cheguei a este instante em que encaro um telefone sem fio, com meu segundo copo de cerveja na mão, escutando Dido cantar sobre o melhor dia da vida dela. Sinto minha força de vontade ruir e começo a digitar o número de Matthew. Já digitei todos os algarismos exceto o último quando escuto uma voz grave atrás de mim dizer:

– Não faz isso.

Espantada, olho por cima do ombro e vejo um cara mais ou menos da minha idade, talvez um pouco mais velho, me encarando. Ele é alto como um jogador de basquete, com barba por fazer e traços fortes.

– O que você falou? – pergunto, pensando que devo ter ouvido errado.

– Eu falei: "Não faz isso." Não liga pra ele. – Seu rosto está impassível, mas seus olhos castanhos têm um ar de divertimento.

Surpresa demais para negar, eu pergunto:

– Por que você acha que eu ia ligar para um homem?

O cara dá de ombros, senta-se no banco ao meu lado e diz:

– E aí? Acertei?

Dou de ombros também, contenho um sorriso e digo que sim.

– Quem é?

– Meu ex.

– Bom, ele é seu ex por algum motivo. Vida que segue.

Encaro-o, sem palavras, pensando que ele é quase um agente secreto contratado por Scottie para me espionar. Ou quem sabe meu anjo da guarda pessoal, como Clarence em *A felicidade não se compra*.

O barman torna a aparecer e meu novo companheiro de balcão pede um Jack Daniels com Coca-Cola enquanto examina a parede de destilados que divide o bar.

– E... vamos ver... dois shots de Goldschläger.

– Goldschläger? – repito, rindo. – Por essa eu não esperava.

– Eu sou uma caixinha de surpresas. E você parece estar precisando.

Balanço a cabeça e digo a ele que não tomo shots.

– Que mentira – diz ele, sorrindo.

Ele tem razão, óbvio, então sorrio, e o barman pega a garrafa de gargalo comprido e enche até a borda dois copinhos de shot que pousa na nossa frente antes de se afastar. Nós pegamos os copos ao mesmo tempo e os erguemos até a altura dos olhos.

– À vida que segue – diz ele.

– À vida que segue – repito, baixinho.

Cruzamos olhares antes de virar os shots. Preciso de dois goles para terminar o meu. Minha garganta arde, mas me mantenho impassível, sem fazer careta, e dispenso o suco de limão para quebrar o álcool.

– Melhorou? – pergunta ele.

Respondo que sim, maravilhada com o fato de ser verdade.

– E você? – indago, um pouco intrometida.

– Sim. Eu também.

É uma deixa fácil e natural para perguntar sobre a história *dele*, quem ele ama ou já deixou de amar, ou pelo menos para fazer as perguntas de bar que em geral se fazem a desconhecidos: *Qual é o seu nome? De onde você é? Onde você estudou? O que você faz da vida?* Só que eu não puxo esse papo. Não puxo papo *nenhum*. O que faço é apenas aproveitar nossa camaradagem silenciosa, a sensação de *não* estar sozinha, a milagrosa *ausência* de tristeza.

Ele deve estar sentindo algo parecido, pois, ao longo da hora e meia seguinte e de vários drinques, conversamos surpreendentemente pouco, mas nenhum dos dois esboça qualquer movimento para ir embora.

Então chega a hora de o bar fechar. Sugiro um último shot de Goldschläger, e ele concorda que é uma boa ideia. Dessa vez não brindamos, mas silenciosamente refaço nosso primeiro brinde. *À vida que segue.* É definitivamente o que estou tentando fazer.

Quando a conta chega, ele tira a carteira do bolso de trás da calça jeans enquanto estendo a mão para a bolsa. Ele balança a cabeça e diz que é por conta dele. Penso em protestar, mas em vez disso agradeço.

– De nada – diz ele. – Quem agradece sou *eu*.

– Por quê?

– Você *sabe* – responde ele, então tira várias notas da carteira e coloca-as sobre o balcão.

Aquiesço, porque acho que sei mesmo.

Ele me flagra encarando-o e parece pouco à vontade pela primeira vez na noite.

– O que foi? – indaga, passando uma das mãos pelos cabelos.

– Nada.

– Você com certeza estava pensando *alguma coisa...* – sugere ele, tornando a guardar a carteira e arregaçando as mangas do suéter de moletom.

– Estava pensando que ainda não sei o seu nome.

– É esse o seu jeito de perguntar o meu nome? – rebate ele com um sorriso, agora apoiando os antebraços no balcão.

Tento não sorrir e balanço a cabeça.

– De jeito nenhum. Eu estava só fazendo uma afirmação. Na verdade, eu nem *quero* saber o seu nome.

– Que bom. Porque eu também não quero saber o *seu*.

– Show – respondo e, ao deslizar para fora do banco, reparo que meu cardigã caiu no chão.

Recolho-o, visto-o, então começo a abotoá-lo devagar. É a minha vez de me sentir pouco à vontade, mas disfarço estendendo a mão e forçando uma expressão de indiferença.

– Então obrigada mais uma vez. Pelos drinques e pela companhia. Tchau. Seja qual for o seu nome.

– É. Tchau – diz ele, sacudindo a minha mão com um aperto forte e cálido. – Seja qual for o *seu* nome.

Começo a soltá-lo, mas ele continua segurando a minha mão e me puxa para si até a lateral do meu corpo tocar seu joelho, minha mão ainda na sua. Sinto uma coisa engraçada no estômago, que não sentia há muito tempo. Por um segundo penso que é um frio na barriga. Penso que é por causa *dele*.

Mas, quando as luzes do teto do bar se acendem e o jukebox para de tocar, ele solta minha mão e decido que algo assim não é possível. Que deve ser só o efeito da bebida.

—

Nós dois vamos ao banheiro e eu confirmo que estou com uma cara horrorosa, mas lembro a mim mesma que não estou nem aí para isso. Poucos minutos mais tarde, estamos parados na frente do bar. A temperatura caiu, mas o ar está tão parado que não sinto frio. O álcool também ajuda. Ele comenta que vai pegar o metrô e pergunta como vou para casa. Respondo que vou pegar um táxi e ele diz que vai esperar comigo até eu achar um. Enquanto isso, começamos a percorrer a avenida. Fingimos não ver os táxis vazios que passam. Por fim, chegamos em frente ao meu prédio.

– Pronto. É aqui que eu moro – digo, virando-me para ele. Como ele é bem mais alto, subo um degrau, depois outro, sem tirar os olhos dos seus.

– Então tá – responde ele, encostado no corrimão. – Boa noite de verdade agora.

– É. Boa noite de verdade.

Mas nenhum de nós se mexe e, depois de uma longa pausa, ele fala:

– Talvez no fim das contas eu queira, sim, saber seu nome.

– Tem certeza? – pergunto, tentando não demonstrar qualquer emoção. – Isso é um passo bem grande.

– Tem razão – admite ele, entrando na brincadeira. – Afobado demais. Foi mal.

Vários segundos se passam antes de eu ceder primeiro:

– Então... Você quer subir comigo?

Fico chocada ao me ouvir dizer isso. Não é do meu feitio ser tão espontânea, tão estúpida. Até onde eu sei, ele poderia ser um serial killer. Não dizem que Ted Bundy era bonito? No entanto, por algum motivo inexplicável aquilo parece ser a coisa certa a fazer.

Ele hesita, e por um segundo eu penso que está prestes a recusar minha oferta... e provavelmente é melhor assim. Mas o que ele diz é:

– Você está me convidando para entrar?

– Estou – digo, confiando nos meus instintos... e nele. – É, estou, sim.

– Eu aceito – afirma ele, com um pequeno meneio de cabeça.

Então me viro e o conduzo escada acima, pela porta da frente e pela portaria do meu prédio, em seguida até o elevador, pensando que por mim tudo bem se eu ficasse presa lá dentro com ele. Não dizemos nada enquanto subimos. Nosso silêncio continua enquanto destranco a porta e entramos no meu apartamento escuro, passando pela luzinha vermelha da secretária eletrônica. Sei que deveria conduzi-lo até meu sofá, oferecer-lhe algo para beber, puxar conversa. Mas de repente me sinto exausta e tudo que quero é ir para a cama. Com ele. Então, em vez disso, vou para o quarto e tiro os sapatos e o cardigã e ergo a colcha. Não olho para ele, mas posso senti-lo me observando.

– Você vem? Está muito tarde.

– Vou – sussurra ele, então tira a roupa até ficar só de cueca e camiseta. E se deita na cama ao meu lado.

Vários minutos de silêncio transcorrem antes de nossos corpos e de nossa respiração se sincronizarem no escuro. De olhos fechados, fico esperando ele me beijar ou algo do tipo. Fazer as coisas que as pessoas fazem quando vão direto de um bar para a cama. Mas não fazemos nada disso. Simplesmente adormecemos, eu com o rosto encostado no peito dele e ele com o braço à minha volta, como se nos conhecêssemos há uma eternidade.

DOIS

Quando a luz da manhã começa a entrar pela persiana, eu acordo. Levo alguns segundos para me lembrar dele. Prendo a respiração e me viro devagar, perguntando-me se ele foi embora, meio torcendo para que sim, nem que seja para evitar o constrangimento.

Mas quando o vejo ainda adormecido, com as cobertas puxadas até o pescoço, o alívio me invade. Seu rosto tem algo de muito tranquilo, o modo como os lábios estão ligeiramente entreabertos e a franja cai sobre a testa. Ele tem cabelos bonitos, do tipo sedoso e brilhante que sempre considerei desperdício num homem.

Enquanto cogito tocá-los, as pálpebras dele se erguem com um tremor. Ele olha para mim, sorri, e seu rosto se ilumina. Sorrio de volta, nervosa mas animada.

– Bom dia – diz ele com uma voz rascante, a voz de um homem que poucas horas atrás estava bebendo num bar.

Levanta a mão e passa os dedos pelos cabelos como que para penteá-los, mas acaba por bagunçá-los mais ainda.

– Bom dia – respondo, com o coração disparado.

Fico em silêncio, esperando que ele fale algo. Como isso não acontece, falo:

– Então... Eu *ainda* não sei seu nome.

– Peraí. Está me perguntando *pra valer* desta vez? Ou é mais um alarme falso?

Sorrio e respondo que agora estou pronta.

Ele pigarreia, então engole em seco, com o rosto mais sério e o suspense vai aumentando.

– Grant.

Repito silenciosamente o nome, pensando que combina com ele. Clássico mas inesperado. Simples mas forte.

– Grant de quê? – pergunto.

– Grant Smith.

– Gostei.

Estamos congelados no mesmo lugar, imagens espelhadas e encolhidas um do outro. Perto o suficiente para nos tocar se um de nós estendesse o braço. Mas não fazemos isso.

– Tá. Deixa eu adivinhar o seu – diz ele, mordendo o lábio num exagero de concentração. – Aposto que é um daqueles nomes de mulher que termina com um som de *i* ou *a*. Alguma coisa tipo... Sophia... Emily... Alyssa.

– Nossa. Você está no caminho certo... Três sílabas. Termina com um som de *i*.

– Qual é? – indaga ele. – Fala.

– Cecily – digo, perguntando-me por que tenho a sensação de ter compartilhado um segredo íntimo.

Debaixo das cobertas, a mão dele encontra a minha.

– Cecily. E pensar que eu estava preocupado...

– Preocupado com o quê? – pergunto, nossos dedos agora entrelaçados, meu coração batendo mais forte.

– Preocupado que não fosse gostar do seu nome.

– E por que isso teria importância?

– Porque... porque eu tenho a sensação de que talvez vá dizer esse nome... *bastante*.

– Ah, é? – indago, com as faces em chamas.

– É, Cecily – sussurra ele. – É, sim.

~

Menos de uma hora depois, estamos sentados num restaurante claro e movimentado na Segunda Avenida. Entre nós dois, sobre a mesa, há um *New York Times* que ele comprou numa banca antes de entrar e duas xícaras de café que a garçonete acabou de servir. Estamos esperando nossas omeletes, a dele à grega, a minha só com cheddar.

Encaro-o através do vapor que emana das xícaras, maravilhada com a fluidez da transição entre a cama e aquela mesa, sem um instante de constrangimento sequer. Nem quando nos levantamos e nos revezamos no banheiro. Nem mesmo quando Scottie ligou no momento em que estávamos a caminho da porta e eu cometi o erro de atender, sendo bombardeada com perguntas, e me vi obrigada a informar que *não*, não estava sozinha; e que *não*, não era o Matthew; e que *sim*, ele era gato.

– Então, me fala sobre você – peço a Grant, perguntando-me como posso ter a sensação de conhecer uma pessoa tão bem sem na verdade saber nada sobre ela.

Ele assente, despejando creme na caneca e mexendo o café.

– O que você quer saber?

– Qualquer coisa. *Tudo*.

Grant cruza os braços, então apoia os cotovelos na mesa e se inclina para mim.

– Na verdade ninguém quer saber *tudo* sobre outra pessoa, né?

Não sei dizer se ele está sendo esquivo ou fazendo charme, então respondo:

– É, tem razão. Pode me dizer só o básico, então.

– E o que é o básico? – rebate ele.

– Você sabe... quantos anos você tem, de onde você é, se tem algum irmão ou irmã, esse tipo de coisa.

Ele assente, toma um gole de café, então me diz que tem 30 anos, é de Buffalo e tem um irmão gêmeo.

– Ah, que legal. Idêntico ou fraterno?

– Fraterno. Mas a gente é bem parecido... Pelo menos é o que os outros dizem.

– Quem é o mais velho? – pergunto.

– Ele. Quatro minutos.

Assinto, então pergunto em que universidade ele estudou, e só então me ocorre que talvez ele não tenha feito faculdade.

– Stanford – responde ele.

Arqueio as sobrancelhas.

– Nossa. Que chique.

– Ganhei bolsa como jogador de basquete... Não precisa ficar impressionada – diz ele com um sorriso. – E você? Mesmas perguntas.

– Eu sou de uma cidade pequena perto de Milwaukee. Fiz a graduação e a pós-graduação na Universidade de Wisconsin... Tenho uma irmã mais velha e um irmão mais novo.

Ele aquiesce e toma um gole de café.

– Filha do meio, é?

– Pois é.

Eu sorrio.

– Você é próxima da sua família?

– Sou. Muito. Morro de saudades deles. Às vezes me pergunto o que estou fazendo aqui – respondo.

– E *o que* você está fazendo aqui?

– Vim por causa de um emprego.

– O que você faz?

Hesito, pensando que nunca sei se devo dizer que sou redatora, jornalista ou repórter. *Redatora* parece muito vago; *jornalista* parece pretensioso; *repórter* parece um pouco enganoso, uma profissão prática e destemida demais que não combina muito com o que faço no atual estágio da minha carreira. Evito qualquer um dos termos e digo-lhe apenas que trabalho no *Mercury*.

– Ah, você deveria ter me falado antes – diz ele, baixando os olhos para o *Times*. – Eu não teria comprado seu concorrente.

Eu rio.

– É. Nós somos grandes rivais, estamos pau a pau com o *Times*.

– Ah, eu gosto do *Mercury*.

– O jornal que publica tudo que é impublicável? – questiono, usando a frase que meus amigos e eu inventamos para o jornaleco que nos emprega.

Ele ri.

– Bom, todos nós começamos por algum lugar, né?

Dou de ombros, porque já faz um tempão que venho dizendo isso a mim mesma, e no entanto ainda não consegui um emprego melhor.

– E você? – pergunto. – Faz o quê?

Ele me diz que é *trader*.

– Humm, trabalha no mercado de ações?

– É. Empresas nacionais de grande capital. – Ele dá um suspiro, e sua expressão muda completamente, ficando mais sombria. – Mas espero mudar de carreira em breve.

– Para fazer o quê?

– Não sei. Ainda estou tentando decidir... Na verdade, ainda estou tentando decidir várias coisas.

– Tipo o quê? – indago, no tom mais leve que consigo.

– Você sabe... o que realmente quero fazer da vida... onde morar... coisas que eu já deveria ter decidido a esta altura... – Sua voz se extingue, e rugas de preocupação aparecem na sua testa.

– Onde morar? – pergunto, embora me ocorra que ele tenha falado num sentido mais genérico. Tipo em que *cidade* morar.

Ele me diz que está entre um apartamento e outro.

– Eu morava no Brooklyn... Mas agora estou na casa do meu irmão... no sofá dele... em Hoboken...

– Ah. *Agora* entendi. A *minha* cama é melhor do que o sofá dele? Sei como é.

Ele ri e ergue as mãos com as palmas para cima.

– É. Você me pegou. Eu confesso. Estava só te usando por causa da sua cama. Eu vi você no bar ontem à noite e pensei: olha ali, aquela menina deve ter um bom colchão. Firme, mas não firme *demais*.

– Ei, tudo bem – falo, abrindo um sorriso zombeteiro. – Você é bem-vindo no meu colchão sempre que quiser.

~

Depois de comermos, ficamos um tempo bebendo café e lendo o jornal juntos, passando os cadernos um para o outro, fazendo as palavras cruzadas em tempo recorde e conversando sobre tudo: entretenimento, esportes, política e literatura. Ele adora ler tanto quanto eu e se anima ao falar sobre seus livros preferidos. Cita alguns autores que os homens parecem adorar: Irving, Updike, Kerouac, Salinger. Mas então menciona uma obra inesperada: *Anna Karenina*.

– Sério? – É um dos meus livros favoritos, além de ser obviamente muito romântico. – Ou está só dizendo isso para impressionar?

– Você quer ficar impressionada? Que tal... – Ele pigarreia e se inclina na minha direção. – "Eu sempre amei você, e quando você ama alguém ama a pessoa por inteiro, exatamente como ela é, e não como você gostaria que ela fosse."

Sinto-me derreter por dentro e minha pele fica toda arrepiada, mas mantenho a pose e digo:

– Citar Tolstói pode só fazer parte do seu personagem.

– É – fala ele, sorrindo para mim. – E pensar que em geral preciso citar Tolstói *antes* de ir para a cama com uma mulher.

―

Quando finalmente saímos do restaurante, Grant pergunta se eu gostaria de dar uma volta. Respondo que adoraria. Então seguimos rumo ao oeste, margeando as grades de ferro do Gramercy Park, depois descemos pelo Flatiron District até a Union Square. Uma vez lá, passeamos pela Barnes & Noble para espiar os lançamentos, depois tornamos a entrar na praça, onde nos sentamos num banco e ficamos um tempão vendo as pessoas e os cães passarem. Dá para sentir que nós dois estamos enrolando, adiando o momento da despedida, mas ao mesmo tempo estamos totalmente no presente. Pelo menos é assim que eu me sinto.

Chega uma hora, porém, em que é preciso ir embora, e nós nos levantamos e seguimos rumo ao oeste em direção ao trem rápido que ele precisa pegar na 14th Street. Quando chegamos lá, ele se vira e olha para mim com uma expressão séria.

– Então... – diz, com uma das mãos no corrimão de metal da escada que desce para a estação. – Eu vou te ver de novo?

Olho de relance para as pichações ilegíveis rabiscadas na parede atrás dele, em seguida torno a encará-lo.

– Você *quer* me ver de novo?

– Quero. Quero, sim.

– Ótimo. – Ponho a mão dentro da bolsa, rasgo o canto de um folheto aleatório, encontro uma caneta e anoto meus números de casa e do celular. – Aqui.

Ele pega o papel, dobra-o ao meio e o guarda no bolso de trás.

– Obrigado.

– Eu que agradeço. Foi legal.

– Legal? – repete ele. – Ah, Cecily, você é um ás das palavras cruzadas. Com certeza consegue achar uma descrição melhor do que "legal".

Torno a sorrir, então lhe digo que o nosso tempo juntos foi inteiramente sem precedentes.

– Como assim? – insiste ele, encarando-me.

Agora um pouco tonta, respondo:

– Bom... eu nunca fui tão espontânea assim. Nunca dividi a cama com um total desconhecido. Nunca senti uma conexão tão instantânea.

– Melhorou a resposta. E eu concordo. Pelo menos com a última parte.

Eu sorrio.

– Ah, quer dizer que você *já* dividiu a cama com totais desconhecidas?

– Já. Mas não como a gente fez. – Ele está com uma expressão curiosa, então completa: – Eu gostei mesmo.

– Eu também.

– Gostei de *você*, Cecily.

– Eu também gostei de você... Grant.

Ele me encara por um segundo, então me dá um abraço de lado rápido e abrupto antes de se virar e desaparecer debaixo da terra.

~

Ligo para Scottie assim que chego em casa.

– Pode ir desembuchando, vadia! – grita ele ao telefone.

– Eu não sou *vadia* – respondo, rindo. – Não aconteceu nada. Pelo menos nada *desse tipo*.

– Um cara passou a noite aí e *nada* aconteceu?

– Eu juro – respondo, andando até o sofá e me jogando nele. – A gente nem se beijou.

– Mas você não disse que ele era gato?

– Ele *é* gato. Mais do que isso... Ele é lindo... Alto, moreno e bonito, bem clichê. Na verdade, ele está mais para o *seu* tipo! – digo, pensando que em geral saio com homens de olhos azuis e cabelos louros. Como Matthew.

– E quem seria o sósia famoso dele? – pergunta Scottie, uma de suas perguntas preferidas.

– Ahn... Difícil essa... Acho que eu vou escolher... Goran Višnjić.
– Goran *quem*?
– Ah, você sabe... aquele médico croata gostoso do *ER*.
– Ah. *Cacilda*. – Ele assobia. – O Dr. *Luka* Kovač?
– É. Ele mesmo. Os dois têm aquele ar meio soturno.
– Então, *pelo amor de Deus*, por que você não ficou com o cara? – pergunta Scottie.
– É que não foi desse jeito – explico, tentando colocar em palavras a vibração misteriosa que aconteceu entre nós sem parecer inteiramente cafona. – Foi... Ah, sei lá... a gente teve uma conexão.
– *Uma conexão?*
– É. Mas, ao mesmo tempo... foi muito simples e bonito. Não sei. É difícil descrever... Tipo, lá no bar a gente mal conversou. Ficamos só sentados juntos. Foi muito confortável e *agradável*. Mas também emocionante. E depois ele acabou andando comigo até em casa... e aí simplesmente deitamos na cama e dormimos. Como se já tivéssemos feito isso um milhão de vezes.
– Quer dizer que você não sente atração por ele?
– Eu sinto *muita* atração por ele.
– Tipo frio na barriga, fogos de artifício, esse tipo de atração?
– É. Tudo isso – respondo, sentindo tudo isso só de me lembrar dele.
– Mais do que sentia pelo Matthew no começo?
– Totalmente diferente. Bom, acho que não deveria dizer *totalmente* diferente. Você sabe que eu gostava muito do Matthew no começo também – acrescento, esforçando-me para explicar e pensando na noite em que Matthew e eu nos conhecemos.

Nós estávamos numa festa no terraço da casa de um riquinho que trabalhava no meu jornal e que tinha estudado com Matthew. Portanto, havia amigos e um contexto em comum, enquanto a noite passada não teve *nenhuma* referência. Tanto Grant quanto eu estávamos sozinhos. Era o meio da noite. Nós estávamos só... *existindo* lado a lado. Balbucio alguns desses detalhes para Scottie ao telefone e então completo:
– Para ser sincera, estou um pouco abalada.
– Tá. Vou precisar pesquisar esse cara na internet. Nome completo, por favor.

– Grant Smith – respondo, olhando de relance para minha cama desfeita e recordando o momento em que ele tinha me dito seu nome.

– Ui! Smith? – pergunta Scottie. – Essa vai ser difícil. E o telefone? Posso tentar fazer uma busca reversa pelo número...

– Ahn... bom... eu não peguei o telefone dele – digo, já me preparando para a bronca.

Dito e feito: Scottie tem um pequeno chilique.

– Peraí, *como é que é*? Eu não te ensinei *nada*?

– Ele tem o *meu* telefone...

– Mas a ideia é *você* pegar o telefone *dele*. E depois fazer *ele* esperar. Lembra?

– É, é... eu sei... mas dessa vez eu não quero fazer nenhum joguinho – retruco, recordando as infindáveis táticas de sedução com Matthew que culminaram no meu ultimato tácito, também concebido por Scottie.

– Tá. Mas e se *ele* estiver fazendo o próprio joguinho? Quer dizer, você não acha meio estranho ele não ter te dado o telefone? Depois de você passar a noite com ele?

– Estranho como? – pergunto.

– Estranho como se ele estivesse *jogando*.

– Ele *não é* de jogar, Scottie.

– Como é que você sabe?

– Porque nem me beijar ele tentou.

– Isso se chama segurar o jogo.

Eu rio.

– Não. Não é segurar o jogo nem apressar o jogo. Porque não tem jogo nenhum.

– Tudo bem. Se você está dizendo... Mesmo assim é meio estranho... Peraí! Será que ele é gay?

– Não – respondo, cortando logo a sugestão de Scottie de que todo mundo tem um quê de homossexual.

– E tem certeza de que ele curtiu você também? – pergunta Scottie como só um melhor amigo pode fazer.

– Tenho – afirmo, e uma lembrança intensa da voz de Grant, de suas mãos e de seus olhos me vem à mente. – Tenho certeza, sim.

– Bom, é uma evolução e tanto.

– Pois é – digo, deixando a ficha cair mais um pouco.

– Quer dizer que você superou o Matthew?

Solto um longo suspiro, pois na verdade venho pensando nisso de tempos em tempos desde que deixei Grant no metrô.

– Eu não sei... Talvez... Isso quer dizer que eu sou desesperada? – pergunto, sentindo uma estranha mistura de inquietação e alívio.

– Talvez um pouco. Mas quem se importa?

– *Eu* me importo – rebato. – Não quero ser esse tipo de mulher.

– Que tipo de mulher?

– A que pula direto para outro relacionamento porque não consegue ficar sozinha.

– Olha aqui – diz Scottie. – Existem coisas piores do que pular direto para um sexo gostoso com o Dr. Luka Kovač.

– É, pode ser – respondo, rindo.

– E depois você pode tirar isso tudo da cabeça e se mudar de volta para o Wisconsin.

– Ou *você* pode vir para Nova York – sugiro.

Penso em dizer que já está mais do que na hora de ele sair do armário para os pais, mas fico calada. Em primeiro lugar porque Scottie já sabe e isso já o tortura o suficiente, e em segundo porque ele é o tipo de amigo muito mais disposto a dar conselhos do que a recebê-los.

– Não vai dar – replica ele. – Eu gosto de árvores e de ar puro, sabe?

Reviro os olhos, porque sei que é mentira. O conceito de ar livre de Scottie é ficar sentado num deque com os pés dentro d'água, enquanto eu *realmente* gosto de acampar, de fazer trilhas e de nadar. Pensando bem, quem deveria estar morando em Nova York é ele, e eu deveria estar isolada no mato escrevendo.

– Vem me visitar logo, então – diz ele. – Estou com saudades.

– Eu estou mais.

Demoro a pegar no sono porque me sinto excessivamente contemplativa até mesmo para uma noite de domingo. Fico pensando em Matthew e em Grant, claro, mas também na minha amizade com Scottie, que começou ainda no fundamental. Penso em como costumávamos ficar de bobeira no meu quarto escutando nossos discos preferidos enquanto folheávamos as revistas *Tiger Beat* e *Teen Beat*. Isso foi antes de eu saber que Scottie era gay, na verdade antes de *ele próprio* saber que era gay, embora sua obsessão pelo Andrew McCarthy devesse ter me dado uma dica. (*O primeiro ano do resto de nossas vidas* e *A garota de rosa-shocking* eram dois de seus filmes preferidos.)

Penso na nossa transição da infância para o início da adolescência, quando paramos de nos referir ao tempo que passávamos juntos como "brincar" e passamos a dizer "ficar de bobeira". Isso também coincidiu com o decreto coletivo e esdrúxulo de nossos pais de que não era mais "adequado" entrarmos no quarto um do outro, pois os quatro estavam convencidos de que era inevitável termos um relacionamento físico.

Tecnicamente, no final das contas eles estavam certos: Scottie e eu "ficamos" rapidamente no oitavo ano e trocamos um beijo desajeitado de meio segundo sobre o qual até hoje só nós sabemos. Ao começarmos o ensino médio, nosso vínculo já estava ligeiramente menos exclusivo, e nós entramos para um círculo de amigos que era meio riquinho, nerd e new wave. Nosso grupo tirava notas boas, mas não era CDF nem muito "envolvido" na escola, tirando o jornalzinho do qual eu fazia parte.

Encontramos o mesmo tipo de nicho na faculdade, quando Scottie e eu entramos juntos na Universidade de Wisconsin. Nós éramos inseparáveis e todo mundo sabia disso, inclusive quem quer que eu estivesse namorando na época. Tive só um namorado na faculdade, um cara com o péssimo nome de Bart Simpson, que sentia um ciúme ridículo de Scottie. Àquela altura *eu* já sabia que Scottie era gay, mas ninguém mais sabia, e eu com certeza não ia compartilhar o segredo com Bart só para tranquilizar seu ego frágil. De todo modo, isso não deveria ter importância alguma. Gay, hétero, bi, *o que fosse*, Scottie era meu melhor amigo e fim de papo.

O dia da minha mudança para Nova York foi o mais difícil da nossa amizade: pelo drama que fizemos, era de se pensar que um de nós dois tivesse recebido o diagnóstico de uma doença terminal. Mesmo depois, continuamos a nos falar várias vezes por dia, fosse por telefone, e-mail ou chat. Quando o namoro com Matthew ficou sério, meu contato com Scottie diminuiu um pouco, mas ele continuou em primeiro lugar. Quando alguma coisa ruim acontecia, eu ligava para Scottie. Quando alguma coisa boa acontecia, eu ligava para Scottie. Talvez mais importante ainda, ao longo de toda a minha relação com Matthew, desde os primeiros dias, passando pelo meio feliz, até o final insatisfatório e triste, eu nunca parei de consultar, analisar e montar estratégias com Scottie. Contava para ele tudo que estava acontecendo, cada emoção, tudo sem filtro. Isso me parecia perfeitamente normal e saudável, algo que melhores amigos simplesmente *faziam*. Mas lembro-me da minha irmã, que tem um ótimo casamento, certa vez fazer referência ao nosso "cordão umbilical" e sugerir que talvez estivesse na hora de cortá-lo. Fiquei na defensiva, mas também senti certa pena dela, já que minha irmã sempre foi do tipo que punha o namorado na frente dos amigos. Consequentemente, ela nunca teve uma amizade próxima como a que tenho com Scottie.

Mas ali, deitada na cama, ocorre-me pela primeira vez que, de um jeito esquisito, talvez minha dinâmica com Scottie de fato devesse ter sido um alerta vermelho de que Matthew não estava me dando tudo de que eu precisava. Ele era maravilhoso sob muitos aspectos, e eu de fato o amava... *ainda* o amo. No entanto, talvez eu quisesse mais o conforto e a segurança de ter encontrado o "cara certo" do que de fato quisesse Matthew *em si*. E talvez, apenas talvez, eu queira algo mais profundo do que nós tivemos.

Não sei o que isso significa, mas pego no sono pensando em Grant.

TRÊS

Não tenho notícias de Grant na segunda-feira. Nem na terça.
    Agora é quarta-feira à tarde e estou enfiada no meu cubículo apertado e sem graça no vigésimo primeiro andar de um prédio de escritórios qualquer na Avenue of the Americas, escrevendo uma brilhante matéria de seiscentas palavras sobre a doença da vaca louca e seu impacto num banco de sangue da cidade. E *ainda* não tive notícias dele.

    A coisa toda está começando a parecer um sonho – um sonho bizarro e maravilhoso – e, embora eu ainda tenha esperanças, tenho também consciência de que estamos nos aproximando depressa do prazo de Scottie. Segundo sua regra há muito vigente, se você conhece um cara em qualquer momento do final de semana e não tem notícias dele até o anoitecer da quarta-feira seguinte, ele não está interessado. E mesmo que ele goste o suficiente de você para de fato telefonar, há grandes chances de o relacionamento não dar certo, porque é óbvio que ele não gosta de você *o suficiente* para ter ligado antes.

    À primeira vista a regra parece um tanto arbitrária (além de contraditória, uma vez que Scottie defende todo tipo de atitude para eu bancar a difícil, *em especial* quando eu gosto de verdade de alguém). Mas preciso reconhecer que, com base em anos de experiência e dados, sua orientação em relação ao tema permanece até hoje estranhamente precisa. Então já estou preocupada quando busco na internet "*pôr do sol Nova York hoje*" e descubro que a noite vai cair oficialmente às 20h14. Ou seja, Grant tem quatro horas e nove minutos para dar notícias.

Giro minha cadeira para encarar Jasmine, minha amiga de trabalho mais próxima e a única pessoa que consigo ver sem precisar ficar em pé e espiar por cima das divisórias forradas de tecido do meu cubículo. Para ser sincera, acho que a nossa proximidade física foi o principal motivo para termos virado tão amigas, para início de conversa, mais ou menos como aquelas colegas de quarto na faculdade que são o oposto uma da outra, mas acabam se tornando melhores amigas. Eu sou do Wisconsin; ela é do Bronx. Eu sou bem tradicional na teoria, com pais católicos e conservadores; os pais dela são intelectuais e ativistas. Eu tendo a ser um pouco passiva e neurótica demais, enquanto ela é a pessoa mais assertiva, calma e equilibrada que conheço.

Espero ela terminar de digitar antes de dizer:

– Ei, Jasmine. Posso te perguntar uma coisa?

– Acabou de perguntar.

Ela dá um meio giro com a cadeira e me inspeciona através dos estilosos óculos de gatinho, que levaram um de nossos colegas a compará-la com uma "bibliotecária gostosa", um suposto elogio que não caiu muito bem e acabou rendendo uma reunião com o RH.

Como eu a conheço bem o bastante para saber que ela não está tão irritada quanto finge estar, insisto:

– Você acha que ele vai ligar?

– A gente está falando sobre o carinha antigo? – pergunta ela. – Ou sobre o carinha novo?

– Sobre o novo – respondo, encabulada por ela precisar perguntar e por eu ter passado de uma obsessão para outra praticamente da noite para o dia.

– Não tenho a menor ideia – diz ela, sem entender o sentido desse tipo de pergunta.

É claro que ela não tem a menor ideia. *Ninguém* tem. E é por isso que estou lhe pedindo para fazer suposições. Explico para ela a regra do pôr do sol de Scottie.

Jasmine escuta, mas faz todo tipo de careta reprovadora antes de descartar a teoria dele como "absolutamente ridícula", o que ilustra uma enorme diferença entre meus dois confidentes. Scottie analisa tudo até a última gota, mas *nunca* me julga, enquanto Jasmine não tem a menor paciência para dramas de relacionamento e sempre manda a real em relação a todo e qualquer papo furado.

– Vai ver ele está superocupado esta semana. Você sabe, concentrado no *trabalho* dele... nas coisas dele... Quem sabe você não devesse fazer a mesma coisa? – Ela gesticula em direção ao seu computador e arremata: – Você não quer ter o mesmo fim da Nicole, quer?

– Que Nicole? Kidman? – pergunto, pois sei que está escrevendo um texto sobre o divórcio entre ela e Tom Cruise.

A pauta é um desperdício total do seu talento – Jasmine não tem o menor interesse em fofocas de celebridades.

– É – responde ela.

– Por quê? O que está acontecendo agora? – indago, pensando que tipo de paralelo ela poderia fazer entre a vida de Nicole Kidman e a minha.

– Ah, só mais do mesmo daquela baboseira de cientologia... Ela vivia presa. Que bom que saiu daquele lugar cheio de malucos. Ela era boa demais para ele.

– Então você está dizendo que estou presa porque quero que o Grant me ligue? – pergunto, rindo.

– Estou só dizendo para você seguir o seu caminho. Ou ele vai ligar ou não vai. E se ele não ligar? Quem vai sair perdendo é ele.

Assinto e digo "tá", mas mesmo assim não consigo resistir e olho para o meu celular, tentando em seguida abrir discretamente o flip.

Jasmine me pega no flagra.

– Caraca, Cecily. Larga isso.

– Estava só checando.

– Bom, para de checar. Todo mundo sabe que telefone vigiado nunca toca – diz ela, pegando a bolsa dentro de uma gaveta da escrivaninha e se levantando da cadeira. – Agora vem. Vamos tomar um café.

Mais tarde nessa noite, depois de estourado o prazo oficial de Scottie, me pego pensando na conversa que tive com Jasmine durante o café da tarde. Especificamente, penso em como ela disse que o meu encontro com Grant prova que existe um lado bom de eu ter terminado com Matthew. Agora posso aproveitar ao máximo o que me resta da casa dos 20 e o início dos 30, momento que ela considera perfeito para se viver a vida livremente, com pouca responsabilidade em relação a qualquer outra pessoa.

– Você tem a vida inteira para casar – disse ela. – Qual é a pressa? Além do mais, o casamento parece um pouco supervalorizado, levando em conta que cinquenta por cento deles acabam em divórcio.

– Bom, estou apostando em ficar nos outros cinquenta – retruquei, sorrindo. – E qual é o problema em querer uma vida tradicional? Eu *quero* casar. Quero um marido, uma parceria permanente, e quero ter minha própria família. Não existe nada mais importante do que família...

– Tá. Mas você não quer casar com a pessoa *certa*?

– É *claro* que eu quero – respondi. – Lógico.

– Mas e se você estivesse casada com o Matthew quando conheceu o tal fulano? E *aí*, o que você teria feito?

Eu lhe disse que era uma pergunta fácil. Que eu nunca teria passado de amenidades com ele, nem com mais ninguém. Que por maior que fosse a nossa química, minha mente não estaria aberta a essa ideia.

– E isso é para ser uma coisa *boa*? – perguntou ela.

– Ahn, *sim*, é uma coisa boa. Além de ser a coisa *certa* – respondi.

– Sério? É mesmo? – insistiu Jasmine. – É uma coisa boa ficar fechada para as possibilidades? E para novas experiências? Antes dos *30 anos*? Quando você deveria estar explorando quem é?

– É possível ter novas experiências que não envolvam *sexo* – retruco.

– É verdade. Mas é impossível ter novas experiências *sexuais* que não envolvam sexo.

Eu ri – era um bom argumento –, mas disse a ela que achava bem deprimente sugerir que, a qualquer momento, você pudesse estar disposta a trocar seu parceiro por outro. Será que a lealdade, a fidelidade e a monogamia não tinham nenhum valor, mesmo diante da tentação? Amar a pessoa que está ao seu lado, esse tipo de coisa?

Nossa conversa prosseguiu assim por algum tempo conforme debatíamos todo tipo de assunto, entre eles a visão de Jasmine do feminismo, que tem tudo a ver com empoderamento e independência em relação aos homens, enquanto a minha tem mais a ver com escolhas. As mulheres do século XXI (expressão que ainda me soa engraçada) têm alternativas. Nós podemos nos casar ou não; ter filhos ou não; ser donas de casa ou ter carreiras. Então sim, falei, eu quero me casar, e sim, quero encontrar um parceiro de vida o quanto antes, mas isso não fazia de mim uma péssima feminista. Apenas me fazia querer ter tudo, o que, aliás, era um dos motivos que me fizeram ir para Nova York.

Enquanto reflito sobre tudo isso deitada na cama, meu celular finalmente toca. Atendo com o coração aos pulos.

– Oi. Sou eu. Grant.

Sem palavras por um segundo, sorrio, então deixo escapar uma frase que Scottie jamais teria aprovado:

– Estava começando a achar que não ia ter notícias suas.

– Nossa – diz ele, e sinto que também está sorrindo. – Quanta falta de fé.

– Meu melhor amigo deu a você até as oito da noite de hoje para ligar.

– Bom, nesse caso estou só uma hora atrasado – diz ele. – Isso mal é atraso.

– No meu mundo isso quer dizer que a matéria cai.

– *Touché*. Então... você não vai me deixar subir?

– Peraí. Como é que é? – pergunto. Pulo da cama, levanto a persiana e olho para fora, mesmo sabendo que da minha janela não dá para ver a entrada do prédio. – Você está aqui *agora*?

– É – diz ele. – Estava por perto e... estava começando a esquecer o seu rosto.

– Isso não é um bom sinal – digo, e começo freneticamente a arrumar o quarto, jogar roupas dentro do armário e no cesto de roupa suja.

– Bom, que tal este sinal então: fiquei pensando sem parar em você desde a tarde de domingo.

– Sério?

– *Sério*. Então... vai me deixar subir ou não?

Sorrio e aperto o botão do interfone.

~

Instantes depois, Grant está parado diante da minha porta usando terno azul-marinho, camisa social azul-clara e gravata vermelha listrada. Eu já estava preparada com um comentário fofo e inteligente, mas o esqueço no segundo em que o vejo. Ele dá um passo à frente, me abraça, e eu relaxo no seu abraço. Nossa diferença de altura torna o abraço um pouco desajeitado no início, pelo menos fisicamente, mas nós fazemos os ajustes necessários. Fico na ponta dos pés e o enlaço pelo pescoço enquanto ele dobra os joelhos e passa os braços em volta da minha cintura, ambos com a respiração ofegante. Vários emocionantes segundos se passam antes de ele soltar, endireitar as costas e me encarar com uma expressão radiante.

– Esqueceu mesmo o meu rosto? – pergunto, olhando para ele.

– Não. Mas você estava começando a parecer um sonho. Fiquei com medo de ter imaginado você...

Não confesso ter sentido a mesma coisa. Em vez disso, dou-lhe um beliscão e digo:

– Bem, eu estou aqui. De verdade.

– É – diz ele com um sorriso. – Você está aqui.

Sorrio de volta, então pergunto se ele quer alguma coisa para beber, ou quem sabe para comer.

Ele balança a cabeça e fala que não quer nada, e vamos até o sofá. Ele olha em volta, observando a minha sala espartanamente decorada, e seu olhar recai num cartaz emoldurado do Summerfest 1993.

– Você foi?

– Fui – respondo, então digo que a banda principal nesse ano foi o Bon Jovi.

Nós nos sentamos e passamos algum tempo conversando sobre música e shows, e ele então diz:

– Mas me fala, como foi sua semana até agora? O que tem rolado?

– Nada de mais.

– Me conta mesmo assim.

Dou de ombros, então falo que escrevi um texto sobre a doença da vaca louca e que agora estou trabalhando numa matéria sobre o fechamento de um boliche no Brooklyn.

– Incrível, né? – comento.

Ele ignora minha ironia e pergunta:

– Qual boliche?

– O Bedford Bowl. Um marco do bairro. Supertradicional. Nada de luzes psicodélicas nem consoles centrais. A pontuação é anotada à mão. Mas, enfim, a Faculdade Medgar Evers fica logo em frente e eles precisam de mais salas de aula para os alunos, cujo número, segundo as projeções, vai dobrar até 2004...

Percebo que estou falando demais e me calo abruptamente.

Mas Grant finge que está interessado. Ou talvez esteja mesmo.

– Ah, quer dizer que vão demolir? – pergunta.

– Vão. No dia 6 de junho. Depois de quatro décadas. Ontem entrevistei um cara chamado Clarence que foi lá *todos os dias* nos últimos 38 anos.

Grant dá um assobio e diz:

– Nossa. Boliche todos os dias da semana? Isso é ser excêntrico ou patético?

– Um pouco dos dois – respondo, rindo. – Mas e você? Como anda sua semana até agora?

– Ah, o de sempre...

– O que é "o de sempre"? – pergunto, louca por detalhes da sua vida.

– A lenga-lenga habitual – diz ele. – Mas eu tomei uma grande decisão... vou tirar um tempo do trabalho... – Ele deixa a frase em suspenso e parece ficar um pouco desconfortável.

– Ah, é? Tipo férias?

– Não. Mais tipo... um período sabático.

– Legal – falo. – Quanto tempo você vai tirar?

– Não sei direito. Provavelmente só o verão.

– Legal – repito. – E começa quando?

– Eu viajo daqui a algumas semanas.

– Ah... – digo, um pouco desanimada. – Você vai viajar?

– É. Vou para Londres... depois de lá vou viajar um pouco.

– Sozinho? – pergunto, preocupada que essa seja a parte em que ele me diz que tem namorada.

– Não. Com meu irmão.

– Bacana – comento, aliviada. – Tipo uma viagem para estreitar laços fraternos?

– É... acho que sim... algo desse tipo – responde ele. – É meio que uma longa história.

Encaro-o à espera de mais, lembrando o que meus professores de jornalismo preferidos me ensinaram: que às vezes o melhor é *não* fazer perguntas. Que a maioria das pessoas preenche o vazio com palavras. Com informações. Mas essa tática não funciona com Grant, então insisto:

– Que mistério todo é esse?

Ele franze o cenho.

– Na verdade eu não faço mistério, pelo menos tento não fazer.

– Não foi uma crítica – digo. – Você não precisa ser um livro aberto.

– Mas em geral eu sou – responde ele. – É que estou passando por umas coisas agora e não quero pesar o clima nem afugentar você... Afinal, não dizem que o mais importante é o timing?

– É. Mas eu discordo. Acho que isso é uma desculpa que as pessoas usam quando não querem que algo dê certo.

– Você acha?

Faço que sim com a cabeça.

– Acho. Acho que, quando é para duas pessoas ficarem juntas, elas vão ficar. Independentemente do que esteja acontecendo na vida delas – digo, então arremato depressa: – Não que isso se aplique à gente nem nada disso. Eu só quero dizer que... você não precisa me contar o que está acontecendo. Só saiba que estou aqui se quiser conversar, você sabe, como amiga.

– Amiga, é? – indaga ele, virando o corpo para me ver melhor.

– É – respondo, agora muito nervosa e começando a suar. Obrigo-me a encará-lo. – Não é isso que a gente é?

– É – diz ele, passando um braço por trás do sofá. – É isso... por enquanto...

Sentindo-me fraca, inspiro depressa algumas vezes para tentar me acalmar enquanto penso se ele tem alguma intenção de me beijar ali e agora. Bem na hora em que acho que isso está prestes a acontecer, ele desvia os olhos.

Fico decepcionada, mas também estranhamente aliviada. Nós poderíamos ter algo melhor do que aquele instante. Nosso primeiro beijo poderia ser mais perfeito do que uma noite de quarta-feira no meu apartamento.

Passamos mais um tempinho tendo uma conversa fácil e descontraída, então ele diz que precisa ir embora, que ainda tem que terminar umas coisas de trabalho.

Aquiesço e digo:

– Gostei de você ter passado aqui.

– Eu também.

Ficamos os dois em pé, e ele casualmente pergunta o que vou fazer no fim de semana.

– Nada de mais – respondo, violando mais uma das regras de Scottie:

nunca estar muito disponível, o que provavelmente é agravado mais ainda pelo fato de o final de semana seguinte ser feriado. Mas eu não estou nem aí. – Por quê?

– Estava pensando em te ver...

– Eu adoraria – digo, e começamos a nos dirigir lentamente para a porta. – O que você estava pensando em fazer?

– Sinceramente? – responde ele, arqueando a sobrancelha. – Sei que isso vai soar meio doido, mas... o que você acharia de uma viagem de carro?

– Sério? – pergunto, sorrindo.

Ele assente.

– Sério. Eu adoraria te levar para conhecer um lugar.

– Que intrigante – comento, um pouco ansiosa, mas principalmente animada. – Quando a gente iria? *Para onde* a gente iria?

– Na sexta à tarde? E... ahn... será que o "onde" pode ser surpresa?

Sorrio e respondo que sim, claro que pode. Afinal, tudo em relação a ele até agora é uma surpresa.

– Só preciso ver se consigo sair mais cedo do trabalho – acrescento.

– Entendi. Você vê e me fala?

– Tá. Mas eu... não sei seu telefone – digo, parando junto à minha escrivaninha.

Pego uma caneta no porta-lápis, passo-a para ele e aponto para o bloquinho que fica ao lado do telefone. Ele se inclina, anota seu número, então torna a pôr a caneta no porta-lápis e olha para mim.

– Agora você sabe o meu telefone.

– *E* o seu nome – digo.

Ele sorri, e paramos junto à porta. Vejo que está com tão pouca vontade de ir embora quanto eu de que ele vá, mas ao mesmo tempo adoro o fato de ele não ficar. De aquilo não ter sido nem de longe uma visita só para se dar bem.

– Boa noite, Cecily – diz ele, demorando-se alguns segundos antes de me abraçar de novo.

– Boa noite, Grant – respondo, com a bochecha encostada no seu pescoço.

Passamos um segundo ali, imóveis, e muitas coisas passam pela minha cabeça, inclusive que mal posso esperar para dizer a Scottie que dessa vez ele errou feio.

QUATRO

Além de me pautar um texto genérico sobre a história e as tradições do feriado do Memorial Day que eu seria capaz de escrever com os pés nas costas, meu editor me dá o fim de semana de folga. De bônus, o restante da semana é meio parada, então tenho tempo de ir à academia, fazer as unhas e comprar uma lingerie e um perfume novos. Ainda não tenho ideia do lugar para onde Grant vai me levar, só sei que devo levar "roupas casuais e quem sabe uma coisa mais legal para o jantar". Não sei bem o que significa a sua versão de "casual" nem de "mais legal", mas Scottie, Jasmine e eu concordamos que, na dúvida, é melhor optar por peças mais chiques, só para garantir. Também concordamos que provavelmente não se trata dos Hamptons, o que é um alívio. Não estou com disposição para uma cena e tampouco estou pronta para encontrar Matthew depois do término, e há uma grande chance de ele passar o fim de semana lá. Eu só quero ficar sozinha com Grant, concentrada nele e no que quer que "a gente" possa vir a ser.

Na sexta, às quatro da tarde em ponto conforme o combinado, estou em pé na calçada em frente ao meu prédio usando sandálias e vestido de algodão sem mangas. Estou animada, mas também um pouco nervosa e, à medida que os minutos passam, me pego pensando em tudo que poderia dar errado no que é fundamentalmente uma viagem de fim de semana. Fico nervosa ao pensar que a nossa química talvez não funcione quando chegarmos aos finalmentes. Tenho medo de ficarmos sem papo. Tenho medo de ter uma recaída e começar a sentir saudades de Matthew.

Mas todas as minhas preocupações evaporam quando vejo Grant encostar seu Jeep Grand Cherokee preto e acenar para mim. Aceno de volta, pego a bolsa no chão e ando até o carro. Ele para em fila dupla e salta, supergatinho de short cargo cáqui, camiseta do Buffalo Bills e óculos modelo aviador. Me diz um oi rápido, então começa a pegar a bolsa da minha mão.

– Tudo bem. Não está pesada – digo, pois segui o conselho de Jasmine para não levar roupas demais nem "dar trabalho demais".

Ele pega a mala mesmo assim e dá a volta no carro para abrir a porta para mim. Enquanto me sento no banco do carona, Grant volta depressa para o lado do motorista, põe minha bolsa no banco traseiro ao lado da sua e se acomoda ao volante. Uma vez dentro do carro, seus gestos são pura concentração: colocar o cinto, desligar o pisca-alerta, olhar no retrovisor antes de voltar para o tráfego. Ocorre-me que ele também talvez esteja um pouco nervoso, com toda a pressão adicional de ser o responsável pela logística, então olho pela janela para lhe dar alguns segundos para se concentrar.

Quando paramos no primeiro sinal vermelho, eu me viro para ele e falo:

– Estou superanimada.

– Eu também – diz ele e, quando nossos olhares se cruzam, Grant abre um sorriso incrível.

O sinal abre, e pergunto:

– Tá. *Agora* você vai me dizer para onde a gente está indo?

Ele balança a cabeça.

– Não. Ainda não.

– Não é para os Hamptons, é? – indago.

– Não. Não é para os Hamptons.

– Que bom – digo, aliviada.

– Você não gosta dos Hamptons? – pergunta Grant.

Dou de ombros.

– Cansei de lá... E você? Gosta dos Hamptons?

Ele balança a cabeça.

– Não, não sou muito fã. Gente demais. E pretensioso à beça.

Assinto, e penso na baita diferença entre ele e Matthew, que não é pretensioso, mas que parece adorar a exclusividade dos Hamptons.

Afasto-o dos pensamentos, e bem nessa hora Grant liga o rádio.

– O que você quer escutar? – pergunta ele. – Lembrou de trazer seus CDs?

– Claro – respondo, e estendo a mão para pegar na bolsa o pequeno case de couro. Vou passando as divisórias de plástico enquanto enumero álbuns e artistas que selecionei na minha coleção especialmente para aquela viagem.

– Parecem todos ótimos. Escolhe você.

– Tá – digo, e escolho *Whitechocolatespaceegg*, da Liz Phair. Ponho o CD e seleciono a terceira faixa, "Perfect World".

– Ah. Ótima escolha – diz ele, batucando no volante quando a música alegre começa a tocar. – Adoro a Liz Phair.

– Você acha ela bonita? – pergunto, porque segundo Scottie ela é a minha sósia famosa.

É um exagero, mas nós duas temos um corpo esguio e quase masculino, olhos grandes e traços angulosos.

– Acho – diz Grant. – De um jeito pouco óbvio.

– Pouco óbvio? – repito, rindo. – Isso é bom?

– É. Com certeza. É o melhor tipo. Beleza genérica é chata. – Ele me olha quando paramos em outro sinal vermelho. – Na verdade, você meio que se parece com ela.

Digo que já ouvi isso antes, mas que infelizmente não canto nem um pouco igual a ela. Sorrio enquanto a escuto entoar que queria ser *descolada*, *alta*, *vulnerável e sensual*. Pondero esses adjetivos sabendo que nunca vou ser alta, mas que poderia tentar ser descolada e sensual. Quanto a vulnerável, isso eu no momento realmente sou. Passa pela minha cabeça de novo que Grant poderia ser um sociopata, que poderia estar me levando para *qualquer lugar*. Que esse vai ser o meu último fim de semana com vida.

– Está pensando no quê? – pergunta ele.

Olho para ele, rio e respondo:

– Sinceramente? Estava pensando que você poderia ser um serial killer. Me levando para algum depósito ou barracão... para me juntar com as suas outras vítimas.

– *Meu Deus* – diz ele, exibindo uma expressão consternada, apesar de também estar rindo. – Estava pensando isso mesmo?

– Bom... sim. Mais ou menos – respondo, gostando da reação dele. – Mas acho que a esta altura você já teria me apagado.

– Ei... *para* com isso! – diz ele, balançando a cabeça e rindo.
– É brincadeira. Mas eu estava *mesmo* pensando que isso tudo é meio doido.
– Isso tudo o quê? – pergunta ele, embora não tenha como não saber a resposta.
– Esta viagem... Esta é só a *terceira* vez que nos vemos... e aqui estamos nós, viajando no fim de semana.
– Bom, está mais para quarta vez – diz ele. – Porque o sábado à noite seria a primeira e o domingo de manhã a segunda... Mas é, é meio doido, sim.
E a gente sequer se beijou, penso, perguntando-me quando isso vai finalmente acontecer. Afinal, homens em geral não convidam uma mulher para viajar com eles a menos que estejam planejando matá-la ou beijá-la.

―

Levamos quase uma hora para chegar à ponte George Washington, e o tráfego para atravessá-la é ainda pior. Mas eu não me importo e ele tampouco parece se importar, e ficamos conversando, rindo e ouvindo música. Nossa conversa é relaxada e toma mil rumos diferentes, totalmente à la *Seinfeld*, e nós nos aprofundamos em alguns tópicos bem aleatórios, como, por exemplo, por que chocolates comprados numa loja de conveniência durante uma viagem de carro têm um gosto melhor do que em qualquer outro momento, que estados têm as melhores placas e lemas, e o quanto detestamos os carros conversíveis por causa do vento e do barulho (e que na verdade pensamos que *todo mundo* os detesta, até mesmo as pessoas que andam neles fingindo gostar). Mais uma vez, fico impressionada com o quanto me sinto à vontade com Grant. É como se eu o conhecesse desde sempre.
Em determinado momento, digo-lhe isso e ele fica todo animado.
– Eu sei – concorda. – É como se você fosse aquela menina com quem eu sempre queria sentar no ônibus da escola porque conversar com ela era o maior barato.
– Peraí. Como é? Ônibus *da escola*? – Eu rio e finjo não ter entendido, mesmo tendo adorado a imagem. – Essa menina existiu?
Ele dá de ombros e diz que não se lembra muito da infância, mas que se uma menina assim existisse ela seria exatamente igual a mim.

Sorrio para ele e depois para mim mesma, olhando pela janela. Vejo placas indicando Kingston, depois Albany, conforme continuamos a seguir no sentido norte, e o trânsito acaba ficando melhor; nossa velocidade vai aumentando junto com o volume da música. Eu me sinto mais livre a cada quilômetro que se soma entre nós e Nova York, empolgada até, do jeito que só uma viagem de carro no verão com um cara de quem você gosta muito pode fazer você ficar.

Com mais ou menos duas horas de viagem, apesar de toda a adrenalina – ou talvez *por causa* dela –, sinto que estou ficando com sono. Sacudo a cabeça para me manter acordada, sento-me mais ereta e abro a janela para pegar um pouco de ar.

– Foi mal – digo.

– Foi mal o quê? – pergunta Grant.

– Dormir enquanto você dirige. – Eu sorrio. – É falta de educação numa viagem de carro.

Ele ri.

– Ah, é?

– É. Tenho quase certeza de que é uma regra.

– Bom, eu dispenso você da regra – comenta Grant, dando uns tapinhas na minha perna. – Agora vai... fecha os olhos.

～

Quando acordo já está escurecendo, e o carro sacoleja por uma estrada de terra batida estreita no meio de uma floresta com árvores cujos troncos são todos retos e uniformes. Demoro-me alguns segundos olhando pela janela e saboreando a aventura. Quando enfim me viro para Grant, ele diz:

– Ah, que bom. Você acordou... Chegamos.

– Chegamos aonde? – pergunto, pensando quanto tempo terei dormido.

– Nas montanhas Adirondack. Perto do lago de Great Sacandaga, já ouviu falar?

Faço que não com a cabeça, intrigada.

– Isso é o acesso de uma casa?

– É – diz ele, e nesse exato instante fazemos uma curva e adentramos uma clareira.

Enquanto ele estaciona o carro, fico observando pela janela o perfeito chalé de madeira com chaminé de pedra e uma varanda simples na frente com duas cadeiras modelo Adirondack, é claro, e uma pilha de lenha. O telhado é formado por telhas de cedro coberto de musgo, a moldura da janela e da porta da frente pintadas de verde-escuro para combinar, e ambos me fazem recordar minha infância em Lincoln Logs.

Quando torno a olhar para Grant, ele está me encarando com uma expressão muito feliz.

– Gostou? – pergunta.

– *Meu Deus do céu* – respondo, e fico boquiaberta por alguns segundos. – Eu *adorei*. É seu?

Ele assente e diz:

– Eu divido com meu irmão. Quando você me falou que era do Wisconsin, achei que fosse um bom sinal, que você talvez fosse fã de chalés de madeira, sabe?

– Ah, eu sou. Eu amei, amei mesmo... Parece uma mistura do chalé do Henry David Thoreau e a casa dos Três Ursos de Cachinhos Dourados – elogio. – É *encantador*.

Ele ri e abre a porta do carro.

– Eu não diria tanto, mas vamos lá. Deixa eu mostrar tudo antes de ficar escuro demais.

Salto do carro e reparo em outros detalhes: uma cerca de madeira gasta na orla da mata, um buraco no chão para acender fogueiras feito de cascalho e pedra que parece ter sido usado recentemente, um vaso de barro com flores silvestres vermelhas na base do corrimão que sobe até a varanda.

Do nada, ou talvez inspirada por aquelas belas flores no vaso que parecem ser um toque feminino, sinto uma pontada de ciúmes ao imaginar outras mulheres ali com ele. Digo a mim mesma que é absurdo sentir ciúmes de um cara que eu nunca sequer beijei e o sigo pela escada de degraus de pedra até a varanda. Ele se abaixa, pega uma chave debaixo do capacho, então se levanta e destranca a porta. Abre-a com um empurrão e acena para eu entrar na frente. Adentro o espaço escuro, seguido por ele. Grant abre as cortinas e acende as luzes, que incluem um imenso lustre feito com a roda inteira de uma carroça pendurado na viga central do teto.

– Uau – digo, olhando em volta.

Não achava que fosse possível gostar mais do lado de dentro do que do de fora, mas é o que acontece. Com tetos de vigas aparentes abobadados e um espaço único, o cômodo é maior do que eu imaginava. De um lado há uma cozinha com equipamentos vintage e um fogão a lenha. Do outro, uma lareira de pedra cuja cornija é feita de uma peça única. Sobre ela há um par de castiçais de estanho, as velas meros tocos derretidos, e um relógio antigo no qual ele vai dar corda.

Os móveis, que incluem um sofá comprido e duas poltronas, são feitos de toras rústicas, e as almofadas são forradas com uma estampa de inspiração indígena. Vejo também uma grande cadeira de balanço com assento de couro trançado e com uma manta de lã em estilo militar pendurada num dos braços. À esquerda da lareira noto um nicho com mais lenha e uma escada de madeira que sobe para um mezanino. À direita, uma estante até o teto abarrotada de livros velhos e novos, de capa dura e brochuras. Vou até lá e leio alguns títulos conhecidos: *As cinzas de Ângela*, *Meia-noite no jardim do bem e do mal*, *Todos os belos cavalos*, *Amada*. Corro o dedo pelas lombadas e pergunto:

– Você leu todos eles?

– Praticamente – responde Grant, parando às minhas costas.

– Uau – repito, meneando a cabeça e ainda de olho na estante, onde vejo um exemplar bem surrado de *A história secreta*, um dos meus preferidos de todos os tempos. Aponto para o livro e digo a ele que o adoro.

– Eu também – diz ele. – É um dos poucos que li mais de uma vez.

Os braços de Grant estão agora me enlaçando, suas mãos grandes descendo pelos meus quadris e se entrelaçando na minha barriga. Fico toda arrepiada e me viro para ele, passo os braços por seu pescoço e inspiro seu cheiro.

– Estou *muito* feliz de estar aqui – confesso.

– Eu também – diz ele, então passa mais alguns segundos me abraçando e pergunta se eu quero ver o resto da casa.

– Quero – respondo, baixando os braços devagar e olhando para ele com uma expressão radiante.

Ele sorri, me pega pela mão e me conduz por um pequeno corredor. Aponta para um banheiro com uma banheira, então abre uma porta ao lado e diz:

– E aqui é o quarto.

Olho em volta e observo detalhes: a cama de baldaquino, um tapete oriental em tons de vermelho e azul, e duas cômodas de madeira escura fazendo as vezes de mesa de cabeceira. A decoração não é totalmente distinta da sala, mas é um pouco mais Ralph Lauren do que chalé de madeira. Sobre a cômoda mais próxima vejo uma fotografia em preto e branco de uma jovem lindíssima num porta-retratos de estanho gravado. Com base no seu penteado estilo Farrah Fawcett, imagino que a foto tenha sido tirada nos anos 1970; imagino também que ela seja a mãe de Grant. Enquanto busco uma semelhança, ele me pega encarando o retrato.

– É a sua mãe? – pergunto.
– É – responde ele.
– Que linda.
Ele engole em seco e diz:
– Obrigado.
– Este quarto *também* é lindo – digo, reparando numa velha Bíblia encadernada em couro na outra mesa de cabeceira e me perguntando se é apenas decorativa ou não.

Guardo esse assunto para conversarmos mais tarde. Há *muitas* coisas sobre as quais quero conversar com ele, e me ocorre que não era assim com Matthew no começo. Não que eu não adorasse conversar com ele, mas me lembro muito bem de vários silêncios constrangedores durante nossos primeiros encontros.

– Que bom que você gostou – comenta Grant enquanto me conduz outra vez para o cômodo principal e até a escada. – Tem mais um cômodo que eu quero mostrar.

Ele acena para eu seguir na frente. Subo os degraus e fico fascinada ao chegar lá no alto e ver o pequeno mezanino semelhante a uma alcova, com uma cama embutida na parede. Debaixo da cama há gavetões e, de um lado e outro, cortinas de lona grossa amarradas. Não há espaço para mais nada a não ser um tapete de pele de carneiro, um baú coberto de adesivos desbotados e uma pequena escrivaninha com uma luminária de bronze.

– Então, o que acha? – pergunta ele. – Prefere dormir lá embaixo ou aqui em cima?

Não sei se ele está se referindo a mim ou a nós dois. Torcendo para ser a segunda opção, respondo:

– Aqui em cima.

Percebo que é a resposta certa e que ele estava de fato se referindo a *nós dois*, pelo jeito como ele sorri e diz:

– Sério?

– Com certeza – respondo. – É perfeito.

~

Depois de desfazermos as malas e nos ambientarmos, Grant me leva à cidade para comer uma pizza, tomar uma cerveja e jogar uma partida de sinuca na qual eu perco feio. Fico surpresa por ele não me poupar mais, até ele confessar que só quer que a partida acabe para podermos ficar sozinhos outra vez. Parecemos ser as únicas pessoas de fora e com menos de 40 anos no bar enfumaçado – exatamente o contrário do clima dos Hamptons, de onde não sinto nem um pingo de saudade.

Voltamos para casa ouvindo Tom Petty enquanto Grant segura minha mão, só soltando quando a estrada fica realmente sinuosa. Então chegamos de novo ao chalé. *Em casa*, como ele diz. Pergunto se posso tomar uma ducha e ele me dá uma toalha branca felpuda e uma barra de sabonete Irish Spring ainda na caixa. Embora eu possa ouvir Jasmine me dizendo para ser rápida e não dar trabalho, demoro no banho e chego a lavar o cabelo. Ao sair do boxe, me seco e visto minha lingerie preta nova e um conjunto de moletom de plush rosa da Juicy Couture. Como um toque final, vaporizo na parte interna do pulso e no pescoço meu perfume novo, Happy, da Clinique.

Ao voltar para a sala, vejo que Grant acendeu um pequeno fogo na lareira e está me esperando no sofá com uma garrafa de vinho e duas taças. Ele sorri para mim, e meu coração dispara.

– Ah – diz ele, meio que se levantando quando chego perto. – Você fica uma graça de cabelo molhado.

Sorrio para Grant, e ele segura minhas mãos antes de nos sentarmos juntos.

– Quer um pouco de vinho? – pergunta, com um gesto para a garrafa.

Respondo que adoraria, e ele serve nossas taças até pouco mais da metade e então ergue a sua. Faço o mesmo, achando impossível acreditar que faz só seis dias que nos conhecemos.

– A nós – diz ele, e recordo nosso primeiro brinde: *À vida que segue.*

– A nós – repito, assentindo e pensando que ele acertou no brinde outra vez.

Brindamos e tomamos um gole sem tirar os olhos um do outro, então digo:

– Não entendo muito bem de vinho... mas é gostoso.

– É – diz Grant, agora reclinado com os pés na mesa de centro. – Nem eu. O cara do vinho é meu irmão.

– Espero conhecê-lo um dia. E os seus pais.

Ele pisca, e sua expressão se fecha na mesma hora. Preparo-me, sabendo de alguma forma o que está por vir. Dito e feito. Ele pigarreia e diz:

– Então... meu pai já morreu...

– Ah, sinto muito – digo, apertando a sua mão.

– Tudo bem. Faz muito tempo. Meu irmão e eu tínhamos 6 anos. Mas obrigado.

Aguardo alguns segundos para ele dizer mais, me contar como o pai morreu. Como o silêncio persiste, pergunto:

– Como ele era?

– Era um cara ótimo. Um cara ótimo *mesmo*. Honesto, trabalhador, leal. Queria sempre ajudar os outros e se enturmava com todo mundo. – Grant sorri como quem recorda algo específico, mas o sorriso rapidamente se apaga quando ele continua: – Enfim, um dia ele estava vindo para casa do trabalho. Na siderúrgica. Segundo turno. Das quatro da tarde à meia-noite. Estava um tempo horrível. Um fevereiro típico em Buffalo. Chuva, neve, granizo, o pacote completo... Ele viu um cara no acostamento da rodovia que tinha furado o pneu de um Mercedes. Então parou para ajudar. Tenho certeza de que ele nem pestanejou, em parte porque era esse o tipo de pessoa que ele era, e em parte porque adorava mexer em carros. Ele era capaz de trocar um pneu com os olhos vendados. Então parou e colocou o estepe num piscar de olhos.

Grant toma um gole de vinho enquanto eu continuo a encará-lo, fascinada e com medo do que está por vir.

– Enfim, meu pai começou a andar de volta para o seu carro bem na hora em que uma van derrapou num trecho de gelo e o acertou... E foi isso.

– Ai, meu *Deus* – digo, fazendo uma careta e apertando sua mão com mais força. – *Grant*...

Ele inspira fundo, então fala:

– Dizem que ele morreu na hora, nem soube o que aconteceu. Eu quero acreditar nisso, mas quem pode saber com certeza?

Digo a ele novamente que sinto muito.

– É. Foi duro... principalmente para a minha mãe. Ela na verdade nunca mais foi a mesma depois disso. – Ele balança a cabeça.

– Ela tornou a se casar?

– Não... nunca.

– Seu pai tinha seguro de vida? Ele deixou uma pensão? – indago, torcendo para a pergunta não ser insensível.

– Deixou – diz Grant. – Ele tinha uma apólice de seguro de vida do sindicato e uma pensão que ficou para a família. Uma pensão decente, mas não era a mesma coisa de quando ele estava trabalhando.

– O que a sua mãe fez? Ela trabalhava?

– Antes do acidente, não. Ela era dona de casa.

– E depois?

– Depois que ele morreu, ela trabalhou aqui e ali como recepcionista e secretária, mas era difícil, porque ela queria estar em casa com nós dois, já que a gente já tinha perdido o pai, sabe?

– Claro – comento, sentindo uma grande tristeza por aqueles dois menininhos. E por ela.

– Ela era uma mãe incrível – diz Grant.

Congelo ao ouvir o verbo no passado. *Era*.

– Ai, meu Deus... Ela... – Não completo a frase.

– É. Ela também faleceu – diz Grant.

Estremeço.

– Quando?

– No dia 2 de outubro de 1993. Três dias antes de completar 40 anos.

Tento fazer as contas de cabeça.

– Então você e seu irmão tinham... 22?

– É – diz ele, e ambos mantemos o olhar fixo à frente, concentrado no fogo.

Engulo em seco, estendo a mão para tocar a dele e pergunto:

– Foi... foi de câncer?

Grant responde que não. Então inspira fundo e diz:

– Ela teve o que chamam de esclerose lateral amiotrófica familiar.

Balanço a cabeça e digo que não conheço a doença.

– Conhece, sim. Uma doença chamada ELA, doença de Lou Gehrig.

– Ah, sim – digo, e penso em Morrie no livro *A última grande lição*. – Mas espera aí... familiar?

– É – diz ele com uma careta.

– Quer dizer que a ELA... é uma doença genética? – pergunto, com a maior delicadeza de que sou capaz.

– Em geral, não. Mas às vezes, sim – diz ele, olhando para mim com uma expressão vidrada. – Na minha família é.

Congelo, petrificada com o medo de fazer a única pergunta em que consigo pensar, e Grant então fala:

– Eu não tenho o gene.

Inspiro, soterrada por um alívio que me deixa tonta, até ele dizer:

– Mas o meu irmão tem.

Meu raciocínio se acelera enquanto penso na cor dos olhos, no fato de que uma pessoa de olhos castanhos pode ter o gene recessivo de olhos azuis.

– Ele tem o gene – digo. – Mas e a doença *em si*?

– Ele tem os dois. Tem o gene. E tem a doença.

– *Que merda* – sussurro. – Eu sinto muito... Há quanto tempo?

– O diagnóstico oficial foi há dois anos, em junho de 1999, mas ele já estava com sintomas antes disso. Sintomas que a gente conhecia muito bem: mãos trêmulas, tropeços na escada, quedas...

– É possível ele ter só um caso brando?

Grant faz que não com a cabeça.

– Não funciona assim. É uma doença degenerativa. Ela progride...

– Sempre? – indago.

– Sempre. Para todo mundo.

– Mas pode progredir devagar, né? Para algumas pessoas? – insisto, tentando me agarrar a qualquer esperança.

– Eu acho que depende do seu ponto de vista. Quer dizer, a vida passa rápido mesmo quando é longa... e também pode ser arrastada... – Ele deixa a frase em suspenso.

Assinto enquanto tento decifrar a resposta. Será que ele está sendo filosoficamente vago por não saber ao certo o que o futuro reserva? Ou porque a situação já está tão ruim que ele não quer entrar em detalhes? Opto pela abordagem mais segura e espero ele falar. Vários longos segundos transcorrem antes de ele o fazer.

– É diferente para cada um. Mas quando a doença acelera, ela acelera depressa. Pelo menos foi assim com a minha mãe e parece estar sendo desse jeito para o Byron também. É por isso que a gente vai para Londres.

– Ah – digo, juntando todas as peças. – Para ele se tratar?

– É. Conseguimos incluí-lo num teste clínico – explica Grant. – No Hospital de King's College.

– Que *ótimo* – comento, tentando soar animada apesar de estar quase chorando.

– Veremos. Primeiro eu preciso convencê-lo a ir. Ele está relutante. É teimoso demais. – Ele balança a cabeça com um leve sorriso no rosto.

– Ele está relutante por quê?

Grant suspira.

– Ele acha inútil, um desperdício de tempo e de dinheiro. Ele não quer ser um peso.

– Para você?

– É. Quer dizer, ele não fala isso com todas as letras. Mas fica inventando mil desculpas de todo tipo.

– O tratamento é... é muito caro? – pergunto, com cautela.

– É, principalmente com as despesas da viagem e tal. E o Byron está desempregado e não tem seguro de saúde. Não que o seguro fosse cobrir um estudo no Reino Unido... Mas enfim. Essa é a minha história triste. – Ele abre um sorriso tenso, com os lábios contraídos, como se estivesse prestes a chorar. Sinto um aperto no peito. Então ele diz: – E aí? Minha história trágica já afugentou você?

– Não – respondo. – Muito pelo contrário.

– Quer dizer que você ainda gosta de mim?

– Ah, para. *É claro* que eu ainda gosto de você – respondo, encarando-o. – Gosto ainda *mais* de você.

Ele deixa escapar uma risada seca, como para mudar de assunto, então pisca algumas vezes e diz:

– Acho meio difícil de acreditar. Mas se você está dizendo...

– É verdade. Quanto mais sei a seu respeito, mais gosto de você.

Ele segura minha mão e aperta.

– Obrigada por dividir isso tudo comigo – falo. – Por confiar em mim...

– Eu confio *mesmo* em você. Mas não quero te deixar deprimida com toda essa história pesada...

– Você não está me deixando deprimida – digo, interrompendo-o.

– Tomara que não. Porque eu preciso te dizer, Cecily... conhecer você foi a melhor coisa na minha vida no que parece ser um tempo bem longo.

– Sério? – indago, emocionada e triste em igual medida.

– Sério – responde ele. – *De verdade*. Mas eu também quero ser uma fonte de luz para você.

– E você *é*.

– Bom, espero que sim. – Ele hesita, então torna a falar: – Lembra o que você disse na outra noite? Sobre timing?

– Mais ou menos – respondo, tentando recordar minhas palavras exatas.

– Você falou que essa história toda de "momento errado" é uma desculpa.

– Ah, sim. Eu acho que é.

– Bom, eu adorei isso. Adorei mesmo.

Encaro-o nos olhos e sinto um formigamento quente que não é por causa do vinho. Pelo menos não *só* por causa do vinho.

– Por quê? – pergunto, por fim.

– Porque estou preocupado mesmo com o nosso timing – diz ele, com um dos braços no encosto do sofá e o outro nos meus ombros. – Mas eu gosto de você, Cecily. Quero *conhecer* você.

– Eu quero isso também – digo, e nessa hora nossos olhares se cruzam e minha visão embaça.

Então acontece. Ele encosta a mão na minha bochecha e inclina o rosto em direção ao meu até ficarmos a poucos centímetros de distância. Pouquíssimos. Quando ele fecha os olhos eu faço o mesmo, à espera, com a cabeça girando, mais apaixonada a cada segundo que passa. Até que finalmente, *finalmente* sinto seus lábios tocarem de leve os meus. O tempo para e não consigo respirar. Não consigo me mexer. Não consigo pensar. Tudo que consigo fazer é ouvir o crepitar do fogo e meu coração pulsando nos ouvidos. Então nos beijamos de verdade, um beijo demorado, profundo e ávido, e eu sinto que me apaixono de vez.

CINCO

Ficamos o que parecem ser horas nos beijando, mas fazemos muito pouca coisa além disso. Em certo sentido é frustrante, mas eu também meio que gosto da lentidão com que ele está fazendo as coisas, além de adorar a expectativa do que está por vir.

De um jeito curioso, isso também me dá a oportunidade de digerir por inteiro o caráter definitivo de minha ruptura com Matthew. É impossível não pensar nele – nós ficamos muito tempo juntos – e eu quero que esse não seja mais o caso antes de algo mais significativo acontecer. Ocorre-me que Grant talvez esteja fazendo a mesma coisa, ou talvez ele esteja só sendo realmente respeitoso.

A única coisa de que tenho certeza é que o que nos detém não é falta de paixão. Nunca senti uma química tão intensa com ninguém, e isso não tem como ser unilateral.

Quando o vinho acaba, o fogo na lareira já se reduziu a brasas ardentes e estamos ambos nos esforçando para manter os olhos abertos. Subimos a escada até o mezanino, onde tiramos quase todas as roupas e entramos debaixo de lençóis de flanela macios.

Quando Grant fecha as cortinas ao redor de nossa alcova, admiro as linhas do seu tronco e pouso a mão nas suas costas. Ele se vira para mim e me abraça, e apoio a cabeça no seu peito como fiz em nossa primeira noite juntos.

Só que desta vez nossa pele está se tocando, ele não é mais um desconhecido e eu não preciso me perguntar qual é a sensação de beijá-lo.

—

Na manhã seguinte, depois de tomar café e de mais alguns beijos, saímos para fazer uma caminhada longa e descontraída, que na verdade é mais um passeio de luxo pela mata. Conversamos sobre várias coisas, entre elas minha família.

Conto que minha mãe é enfermeira no consultório de um pediatra e que meu pai é piloto da Southwest Airlines. Eles estão juntos desde a faculdade.

Grant pergunta como eles são, e eu sorrio e respondo que os dois são meio cafonas, só que no melhor sentido da palavra.

– Como assim, cafonas? – pergunta ele, sorrindo.

– Tipo, eles usam camisas de estampa havaiana e guirlandas de flores e vão a shows do Jimmy Buffett... e meu pai é o *rei* das piadas... e minha mãe ri delas toda vez, por mais batidas que sejam. Ela o acha *hilário*... e o programa de televisão preferido deles é *Os vídeos caseiros mais engraçados dos Estados Unidos* – explico, revirando os olhos. – É constrangedor.

– Aff – diz ele rindo. – *Puxado*.

– É *dureza*.

– E seu irmão e sua irmã? – pergunta ele, obviamente recordando nossa conversa no restaurante no dia seguinte ao que nos conhecemos. – Como eles são?

– São ótimos – digo, perguntando-me por que é tão difícil descrever as pessoas que conhecemos melhor e de quem mais gostamos. – Jenna é enfermeira que nem minha mãe, e Paul trabalha no departamento de marketing da cervejaria Milwaukee Brewers. Ele é apaixonado por esportes.

– Algum dos dois é casado?

– Minha irmã, sim. Com um cara ótimo chamado Jeff. Meu irmão é solteiro. Ele tem só 24 anos, mas a gente brinca que ele nunca vai sossegar o facho. Ele é muito bonito. Atualmente está namorando a Miss Wisconsin 1999. – Eu rio e reviro os olhos. – Mas enfim, nós somos todos bem próximos.

– E a sua irmã tem filhos? – pergunta ele.

– Tem. Uma menina chamada Emma. Ela tem 2 anos e é *muito fofa*. É um dos motivos que me fazem pensar em voltar para a minha cidade. Não quero ser a tia que mora longe e que ela mal conhece.

– Entendo. Não tem nada mais importante do que a família. E pelo visto você tem uma bem legal.

– É. Eu tenho sorte – digo, sentindo uma pontada de culpa por ter uma família tão poupada de qualquer tragédia em comparação com tudo por que ele passou.

Não tivemos nenhum acidente fatal, nenhum câncer terminal. Caramba, Willard Scott acabou de desejar feliz centésimo aniversário para minha avó no programa *Today*.

– Mas nenhuma família é perfeita – completo.

Ele sorri e diz:

– Ah, vai. Pode confessar. Vocês são iguaizinhos aos *Waltons*.

Eu rio.

– John-Boy tinha problemas também, sabia?

– Tipo o quê?

– Bem, eles estavam todos tentando sobreviver à Grande Depressão. E lembra como ele perdeu seu primeiro amor num incêndio?

– Não. Devo ter perdido esse episódio.

– Bom, ele perdeu, *sim*. E quando ele saiu da montanha da família e se mudou para Nova York? Não foi fácil – comento, pensando que essa parte da trama com certeza tem a ver comigo.

Grant pelo visto também pensa no paralelo, pois diz:

– Peraí, peraí. Espera um instante. *Você* é o John-Boy?

Rio e dou uma cotovelada nele.

– Não. Eu não sou o John-Boy, mas acho que às vezes me sinto dividida, sim.

– Dividida como?

– Sei lá, essa coisa toda de ter me mudado para Nova York. Eu queria provar para mim mesma que podia ser corajosa. Sabe como é: "Se você conquistar Nova York, pode conquistar qualquer coisa"... Mas aqui estou eu, escrevendo sobre boliches moribundos e sobre como fugir do calor no final de semana do Memorial Day.

– Aos poucos você vai progredir – diz Grant.

– É. Tomara... Enfim, não quero parecer mimada. Sei que não dá para começar a carreira cobrindo a crise econômica mundial. Preciso trabalhar e mostrar meu valor, mas às vezes não sei nem se quero ser repórter. Na verdade, eu preferiria escrever ficção.

– Então por que não faz isso?

– Bom, eu faço. Por fora, às vezes – respondo, pensando no manuscrito em que venho trabalhando há vários anos. – Só que eu também preciso comer.

Grant assente e sorri. Eu continuo:

– Acho que o que estou querendo dizer é que às vezes não sei se estou fazendo o que realmente *quero* ou o que acho que *deveria* estar fazendo. Fico aflita pensando que posso estar no caminho errado e que estaria melhor lá no Wisconsin assistindo aos *Vídeos caseiros mais engraçados dos Estados Unidos*, por assim dizer.

Sinto que o que estou dizendo não faz sentido.

Mas Grant pelo visto capta algumas nuances das minhas palavras, pois pergunta:

– Então você acha que pode estar acomodada?

– É – respondo.

– Isso não é bom. Mas entendo o que está querendo dizer... No fim das contas, tudo que a gente quer é ser feliz e se realizar, e às vezes é difícil saber o que isso significa.

– *Exatamente.*

Faço menção de dizer algo mais, mas antes disso Grant para de andar, vira-se para mim e se inclina para me beijar.

⁓

As 36 horas seguintes são pura magia – dignas de um filme romântico –, repletas de longas caminhadas, conversas ao pé da lareira e infindáveis beijos e carícias. Nós não transamos, mas fazemos todo o resto, e é tudo espetacular.

Na nossa última noite, vamos à cidade jantar num bistrô rústico e minúsculo administrado por hippies gourmets. Estou usando um vestidinho preto de alça fina que provavelmente é um exagero para as montanhas Adirondack, mas tenho a sensação de que Grant gostou. Ele não só me elogiou duas vezes, como agora está me encarando do seu lado da mesa com uma expressão de quem está prestes a desfalecer.

– O que foi? – pergunto, pouco à vontade, mas daquele jeito bom, quando se sente a pele formigar.

Ele inspira com tanta força que vejo seu peito se expandir sob a camisa de linho branco, então diz:

– É que você está *tão* linda...

Sorrio, não por acreditar no que ele diz, mas porque vejo que ele está sendo sincero.

– Obrigada.

– Eu fiquei a fim de você assim que te vi – diz ele, com uma expressão meio emocionada, então abre um sorriso. – Quando falei para você não ligar para aquele cara.

É o mais perto que qualquer um de nós chegou de reconhecer que está se apaixonando, e eu estendo a mão por cima da mesa e seguro a dele.

– Que bom que eu não liguei – digo.

– Também acho.

Passam-se alguns segundos que me deixam tonta.

– O que é isso que está acontecendo, hein? – sussurro, sentindo nos ouvidos as batidas do meu coração.

– Você *sabe* o que está acontecendo – diz ele, e aperta minha mão.

Assinto devagar. Digo a mim mesma para memorizar aquele instante, para *permanecer* naquele instante. No entanto, como a exaltação muitas vezes traz também preocupação, pelo menos para mim, pego-me perguntando quando ele vai para Londres.

– Daqui a duas semanas – responde ele, e sua expressão muda para uma careta. – Nosso voo é dia 13.

– Desculpe. Eu não deveria ter falado nisso.

– Tudo bem. A gente precisa conversar sobre o assunto.

Concordo com a cabeça e pego o garfo.

– Quanto tempo você vai ficar lá?

– Não sei direito – responde ele. – Nossa passagem de volta é para setembro. Mas a gente pode voltar antes ou depois... Vai depender de como for lá.

Sinto um peso no coração, mas digo a mim mesma para não ser egoísta:

estamos falando sobre o irmão gêmeo dele, o único membro vivo da sua família. Portanto, digo apenas:

– Vou ficar com saudade.

– Eu também – diz ele. – Muita. Mas a gente pode se falar por e-mail e por telefone, e quem sabe até você pode ir me visitar.

– Sério?

– Claro. Por que não? Se conseguir se liberar...

– Seu irmão não se importaria?

– Não, ele ia gostar. Eu quero muito que você o conheça.

Sorrio e digo que também quero que a minha família o conheça.

– Você comentou alguma coisa com eles? – pergunta Grant. – Sobre a gente?

Balanço a cabeça e digo:

– Não. Porque acabei de terminar uma relação, sabe? Não quero que eles pensem que estou só querendo curar um coração partido...

Ele assente, e eu penso no passado dele.

– E as suas ex? – pergunto.

Ele dá de ombros.

– O que tem elas?

– Sei lá... Qual é o seu tipo?

– Eu não tenho um tipo.

Reviro os olhos.

– *Todo mundo* tem um tipo. Pode até ocorrer um desvio aqui e ali, mas mesmo assim todo mundo tem um. É tipo uma coisa biológica ou química... Apesar de ter algo social também, claro. Enfim.

– Tá – diz ele, me olhando com uma expressão séria. – Bom, nesse caso o meu tipo são mulheres com mais ou menos 1,60 metro, cabelo escuro e grandes olhos castanhos, e covinhas... Na verdade, *uma* covinha. Nunca duas.

– Para! – digo, rindo e tapando minha única covinha.

– Estou falando sério.

– Como era a sua ex mais importante? – pergunto, preparando-me para as previsíveis pontadas de ciúmes ao mesmo tempo que ouço Scottie dizer que eu não deveria entrar nesse assunto.

– Nada parecida com você. O oposto de você.

Meus pensamentos disparam enquanto visualizo uma loura alta e peituda de pernas compridas. Deixo de fora a parte dos peitos, porém, e digo apenas:

– Uma loura alta, então?

– Bom, é, na verdade, sim. Mas eu não estava falando só da parte física. Você tem uma vibe diferente.

– Como assim? – pergunto, percebendo de repente que não estou com ciúmes. Nem um pouco. Quero apenas saber tudo sobre ele.

Ele suspira.

– Ah, sei lá... Se vocês fossem revistas, a Amy seria a *Town & Country*... e você seria a *Atlantic*.

Sei que isso deveria ser um elogio, mas rio e digo:

– Só uma delas é recheada de gente bonita.

– Beleza rasa e superficial – comenta ele, dando de ombros.

– A Amy pelo visto se daria bem com o meu ex – pondero, imaginando Matthew nos Hamptons. Sentindo-me um pouco culpada, arremato: – Ele é um cara ótimo... mas, assim... super *Town & Country*.

Grand assente, então pergunta:

– Posso te fazer uma pergunta do tipo "e se"?

Respondo que sim.

– E se você estivesse namorando com ele quando a gente se conheceu?

Embora eu tenha tido essa conversa com Jasmine poucos dias antes, a pergunta me deixa abalada.

– Bom, eu não teria estado naquele bar sozinha se a gente estivesse namorando – digo, tentando tirar a essência da pergunta.

– Mas finge que você *estava*. Teria me dado um gelo na hora?

– Talvez não na hora. Isso me soa meio pretensioso. Na verdade, eu não sabia dizer se você estava interessado.

Ele revira os olhos e diz:

– Ah, para com isso.

– Eu juro que não. No começo não.

– Tá. Mas e depois que você percebeu? – insiste ele. – O que teria feito?

– Não sei – respondo. – Acho que teria dado um jeito de mencionar o Matthew no papo.

Grant assente, então diz:

– Mas teria pelo menos *falado* comigo?

– Teria. Claro. – Sorrio ao lembrar. – Mas não teria levado você para casa. Lógico.
– Na verdade, não é nada lógico. Isso acontece. O tempo todo.
– Eu sei – respondo, perguntando-me se algum dia já aconteceu com ele. – Mas *eu* pessoalmente nunca faria isso. Quer dizer, talvez tivesse me passado pela cabeça com você, mas eu teria afastado o pensamento.
Ele assente.
– Você acredita em destino? – pergunta.
Tomo um gole de vinho.
– Acho que sim, mas também acredito em livre-arbítrio.
– Isso não é contraditório? – pergunta Grant.
– Talvez – respondo. – Eu só quero dizer que... que a gente escolhe. Mas acho que Deus sabe o que a gente vai escolher. Ele sabe o que vai acontecer no final.
– Então você acredita em Deus? – pergunta ele.
– Sim. Com certeza. E você?
– Não sei direito – diz ele, com uma expressão que não consigo de todo ler. – Me pergunta de novo daqui a alguns meses.

⁓

É algum momento no meio da noite. Nosso mezanino está escuro, a cortina fechada. Grant estende a mão para mim e me puxa mais para perto, me beijando, tocando meu corpo, e a intensidade vai aumentando à medida que nos aproximamos cada vez mais do inevitável. Eu sussurro que o desejo. Ele geme, beija meu pescoço e diz que também me deseja. Muito. Então pergunta se é seguro ou se ele precisa pegar uma camisinha. Eu respondo que é seguro, que eu tomo pílula, agora louca para senti-lo dentro de mim. Estamos bem ali, no limiar, quando ele para abruptamente e diz:
– Baby, é melhor a gente esperar.
– Por quê? – pergunto, sentindo um peso no coração e com o corpo em chamas, apesar de ter adorado ouvi-lo me chamar de "baby". Tento me concentrar nisso.
– Porque... – começa ele, estremecendo. – Porque eu vou embora... e porque eu acho que te amo. Eu *sei* que te amo.

– Ah, Grant... – sussurro de volta, e meus olhos ficam marejados. – Eu também te amo.

Meus pensamentos disparam, e concluo que, de certa forma, isso não faz sentido. Por que deveríamos esperar se nos amamos? Mas também sinto que essa parece ser a decisão certa. Ele me abraça bem forte, e tenho a impressão de que talvez também esteja chorando um pouco.

– Este final de semana foi perfeito – diz ele.

– É – sussurro. – Foi mesmo.

– E eu quero *muito* transar com você. Mas não quero te deixar depois de a gente... Eu prefiro resolver umas coisas, depois voltar para casa... E aí a gente pode ficar junto pra valer.

– Tá bom.

– Então você vai me esperar? – pergunta ele.

– Vou. Vou esperar o tempo que for.

SEIS

Nas duas semanas seguintes, Grant e eu passamos o máximo de tempo que conseguimos juntos. Com o meu trabalho e todos os preparativos para a viagem de Londres, isso não é muita coisa. Mas passamos as noites juntos no meu apartamento, respeitando a tortura que é nosso plano de esperar para transar.

Enquanto isso, eu me divido entre a euforia de estar apaixonada e a apreensão com a viagem que se aproxima, contando primeiro os dias, depois as horas. Estaria mentindo se dissesse que não pensei em Matthew nesse meio-tempo, pelo menos na forma de uma pontada ocasional de vergonha e confusão com o fato de eu ter sido capaz de passar de um homem para outro de modo tão abrupto e completo. Mas digo a mim mesma que a vida e o amor às vezes não fazem sentido e que não preciso me preocupar com isso.

Quer dizer, isso até a manhã em que um e-mail de Matthew aparece na tela do meu computador no trabalho.

Congelo enquanto encaro seu nome e o assunto, um simples *oi*. Vários segundos transcorrem antes de eu clicar na mensagem, prendendo a respiração, e escutar a voz dele enquanto leio:

Cecily, queria só dar um oi e saber como você está. Espero que esteja tudo bem. Alguma chance de a gente se encontrar para um almoço ou café?

Entendo se você achar que não é uma boa ideia, mas estou com saudades da minha melhor amiga. Matthew.

Perguntando-me como uma mensagem pode ser ao mesmo tempo insossa e explosiva, sou dominada por emoções contraditórias: irritação e satisfação, ressentimento e nostalgia. Nervosa, e antes de conseguir realmente refletir sobre o significado da mensagem, encaminho o e-mail para Scottie e peço para ele me ligar. Segundos depois, meu celular toca.

– Eu falei! – berra ele no meu ouvido. – Falei que ele ia voltar se você me escutasse!

– É. Falou mesmo – respondo, encarando a tela e desejando que o meu coach de relacionamentos não tivesse tido razão nesse caso.

– Ele quer voltar, tenho certeza – afirma Scottie.

– Não necessariamente – digo, pensando que não concordo com aquela conclusão, e muito menos com a sensação de triunfo que ela passa. – Ele só diz que está com saudades da melhor amiga.

– É a mesma coisa e você sabe – retruca Scottie.

Ele pergunta o que eu vou responder.

– Você acha que eu deveria responder? – indago, pensando que o conselho contradiz a orientação habitual de Scottie de que o silêncio e a indiferença fingida são a fonte de todo o poder. Mas talvez ele esteja percebendo que a questão não é mais me dar poder. Que eu estou tocando a minha vida.

– Com certeza – diz ele. – Uma coisa é não entrar em contato *primeiro*. Outra coisa é ignorá-lo depois de ele dar o braço a torcer. Você só vai ficar parecendo mesquinha. Ou amargurada. Como se não tivesse superado o término.

– Mas eu *superei* o término – retruco, embora ainda sinta uma pontada ocasional de dor. – Então na verdade não ligo para o que vai ficar *parecendo*.

– Liga, sim, um pouco – diz ele.

Sorrio comigo mesma, porque é a cara de Scottie tentar me dizer como eu me sinto.

– Pode ser. Mas posso pelo menos esperar uns dias?

– Humm... Nesse caso eu não vejo vantagem em esperar... Na verdade, acho que o melhor seria você simplesmente disparar uma resposta rápida agora mesmo. Você não quer dar a entender que está fazendo joguinhos.

Suspiro, apreensiva.

– Tá. Justo. Então o que você acha que eu deveria dizer? Conto para ele que estou saindo com outra pessoa?

– Não. Não assim de cara – diz Scottie. – Não nesse e-mail. Você não quer parecer vingativa, quer? Além do mais, ele nem deve acreditar. Faz, o quê, um mês que vocês terminaram? Ele vai achar que você está mentindo para deixá-lo com ciúmes.

Assinto, sabendo o que vem a seguir. Sigo a deixa dele e digo:

– Estou pronta.

Encaixo o telefone na orelha e posiciono os dedos sobre o teclado. Não vou dizer necessariamente o que ele quer que eu diga, mas pelo menos vou anotar as palavras dele para poder pensar.

Scottie pigarreia e depois começa a falar, e vou anotando suas palavras exatas:

– Oi... vírgula... Matthew... vírgula... Legal ter notícias suas... ponto... Apesar de achar que tomamos a decisão certa... vírgula... ficaria feliz em te encontrar para um café... ponto... Amanhã à tarde está bom... interrogação... Me fala... vírgula... Cecily.

– Amanhã? – pergunto, encarando as palavras na tela. – Grant viaja amanhã.

– E daí? – rebate ele. – Mais motivo ainda.

– Não entendi.

– Assim você está se garantindo com Grant ao mesmo tempo que mantém as suas opções em aberto. Estratégia nota 10.

– *Scottie!* – exclamo, afundando o rosto nas mãos.

– O quê?

– Eu não quero manter minhas opções em aberto. Eu não preciso de estratégia. Já sei o que eu quero.

– Isso eu entendi, mas por que fechar portas? Você sabe, só para garantir.

– Só para garantir *o quê?* – pergunto, forçando-o a dizer em voz alta o que ele obviamente está insinuando.

– Só para garantir se as coisas não derem certo com o misterioso Grant – conclui ele.

– As coisas *vão* dar certo.

– Então encontre o Matthew, encare-o nos olhos e diga isso para ele. Fale que você está feliz com a sua decisão e que acabou de vez.

– Tá. Tá bom. *Tá bom.*

Acabo aceitando, não por concordar com o seu raciocínio, mas porque de repente isso me parece a forma mais madura e gentil de agir.

Aperto a tecla enviar, ansiosa para resolver logo aquilo.

―

Mais tarde nesse dia, depois de ir em casa e tomar uma ducha, caminho até o Miracle Grill da Primeira Avenida, para meu último jantar com Grant antes de ele partir para Londres. Planejo lhe contar sobre a troca de e-mails com Matthew, mas mudo de ideia quando nos acomodamos em nossa mesa de canto aconchegante nos fundos do restaurante, à meia-luz.

Quero me concentrar apenas em *nós* e aproveitar cada segundo que ainda temos juntos. Juramos não ficar tristes e acabamos tendo um jantar surpreendentemente leve, conversando, rindo, bebendo e passeando pelo East Village até irmos parar em nossos bancos no bar da esquina da 7th Street com a Avenue B, onde tudo começou. Difícil acreditar que foi só um mês atrás.

Quando o bar serve a última rodada, imagino que vamos voltar para o meu apartamento, mas ele sugere que fiquemos na rua a noite inteira para ver o sol nascer. Para saborear cada momento juntos. É uma sugestão super-românica, então aceito, e nós seguimos andando até chegamos à Ponte do Brooklyn. Já atravessei a ponte a pé antes, mas dessa vez é muito diferente. Para começar, está no meio da noite e não estamos rodeados por turistas, apenas pelas luzes brilhantes e intermitentes de Manhattan e do Brooklyn. Em segundo lugar, estou com Grant, e *tudo* na companhia dele é diferente. Por algum motivo, tudo é mais vivo e tem mais significado. Tento encontrar uma metáfora, só que o máximo em que consigo pensar é que Matthew e eu éramos espectadores de um esporte, e assistíamos e vibrávamos juntos, enquanto Grant e eu estamos de fato *jogando* o jogo, juntos. Em determinado momento, esvazio a mente ao seguirmos atravessando o rio que corre lá embaixo em direção ao Brooklyn.

Nossa caminhada de volta até Manhattan é mais espetacular ainda, pois o sol está prestes a nascer. Como um filme que se revela, a noite se transforma em dia. O World Trade Center e sua órbita de arranha-céus ficam banhados numa suave luz prateada antes de ganharem um tom rosa-claro alaranjado, e então, por fim, explodir em tecnicolor. É tão lindo e de tirar o fôlego que sinto vontade de chorar. Mas não choro.

Em Manhattan, a cidade está acordando, mercearias abrem as portas, táxis se materializam do nada. Pegamos um táxi na Centre Street, na quina nordeste do City Park Hall. Grant dá meu endereço ao motorista e afundamos no banco de trás, subitamente exaustos. Com o braço dele à minha volta e minha cabeça no seu ombro, seguimos depressa em direção ao norte da cidade, depressa demais, e o fim se aproxima rapidamente.

Quando o táxi para em frente ao meu prédio, qualquer empolgação que restava já desapareceu por completo, e a realidade me faz ficar inteiramente sóbria. Já meio chorosa, forço-me a me despedir dele. Grant me impede pousando um dedo de leve sobre os meus lábios e dizendo que aquilo não é uma despedida e que voltaremos a nos falar muito em breve.

SETE

Quando chego ao trabalho, com mais ressaca por não ter dormido do que por causa da bebida, vejo a resposta de Matthew na minha caixa de entrada dizendo que adoraria me encontrar hoje. Que tal às duas da tarde no Bryant Park? A ideia me parece horrível, mas me forço a aceitar, pois decido que preciso resolver logo a situação. Além do mais, é de certa forma simbólico a nossa última conversa ser no mesmo dia em que Grant viaja para Londres.

Sinto-me anestesiada ao caminhar até o parque, pelo menos em relação a Matthew. Mas então o vejo ali, sentado num banco, e é como se levasse um soco inesperado no estômago. Não que eu nutra algum sentimento avassalador por ele, mas tampouco é como se estivesse vendo um velho amigo, e muitas lembranças me voltam à mente.

Chego perto do banco por uma das laterais, e bem nessa hora ele ergue o rosto e olha em volta. Por algum motivo não me vê e torna a baixar os olhos para o seu BlackBerry. Está de óculos, o que significa que as lentes estão incomodando, provavelmente porque ele ficou trabalhando até tarde. Reparo também que ele está usando a gravata Hermès verde-clara com estampa de veleiros que comprou para o casamento do primo em Newport alguns meses depois de começamos a namorar. Não fui com ele ao casamento, apesar de o convite especificar que ele poderia levar um acompanhante, porque ele achou que era "cedo demais".

Ao chegar mais perto, reparo que ele acabou de cortar os cabelos, o que realça sua beleza juvenil. Não há dúvida de que ele é gato, mais gato do que eu me permitia recordar, e de repente sou acometida por uma sobrecarga sensorial. Começo a dar meia-volta para sair correndo dali, decidida a mandar um e-mail a ele dizendo que sinto muito, mas que não consegui me liberar no trabalho. Bem na hora em que estou prestes a fugir ele ergue o rosto outra vez, me vê e dá um pequeno aceno. Aceno de volta, dou os últimos passos que me separam do banco e digo oi.

Ele se levanta e diz oi também. Não sorrimos. O olhar dele está triste, *muito* triste, e meu primeiro instinto é dizer algo para alegrá-lo ou lhe dar um abraço, fazer alguma coisa para aquela expressão desaparecer do seu rosto, mas não faço nada. Porque deixar Matthew feliz não é mais minha responsabilidade.

Ele ergue os olhos para o céu e os estreita com uma leve careta antes de olhar para mim outra vez.

– Uau. Que coisa estranha.

Concordo baixinho, e nessa hora ele se inclina para a frente para me dar um abraço. Reteso o corpo, mas retribuo o abraço depressa, sentindo o cheiro familiar da sua loção pós-barba, o que traz à tona ainda mais lembranças.

– Quer sentar ou andar? – pergunta Matthew, deixando a decisão para mim. Sempre respeitoso.

– Vamos andar.

Embora esteja usando uma sandália não muito confortável, isso me parece mais fácil do que ficarmos sentados lado a lado.

– Está bem. – Depois de caminharmos por um tempinho, ele torna a falar: – Então... Que bom te ver.

– É bom te ver também – digo, sem saber se isso é verdade.

– Não acredito que faz só um mês. Parece bem mais.

– Eu sei.

– Como você está?

– Bem – respondo, pensando outra vez em Grant, apesar de ele na verdade nunca ter saído da minha cabeça. – Considerando as circunstâncias e tal.

Matthew assente e diz:

– E você acha que a gente tomou a decisão certa?

– Acho. Com certeza – respondo, tão depressa e com tanta ênfase que fico preocupada de ter sido um pouco grosseira.

De fato, Matthew parece espantado com a minha resposta, além de decepcionado.

– Caramba, não precisa ser tão enfática – diz ele, deixando escapar uma pequena risada.

– Estou só tentando seguir em frente.

– Mas você não sente *nenhuma* saudade da gente?

A pergunta me parece uma pegadinha, e de toda forma é uma pergunta à qual não quero responder. Então lhe digo apenas para não pôr palavras na minha boca.

– Bom, *eu* sinto falta da gente – diz ele. – Nós formávamos um ótimo casal, Cecily.

Abro a boca para responder, e uma pequena parte de mim quer provocar e lhe lembrar que não devíamos ser *tão* bons assim, levando em conta que ele nunca queria falar sobre o futuro, mas tento manter a calma.

– A gente teve bons momentos, mas acho que no fim das contas cada um queria uma coisa diferente.

– Como assim?

Hesito, pensando que de nada adianta revisitar o passado, mas não consigo me segurar.

– Eu queria construir um futuro com você, e você só queria viver o momento.

Isso soa um pouco falso, considerando meus sentimentos por Grant e a percepção de que talvez Matthew e eu, afinal, não formássemos um casal tão bom assim. Mas quem pode saber? Se ele não tivesse colocado tantas barreiras, talvez o nosso relacionamento também tivesse chegado ao próximo nível.

– Isso não é verdade – diz ele. – Essa é a sua versão conveniente para...

Interrompo-o, irritada:

– Olha, Matthew, fosse por querer ou não, você estava me enrolando, e teria continuado a me enrolar até os 30 e tantos...

Ele, por sua vez, me interrompe, e sua voz fica um pouco mais alta:

– Cecily, você tem só 28 anos. Qual é a pressa?

– Eu nunca falei que tinha pressa.

Ele me encara e arqueia uma das sobrancelhas de um jeito que eu costumava achar irresistível e que ainda me afeta um pouco.

– Eu *nunca* falei que havia pressa – repito. – Mas a gente namorou mais de três anos e acho que, nesse ponto de uma relação, se você ainda não sabe se ela tem potencial de ser "para sempre", então você já tem a resposta.

– Você pode saber que a relação tem potencial de ser "para sempre" e mesmo assim não estar pronto para dar esse passo – diz Matthew, e sinto que começamos a adentrar os mesmos círculos frustrantes de antigamente.

Suspiro, lembrando-me de todos os alertas e decepções. O casamento do primo dele, por exemplo. Todas as noites em que ele escolheu sair com os amigos e me ignorou. Fui trocada por jogos do Knicks, por partidas de *flag football* e até mesmo por uma "boa noite de sono", quando Matthew disse que estava cansado demais para ir para a minha casa, mas que "tudo bem se você quiser vir pra cá". O jeito como ele se retesava ao ouvir qualquer menção ao nosso futuro além da casa que alugaríamos com amigos nos Hamptons no verão seguinte. O fato de ele continuar em contato com Juliet, a ex-namorada metida que trabalha na Sotheby's, apesar de saber o quanto isso me incomodava.

– Cecily, você não sabe o quanto eu te amo? – pergunta ele.

As palavras me pegam de surpresa e, por mais que eu não queira estar tendo essa conversa, preciso admitir que é bom ouvi-lo dizer isso. Quer dizer, quem não quer ser amada, principalmente depois de ter se sentido tão rejeitada?

Mas acima de tudo há o sentimento de que aquilo é pouco e está vindo tarde demais, e de que toda essa conversa é desleal com Grant.

– Será que podemos não fazer isso? – peço. – A gente tomou uma decisão.

– *Você* tomou uma decisão – diz ele.

– Tá – admito. – *Eu* tomei uma decisão. Mas só depois que *você* não quis tomar.

Matthew para de andar quando chegamos a um banco vazio e põe a mão com delicadeza no meu antebraço.

– Cecily. Olha para mim. Por favor.

Também paro e me viro para ele, sentindo-me enjoada.

– Podemos sentar?

Respondo que tudo bem, e com relutância me sento ao seu lado e espero ele falar.

– Por que eu não podia fazer você feliz? – pergunta ele.

Solto um longo suspiro, tentando traduzir minhas emoções em palavras sem soar patética nem lhe dar falsas esperanças. O que eu quero dizer é que sempre tive a sensação de que ele estava à procura de algo melhor. De alguém mais sofisticado. Menos caipira. Que eu sempre tive a sensação de estar guardando o lugar de outra pessoa. Que tinha a sensação nauseante de que eu seria a moça que ele iria namorar logo antes de se apaixonar perdidamente pela mulher com quem logo se casaria. Ou pior: que ele me pediria em casamento apesar de lá no fundo estar se perguntando se estava se contentando com pouco.

Só que eu não digo nada disso. O que faço é dizer a ele que isso não tem mais importância. Que é tudo irrelevante.

– Como você pode dizer isso? – pergunta ele.

– Porque... – Engulo em seco, então me forço a dizer o resto. – Porque eu segui com a minha vida.

Ele me encara com uma expressão de incredulidade.

– Depois de *um mês*?

– Muita coisa pode acontecer em um mês – respondo, soando mais incisiva do que gostaria.

– Ah, sério? – rebate ele, arqueando a sobrancelha.

– É – respondo baixinho. – Sério.

– Peraí – diz ele, e sua expressão muda. – Você está saindo com alguém?

Assinto bem de leve.

– Sério? – pergunta ele, com uma expressão ao mesmo tempo magoada e apavorada.

Isso não me causa a satisfação que Scottie tinha previsto. Na verdade, tudo o que eu sinto é desconforto... e muita tristeza.

– Quem é? – pergunta Matthew. – Eu conheço?

Balanço a cabeça.

– Não.

Ele passa longos segundos me encarando.

– Então é isso? Para você a gente já era, simples assim?

Sinto uma pontada de culpa e desvio os olhos.

– Então tá – ouço-o dizer quando me forço a encará-lo outra vez. – Vou interpretar isso como um sim. Legal. – Ele balança a cabeça com um ar zangado.

– Matthew. Para com isso – peço, revirando os olhos.

– Parar com o quê?

– Para de tentar fazer eu me sentir culpada. Não achei mesmo que você fosse se importar por eu estar saindo com alguém...

– Deixa pra lá, Cecily – diz ele, me interrompendo. – Sabe o que eu acho?

Dou de ombros, com um pouco de medo do que ele vai dizer.

– Acho que isso é uma projeção clássica – continua ele. – Acho que era *você* quem não me amava.

– Você sabe que eu te amava – digo baixinho.

– *Amava?* Quer dizer que não ama mais?

– Amava. Amo. Parte de mim sempre vai te amar. Mas...

– Então dá mais uma chance pra gente – pede ele, interrompendo-me outra vez. – Vamos para os Hamptons comigo esse fim de semana...

Matthew tenta segurar a minha mão, e eu cruzo os braços depressa.

– Eu não posso – digo, balançando a cabeça e me sentindo a criança que fecha os olhos, enfia os dedos nos ouvidos e fica dizendo: *Lalalalalááá! Não consigo te ouvir.*

Mas eu o ouço, sim, em alto e bom som, quando ele levanta a voz e diz:

– Por causa de um cara que você conhece faz *um mês*?

– É. Não. Mais ou menos. Eu não sei... É mais complicado do que isso – respondo, sentindo um nó na garganta.

– É? De que jeito?

– É por causa dele, sim – digo, pensando em como as coisas com Grant parecem fluir sem esforço. – Mas também é... sei lá... Talvez não fosse pra gente ficar junto... Talvez eu estivesse forçando uma coisa que não era pra ser.

– Você estava forçando o timing... não a relação – diz ele.

– Pode ser. Ou pode ser que você não conseguisse me amar como eu preciso ser amada.

Continuo dizendo que talvez eu também não o ame do jeito que ele precisa ser amado, e então ele começa a berrar:

– E *ele* consegue? Um cara que você acabou de conhecer? Isso é *loucura*.

Olho para ele, sabendo o quão bobo aquilo parece. E talvez seja *mesmo* bobo. Acho que só o tempo dirá.

Como eu não respondo, Matthew balança a cabeça, o rosto agora vermelho.

– Uau. Pelo visto você encontrou um belo de um garanhão, hein?

– Tá bom, Matthew – digo, já um pouco zangada, mas decidida a não deixar a conversa se transformar numa briga.

– É, então tá mesmo – retruca ele, levantando-se e me olhando de cima com os olhos em brasas. – Aproveita o seu casinho de verão. Não volta pra mim rastejando quando tiver acabado em setembro.

Começo a responder, a lhe dizer que não quero que nos despeçamos num tom tão amargo, mas antes de eu conseguir fazer isso ele me dá as costas e se afasta pisando duro. Enquanto encaro suas costas, tão retas e rígidas, eu me pergunto por que nunca vi toda aquela paixão quando estávamos juntos.

OITO

13 de junho
Querida Cecily,
Byron e eu estamos no portão do JFK, prestes a embarcar. Só queria te agradecer por uma noite linda. Nunca vou esquecer nosso nascer do sol, nem como você estava bonita na luz suave da manhã. Mando outro e-mail quando conseguir, lá do outro lado da poça. Até lá...
Um beijo,
Grant

13 de junho
Querido Grant,
Ontem à noite foi incrível. Fico revivendo cada instante, junto com todos os nossos instantes nesse mês que passou. Foi diferente de tudo que eu já vivi. Vou morrer de saudades, mas estou esperançosa por você e pelo seu irmão. O que você está fazendo por ele é mesmo incrível. Ele é muito sortudo por ter você. E eu também sou sortuda por ter você. Boa viagem.
Um beijo,
Cecily

14 de junho
Cecily,
Eu sinto muito mesmo pela nossa última conversa, pelo menos por como ela terminou. O que você faz e com quem você sai não é mais da minha conta. Eu exagerei, e quero que você seja feliz. Só fiquei magoado por você ter esquecido a gente tão depressa. Eu teria gostado de ter outra chance, porque acho que a gente tinha uma coisa especial. Quem sabe um dia. Ou quem sabe um dia a gente possa pelo menos ser amigo. Eu te admiro muito, de verdade.
Matthew

15 de junho
Matthew,
Obrigada pelo seu e-mail. Também te admiro muito e vou sempre me lembrar com carinho dos anos que passamos juntos. A gente teve lembranças incríveis. Quanto a ser amigos, eu adoraria que isso acontecesse um dia, mas acho que agora está difícil demais. Nós dois precisamos de um tempo. Espero que você tenha um ótimo verão. Voltamos a nos falar em setembro.
Cecily

15 de junho
<mensagem encaminhada>
Scottie. Olha só. Aff.
<mensagem de Matthew>

15 de junho
Clássico. Ele está só tentando te deixar culpada. Não caia nessa. Você está por cima! Continua assim! Não responde nada!!! Silêncio é poder! Liga quando der! Scottie

16 de junho
Tarde demais. Já respondi. Além do mais, eu não quero poder. Só quero que isso acabe. E talvez um dia queira também uma amizade. O Matthew é ótimo; ele só não era o cara certo pra mim. Te ligo mais tarde, estou com um prazo aqui. Beijo, C

17 de junho
Cecily, desculpe ter levado tanto tempo para escrever. Conforme esperado, nem meu BlackBerry nem meu celular funcionam aqui, e também tem sido difícil conseguir conexão no hotel para o meu laptop. Agora estou te escrevendo de um cibercafé, cercado por umas universitárias chatíssimas. Enfim, as coisas estão indo bem até agora. O tratamento do Byron só começa na quinta, então a gente tem só ficado à toa, conhecendo o lugar. Ele está bastante animado e tem se sentido bem o suficiente para sair um pouco. Ontem fomos a Trafalgar Square ver um concerto em St. Martin-in-the-Fields na hora do almoço e demos uma passada na National Portrait Gallery. Depois ficamos só sentados na praça, perto das estátuas de leão na Coluna de Nelson, vendo as pessoas passarem. Pensei em você quase o tempo todo. Adoraria estar aqui com você. Adoraria estar em qualquer lugar com você. Não vou conseguir passar o verão sem ver seu rosto. Já estou avisando.
Um beijo,
Grant

17 de junho
Grant,
Que BOM ter notícias suas. Fico feliz em saber que as coisas estão correndo bem até agora e que vocês conseguiram conhecer um pouco a cidade. Como acho que te falei, nunca fui a Londres. Mas já li muitos livros que se passam na cidade e adoro ouvir os detalhes, principalmente pelos seus olhos. Por favor, continue a me contar. Onde vocês estão hospedados? E o tempo, como anda? Já viram a rainha? :)
Por aqui não tenho muito para contar. Tudo certo no trabalho. Me pautaram o escândalo/affair Giuliani. Parece que ele e a namorada estavam usando o St. Regis como ninho de amor. Tudo bem sórdido, embora eu não esteja de fato cobrindo o caso, e sim o fato de alguém no St. Regis ter vazado a informação. Em outras palavras, a questão da privacidade no hotel. Também voltei a escrever, já que estou com as noites livres e me sentindo inspirada...
Um beijo,
Cecily

20 de junho
Cecily,
Estamos hospedados no One Aldwych, em Covent Garden. É um hotel novo, que só abriu em 1998, mas o prédio em si é um lugar histórico. De formato triangular, ele me lembra o Flatiron, mas com uns toques tradicionais ingleses: quinas arredondadas, sancas e sacadas rebuscadas. É lindo. Já o tempo aqui tem feito jus a todos os estereótipos britânicos... nublado, chuvoso e um pouco frio. Estou acostumado com junhos quentes, mas na verdade não ligo. De certa forma é reconfortante. Ou talvez só torne mais fácil justificar todas as horas que Byron e eu temos passado dentro de pubs. Ha-ha-ha. Nosso preferido é o Lamb & Flag (antes conhecido como Bucket of Blood, "o balde de sangue", porque no século XVIII costumava ser palco de competições de luta sem luvas). O imóvel tem uma placa comemorativa de um ataque numa viela próxima na qual o rei Carlos II mandou alguns homens agredirem um poeta por ter escrito um poema satírico sobre a sua amante. Nem mesmo você, que escreve ficção, seria capaz de inventar esse tipo de coisa! Falando nisso, em que você anda trabalhando? E o que exatamente te deixou tão inspirada?

21 de junho
Grant,
É uma história para o público juvenil sobre uma adolescente chamada Lily que se muda de Nova York para uma cidadezinha no Alabama enquanto mantém um relacionamento inter-racial a distância. Tenho escrito também um pouco de poesia, coisa que não faço há anos. Quanto à minha inspiração, acho que você sabe a resposta para essa pergunta. Digamos apenas que os temas estão mais para românticos... coisas sobre conexões humanas e almas gêmeas.
Muito mais importante: o tratamento não começou hoje? Como está indo? Como Byron está se sentindo? Se você não quiser falar sobre o assunto, eu entendo. Então me conte mais sobre Londres. O que vocês comem no pub? *Fish and chips*? *Yorkshire pudding*? *Shepherd's pie*? Eu quero visualizar você. Estou com saudades do seu rosto. Estou com saudades de várias coisas.
Um beijo,
Cecily

22 de junho
Cecily,
Obrigado por me contar um pouco sobre o que você anda escrevendo. São temas ótimos, e mal posso esperar para saber mais. Com sorte, quem sabe você até me deixe ler um dia. (É claro que você não vai ter escolha quando for publicada e ficar famosa mundialmente.) Quanto ao tratamento, sim, já começou. Está bem no início, e até agora praticamente só cuidamos dos detalhes administrativos, mas estou esperançoso. Em breve escrevo mais, é que agora preciso correr. Além disso, a gente precisa marcar uma hora para conversarmos. É difícil com a diferença de fuso, e o hotel cobra uma fortuna pelas chamadas internacionais, mas a gente dá um jeito.
Um beijo,
Grant
P.S.: Sou louco por *shepherd's pie*. E por você. :)

26 de junho
Grant, espero que as coisas estejam correndo bem. Tenho certeza de que você e seu irmão devem estar exaustos e sobrecarregados, então sem pressão. Só queria dar um oi e dizer que estou pensando em vocês dois.
Um beijo,
Cecily

27 de junho
Cecily,
Eu nunca me sinto pressionado por você. Adoro escrever para você e adoro mais ainda saber de você. Aqui tem sido bem agitado, de um jeito frustrante e irregular. Mas eu não deveria reclamar. Todo mundo é simpático e profissional. A gente também pôde conhecer algumas das outras famílias na mesma situação. Além do tratamento médico, eles organizaram uma espécie de grupo de apoio. Foi bom fazer essa conexão e um alívio saber que não estamos sozinhos, principalmente para o Byron. Mas mesmo assim é tudo bem difícil, e o desfecho é uma incógnita total. Existem riscos, inclusive de os remédios fazerem os pacientes piorarem mais depressa do que sem eles. Os médicos são bem honestos em relação a isso. Tentei permanecer positivo e sei que essa é a nossa melhor chance de um milagre, mas mesmo assim estou com

medo e cheio de dúvidas. Pensei até em tirar meu irmão do estudo e apenas viajar com ele. Quem sabe por mais quanto tempo vamos poder fazer isso? Tem uma parte tão grande do mundo que talvez ele nunca conheça... Desculpe despejar tudo isso em cima de você. Acho que estou sendo um pouco deprê. Vai passar. Me conta alguma coisa boa. Me diz que está com tanta saudade quanto eu... G.

27 de junho
Ah, Grant, estou morrendo de saudade. Obrigada por dividir tudo isso comigo. Dito isso, por favor, nunca se sinta obrigado a escrever. Eu não consigo sequer imaginar como deve ser ver um irmão passar por uma coisa dessas. Então faça o que você tem que fazer e saiba que estou aqui para qualquer coisa de que precisar.
Um beijo,
Cecily

27 de junho
Scottie, Grant acabou de me escrever e parece muito deprimido. Diz que está pensando em tirar o irmão do tratamento para eles poderem viajar. Acha que talvez essa seja a última chance de o irmão conhecer um pouco o mundo. Dá para imaginar? Não consigo nem pensar em estar numa situação dessas com meu irmão, com minha irmã ou com você. Simplesmente não sei o que eu faria. Respondi que eu daria todo o apoio de que ele precisasse, mas que ele não deveria se sentir pressionado para entrar em contato. Você acha que tudo bem ter dito isso? Que situação...

30 de junho
AI, MEU DEUS! QUE SITUAÇÃO! COMO A VIDA É INJUSTA! Acho que você escreveu a coisa certa. O que mais poderia dizer, afinal? Na verdade, é incrível ele estar dividindo isso tudo com você. Se fosse o contrário, não consigo imaginar você mantendo contato desse jeito com um cara que tivesse acabado de conhecer. Ele deve estar super a fim de você. Ou isso, ou é tudo mentira e ele está inventado essa história toda de Lou Gehrig e na verdade está em Londres com outra mulher. Tá, foi mal. Brincadeira de mau gosto. Mas isso me passou pela cabeça, e você sabe que eu não sei filtrar. Calma. E também

não fica paranoica. Eu nem acho que isso seja uma possibilidade, de verdade. Estou pensando em você. Te amo, irmãzinha, Scotté
P.S.: Vem pra cá logo! Quatro de Julho no Wisconsin?

30 de junho
Pera. Acabei de ter uma ideia melhor. Vamos para Londres! Você não disse que o Grant te convidou para ir lá uma vez? Você pode dizer que sabe que ele está ocupado com o irmão e que a gente não quer atrapalhar e vai ficar na nossa. Mas acho que preciso conhecer esse cara. Além do mais, e sei que isso é mórbido, você precisa conhecer o irmão dele o quanto antes, se é que me entende. E se o Grant for "o cara" e você nunca conhecer o gêmeo dele? Vocês dois iriam se arrepender para sempre. Enfim, vamos lá! O que me diz? Estou sendo egoísta? Mais egoísta do que o normal? Me liga pra gente conversar! Te amo, irmãzinha, Scotté

1º de julho
Ha-ha-ha. Você está sendo um caipira insensível, como de hábito. Mas obrigada por me fazer sorrir. Eu estava precisando. Te ligo daqui a pouco pra combinar uma visita. (Ao Wisconsin, não a Londres!) Te amo, irmãozinho, C

1º de julho
Cecily,
Obrigado pelo seu último e-mail. Nem sei dizer o quanto ele fez eu me sentir melhor. É que está tudo uma montanha-russa. Mas nos dois últimos dias as coisas parecem estar indo na direção certa. Ainda é cedo para saber se o tratamento está dando certo, mas o Byron parece um pouco menos cansado. Sei que é possível ser só um efeito placebo, mas estou com esperança de ser mais do que isso. Também estou com esperança de você ter pensado em vir me visitar. Dei uma olhada nos preços das passagens, e não estão tão ruins. Eu adoraria te pagar uma. Pelo seu aniversário. 17 de julho, né? Preciso te ver. Estou morrendo de saudade.
Um beijo,
Grant

1º de julho
Grant,
Eu adoraria ir te visitar, e não consigo pensar num jeito melhor de passar meu aniversário. Mas não deixaria você me comprar uma passagem de avião. Quem sabe um jantar? :) E se eu fosse com meu amigo Scottie? Assim você não se sentiria pressionado a me fazer sala, dependendo de como estiverem as coisas com seu irmão, e eu não ficaria preocupada de estar sendo um peso para você. A gente ainda poderia passar juntos todo o tempo livre que você tivesse, e se a gente quisesse ficar sozinho, Scottie não iria se importar. Ele é muito independente. Me diz o que você acha.
Beijos,
Cecily

1º de julho
Eu acho que você deveria vir, com certeza. Adoraria conhecer o Scottie. Mas também vou querer ficar um pouco só nós dois. Por favor, me diz que você está falando sério. Estou ficando esperançoso. Um beijo, Grant

2 de julho
Estou falando sério. Vou ver os voos agora... Beijos, C

3 de julho
Grant! Reservas feitas! Olha só:
Detalhes do voo:
Partida JFK Quarta-feira 18 de julho 18h55
Chegada Heathrow Quinta-feira 19 de julho 5h40
Partida Heathrow Domingo 22 de julho 10h30
Beijo, C

4 de julho
Estou muito feliz. Você não faz ideia. Dá para ver o sorriso no meu rosto aí de NYC? Bom Quatro de Julho. Vai fazer o quê no feriado?
Beijo, G.

4 de julho
Você vai morrer de inveja. Passei o dia em Coney Island cobrindo o Concurso do Maior Comedor de Cachorro-Quente. Caso você tenha perdido os resultados, o estudante de administração japonês Takeru Kobayashi, 23 anos, conhecido como "O Tsunami", foi o vencedor após comer o número recorde de cinquenta cachorros-quentes em doze minutos. A melhor frase do dia foi de um agente dos correios do Brooklyn, que disse: "Kobayashi é o maior atleta que eu já vi." Sim, ele realmente disse atleta. Que subcultura bizarra. Como estão as coisas por aí?? E o seu irmão? Faltam quinze dias!

7 de julho
Saudações de Paris! Meu irmão e eu conseguimos voos baratos de última hora e decidimos vir passar uns dias. Hoje vamos fazer um passeio de barco pelo rio Sena e visitar o Louvre. Amanhã vamos conhecer a Notre-Dame e a Torre Eiffel. Na segunda vamos à Normandia, porque o Byron é um grande fã de história. Não sei se vamos conseguir conhecer as praias, mas com certeza vamos visitar os cemitérios americano e britânico. A França não é nenhum concurso do maior comedor de cachorro-quente de Coney Island – ha-ha –, mas deve ser divertido. Estou com saudade e mal posso esperar para te ver.
Um beijo,
Grant

7 de julho
Aproveitem a França! Vou ficar pensando em você, como sempre. Bjs, C

9 de julho
Já voltaram? Como foi o resto da viagem? Por aqui nada de muito novo. Estou preparando um texto sobre um dos Backstreet Boys que se internou numa clínica por causa de depressão e alcoolismo, adiando o restante da turnê da banda pelos Estados Unidos. Os outros integrantes deram a notícia ao vivo na MTV. Então é isso que tenho para contar. Nos falamos em breve, espero.
Um beijo, Cecily

11 de julho
Cecily, sim, estamos de volta a Londres. A viagem foi boa, mas pensando bem a Normandia talvez não tenha sido a melhor ideia. Túmulos demais. Vidas demais perdidas. Até o cemitério alemão foi de cortar o coração. Nós pensamos neles como o inimigo, e eles eram mesmo, óbvio. Mas quantos daqueles jovens de fato acreditavam no que estavam fazendo e quantos não tiveram escolha? Eles perderam a vida igualzinho aos americanos, britânicos, franceses. Só que os nossos homens são heróis, mártires com cruzes brancas descansando no alto de um esplendoroso penhasco com vista para o mar. Já o legado deles é pura escuridão. Talvez, no fim, isso não tenha importância. Tudo que sei ao certo é que a vida é uma tragédia. Para todo mundo. Estamos todos vivendo numa tragédia de proporções shakespearianas e fingindo não conhecer o fim inevitável...

11 de julho
Grant, acabei de ler seu e-mail. Estou preocupada com você. Se ainda estiver acordado, me liga, por favor...

12 de julho
Grant? Você e seu irmão estão bem?

14 de julho
Grant!! Me liga, por favor. Ou pelo menos escreve. Estou preocupada mesmo com vocês. Você ainda quer que eu vá??

15 de julho
Cecily, desculpa ter deixado você sem resposta desse jeito. Esses últimos dias foram duros. Não acho que os remédios estejam funcionando para o Byron, ele deu uma piorada de repente. Ainda quero que você venha, quero muito, mas não vou ser muito boa companhia, então entendo se quiser desistir. E você precisa me deixar pagar as tarifas de cancelamento etc. Me desculpa outra vez, e espero que isso não estrague o seu aniversário. Grant

16 de julho
Não estou nem aí para o meu aniversário. Tudo que me importa no momento é você e o seu irmão. Sinto muito, muito mesmo que o tratamento não esteja dando certo, mas estou rezando para as coisas mudarem... Ainda vou viajar, mas entendo se não puder te ver. A gente aterrissa na quinta de manhã, e eu dou notícias depois que fizermos o check-in. Vamos ficar no Gore Hotel, em Kensington. C

17 de julho
Parabéns! Que bom que você vem e não desistiu... E é claro que eu vou te ver. Boa viagem. Beijos, G

17 de julho
Querida Cecily,
Sei que era pra gente só se falar em setembro, mas eu só queria te desejar feliz aniversário. Espero que seja o seu melhor até hoje. Um beijo, Matthew

17 de julho
Matthew,
Obrigada pelos parabéns. Significa muito para mim. Um beijo, Cecily

NOVE

Tirando o fato de eu ter oficialmente adentrado o último ano da casa dos 20, de Grant estar perdendo o irmão gêmeo aos poucos para uma doença degenerativa e de o meu chefe estar sendo passivo-agressivo porque vou tirar alguns dias de férias – aos quais tenho total direito mas que na verdade não posso bancar com meu salário de merda –, não consigo *imaginar* por que fico tão emocionada no meu aniversário.

Nem preciso dizer que fico felicíssima em ver Scottie quando ele chega ao meu apartamento na noite anterior ao nosso voo, trazendo uma caixa dos meus cookies preferidos da padaria da nossa cidade. Ele começa na hora uma versão de "Parabéns pra você", dançando e dando estrela. Eu rio e digo que o amo. Sem perder tempo, servimos duas taças grandes de vinho, nos acomodamos no sofá com um cobertor e começamos a conversar.

Falamos sobre o e-mail de Matthew, sobre Grant e o irmão e sobre toda uma gama de assuntos relacionados à vida de Scottie, entre eles seu medo de compromisso, que eu penso ser uma consequência do seu medo de sair do armário oficialmente para os pais.

– Você acha mesmo que eles não sabem? – pergunto a ele.

Scottie dá de ombros.

– Se sabem, fingem não saber – afirma ele. – Quer dizer, mamãe continua tentando me apresentar a garotas. Acho que no fundo ela reza para você e eu acabarmos juntos. Na verdade, eu *sei* que ela reza para isso.

– Acho que meu pai também – digo, rindo. – Quem sabe? Talvez a gente acabe mesmo. Platonicamente.

– Não é má ideia – diz ele, sorrindo.

– Mas sério – insisto. – Por que você não conta para eles e pronto? Qual é a pior coisa que poderia acontecer?

– Bom, eles poderiam cortar relações comigo. E me deserdar de uma herança *enorme*.

Eu rio.

– Que herança?

– Ahn... oi? O trator da John Deere? Sob nenhuma hipótese o meu pai daria aquele trator para o filho gay.

– Sob nenhuma hipótese o filho gay dele ia *querer* aquele trator – digo, rindo.

– É uma coisa simbólica. Ele *quer* que eu queira o trator – explica ele, então fica estranhamente sério. – Olha. Não faz sentido deixar eles arrasados se eu não estou nem namorando. Quando eu conhecer a pessoa certa, *se é* que isso vai acontecer, eu conto.

Assinto e reflito a respeito, então digo:

– Tá. Mas você acha que pode estar subconscientemente evitando a pessoa certa por causa disso?

– Como é que eu vou saber o que o meu subconsciente está fazendo? Ele é o subconsciente! – diz Scottie com uma risada, então muda de assunto de modo conveniente e começa a falar sobre mim e Grant.

Enquanto conversamos, não paro de olhar as horas e de dizer que precisamos mesmo começar a nos arrumar para a reserva que fiz num restaurante italiano do bairro, mas não conseguimos nos motivar a sair do sofá, e uns cinco minutos antes do horário marcado eu tomo a decisão de cancelar a reserva e pedir comida.

Scottie, claro, não pode simplesmente agir como uma pessoa normal, não aparecendo ou cancelando a reserva. Em vez disso, ele liga e inventa uma mentira complexa de que está com pedra nos rins e precisa ir ao pronto-socorro. Rio, somando isso à longa lista de manias que amo no meu melhor amigo.

— Se muda para cá, por favor — digo quando ele desliga. — A gente ia se divertir *tanto*.

— A gente ia se divertir no Wisconsin também — rebate ele. — E o aluguel é bem mais barato.

— A gente ia se divertir *mais* aqui.

— Vamos ser honestos — diz Scottie. — A gente ia se divertir em *qualquer lugar*.

~

No final da tarde do dia seguinte, entrego minha última matéria pendente antes de viajar. É um texto sobre a socialite Lizzie Grubman, que voltou para a sua empresa de relações públicas após o acidente de carro que causou em 7 de julho, quando deu ré com seu SUV da Mercedes em cima de um grupo numa boate em Southampton, ferindo dezesseis pessoas. Em outras palavras, mais uma história deprimente.

Deixo tudo isso para trás quando Scottie e eu pegamos um táxi para o JFK. Com estoques de chocolates e revistas, embarcamos no nosso voo corujão e nos afundamos na última fileira de assentos da classe econômica, bem ao lado do banheiro, em poltronas que não reclinam. Scottie a chamou de "fila da xepa", mas não reclamamos de nada. Só calçamos nossas meias fofinhas de viagem, prendemos nossas almofadas de pescoço, bebericamos vinho tinto em copos de plástico, folheamos revistas e jogamos partidas intermináveis de forca.

Em determinado ponto acima do oceano Atlântico, finalmente começamos a levar a sério o guia que Scottie trouxe e listamos todas as coisas que queremos ver e fazer. Tirando nossa viagem para a Guatemala com o grupo de jovens da igreja, nenhum de nós dois nunca viajou para o exterior, e dizer que estou animada é um eufemismo. Não consigo nem dormir. Quando a comissária de bordo começa a falar no sistema de som para anunciar que vamos iniciar a aterrisagem em Heathrow, estou exausta, sentindo os efeitos do *jet lag* e mais nervosa do que pensei que estaria ao me permitir enfim pensar de verdade em Grant. É claro que ele ficou na minha cabeça a noite inteira, mas nosso reencontro está se transformando enfim em realidade.

Confesso meus sentimentos a Scottie enquanto começamos a recolher nossos pertences espalhados a nossos pés e nos bolsos atrás das poltronas à nossa frente.

– Só estou preocupada de estar forçando um pouco a barra por ter vindo, considerando a situação. Você acha que foi um erro?

– Ahn, agora é tarde – diz Scottie, oferecendo-me o último pacote de balas. Faço que não com a cabeça, um pouco enjoada, então digo:

– Fala sério, por favor.

– Eu *estou* falando sério – retruca ele, desenrolando as duas extremidades do pacote e despejando todas as balas na boca. – Com o que você está preocupada? – pergunta, mastigando.

Suspiro, tentando identificar a origem da minha angústia. Acho que estou principalmente preocupada com o irmão de Grant. Com a saúde dele. Com o fato de conhecê-lo. Ou de *não* conhecê-lo. Acho que estou também um pouco preocupada que, diante de todo o estresse, os sentimentos de Grant por mim possam ter mudado... arrefecido. Estou preocupada que a personalidade de Scottie se revele excessiva nessas circunstâncias. Ou, mais provavelmente, que Scottie encontre um jeito de reprovar Grant, como fez com Matthew e, na verdade, com todos os meus namorados.

– Então? – indaga Scottie, olhando para mim.

– Eu só quero que você goste dele – digo, cansada demais para explicar o resto.

– É. Eu também – responde Scottie, com um sorriso. – Porque você sabe que a prova de fogo sou eu.

Cerca de três cansativas horas mais tarde, após passar pela alfândega, pegar nossas malas, trocar nossos dólares pelo bonito dinheiro inglês, pegar o Heathrow Express até Paddington e de lá o metrô até South Kensington, finalmente chegamos ao nosso hotel. Fazemos o check-in, tomamos uma ducha e nos deitamos para um cochilo rápido que se transforma num sono de duas horas. Assim que acordamos, ligo para o quarto de Grant.

Ele atende no primeiro toque, como se estivesse à minha espera, e sinto uma onda de alívio pelo simples fato de escutar sua voz e saber que ele não está muito longe.

– Oi – digo, com o coração acelerado. – Sou eu.

– Chegou? – pergunta ele, soando tão animado quanto eu.

– Cheguei. Estou no hotel.

– Uau. Você veio mesmo.

– É – confirmo, e rio um pouco. – Eu vim mesmo.

– E quando posso te ver?

– Quando você *quer* me ver? – pergunto, e Scottie se senta na beira da cama e me encara. Eu me viro de costas, fingindo que a privacidade é uma opção possível.

– Agora? – diz Grant.

– Tá – falo, sorrindo. – Onde?

– Eu vou aí – diz ele. – Você está no Gore, né?

– Isso.

– Tá. Te encontro no lobby daqui a uma meia hora, pode ser?

– Perfeito.

Desligo e comunico o plano para Scottie. Ele insiste que deve ir ao lobby comigo para o reencontro, diz que "merece" estar lá.

– Tá bom – concordo, pensando que *merece* é um exagero. – Mas, por favor, não faz nada esquisito, tá?

– Então você não quer que eu seja eu mesmo? – pergunta ele, com as sobrancelhas arqueadas e um sorriso zombeteiro.

– Scottie, para! Só... só passa uma boa primeira impressão.

– E quando foi que eu não passei? – pergunta ele, tirando um lenço com a estampa da bandeira do Reino Unido da mala e o experimentando por cima da camiseta.

Às gargalhadas, arranco o lenço da sua mão, jogo em cima da cama e digo que estou falando sério.

– Tá, tudo bem – diz ele. – Eu vou me comportar. Mas, por favor, será que a gente pode combinar um sinal?

– Um sinal para quando você estiver me constrangendo?

– Não – responde ele. – Um sinal para dizer se eu o aprovo.

– Não. Não vai dar – respondo, fazendo o possível para soar severa. – Sinais são para caras que a gente acabou de conhecer num bar, não para um cara por quem peguei um avião até Londres. Scottie, estou falando sério. *Se comporta.*

Um pouco antes da hora marcada, Grant entra no nosso lobby de jeans Levi's, camisa polo verde-esmeralda e óculos modelo aviador. Eu sou suspeita para falar, mas ele poderia ser confundido com um astro do cinema.

Scottie concorda, pois diz numa voz um pouco mais alta do que o necessário:

– Ai. Meu. Deus. Aquele ali é ele? Mas que gato...

Com frio na barriga, faço um *shh* para ele enquanto Grant tira os óculos, corre os olhos pelo lobby e me vê.

– Oi – diz ele, erguendo o braço e dando um aceno ao mesmo tempo que abre um sorriso glorioso.

– Oi – articulo com a boca, e sorrio de volta para ele enquanto caminhamos na direção um do outro no que parece ser um ritmo em câmera lenta.

Segundos depois, estou me derretendo nos seus braços.

– Você está aqui – diz ele, e me beija no alto da cabeça. Estico o pescoço para encará-lo, e ele beija minha testa, nariz, boca. – Você está *mesmo* aqui.

– Estou. – Dou um sorriso para ele. – Estou aqui.

Quero desesperadamente permanecer nesse instante, mas com o canto do olho vejo Scottie pairando por perto, então o ouço pigarrear. Com relutância, me afasto de Grant, seguro sua mão e apresento duas das minhas pessoas preferidas.

– Ora, *olá* – diz Scottie, com a cabeça inclinada para o lado e a voz um pouco mais aguda do que o normal, aquela que ele usa ao falar com homens bonitos, sejam gays ou héteros.

Cutuco-o com o cotovelo, um sinal para ele parar com aquilo, enquanto Grant aperta sua mão e diz que é um prazer conhecê-lo, que ouviu muito falar nele.

– É mesmo? – indaga Scottie, com a mão no coração. – Ouviu o que exatamente?

– Scottie, para! – digo, dessa vez lhe dando uma cotovelada sem disfarçar.

Mas Grant faz um gesto para mostrar que não se importa e, de modo encantador, não se deixa abalar.

– Vamos ver – começa ele. – Sei que você é professor de inglês no ensino médio... Segundo ano, né?

– Isso aí – responde Scottie, estalando a língua e apontando para Grant enquanto pisca o olho.

Grant aponta de volta, imita o estalo e continua:

– Sei que prefere o campo à cidade, certo?

– *Certíssimo* – diz Scottie.

– E sei que você é engraçado... que dá ótimos conselhos... e que é o melhor amigo da Cecily. – Grant hesita, então acrescenta: – O melhor *do mundo*.

– Bem... – diz Scottie, agora com a cabeça tão inclinada que quase parece prestes a cair do pescoço. – Estou até emocionado.

Reviro os olhos, fingindo irritação, mas na verdade me sentindo bastante emocionada. Grant pergunta se queremos almoçar.

Respondo que adoraria e acrescento:

– Tem certeza de que você está com tempo?

Grant engole em seco e, adotando uma expressão estoica, nos diz que tudo bem, ele ainda tem algum tempo antes de precisar voltar ao hospital.

Assinto, e algo me diz para não perguntar mais nada. Saímos os três pela porta do hotel. Instantes depois, estamos passando em frente ao Royal Albert Hall, e do outro lado da rua vemos o imenso Albert Memorial que, segundo o guia de Scottie, foi encomendado pela rainha Vitória quando o marido morreu. Ao longe podemos ver também os portões do Palácio de Kensington, onde a princesa Diana morava. Grande fã da realeza, Scottie está todo bobo, tirando fotos com sua nova câmera digital e dizendo querer visitar o palácio *agora*. Mas eu gentilmente lhe lembro que Grant tem hora e que podemos ir depois do almoço. Enquanto isso, Grant consulta um pequeno mapa de bolso e explica que, ao contrário das ruas retas de Nova York, as de Londres não fazem sentido algum, então apesar de o pub que estamos procurando ficar perto, precisamos ziguezaguear um pouco para chegar lá. Adoro isso, não só pelo fato de as ruas residenciais serem um charme, mas porque Grant segura minha mão durante todo o caminho.

Uns quinze minutos e mais de vinte fotos com a câmera de Scottie depois, acabamos numa praça em frente a um pub chamado Scarsdale que parece um cartão-postal antiquado, com a fachada toda enfeitada com jardineiras e vasos pendurados dos quais se derramam flores roxas e cor-de-rosa.

– Ai, meu Deus. Que *lindo* – diz Scottie, tirando mais fotos.

Entramos, e nossos olhos se ajustam à iluminação fraca. Na frente do restaurante fica o espaço do bar, e no fundo, as mesas. Grant pergunta o que preferimos, e eu escolho o bar, pensando em nossa primeira noite juntos. Ocupamos três banquetas vazias no balcão, com Scottie à minha direita e Grant à minha esquerda. Alguns segundos depois, o garçom aparece e, com um sotaque irresistível, pergunta se vamos almoçar ou só "molhar o bico".

Grant acena para eu responder primeiro, e eu digo que as duas coisas... e que eu adoraria um *pint* de Newcastle.

– Dois – diz Scottie, embora em geral ele não beba cerveja. – Quando em Roma... ou em Londres!

O garçom sorri, meneia a cabeça, então olha para Grant.

– E o senhor?

– Humm... três então – responde ele.

– Ótimo – murmura o garçom antes de nos entregar os cardápios e apontar para uma lousa na qual estão anotados os pratos do dia.

Enquanto o garçom começa a servir nossas bebidas, Scottie pergunta o que ele recomenda, a mesma pergunta que faz a qualquer atendente, seja num restaurante elegante ou numa lanchonete, só para descartar a sugestão no instante seguinte. O garçom lhe responde que a *cottage pie* é o seu preferido, e vejo Scottie fingir refletir a respeito e em seguida pedir o *fish and chips*. Enquanto isso, Grant e eu aceitamos a recomendação do garçom.

– *Cottage pie*. Que nome legal – diz Scottie, olhando para Grant. – É a mesma coisa que *shepherd's pie*?

Grant faz que não com a cabeça e explica a diferença: a *cottage pie* é feita com carne de boi, enquanto a *shepherd's pie* tem carne de cordeiro. Depois, passamos para outros assuntos. Ao longo da hora seguinte e de um segundo *pint* para cada um de nós, Grant e Scottie descobrem algumas coisas em comum, como o amor pelo rock pesado da década de 1970. Passam um tempo razoável conversando sobre isso, fazem seu ranking – Van Halen, The Who, Led Zeppelin, AC/DC e Queen (nessa ordem) – e ambos dão uma menção honrosa para o Rush.

Em determinado momento, depois de Grant insistir em pagar a conta (só aceitamos depois de ele prometer que pagaremos a próxima), vejo um cara mais ou menos da nossa idade se aproximar. Ele olha para Grant e abre um sorriso.

– Caramba! Grant Smith! Não acredito!

Grant abre um sorriso e pula da banqueta, e os dois trocam aqueles cumprimentos tipicamente masculinos de abraço de lado e tapas nas costas.

– O que você está fazendo aqui? – pergunta ele.

– Eu moro aqui agora – diz o cara.

– Uau. Legal. Continua escrevendo?

– Sim, sim. Enfim, tentando – responde o outro, com um suspiro exaurido de escritor que acho muito familiar. – E você, cara? Continua em Nova York, naquela batida de Wall Street?

– Infelizmente. Mas estou pensando em fazer umas mudanças nisso em breve... em várias frentes – comenta ele, encarando-o com uma expressão curiosa. – A gente deveria tomar uma cerveja um dia desses para eu poder te atualizar sobre isso, mas por enquanto quero que você conheça meus amigos, Cecily e Scottie... – Ele se vira para nós, então completa: – Este é Ethan, meu amigo de faculdade.

Ethan sorri e nos cumprimenta, e Grant acrescenta:

– A Cecily também é escritora.

– Sério? – diz Ethan, olhando para mim. – O que você escreve?

– Eu trabalho no *New York Mercury* – respondo. – Mas estou tentando escrever um romance também.

Ele assente e diz:

– Legal. De que gênero?

– Infantojuvenil.

Scottie, a única pessoa no mundo que deixei ler o manuscrito até agora, intervém para dizer que o livro é incrível.

– *Ela* é incrível – diz Grant, olhando para mim, orgulhoso.

Sinto-me enrubescer. Ethan pega a carteira no bolso de trás da calça e tira dois cartões de visita. Entrega um deles para Grant e o outro para mim, e me diz para lhe avisar quando eu terminar meu manuscrito, pois ele tem um grande amigo em Nova York que é agente literário de ficção para jovens adultos.

– Eu conheço alguns agentes em Londres também – emenda ele.

Agradeço efusivamente e guardo o cartão na bolsa enquanto Ethan e Grant conversam mais alguns instantes, trocando comentários sobre o que imagino serem seus colegas de turma. Um golfista profissional. Um milionário do software. Uma consultora de estilo. Olho em volta, para todos os detalhes encantadores do pub, até sentir Scottie beliscar com força minha coxa debaixo do balcão. Eu me viro para ele com um tranco e sussurro:

– Ai! Por que você fez isso?

Scottie balança a cabeça como quem diz *agora não*, ao mesmo tempo que me encara com um olhar incisivo.

Suspiro, sem entender nada, e penso que quase conseguimos terminar o almoço sem nenhum drama.

―

– O que houve? – pergunto depois de Grant nos deixar no hotel, quando Scottie e eu estamos sozinhos no elevador subindo para o nosso quarto. – Que olhar foi aquele?

– E *você*, que leseira foi aquela? – rebate Scottie.

Saímos do elevador e adentramos o corredor. Seu tom não é duro, mas com certeza é negativo.

– Leseira? – repito. – Que papo é esse? O que foi que eu deixei passar? Não entendi.

Ele para quando chegamos ao nosso quarto e me encara por alguns longos segundos antes de destrancar a porta e entrar.

– Não reparou como Grant fez questão de não te apresentar como namorada?

– Ai, cacilda! – digo, revirando os olhos. – É esse o problema?

– Ahn, sim? É esse o problema. Alguma coisa esquisita rolou ali.

– Como assim?

– Não ouviu quando eles estavam falando naquela tal mulher? A de Nova York? – diz ele, virando-se e tornando a andar na minha direção. – A tal consultora de estilo das estrelas?

– O que tem ela? – pergunto, baixando os olhos para minha mala e começando calmamente a desfazê-la e a transferir roupas para as gavetas inferiores da cômoda, fazendo qualquer coisa para não alimentar de forma alguma esse mais recente drama.

– Como é que eu vou saber? – pergunta Scottie, lançando os braços para cima. – Tudo que o seu carinha disse foi "é uma longa história".

– Eu não ouvi ele dizer isso.

– Bom, mas ele *disse* – afirma Scottie, abrindo o minibar. – Duas vezes. E estou te dizendo... eu sei quando rola alguma coisa esquisita.

– Caramba, Scottie. Aonde você está querendo chegar com tudo isso? Pensei que tivesse gostado dele.

– Eu gostei dele. Gostei e *gosto*. E ele é mesmo um gostoso, mas...

– Mas o quê? – pergunto, irritada.

– Mas alguma coisa estranha aconteceu ali, e ele tentou fazer parecer que você e eu estávamos juntos – comenta meu amigo, enquanto examino o minibar por cima do seu ombro.

– Duvido, Scottie. Não acho que ele tenha feito isso. Além do mais, você é claramente gay.

– Não *tão* claramente assim – diz ele, virando-se de volta para a geladeira e escolhendo uma garrafa pequena de vinho branco. – As mulheres vivem me paquerando.

– Ei! A gente não combinou que não ia tomar nada do minibar? Não temos dinheiro para isso!

– Esquece isso – diz ele, descartando a questão com um gesto. – Estou precisando. – Ele desenrosca a tampa e dá alguns grandes goles.

– Está precisando *por quê*? Por que está fazendo isso?

– Estou protegendo você!

– Bom, então para. Eu não preciso que você me proteja. Estou avisando, não faz isso. Eu gosto dele de verdade. É de verdade o que estamos tendo. Então, por favor, só para. Tá?

Sorrio para suavizar minhas palavras, mas posso sentir meu coração começar a acelerar. Digo a mim mesma para não ficar com raiva, mas não consigo evitar. Eu *estou* com raiva.

– Tá bom, então. Desculpa – diz Scottie, fazendo sua cena de mártir ferido antes de arrematar: – Tenho certeza de que está tudo na minha cabeça mesmo.

Fico encarando-o sem saber se está sendo sarcástico ou admitindo que às vezes, com frequência, fabrica dramas do nada.

– *Com certeza* está tudo na sua cabeça – digo.

Ele dá de ombros, ainda com uma expressão inescrutável – pelo menos a *sua* versão de inescrutável.

– Foi mal, tá? Você sabe que eu tenho dificuldade para confiar em caras gatos.

– Ou em qualquer um de quem eu goste – resmungo.
– Olha. Esquece o que eu falei.
– Tá – digo, dando de ombros. – Vou esquecer *mesmo*.

―

Embora não esteja mais com raiva de Scottie, passo o resto do dia sentindo um desconforto intermitente enquanto passeamos por Kensington Gardens, pelo Hyde Park e pela Harrods. Quero muito que ele goste de Grant, e estou frustrada depois de as coisas terem começado de modo tão promissor.

Quando voltamos para nosso hotel, muito casualmente pergunto à atendente na recepção se temos algum recado e prendo a respiração, torcendo para Grant ter ligado. Ela nos diz que não.

– Tudo bem! – respondo num tom leve, fingindo que não me abalei.

– Ele deve estar ocupado com o irmão – diz Scottie, e nos viramos e andamos em direção ao elevador.

– É – respondo, sentindo-me quase pior depois de escutar seu tom de pena ao tentar justificar a ausência de ligações de Grant.

Mas, afinal, é a verdade. Grant está *mesmo* com o irmão. Que por acaso está muito doente.

Voltamos para o quarto, pedimos serviço de quarto e ficamos vendo tevê enquanto nos preparamos para dormir. Em determinado momento, Scottie me vê olhando para o telefone e pergunta:

– Por que você não liga para ele e pronto?

Balanço a cabeça e respondo:

– Não...

– Por que não? Você se sentiria melhor.

– Eu não estou me sentindo mal.

Ele inspira fundo, sempre capaz de perceber quando não estou contando toda a verdade, então diz:

– Tá, mas eu retiro mesmo o que disse, sobre o Grant estar escondendo alguma coisa.

Eu lhe digo que está tudo bem.

– Sei que você está só tentando me proteger.

– Mas mesmo assim eu sinto muito – insiste ele. – E acho... que talvez você esteja certa. Eu tento, *sim*, encontrar defeitos nos seus namorados... principalmente dessa vez... sei lá. Vai ver estou só com inveja, sabe, de você talvez ter encontrado "o cara".

– Você vai achar alguém...

– Não é *disso* que eu estou falando – interrompe ele. – O que eu quis dizer é... eu não quero te perder. E dessa vez estou com a sensação de que isso pode acontecer. De vez.

– Scottie, isso nunca vai acontecer. A gente sempre vai ser próximo. Para sempre.

– Tá. Mas só se pode ter *um* melhor amigo – diz ele, subitamente soando como quando era adolescente, até na voz.

O garoto ridiculamente magro que sugeriu usarmos colares de melhores amigos, embora ele tenha querido pôr o seu numa corrente comprida e "máscula" junto com as plaquinhas de identificação do tio que havia lutado no Vietnã.

– Certo. E vai ser *sempre* você.

DEZ

Na manhã seguinte, fico enrolando no quarto na esperança de que Grant telefone antes de sairmos. Nada. Por mais decepcionada que eu esteja, obrigo-me a pensar no que ele está enfrentando. Ele vai ligar quando der. Em vez disso, concentro-me no meu precioso tempo em Londres com Scottie.

Vamos tomar café numa casa de chá ali perto chamada The Muffin Man, depois pegamos o metrô até a estação de Green Park e passeamos por Piccadilly, pelo Queen's Walk e pelo Mall, passamos em frente ao Palácio de Saint James e à Clarence House, depois voltamos ao Victoria Memorial e ao Palácio de Buckingham.

Então embarcamos num ônibus turístico de dois andares e ficamos saltando e tornando a embarcar para visitar uma atração gloriosa atrás da outra. Abadia de Westminster, Big Ben, as casas do Parlamento. A Torre de Londres e Trafalgar Square.

Com a tarde já caindo, voltamos para nosso hotel exaustos, encardidos e famintos, pois só paramos vez ou outra para um lanche para poupar tempo. Estou *louca* para verificar nossas mensagens, certa de que Grant ligou, e até com uma sensação de culpa por ter passado o dia inteiro fora sem que ele pudesse entrar em contato comigo, já que meu celular não funciona em Londres.

Assim que entramos no quarto, corro até o telefone para ver se a luzinha de recados está piscando. Não está. Torço para ser apenas um defeito e ligo para a recepção apenas para ouvir, mais uma vez, que não temos recado nenhum. Sinto um peso no coração.

– Vai ver ele ligou e não quis deixar recado... – sugeriu Scottie.

Dou de ombros e tento deixar pra lá.

– Ele está com o irmão. A gente não faz ideia do que eles estão enfrentando no momento – digo para Scottie, mas também para mim mesma.

Ele assente e avisa que vai entrar no chuveiro. Viro-me, sento na beirada da cama e começo a folhear nosso guia, usando um lápis para marcar tudo que vimos para tentar me distrair. Bem na hora em que ouço Scottie abrir o chuveiro, o telefone toca. Eu me jogo no aparelho para atender, tomada pelo alívio, pois sei que só pode ser Grant.

– Oi – diz ele, com uma voz tensa e distante. – Sou eu.

– Oi. Está tudo bem?

– Está. Agora está – responde ele. – Senti saudades de você.

– Eu também.

– Desculpa não ter ligado...

– Não precisa se desculpar.

– Você e Scottie estão se divertindo? – pergunta ele com uma voz ainda mais estranha.

– Estamos. Tivemos um dia legal. Acabamos de chegar. E você, o que está acontecendo? Sua voz está esquisita.

Alguns segundos de silêncio transcorrem antes de ele pigarrear e dizer:

– As últimas 24 horas foram difíceis.

Congelo e, apavorada, pergunto como o irmão dele está.

– Não muito bem – responde Grant, e sua voz falha. – Você... você acha que poderia vir aqui?

– Aqui onde? – pergunto, sabendo que não importa: a resposta é sim.

– No nosso hotel... no meu quarto. Ou eu posso ir encontrar você.

– Eu vou aí – digo depressa.

– Tem certeza? – pergunta ele num tom ansioso.

– Tenho. Que horas eu chego?

– Assim que puder. Eu preciso te ver.

Tomo a ducha mais rápida de todos os tempos, visto uma calça jeans e um suéter leve e pego um táxi para cruzar a cidade, ouvindo na cabeça a voz tranquilizadora de Scottie me dizer que, se estivesse acontecendo alguma coisa realmente ruim, eles estariam no hospital.

Quando chego à porta do quarto de Grant, vejo uma plaquinha de "não perturbe" pendurada na maçaneta. Bato mesmo assim, e ele abre a porta na hora, sem camisa e usando um short de basquete comprido da Universidade de Wake Forest. Deve ter acabado de sair do chuveiro, seus cabelos estão molhados e despenteados. Dizemos "oi" baixinho e nos abraçamos. Ele então faz um gesto para eu entrar e se desculpa pela bagunça. Entro no quarto e olho em volta. Vejo as duas camas de solteiro, ambas desfeitas, e pilhas de roupas por toda parte.

Ele se vira, remexe numa gaveta aberta, pega uma camiseta e a veste. Então anda até a cama mais próxima do banheiro e puxa e endireita as cobertas antes de se sentar e dar uns tapinhas no espaço ao seu lado.

– Vem cá – diz ele.

Eu me sento ao seu lado, e quando ele segura minha mão tomo coragem e pergunto sobre seu irmão.

– Está no hospital. Vai passar a noite lá.

– Ele... ele piorou?

– Pode-se dizer que sim – responde Grant com a voz trêmula, assentindo. Ele inspira fundo, enche o peito de ar, então expira devagar antes de prosseguir: – Ontem... enquanto eu estava com você e Scottie no pub, ele ficou aqui no quarto e tomou um frasco de remédios para dormir. Teve uma overdose.

Encaro-o horrorizada, então faço uma pergunta estúpida:

– Por acidente?

– Não – sussurra ele, balançando a cabeça e encarando o chão. – De propósito.

– Ai, meu Deus. Ele vai ficar bem?

– Vai. Consegui levá-lo para o hospital a tempo. Ele só quer que isso termine, Cecily – diz ele, e por fim não consegue mais se segurar e começa a chorar.

Nunca vi nem ouvi nada que me cortasse mais o coração, além de estar aterrorizada por me sentir muito impotente. Sem palavras, até. Só me resta abraçá-lo e segurá-lo, e acabamos passando da posição sentada para a deitada.

Depois de muito tempo, ele torna a dizer:
– Ele só quer que tudo acabe... e quer que eu deixe ele fazer isso... *Porra*.
– Sinto muito – sussurro, acariciando seus cabelos úmidos e sua bochecha, áspera onde a barba já começa a brotar.
Grant engole em seco, então inspira fundo e diz:
– Em abril, os Países Baixos aprovaram uma lei que permite o suicídio assistido. – As últimas palavras o fazem engasgar. – Mas ela ainda não entrou em vigor.
– Que bom – digo, compartilhando a questão instintivamente e pensando apenas na dor de Grant, não na de seu irmão. – Assim você não precisa tomar essa decisão. Ainda não é legal.
– Mas eu preciso, *sim* – responde ele, mudando a posição da cabeça e transferindo-a do meu peito para um travesseiro ao meu lado. Eu me viro de lado e ficamos face a face. – É uma questão prática... Quer dizer, não posso passar cada minuto vigiando-o. Enfim, eu poderia tentar... mas isso não significaria tirar tudo que resta ao meu irmão?
– Não sei – respondo, pensando em como seria impossível ajudar alguém que você ama a ir embora para sempre. Penso nas consequências legais e, mais ainda, nas emocionais. – Você não pode fazer isso... Sob vários aspectos, simplesmente *não pode*.
Grant se apoia num dos cotovelos e eu faço o mesmo, de modo que nossos olhos ficam no mesmo nível.
– Eu sei – diz ele, piscando. – E eu sinto muito. Por ter metido você nessa história. Por ter pedido para você vir...
Não sei se ele está se referindo a Londres ou ao seu quarto essa noite, mas balanço a cabeça e toco seu rosto.
– Não se desculpa, por favor. Você não precisa se desculpar.
– Mas eu *sinto muito*.
– Eu *quis* vir. Você me avisou que seria difícil, a decisão foi *minha*. E não existe nenhum outro lugar do mundo em que eu preferisse estar do que aqui com você. Neste quarto.
Ele me ouve. Posso ver nos seus olhos que sente o peso e a verdade das minhas palavras.
– Obrigado, Cecily.
Ficamos os dois sem nos mexer por um tempão, até que ele estende a

mão e a apoia na minha nuca, me puxando mais para perto e me dando o mais suave dos beijos, nosso primeiro em Londres. Meu coração explode, e retribuo o beijo sem pensar em mais nada. Ficamos nos beijando, então tiramos a roupa, entramos debaixo das cobertas e ficamos juntinhos, nos abraçando, nos tocando e nos beijando sem parar, até que finalmente acontece. Grant está dentro de mim, dentro de mim por completo, e por alguns breves instantes só conseguimos pensar um no outro.

Acordo horas depois, desorientada. Então vejo Grant na penumbra, do outro lado do quarto, só de cueca, e tudo volta à minha mente de uma vez só. Nossa primeira transa. O jeito como adormeci nos seus braços. Atordoada, vejo-o vestir uma calça jeans, subir o zíper, depois afivelar o cinto já enfiado nos passadores.

– Que horas são? – pergunto com a voz rouca. Olho pela janela e vejo que está de manhã.

Grant se vira, com um ar espantado.

– Cinco – responde, e veste uma camisa de flanela que abotoa de qualquer maneira. – Pode voltar a dormir.

– Para onde você está indo?

– Para o hospital. – Ele caminha até a cama ainda abotoando a camisa. – Volto assim que der. Fica à vontade para pedir serviço de quarto. O cardápio está por aqui em algum lugar...

– Não estou com fome – digo, e bem nessa hora minha barriga ronca. – Posso ir com você? Eu fico esperando no corredor, sei lá...

– Tem certeza? – pergunta ele, e percebo que ele quer que eu vá.

– É claro – respondo, já de pé e começando a me vestir.

Minutos depois, estamos no banco de trás de um táxi serpenteando pelas ruas molhadas de chuva. Chegando ao hospital, Grant salta do carro e paga o motorista pela janela aberta, como é o costume em Londres. Saio pela outra porta e o sigo até lá dentro, onde nos identificamos na recepção, pegamos um elevador até o terceiro andar e descemos dois corredores compridos até o quarto do seu irmão. Uma fresta da porta está aberta, o quarto está escuro.

– Vou esperar aqui – anuncio, e aponto para uma cadeira vazia no corredor a poucos metros dali.

Grant assente e entra. Sento-me, apoio a cabeça na parede e acabo fechando os olhos, ainda sentindo Grant dentro de mim. Pego no sono, não sei direito por quanto tempo, até que escuto a voz dele acima de mim.

– Oi – diz ele, tocando meu ombro. – Quer conhecer o Byron?

Encaro-o, surpresa e um pouco em pânico.

– Tem certeza? – pergunto.

– Tenho.

Engulo em seco, então me levanto e o sigo até a porta, me preparando para o pior: um homem esquelético e frágil deitado no escuro, preso a máquinas e tubos. Em vez disso, entro num quarto iluminado por uma luz fluorescente zumbindo no teto e vejo uma versão mais magra de Grant. Eles não são exatamente idênticos, mas a semelhança é impressionante, e o irmão tem a mesma expressão tristonha que já vi tantas vezes em Grant.

– Cecily, este é meu irmão, Byron – diz Grant com uma expressão constrangida, pousando uma das mãos no ombro do irmão. – E Byron... essa é minha amiga, Cecily.

Não posso deixar de reparar na palavra *amiga*, mas tento ignorar isso e digo "oi".

Byron aquiesce, mas não responde. Lembro a mim mesma que talvez ele não *consiga* responder com tanta facilidade, e comento nervosa como os dois são parecidos.

– É – responde Grant, ainda com a mão no ombro do irmão. – É o que todo mundo diz.

– Mas tenho certeza de que as pessoas agora conseguem ver a diferença – diz Byron com a voz arrastada.

Como não sei dizer se ele está tentando ser engraçado, resolvo não correr muito risco e dou um meio sorriso enquanto Grant puxa uma cadeira de visita até a lateral da cama e faz um gesto para eu me sentar. Faço isso, e ele se acomoda no pé da cama do irmão. Agora formamos um triângulo íntimo, e ficamos nos encarando constrangidos até Grant dizer:

– Então, é a primeira vez de Cecily em Londres. Ela e o amigo Scottie têm visitado alguns pontos turísticos.

Grant olha para mim, e eu aproveito a deixa e começo a contar algumas das coisas que já fizemos.

– Mas isto aqui... deve ser o ponto alto – diz Byron, brutal.

Mais uma vez, não consigo interpretar muito bem seu tom de voz, mas percebo um quê de sarcasmo. Então digo:

– Bom, na verdade é, *sim*. Grant me falou muito de você. Eu queria mesmo te conhecer.

Byron me encara e pergunta:

– Ele contou que eu tentei me matar?

– Para com isso, cara – interrompe Grant, pondo a mão na canela do irmão e esfregando algumas vezes.

– Bom...? Contou? – repete Byron, com os olhos fixos em mim.

Olho para Grant como que para pedir permissão, e ele dá de ombros. Então torno a olhar para Byron e assinto bem de leve. Estou suando agora, uma façanha num quarto tão frio.

– E...? – pergunta Byron. – O que você acha?

Encaro-o, então gaguejo:

– Eu... eu estou feliz por você estar bem.

– Rá, rá – diz ele num tom seco.

Lanço um olhar de pânico para Grant, e ele me salva.

– Pelo menos você está aqui. Pelo menos está vivo. E apesar de você talvez não poder fazer certas coisas...

– Como as coisas que vocês dois provavelmente fizeram ontem à noite?

Grant balança a cabeça e sussurra:

– *Caramba*.

– O que foi? – pergunta Byron, piscando os olhos. – Estou feliz por você, cara. Por vocês dois.

– Eu já falei – diz Grant. – A gente é só amigo.

Olho para ele, surpresa, ao mesmo tempo que Byron rebate:

– Ah, tá. Então por que ela está aqui?

– Eu já falei. Ela está visitando Londres. Com um amigo.

– Não. Por que ela está *aqui*. Neste quarto – diz ele, olhando para mim e em seguida de volta para o irmão.

Grant começa a responder, mas eu o detenho e digo que a culpa foi minha, que eu quis vir, que queria conhecê-lo.

– Porque você acha que pode acabar ficando com ele? – pergunta Byron. – É isso?

– Byron – diz Grant entre os dentes. – *Para*.

– Para o quê?! – grita ele de volta. – Você faz qualquer porcaria que quiser, com quem quiser, aparentemente sem nenhuma consequência, mas eu não posso ter a única coisa que eu quero?

– Não se isso quer dizer desistir – insiste Grant.

Eu me levanto e começo a sair de costas do quarto.

– Já vou indo – digo ao chegar à porta, mas ninguém está escutando, os dois irmãos já aos gritos um com o outro.

Chegando ao corredor, caio no choro, então começo a correr, censurando a mim mesma por ter ido ao hospital. Por ter ido a *Londres*. Foi uma burrice, algo incrivelmente egoísta e errado. Bem na hora em que chego ao elevador, Grant surge no corredor, me segura pelo pulso e me diz para parar.

– Eu preciso ir – digo. – Não deveria ter vindo. Me desculpa, mesmo.

– Não tem problema – afirma Grant, ofegante. – É que ele fica assim de vez em quando. Não é nada pessoal. Você pode me esperar? Um pouco mais?

Balanço a cabeça e digo que não, ele precisa ficar e eu preciso ir.

– Tá. Mas posso te ver mais tarde? – pergunta ele. – O que acha?

– Me liga – digo, porque é mais fácil do que dizer não.

Quando as portas do elevador finalmente se abrem, Grant diz que me ama. Mas tudo que eu ouço é ele dizendo ao irmão: *A gente é só amigo*.

ONZE

Quando chego ao hotel, fico aliviada ao encontrar Scottie esparramado na cama e roncando. As roupas que ele usou ontem à noite estão jogadas no banheiro fedendo a fumaça de cigarro, um indício de que ele saiu. Fico feliz por isso. Por ele, e também porque isso significa que meu amigo talvez esteja com muita ressaca para me interrogar, pelo menos não antes de eu conseguir processar meus sentimentos.

Estou com a cabeça nas nuvens com o que Grant e eu enfim fizemos na noite passada e me sentindo mais apaixonada do que nunca, mas também estou traumatizada e preocupada. *A gente é só amigo.* As palavras dele se repetem na minha cabeça, e eu fico revendo a expressão no seu rosto. O que era? Arrependimento? Culpa? Por que ele mentiria ao irmão sobre nós dois? Ou será que aquilo era mais próximo da verdade? Será que, como diz Matthew, nós somos apenas um casinho de verão?

Quando deito na cama, Scottie abre os olhos devagar.

– Ei – diz ele, com a voz pastosa e cara de ressaca.

– Oi. Noite agitada?

– Aham – responde ele, então faz uma careta. – Será que sou eu... ou a cama está girando?

– Talvez seja você.

– Faz *parar* – pede ele, gemendo.

– Você bebeu água quando chegou?

– Bebi. Acho que sim – diz ele, olhando para a mesa de cabeceira. – Não lembro...

Entrego-lhe o copo cheio sobre a mesinha e digo:

– Então bebe mais.

Ele bebe, e pergunto se o que quer que ele fez ontem valeu a pena.

– Ah, valeu – responde Scottie, sorrindo ao mesmo tempo que faz uma careta.

– Ah, é? Que nível de gato? – pergunto.

– *Muito* gato. Digamos apenas que eu pensei que ele realmente fosse o Enrique Iglesias. Tinha até o nariz arrebitado e o gorro de tricô preto. – Ele sorri, então pergunta sobre a minha noite.

– Longa história – respondo, com um suspiro.

– Peraí. Vocês finalmente *transaram*?

Afundo o rosto nas mãos, faço que sim com a cabeça, então me preparo para sua enxurrada de perguntas invasivas. Dito e feito: elas chegam num dilúvio. *Foi bom? Melhor do que Matthew? O melhor sexo que você já fez?*

Esquivo-me com um bocejo, então resolvo ser direta e digo que não é da conta dele.

Scottie ergue as sobrancelhas.

– Ai, meu Deus. Que incrível. Vocês transaram mesmo.

Torno a bocejar e sugiro que nós dois voltemos a dormir um pouco.

– Tá – diz ele. – E quando a gente acordar você pode me contar o resto.

– O resto?

– É – fala ele, de olhos fechados e com a testa enrugada de dor. – Alguma outra coisa aconteceu. Além do sexo bom.

– Por que você acha isso?

– Porque sim – responde ele, abrindo um dos olhos para me encarar. – Eu conheço o seu rosto. Conheço *você*. Mas por enquanto você está liberada. Minha cabeça está doendo demais para manter qualquer tipo de conversa.

～

Na verdade, Scottie e eu só conversamos mais tarde nesse dia. Depois de tirar um cochilo, nós dois passeamos por Kensington e Notting Hill, deixando a desejar no quesito turismo. Por volta das duas da tarde, voltamos ao Muffin Man para um chá com *scones*, e finalmente conto o resto: da tentativa de suicídio de Byron ao debate metafísico sobre pôr fim à vida prematuramente, até o desastroso encontro no hospital e o que Grant disse sobre nós dois. *A gente é só amigo.*

Scottie ouve com atenção, como sempre faz. Primeiro expressa uma profunda solidariedade pelo que os dois irmãos estão passando. Então discorre sobre a eutanásia e diz ter a mesma opinião de Byron, afirmando que deveria poder tomar decisões sobre a própria vida, inclusive a de encerrá-la de maneira digna, como e quando quisesse. Ele então opina sobre o óbvio: que provavelmente não foi a melhor das ideias eu ter ido conhecê-lo, principalmente no atual momento, mas que eu deveria olhar pelo lado positivo: a apresentação aconteceu por um motivo.

– Que motivo? – pergunto.

– Bem... Grant não apresentaria uma garota aleatória para o irmão moribundo.

– Então por que ele disse que a gente é só amigo?

– Eu não sei – responde Scottie. – Vai ver ele estava tentando proteger o irmão. Não quis ostentar que está apaixonado... aí minimizou a história?

Assinto, e ele continua:

– Pensa um pouco. Eles são gêmeos e estão vivendo dois extremos. O melhor que uma pessoa pode sentir... e o pior. E é meio aleatório que irmão recebeu qual destino, né? Tipo, se apaixonar é sempre uma espécie de roleta-russa, assim como nascer com o tal gene ruim.

– Nossa – digo, pensando que Scottie está no auge da sua sensibilidade e empatia. – Não tinha pensado nisso. E o Grant estava *mesmo* com uma cara culpada.

– Tomara que seja só isso – fala Scottie. – Mas lembra, esse é o melhor dos casos. No pior, ele está dizendo a verdade ao irmão e você não é tão importante assim para ele.

– Uau, valeu pela sinceridade – digo entre os dentes.

Ele dá de ombros e prossegue:

– Seja como for, você precisa começar a dar um gelo nele. A partir de agora.

Olho para ele e penso que jurei *não* fazer joguinhos com Grant. E não vou fazer isso. Mas preciso mesmo lhe dar espaço numa fase tão dolorosa e complicada. E talvez também precise me proteger, caso essa relação não seja o que eu estava esperando. Explico tudo isso para Scottie, que concorda, então sorri e diz:

— Isso quer dizer que você quer sair comigo e com o Enrique mais tarde?

Eu rio e pergunto:

— Sério? Você vai encontrar com ele mais tarde?

— Vou — responde ele com um sorriso travesso. — Afinal, nunca se sabe. Vai ver nós *dois* ficamos com nossa alma gêmea ontem à noite.

~

O resto do dia é um borrão. Scottie e eu vamos à Tate e ao Shakespeare Globe Theatre antes de encontrar Enrique para jantar. O nome verdadeiro dele é Noah, e ele é basicamente a versão britânica de Scottie: engraçado, charmoso e sem filtro algum. Mas mesmo enquanto finjo estar me divertindo, tudo em que consigo pensar é Grant, rezando para ter uma chance de falar com ele antes de Scottie e eu irmos embora de Londres.

No fim, ele aparece no meu hotel bem cedo na manhã seguinte, liga para o meu quarto e pergunta se eu posso descer para me despedir. Com o coração aos pulos, eu digo que sim, que vou descer já, já.

Segundos depois, estou sentada na sua frente no lobby. Antes de ele poder dizer qualquer coisa, pergunto como está seu irmão.

— Um pouco melhor — responde ele. — A gente tem um plano.

— Qual é? Se você não se importar em dividir...

Ele me diz que eles agora vão viajar para Jerusalém, depois para Veneza.

— São os dois lugares que ele quer conhecer antes de morrer.

Estremeço, tentando imaginar meus irmãos nessa situação.

— Meu Deus — sussurro. — Eu não sei o que dizer.

— Não precisa dizer nada — responde ele. — É só... acreditar em mim.

— Eu acredito, Grant — digo, tentando muito ser corajosa e não chorar. — Mas é melhor darmos um tempo da *gente* por enquanto.

— Como assim? — pergunta ele com um ar preocupado, mas também aliviado.

— Eu só quero dizer que... que dá para ver como está sendo difícil para você — digo, escolhendo com cuidado as palavras. Não quero chamar isso de fim, mas também quero que ele se sinta livre no que diz respeito a qualquer dever ligado a um relacionamento. Pigarreio antes de continuar: – Sei que você precisa pôr seu irmão em primeiro lugar. Não só como a sua prioridade *número um*, mas como a sua *única* prioridade. Pelo tempo que vocês ainda tiverem juntos... Você não pode ficar se preocupando em me mandar e-mails de cibercafés ou me ligar de quartos de hotel.

Ele me encara, mas não protesta, confirmando que estou fazendo a coisa certa para ele. Só espero que seja também a coisa certa para o nosso relacionamento a longo prazo.

– Obrigado por entender, Cecily – diz ele. – Você não tem ideia do quanto isso significa para mim.

DOZE

Só tenho notícias de Grant duas vezes ao longo das seis semanas seguintes, o que é brutal, mas sinceramente é duas vezes a mais do que eu tinha me preparado quando Scottie e eu embarcamos no avião em Heathrow.

A primeira vez é em meados de agosto e vem na forma de um cartão-postal de Veneza. Na frente há uma foto da ponte de Rialto sob o sol poente, uma gôndola na contraluz sendo guiada por baixo do emblemático arco de pedra. Na parte de trás, a mensagem de Grant em maiúsculas: *Querida Cecily, espero que a gente venha aqui junto um dia. Estou com saudades e amo você. Sempre seu, G.*

Guardo o cartão-postal ao lado da cama e o leio todas as noites antes de dormir, e as suas palavras me dão força até a próxima vez em que tenho notícias dele, por acaso no dia 1º de setembro. Grant me liga bem quando estou prestes a sair de casa para ir a um churrasco com a família de Jasmine.

– Oi. Sou eu – diz ele.

– Oi! – exclamou, com o coração disparado. – Onde você está?

– Estamos em Londres de novo – responde ele. A ligação está toda chiada. – Mas eu vou voltar daqui a uma semana... na segunda que vem... acho que a gente aterrissa lá pelas seis.

Escuto o seu *estamos* e sinto o alívio me invadir.

– Como está o Byron?

– Segurando as pontas, acho... E você, como está? – A voz dele soa fria e muito distante.

– Tudo bem. Tudo igual. Nada de novo a declarar... E as suas viagens? Foi... – Procuro uma palavra que não soe totalmente inadequada. – Foi como você esperava?

– Na maior parte do tempo – responde ele. – Mas foi muito difícil também. Escuta, Cecily. Eu tenho muita coisa para contar a você, muita coisa para falar, mas queria fazer isso quando eu voltar e quando a gente estiver cara a cara. Por você tudo bem?

– Tudo. Claro – respondo.

As palavras dele soam muito agourentas, mas me tranquilizo pensando que é só a distância e tudo por que ele tem passado. Afinal, enquanto eu venho escrevendo matérias sobre acontecimentos nova-iorquinos triviais e de vez em quando enchendo a cara num bar, ele está lidando com questões de vida e morte. Mas quando desligamos eu me preparo para outra possibilidade: que ele talvez tenha mudado de ideia em relação a nós dois.

Passo a semana seguinte angustiada, me perguntando qual delas vai ser. Scottie, que manteve contato com Noah, vê o telefonema através das suas próprias lentes cor-de-rosa da paixão e acha que estou sendo boba por me preocupar. Mas Jasmine entende a minha apreensão, talvez por ter perdido um primo de quem era bem próxima para um câncer alguns anos atrás e compartilhado comigo a pressão que isso causou no seu relacionamento da época. Para resumir, seu namorado não parecia entender sua dor nem o fato de ela não estar com disposição para transar, então ela preferiu pôr um fim à relação.

– Tenha paciência com ele, só isso – aconselha Jasmine numa de nossas pausas para um café. – Talvez ele leve um tempinho antes de voltar para onde vocês estavam, mas é normal, considerando tudo por que tem passado.

⁓

Na manhã da volta de Grant, acordo resfriada. Por pior que estejam minha disposição e minha aparência, digo a mim mesma que isso é uma coisa boa – que pode tirar a pressão para transarmos. Podemos só conversar, e eu posso descobrir como ele está se sentindo. Vai ser um encontro cheio de emoção, mas nós vamos ficar bem.

No entanto, à medida que a hora do pouso dele se aproxima, sou tomada por um nervosismo que só se intensifica quando vou para casa e fico esperando o telefone tocar. As horas vão passando e isso não acontece. Por fim, por volta das onze, tomo um antigripal e pego no sono, febril e decepcionada, sucumbindo a pesadelos sobre o nosso término.

Acordo com o barulho do interfone do apartamento tocando, e meu despertador me diz que é quase uma da manhã. Jogo as cobertas longe, saio da cama, aperto o botão e digo alô.

– Oi, sou eu – ouço Grant dizer.

– Pode subir. – Aperto o botão e fico esperando perto da porta.

Segundos depois, abro a porta, ele me abraça com força, e eu sei, na mesma hora, que nada mudou.

Ele tenta me beijar, mas viro o rosto e digo que estou resfriada e não quero que ele fique doente. Ele diz que não liga. Resisto outra vez, para o bem dele, e ele então me beija na bochecha, depois no pescoço.

– Eu te amo – sussurra.

– Ama mesmo? – pergunto, sentindo um arrepio que não é da febre. – Tem certeza?

Ele assente, então me leva de volta para a cama e me mostra exatamente quanto.

TREZE

Acordo na manhã seguinte com o barulho do meu telefone tocando e a leve lembrança de Grant me dando um beijo de despedida. Ouço a secretária eletrônica atender e a voz de Scottie me dizendo *atende, atende, atende!* de forma enlouquecida.

Como seu último "atende" soa especialmente urgente, forço-me a sair da cama e vou até a escrivaninha, pego o fone ao mesmo tempo que ele fala sem parar sobre algum acidente que acabou de ver na televisão.

– Ei. Ei. Eu estou aqui – digo, sentindo-me tonta.

– Ai, meu Deus! – exclama ele. – Você está vendo?

– Vendo o quê? – Sento-me na cadeira da minha escrivaninha, seguro a cabeça com a mão e esfrego minha têmpora latejante.

– Um avião bateu no World Trade Center! – grita ele no telefone.

– O quê? – pergunto, convencida de que ele está exagerando.

Scottie repete devagar o que disse, e eu imagino um teco-teco minúsculo trombando na antena em cima do prédio. Ou quem sabe um daqueles helicópteros turísticos que oferecem vistas espetaculares de Manhattan se espatifou na lateral de uma das torres.

– Eles sabem quem estava pilotando? – pergunto.

– Não! Está tudo uma *loucura*! Liga a tevê. Agora! Estão passando imagens ao vivo!

– Que canal você está vendo? – pergunto, embora saiba que ele é um fiel espectador do programa *Today*.

– NBC – confirma Scottie.

Ando até meu sofá, pego o controle remoto em cima da mesa de centro e ligo a televisão. De fato, uma imagem das Torres Gêmeas preenche a tela, com imensas nuvens de fumaça preta saindo de um rombo enorme próximo ao topo do prédio numa das laterais. Há um buraco menor numa das laterais adjacentes, e a fumaça também sai por ali em direção ao céu.

– Meu Deus – digo. – É um estrago e tanto.

Aumento o volume, e Scottie e eu ficamos ouvindo Katie Couric e Matt Lauer debaterem a situação com uma testemunha ofegante e gaguejante chamada Jennifer. Com um forte sotaque nova-iorquino, ela explica que saiu do metrô e olhou para os dois prédios bem na hora em que ouviu uma explosão alta e viu uma grande bola de fogo.

– Eu estou... estou em *choque* – diz ela. – Nunca vi nada assim.

– Eles têm certeza de que não foi uma bomba? – pergunto a Scottie, recordando o atentado a bomba no World Trade Center no início dos anos 1990.

– Têm. Têm certeza, sim. Estão dizendo que foi alto demais para ter sido uma bomba – explica ele.

– Ou talvez algum tipo de explosão de gás? – pergunto.

Embora eu tenha ligado na véspera para dizer que estava doente, fico surpresa de o meu jornal não estar exigindo que eu vá cobrir o acidente.

– Não. Estão dizendo que foi um avião – insiste Scottie, e bem nessa hora Matt começa a especular sobre o *tamanho* do avião, observando que parece improvável um avião pequeno conseguir causar tamanho estrago em duas das laterais do prédio. Aviões pequenos têm tendência a amassar e cair, diz ele.

– Você acha que as pessoas tiveram tempo de se afastar das janelas? – pergunta Scottie.

É o tipo de pergunta puramente especulativa que ele sempre faz, quer esteja assistindo a um filme que nenhum de nós dois nunca viu ou analisando uma notícia como aquela.

Ao longo dos anos aprendi a entrar na onda dele, então em vez de dizer o que estou pensando – ou seja, *Como é que eu vou saber, caramba?* – apenas digo que sim e então desenvolvo o raciocínio.

– Acho que se você tem um escritório assim tão alto, a mesa provavelmente deve ficar virada para a janela. Então você veria o avião chegando... Espero.

Olho a hora no meu videocassete e vejo que faltam dois minutos para as nove da manhã. Digo a Scottie que a maioria das pessoas que trabalham em escritórios – as que teriam alguma probabilidade de estar trabalhando em andares altos do World Trade Center – em geral não chegam ao trabalho antes das nove, muitas vezes mais para as dez, muito diferente do Meio-Oeste, onde se começa o dia quando o sol nasce.

– A não ser que elas trabalhem no mercado financeiro – emendo, pensando em Grant enquanto vejo a fumaça continuar a sair do prédio e o vento soprá-la para o sul, em direção à outra torre. Ocorre-me que não sei onde ele trabalha, só que é em algum lugar do centro, numa empresa cujo nome é uma sequência de sobrenomes de famílias importantes. Lembro a mim mesma que existem milhares de prédios de escritórios no distrito financeiro.

Um segundo depois, Katie Couric nos diz que relatos confirmam que foi um avião comercial pequeno. Multiplico as mortes na cabeça, passando de unidades num avião particular movido a hélice a dezenas num avião comercial que estivesse indo de Nova York a Washington, D.C., por exemplo. Talvez até mais, dependendo de quantas pessoas morreram no prédio.

Torno a pensar em Grant e sinto uma pontada mais forte de preocupação, mas digo a mim mesma para não começar a entrar nessa paranoia. Mesmo que ele trabalhe no World Trade Center, quais são as chances de trabalhar justamente nesses andares, justamente nesse prédio? Além do mais, duvido que ele tenha ido trabalhar no primeiro dia após voltar de viagem, principalmente tendo ficado na minha casa até tão tarde. *Não tem como*, penso, mas mesmo assim sinto vontade de ligar para ele. Só para ouvir sua voz. Só para ter certeza absoluta.

Digo a Scottie que ligo para ele em seguida, que quero tentar falar com Grant. Ele reluta, mas diz "tá bom", e eu desligo e digito o número de Grant. A ligação chama, mas depois cai direto na caixa postal. Começo a deixar um recado, mas desligo e ligo de volta para Scottie.

– Você acha que foi um ataque terrorista? – pergunta ele em vez de dizer alô.

– Terroristas num avião *comercial*? Duvido muito – respondo, indo até a geladeira e servindo um copo de suco de laranja.

Tomo o suco enquanto Scottie continua um monólogo mórbido e interminável, especulando sobre o número de mortos, o tamanho do incêndio, a probabilidade de os elevadores estarem funcionando, o plano de evacuação do edifício, quantas pessoas poderiam potencialmente ficar presas pelas chamas e se um helicóptero poderia voar perto o suficiente das janelas para salvar alguém.

Em determinado momento, eu lhe digo para parar, que ele está me deixando nervosa. Então volto a prestar atenção na tevê, mudo de canal para o NY1, nosso canal de notícias locais, e vejo uma imagem de grande-angular diferente das torres que parece ter sido feita de Midtown, talvez do Empire State Building. Ouço uma testemunha descrever a "visão aterradora" do seu escritório a uns seis quarteirões de distância. Com uma voz calma, mas ainda horrorizada, ele conta que ouviu o motor de um avião que soava rápido e baixo, como um jato militar num desfile aéreo; que está agora olhando para o rombo na lateral do prédio que parece ter o vago formato de uma aeronave, enquanto o outro lado do edifício está explodido; que espera que isso seja uma ilusão de ótica, mas que o prédio agora parece estar inclinado para o oeste. Transmito isso tudo para Scottie.

– Deus do céu – sussurra ele, e torno a mudar para a NBC para escutar outra testemunha conversar com Katie.

A mulher também descreve uma imensa bola de fogo que parecia ter cem metros de diâmetro; uma nuvem de fumaça branca que se estendia por três quarteirões; centenas de milhares de pedaços de papel flutuando feito confete; e a região invadida por veículos de emergência.

Fico encarando a televisão, tentando processar a cena, quando vejo o que parece ser outro avião entrar no quadro, no canto superior direito da tela.

– Peraí. Você está vendo isso? – pergunto a Scottie.

– Isso o quê? – rebate ele.

– Tem um avião voando ali perto. Do lado direito da tela? Ou é um helicóptero?

– Não estou vendo nada além de fumaça – diz Scottie.

A imagem dá um close no rombo no edifício. Nessa imagem, pelo menos cinco andares parecem ter sido atingidos. Talvez mais, embora seja difícil ter a noção exata num edifício tão grande e alto.

Segundos depois, a mulher que está falando com Katie grita no telefone: *Ai. Meu Deus. Do céu. Acabou de bater outro!*

Posso ouvir Al Roker dar um arquejo enquanto Scottie grita no meu ouvido. Congelo, e chego a prender a respiração enquanto a mulher segue dizendo que o avião parecia ser um DC-9 ou um Boeing 747.

– *Agora* você acha que é terrorismo? – indaga Scottie.

Eu sinto um arrepio de medo, mas mesmo assim me forço a dizer não, que aposto que é um problema de controle de tráfego aéreo. Penso no meu pai, muito agradecida pelo fato de a Southwestern não operar em Nova York, mas também lembro a mim mesma o que ele sempre nos diz: que tem muito mais probabilidade de bater com o carro do que com um dos Boeing 737 da sua frota.

– Controle de tráfego aéreo? Num dia claro como hoje? – diz Scottie. – A NBC estava transmitindo da Rockefeller Plaza hoje de manhã. Está um dia lindo, não está?

Olho pela janela e confirmo o céu azul resplandecente, sem uma nuvem sequer à vista.

– Mas se os instrumentos não estiverem funcionando, que diferença faz como está o tempo? – pergunto, pensando alto e torcendo.

– Pilotos não batem aviões em prédios! Pouco importa o que o controle de tráfego aéreo esteja mandando eles fazerem! – diz Scottie. – Não tem como não ser terrorismo.

No fundo sei que ele está certo, e sinto o medo aumentar no meu peito e na minha barriga enquanto Jennifer, a primeira testemunha, volta a falar com Matt por telefone.

– Eu... eu nunca vi nada igual... Parece até um filme! – diz ela, agora histérica e ofegante. – Vi um avião grande, tipo um jato, entrar direto dentro do World Trade Center! Ele... ele simplesmente entrou no edifício, na outra torre! Eu vi o avião *entrar* no World Trade Center! Era um jato! Era um avião bem grande! Ele passou pelo hotel Ritz-Carlton que está em construção no Battery Park! Passou... passou voando bem na frente do hotel... quase bateu nele... aí entrou na...

Katie diz que aquilo é chocante, depois diz mais alguma coisa que não consigo escutar porque Scottie está falando também. Faço *shh* para ele, e a testemunha segue falando:

– Eu nunca vi nada assim na minha vida! Ele literalmente voou para dentro do World Trade Center! – Sua voz agora treme, como se ela estivesse à beira da histeria.

Fico sentada encarando incrédula a televisão enquanto transmitem um replay em câmera lenta de outro ângulo do que é inconfundivelmente um jato avançando inclinado em direção ao prédio antes de se chocar na lateral. Parece um efeito especial no final de um filme apocalíptico: a aeronave literalmente some, absorvida pelo edifício, *puf!*, e então explode numa gigantesca bola de fogo. Não pode ser real. *Não pode ser real.* Mas eu acabei de ver com meus próprios olhos. Calafrios descem pelas minhas costas enquanto Matt Lauer diz, sem rodeios:

– Agora é preciso parar de falar sobre um possível acidente e começar a falar que algo deliberado aconteceu aqui.

Estou surtando. Eles repetem a imagem seguida por um close do incêndio, milhares de pedacinhos de papel flutuando no ar feito confete.

– O que acabamos de ver é o vídeo mais chocante que já vi na vida – diz Matt com a voz firme, mas de alguma forma nem um pouco calmo.

Ele também está surtando. Dá para ouvir. Dá para sentir no ar.

– Quais são as chances de dois aviões distintos baterem nas duas torres? – pergunta Al Roker, e sua voz se torna inaudível quando a tela fica chuviscada por um instante.

– É impossível compreender no momento por que isso está acontecendo... e o que está acontecendo – afirma Katie.

Segundos depois, noto que há uma ligação em espera e vejo que é minha mãe. Digo a Scottie que preciso falar com ela, então troco de ligação e ouço minha mãe balbuciar alguma coisa.

– Mãe? – digo.

– Ai, graças a *Deus!*

São palavras que ela nunca usa a não ser que esteja *mesmo* agradecendo a Deus, e outro calafrio me percorre.

– Tudo bem com você? Está vendo isso? – pergunta ela, à beira das lágrimas ou então já chorando.

– Sim – digo, respondendo às duas perguntas ao mesmo tempo.

– Que *droga* está acontecendo?

– Eu não sei, mãe. Mas é... *horrível.*

– Tentei seu celular primeiro. Nem tocou. Nem entrou na caixa postal. Fiquei com tanto medo...

– Eu estou bem, mãe – digo, desejando poder lhe dar um abraço. – A rede deve estar congestionada. Cadê o papai?

– Está aqui do meu lado, amor. Ele não vai voar hoje, graças a Deus. A que distância você está desses prédios?

– Não sei exatamente. Uns quarenta quarteirões?

– *Só isso?* Só quarenta quarteirões?

– Mãe, é bastante – digo, tentando tranquilizá-la. – São mais de três quilômetros. – Assim que digo isso me dou conta do quão perto isso na verdade é, na escala mundial, e me pego olhando para minhas janelas e pensando num plano de fuga. Como se um plano de fuga fosse adiantar alguma coisa se um jato resolvesse bater no meu prédio.

– Qual é o edifício mais alto perto daí? – pergunta ela, e tenho um flashback de todas as vezes que ela me levou junto com meu irmão e minha irmã para o porão da nossa casa durante alertas de furacão. Ficávamos lá embaixo abrigados em sacos de dormir, às vezes a noite inteira.

– O Empire State Building fica, tipo, a uns vinte quarteirões – respondo.

– Um quilômetro e meio, então?

– Algo assim. Mãe, eu juro, estou segura – digo, mas ao mesmo tempo me ocorre que isso é algo que eu não posso jurar.

– Tá. Só... só fica em casa – diz ela. – Não vai trabalhar hoje.

– Não vou – respondo. – Já avisei ontem que estava doente.

Ela pergunta se tenho comida e água suficientes. Respondo que sim, embora não tenha. Ouço um coro de sirenes vindo da minha rua.

– Isso é perto de você? – pergunta ela. – Ou na televisão?

– Na televisão – torno a mentir. – Por favor, não se preocupa, tá?

– Tá bom – diz ela, então avisa que precisa ligar para meu irmão, minha irmã e outros parentes para avisar a todo mundo que estou bem. – Só fica em casa.

– Tá bom, mãe.

– Eu te amo, filha.

– Também te amo, mãe.

É assim que sempre terminamos nossas conversas, mas dessa vez é um pouco diferente, e sinto um nó se formar na minha garganta ao desligar, encarando a tevê enquanto diversos ângulos da parte sul de Manhattan vão passando na tela. Parece uma zona de guerra, o ar tomado pela fumaça, o céu antes azul agora cinza. Quase preto.

Aumento o volume na hora em que começa uma reportagem confirmando que o primeiro avião foi sequestrado. *Sequestrado*. A palavra faz eu me arrepiar outra vez, e tento não imaginar o terror dos passageiros. Talvez eles não soubessem o que estava acontecendo. Talvez estivessem dormindo, folheando revistas ou conversando com os colegas de poltrona quando o cockpit foi invadido. Mas o piloto sabia. E talvez os comissários, e alguns passageiros da primeira classe. E, quer soubessem ou não, eles agora estavam todos mortos. *Mortos*.

Torno a ligar para Grant, mas dessa vez a ligação cai direto na caixa postal. Agora oficialmente apavorada, escuto sua breve mensagem antes de lhe deixar um recado confuso.

– Oi. Sou eu – digo, tornando a afundar no sofá enquanto tento controlar a imaginação. – Você já deve ter visto o que está acontecendo... Não dá pra *acreditar*... Mas queria me certificar: você está bem? E os seus colegas? Me liga assim que puder. Por favor. Eu te amo. Me liga.

Desligo, sentindo-me exausta e anestesiada. Ouço um correspondente qualificar o ocorrido como um "óbvio atentado terrorista". Meu raciocínio dispara. Quem faria uma coisa dessas? Quem estaria disposto a morrer para bater com um avião? Mas acho que isso acontece. Penso nos homens-bomba em Israel. Qual a diferença? É só outro tipo de arma.

Uma vista do porto na direção sul-norte preenche a tela da minha tevê. A água parada reflete os raios de sol, num contraste surreal com os prédios em chamas e o céu preto ao fundo. Aquele deveria ter sido um dia de outono comum, penso eu. Outro correspondente menciona a possibilidade de usar jatos militares. Alguma outra pessoa diz: *Tá, mas para quê?* Usar jatos contra quem? Quem é e onde está nosso inimigo?

Torno a olhar para meu videocassete. São agora 9h26. Chega uma notícia da Reuters com o relato mais aterrador até então: de que um funcionário da Cantor Fitzgerald numa das torres ligou e disse: *Porra, a gente vai morrer.* Aí desligou. Quando ligaram de volta, ele não atendeu o telefone.

Minhas mãos tremem enquanto tento ligar para Grant pela terceira vez e torno a escutar a mensagem da caixa postal. Enjoada, desligo e fico olhando para a imagem duplicada na tela da minha tevê. De um lado, a cidade continua em chamas e helicópteros rodeiam as torres incendiadas como pássaros. Do outro, o presidente Bush está em pé atrás de um púlpito numa escola de educação infantil na Flórida. Suas sobrancelhas marcadas estão ainda mais franzidas do que de hábito, e com uma voz angustiada ele diz à nação que promete "caçar e encontrar as pessoas que cometeram esse ato". Segue-se um instante de silêncio antes de ele concluir: *Que Deus abençoe as vítimas, suas famílias e os Estados Unidos da América.*

As reportagens se sucedem, cada uma mais surreal do que a outra. Começo a rabiscar anotações num bloco de notas amarelo.

9h37: Explosão no Pentágono

9h45: Casa Branca é evacuada

9h45: O Capitólio é evacuado

Às 9h50, Tom Brokaw, que agora se juntou a Matt e Katie, diz que a agência de aviação nacional interrompeu todo o tráfego aéreo do país.

– A nação está paralisada – diz ele.

Outra reportagem começa e fala em "muitas mortes". Dizem que as pessoas estão *pulando* dos prédios em chamas. Horrorizada, imagino-me tendo que tomar essa decisão. É como a brincadeira que Scottie e eu fazíamos quando éramos pequenos: você prefere morrer queimada ou congelada? Só que é a vida real. Está acontecendo, e a poucos quarteirões daqui. Ouço mais sirenes passarem pelo meu prédio, buzinas soando sem parar. Abro as janelas e olho para fora. O céu continua azul, sem sinal de fumaça. Ainda.

Volto a atenção para a televisão. Enquanto encaro a tela, uma das torres parece ruir, literalmente *desabar* até o chão, afundando sobre si mesma. Ela desaparece. É impossível acreditar que tudo e todos que estavam lá dentro agora *se foram*.

Tento ligar de novo para Grant. Dessa vez ouço uma mensagem dizendo que todas as redes telefônicas estão congestionadas. Mudo para o fixo. Nada. Ligo para Scottie, depois para Jasmine, depois para minha mãe. Nada.

Subitamente desesperada por contato humano, cogito bater na porta de um vizinho. *Qualquer* vizinho. Só que não consigo desgrudar da televisão. Das imagens de pessoas correndo pelas ruas do sul de Manhattan, olhando por cima do ombro para a carnificina atrás de si.

Tom Brokaw agora está dizendo que houve "uma perda de vidas jamais vista no centro nervoso dos Estados Unidos". Ele qualifica o ocorrido de "ataque eficiente e eficaz ao coração deste país". Como ele consegue articular frases no meio dessa crise? Será que alguém está escrevendo seus textos, ou será que ele está improvisando sozinho?

Chegam mais notícias. Outro avião sequestrado. Um acidente num descampado na Pensilvânia. Condado de Somerset.

A outra torre desaba igualzinho à primeira. Desaparece.

Meu celular toca com um número desconhecido. Sinto o coração parar por um instante e rezo para ser Grant.

– Alô? – atendo.

– Oi. Sou eu – ouço Jasmine dizer.

– Meu Deus do céu – exclamo, só percebendo agora que estava tremendo.

– Eu sei.

– Que número é esse? – pergunto a ela.

– O celular do Jake – diz ela, referindo-se a um de nossos colegas. – O meu está sem sinal.

– O meu também.

– Pois é. Muitas antenas de celular ficam... *ficavam*... no alto da Torre Norte – diz ela. – Me espanta os sinais de tevê estarem funcionando. Enfim, a gente parou no apartamento dele para pegar a câmera. Estamos indo para aí.

– Para cá?

– É. Na direção sul da cidade.

– Do World Trade Center? – pergunto, dando-me conta com outra sensação de náusea que as torres não existem mais. Que a nossa vista, uma vista que eu conhecia antes mesmo de conhecer Nova York, não existe mais.

– A gente vai ver quão perto consegue chegar – diz Jasmine, como a repórter extremamente corajosa que é. – Mas ouvi dizer que tudo ao sul de Canal Street foi evacuado, e a capitania dos portos fechou todas as pontes e túneis.

– E o metrô? – perguntei.

– Acho que está intermitente – diz ela. – Algumas linhas com certeza pararam. Acho que vamos acabar indo a pé. Conversando com as pessoas no caminho. Quer ir com a gente? Ou está se sentindo mal demais? Sua voz está *péssima*.

– Minha voz está pior do que eu – digo.

Na verdade, eu tinha esquecido que estava doente.

– Então, quer vir com a gente? Podemos nos encontrar na Union Square.

Penso na minha mãe e me lembro da promessa que fiz de ficar onde estava. Penso também em Grant, e não quero ficar longe do meu telefone fixo caso ele tente ligar. Mas Jasmine é minha amiga, eu sou jornalista, e esta é a minha cidade. Este é o nosso *país*. Portanto, com uma voz trêmula, digo a ela que sim, chego lá assim que puder.

CATORZE

Meia hora mais tarde, estou em pé no meio de Union Square. A praça está deserta, assim como todos os quarteirões que percorri para chegar até aqui. Ouço o lamento das sirenes ao longe, mas tirando isso a cidade está estranhamente silenciosa e parada. Não há tráfego nem agitação, e em vez do costumeiro anonimato e da sensação de estar "perdido na multidão", o que reina é uma intimidade intensa e esquisita. Desconhecidos cruzam olhares, e uma centena de palavras são ditas em cada expressão de horror. Do outro lado da praça, duas meninas se abraçam e choram.

Sento-me num banco para esperar, emocionada. Olho para cima. O céu continua azul, e no ar não há sinal nem de morte nem de poeira. Nem qualquer vestígio de fumaça. Sinto uma brisa no rosto e recordo as imagens na televisão, o modo como o vento estava soprando a fumaça em direção ao porto e ao Brooklyn.

Jake e Jasmine finalmente aparecem com suas mochilas, câmeras e blocos. Quando eles se aproximam, vejo que Jasmine está usando um adesivo escrito EU VOTEI; tinha me esquecido que as eleições primárias eram hoje. Corro em direção a eles e abraço os dois. Lembro que Jasmine em geral não é dada a abraços, mas é ela quem aperta mais forte.

– Desculpa a demora. Tivemos que vir a pé. O metrô fechou de vez.

– Todas as linhas? – pergunto.

Ela assente. Jake caminha em direção às meninas do outro lado da praça, uma das quais agora soluça tão alto que dá para escutar de longe.

– Dá pra acreditar nessa merda? – pergunta Jasmine, balançando a cabeça e protegendo os olhos do sol para olhar em direção ao céu.

– Não – respondo, acompanhando seu olhar. – Não mesmo. O que disseram para você no trabalho?

– Jerry está de férias – diz ela, referindo-se ao nosso editor de pauta.

– Ah, é.

– Mas a gente fez uma teleconferência e debateu algumas possíveis pautas... Ele disse pra gente chegar o mais perto que for seguro. Conversar com as pessoas. Tirar umas fotos. – Ela morde a unha do polegar, hábito que vem tentando largar há anos e do qual provavelmente não vai se livrar tão cedo. – Jake acha que a gente deveria tentar os hospitais... e os bancos de sangue. E também as delegacias e casernas de bombeiros – diz ela quando Jake volta.

Decidimos rapidamente um plano e começamos a andar em direção ao sudoeste, rumo ao World Trade Center. Ao que antes era o World Trade Center. Uns três quarteirões mais tarde, o cheiro de queimado nos atinge em cheio. Fumaça, mas misturada com um fedor químico. Plástico derretido. E mais outra coisa também. Algo indizível.

Quando chegamos à Sétima Avenida, conseguimos ver a fumaça e começa a ficar mais difícil respirar. Jake sugere comprarmos máscaras na drogaria Duane Reade, e eu concordo e penso em mais uma pauta possível. Penso em como o canal da nossa cidade no Wisconsin sempre cobria as lojas antes de uma nevasca, mostrando o pão e o leite sumindo das prateleiras.

– A gente deveria conversar com o máximo de donos de loja que conseguir – sugiro.

Jasmine concorda. Estamos agora os três no modo jornalista, reunindo fatos, anotando, tirando fotos e pegando o maior número de depoimentos que conseguimos.

Toda matéria tem a ver com pessoas. Não paro de escutar nos ouvidos as palavras de meu professor preferido. Essa sua afirmação nunca pareceu mais verdadeira, penso, ao ver o medo, a dor e o choque estampados no rosto de todos por quem passamos. Quando chegamos perto de Canal Street, o caos, a confusão e o barulho aumentam, assim como a quantidade de veículos de emergência, carros de polícia e pessoas. Uma multidão de pedestres caminha, corre, empurra carrinhos, passa de bicicleta ou mancando na direção contrária à que estamos indo. Algumas estão calmas e estoicas; outras histéricas ou aos prantos. São imagens demais para processar, todas perturbadoras à sua própria maneira, mas para mim a que mais parte o coração é um adolescente de pé numa esquina segurando a foto de uma mulher. Sei quem ela é antes mesmo de Jasmine lhe fazer delicadamente a pergunta.

– É a minha mãe – confirma o menino, mãos trêmulas e olhos arregalados de terror. – Ela trabalha no World Trade Center. Não estou conseguindo falar com ela.

– E cadê o seu pai? – pergunto, torcendo para ele ter um. Para não estar sozinho ali.

– Ele está procurando nos hospitais – explica o menino.

Jake puxa seu bloquinho, abre e começa a fazer perguntas. O menino nos diz se chamar Dylan. Tem 17 anos. A mãe dele é assistente jurídica. Trabalha no septuagésimo andar da Torre Sul. Nessa hora ele começa a chorar. Jasmine e eu passamos um braço à sua volta, enquanto Jake anota seu nome e número de telefone.

Seguimos em frente e encontramos mais Dylans – mais pessoas histéricas à procura de entes queridos. Vamos a três hospitais, dois bancos de sangue, quatro igrejas. Reunimos nomes, tomamos notas e mentalmente começamos a escrever matérias. Enquanto isso, fico checando meu celular, que ainda está sem sinal, e rezando.

Por volta das quatro da tarde, quando estamos voltando para o norte da cidade, paramos no Mustang Harry's, um bar localizado na Sétima Avenida, entre as 28th e 29th Streets. O lugar está lotado, mas ninguém está falando nada. Todos os televisores estão sintonizados na CNN. Jake pede uma cerveja para nós, e encontramos um espaço para ficar em pé, encostados numa parede, e assistir aos replays daqueles aviões cheios de gente agora morta. Comissários e comissárias, pilotos, passageiros e passageiras a trabalho, pessoas de férias ou a caminho de visitar alguém querido. Mães, pais, irmãos, irmãs, filhos e filhas, maridos e mulheres. *Mortos*, todos eles.

Em determinado momento, decidimos que tudo aquilo é demais para aguentar, quanto mais para assistir, e saímos do bar e nos encaminhamos cada um para casa e para nossos respectivos computadores. Temos trabalho a fazer. Matérias para escrever. Secretárias eletrônicas a escutar. Ligações a fazer. Preciso ligar para minha mãe e para Scottie, pois sei que eles têm tentado falar comigo. Também quero ver como está Matthew, que felizmente trabalha em Midtown. Mais do que tudo, preciso falar com Grant. A essa altura, ele já deve ter tentado entrar em contato comigo.

Ao entrar em casa, vejo sete novos recados na secretária. Com certeza um deve ser dele. Aperto o play e ouço minha mãe, em seguida minha irmã, em seguida meu irmão, em seguida Scottie, em seguida uma amiga próxima da faculdade, em seguida minha mãe outra vez. Faltando um só recado, prendo a respiração e aguardo, rezando.

Ouço a voz de Matthew: *Cecily, você está em casa? Por favor, me liga assim que escutar este recado. Quero ter certeza de que você está bem. Estou em casa agora, eles evacuaram o MetLife Building. Meu Deus, não acredito que isso está acontecendo. Por favor, me liga para dizer que você está bem... E, Cecily? Eu te amo... muito.*

Ligo de volta para todo mundo na mesma ordem em que eles me ligaram e digo que estou bem. Que eu também os amo.

Então, pela primeira vez no dia todo, permito-me realmente sentir e começo a chorar.

———

O dia vai se transformando em noite enquanto continuo tentando falar com Grant. Sem sucesso. Não há nenhuma notícia nova, embora eu aprenda várias coisas escutando os especialistas em política externa falarem sobre a al-Qaeda, uma organização militante multinacional islâmica sunita criada em 1988 por dois homens chamados Osama bin Laden e Adbullah Azzam, ambos de aspecto inofensivo com suas túnicas brancas esvoaçantes. Como eles conseguiram ser os mandantes dessa tragédia de suas cavernas rochosas no Afeganistão? Não faz sentido. Ainda não parece real. Tento escrever. Rezo. Dou cochilos de vinte, trinta minutos. Esqueço de comer, depois finalmente me lembro, desço até a lanchonete e peço um hambúrguer com fritas que não consigo me obrigar a consumir, depois volto para casa e ouço outros recados que não são de Grant. Meu pânico aumenta.

De alguma forma, com a ajuda de Jasmine e Scottie, consigo me segurar num fio de esperança, e fico repetindo em looping nossas desculpas coletivas.

Ele quebrou ou perdeu o celular e não chegou a decorar meu número para me ligar de um telefone fixo. Foi para sua casa na montanha logo depois de sair do meu apartamento hoje de manhã cedo, e lá não pega celular nem internet, tampouco tem televisão; talvez ele sequer saiba o que aconteceu. Ele perdeu um amigo próximo nas torres e está arrasado demais para fazer *qualquer coisa*, inclusive entrar em contato comigo. Ele entrou em depressão, coisa que está acontecendo com todos nós em graus variados, mas que é ainda mais debilitante devido à situação do seu irmão. Ele está ferido num hospital em algum lugar. Ele foi soterrado e está vivo esperando para ser salvo. Ele *vai* ser salvo.

Mas a cada hora que passa fica mais difícil não pensar em outra explicação. Aquela que não consigo nem quero dizer em voz alta, e que meus amigos tampouco dizem. Pelo menos não na minha cara. Mas sei que estão pensando nela. Eu a ouço no modo hesitante com que perguntam se eu tive alguma notícia dele, como se fosse possível eu esquecer de lhes dizer caso tivesse. Eu a ouço em suas palavras sem convicção de que têm certeza de que a ligação vai chegar. Também repito essas palavras para mim mesma. A qualquer momento, ele vai ligar com uma história louca e de tirar o fôlego. A qualquer momento agora, vai bater na minha porta e me dar um daqueles seus grandes e apertados abraços.

～

No dia seguinte, vou trabalhar tanto porque *preciso* ir quanto porque é melhor do que ficar esperando junto ao telefone. O escritório está um caos, porém silencioso, um silêncio nauseante. Jake, Jasmine e eu entregamos nossas pequenas matérias e recebemos instruções para continuar na mesma linha, para "nos concentrarmos nos cartazes e nos rostos". Faço uma lista de todos os hospitais e os visito um por um, ao mesmo tempo apurando a pauta e procurando Grant. Por algum motivo, sigo num estado de negação mesmo quando começo a descobrir que ninguém, *ninguém* está encontrando seus entes queridos.

Mais uma noite cai. As perguntas afloram. Pessoas podem sobreviver debaixo de escombros por mais de 36 horas? É essa a pergunta que o noticiário não para de repetir. Enquanto isso, meu editor pauta Jasmine e a mim para cobrirmos a vigília à luz de velas no Washington Square Park. Vamos como repórteres, tomamos notas e tiramos fotos, mas também estamos lá como nova-iorquinas de luto, como *americanas* de luto, e nos unimos às preces, às canções e à solidariedade. Para onde quer que olhemos, vemos homenagens improvisadas: buquês de flores, velas e incensos acesos, mensagens escritas com giz nas ruas e calçadas, e intermináveis cartazes com os nomes e rostos dos que ainda estão desaparecidos. Eles estão pregados nas placas, postes, nos tapumes dos canteiros de obras, no pedestal da estátua de George Washington e no emblemático arco de pedra. Alguns são cartazes caprichados, com fotos coloridas e longas e poéticas homenagens; outros são desenhos infantis em lápis de cera com recados rabiscados para mamãe ou papai; outros ainda são simples cartazes xerocados. A cena é desoladora, como uma centena de funerais numa mesma praça pública, mas é também uma das coisas mais lindas que já vi. Ao mesmo tempo que meu coração se parte, ele transborda de fé em Deus e na bondade intrínseca do ser humano. O amor vai vencer, digo a mim mesma. Vou encontrar Grant, digo a mim mesma.

E então, justo quando Jasmine e eu decidimos ir embora, precisando muito beber alguma coisa, eu o vejo. Seu rosto. Seus lindos olhos.

– Ai, meu Deus, Jasmine – digo, e na mesma hora sinto meus joelhos estremecerem. – É ele.

– Onde? – pergunta ela, correndo os olhos pelas pessoas com uma expressão esperançosa.

Percebo que ela entendeu errado, que acha que Grant está de fato ali, em carne e osso.

– Não. Não *aqui* – digo, balançando a cabeça e apontando para o cartaz com o rosto de Grant pregado no arco.

Na foto, ele está sorrindo num bar e erguendo um copo de shot. A palavra DESAPARECIDO está escrita à mão em maiúsculas abaixo da imagem, juntamente com seu nome completo e idade. GRANT SMITH, 30. Mais abaixo, um telefone para contato e um pedido para "ligar em caso de qualquer informação".

– É ele? – indaga Jasmine, espantada, mas logo fica séria.

Assinto, certa de que estou prestes a desmaiar.

– Meu Deus do céu – sussurra Jasmine, passando o braço pelos meus ombros e me ajudando a sentar no chão bem na hora em que minhas pernas perdem as forças de vez. – Querida... querida, olha pra mim – diz ela, sentando-se na minha frente com as pernas cruzadas e segurando meu rosto. Ergue meu queixo e me força a olhar para ela. – Isso talvez seja uma coisa boa.

– Como? – pergunto, com a voz trêmula.

– Porque... porque é uma *pista* – diz ela, tornando a olhar para o cartaz e então tirando o bloco de anotações da bolsa a tiracolo.

Ela o abre numa página em branco e anota o número de telefone com sua lapiseira, sublinhando-o com tanta força que o grafite se quebra. Jasmine aperta a parte de trás para obter uma nova ponta, mas não há mais nada para escrever.

– Pista? – repito. – Isso não é uma pista. É mais uma prova de... de... de um *beco sem saída*.

– Não tem como ter certeza... Vai ver ele foi encontrado...

– Encontrado? Encontrado como? E onde?

– Não sei. Encontrado num hospital ou algo do tipo... A gente precisa ligar para esse número – diz Jasmine, mas, apesar de suas palavras, ela não esboça nenhum movimento para pegar o celular.

Abraço os joelhos com a maior força de que sou capaz, então deixo a testa cair entre eles do jeito que as pessoas fazem para não desmaiarem.

– Não. Ele já teria me ligado. Teria arrumado um jeito de me ligar – digo, com a voz abafada.

– Ele não pode te ligar se estiver muito ferido ou... ou em coma – sugere Jasmine, e me admiro com a natureza de um mundo em que a ideia de estar em *coma* é uma boa notícia.

– Ou morto – completo.

– Cecily, *querida*, esse cartaz não muda *nada* – diz ela, pondo-se de pé.

Jasmine limpa a sujeira da parte de trás da calça jeans branca, então avança alguns passos até a foto de Grant. Observo-a remover com todo cuidado a fita adesiva dos dois lados do papel. Ela o traz até mim e me entrega. Olho para ele e sou submergida por duas ondas. Uma de amor e a outra de puro horror, por ver seu rosto tão lindo entre os outros dessa tragédia.

– Como assim não muda nada? – pergunto, num tom descompensado. – Isso confirma que ele está desaparecido.

– Confirma que ele *estava* desaparecido... Mas a pessoa que pregou isso não vai voltar para tirar se, *quando* ele for encontrado.

Como Jasmine não é de falar só por falar, sei que ela está tentando também convencer a si mesma.

Encaro-a por vários segundos e balanço a cabeça.

– Jasmine, sério. Ninguém está encontrando *ninguém*.

– Mas as pessoas podem sobreviver um tempão sem comida e sem água... Lembra aqueles mineradores na Virgínia Ocidental... e aquela bebê, qual era mesmo o nome dela? Jessica? A que caiu num poço? – Há pânico e desespero na sua voz. – A bebê foi resgatada. E os mineiros também. Todos eles.

– Sim, mas ninguém está tirando pessoas daqueles escombros. Você viu as fotos. Só sobraram cinzas e destroços... Aquelas pessoas foram *cremadas*.

Deixo escapar um soluço quando Jasmine fecha os olhos.

– Ele ainda pode estar no hospital...

Eu a interrompo:

– Não. Você esteve nos hospitais... e nos bancos de sangue... Todo aquele sangue, e ninguém precisou nem de uma gota. Ou você saiu de um daqueles prédios em chamas ou então *não saiu*. Você sabe disso. Eu sei disso. *Todo mundo* sabe disso.

– Cecily, faz só 36 horas – diz ela. – Aquilo lá ainda está um caos. Tem que ter algum sobrevivente. Alguns. *Um*, que seja. Acredita que ele vai ser esse um. Acredita num milagre.

Olho para ela e penso: a fé é uma coisa engraçada. Ou você tem ou não tem. E aquele único cartaz, com aquela única fotografia em preto e branco de Grant segurando um copo de shot, fez minha fé se apagar por completo, como tantas das velas à nossa volta.

QUINZE

Depois de algum tempo, eu me levanto da calçada.
 Não consigo nem pensar na ideia de voltar para casa sozinha, ou de voltar para casa, ponto, então Jasmine e eu pegamos o metrô até o Upper East Side, onde ela mora. Ela divide apartamento com uma amiga que está presa em Chicago, para onde tinha ido a trabalho. Todos os voos ainda estão suspensos.
 A caminho do seu apartamento, paramos numa loja de bebidas para comprar uma garrafa de vinho, depois nos encolhemos lado a lado em cadeiras dobráveis na sua sacada de concreto com vista para o East River. Na verdade, está escuro demais para ver o rio, mas mesmo assim fico olhando em sua direção e me lembrando do que Matthew certa vez me disse: que na verdade aquilo não é um rio, mas sim um "estreito de maré de água salgada" que flui em ambos os sentidos, dependendo da hora do dia. Digo isso a Jasmine e acrescento que o Hudson tampouco é um rio, e sim um estuário, informação que também aprendi graças a Matthew.
 Ela me lança um olhar cético e balança a cabeça.
 – Ótimo. Agora para de enrolar. Liga logo para o tal número.
 Suspiro e olho para o cartaz no meu colo. Relutei em levá-lo, mas Jasmine me convenceu de que não tinha problema. De que aquele único cartaz não ia fazer diferença.

– Ainda não – digo, tomando um gole de vinho e decidida a ficar bêbada... e anestesiada.

– Por que não? – indaga ela. – Está esperando o quê?

– Sei lá – respondo, embora na verdade saiba, *sim*.

Estou com medo da confirmação final que esse telefonema talvez traga. Também tenho medo de dizer isso em voz alta. Como se as chances de sobrevivência de Grant pudessem estar de alguma forma atreladas à minha falta de fé.

Jasmine segue meu olhar de volta até o cartaz e pergunta:

– Quem você acha que pôs isso?

Dou de ombros e respondo que não sei.

– Duvido muito que o irmão dele esteja por aí colocando cartazes, e Grant nunca comentou sobre outra pessoa da família que morasse aqui. Então algum amigo, imagino? Talvez um colega que o tenha visto pela última vez...

Fecho os olhos, mas as imagens vêm mesmo assim: visões horríveis de fumaça e chamas, e a pior de todas... ele pulando pela janela quebrada. Caindo.

– Bom, seja lá quem for, você não acha que vai se sentir melhor conversando com essa pessoa? – pergunta ela. – Se conectando com outra pessoa que se importa com ele?

– Talvez – digo, e estremeço. – Mas talvez não.

– Tá, olha só – começa Jasmine depois de uma longa pausa, novamente com um tom de voz decidido. – Se você não ligar para a porcaria desse número, quem vai ligar sou eu.

Prendo a respiração, ao mesmo tempo aterrorizada e aliviada, enquanto ela cumpre a promessa e pega o celular. Olha para o cartaz e começa a discar. Quando ela leva o celular à orelha, ouço um débil som de toque seguido por uma voz do outro lado. Parece ser de uma mulher, mas não consigo ter certeza.

– Alô – diz Jasmine. Escondo o rosto nas mãos e aguardo. – Meu nome é Jasmine Baker. Estou ligando... estou ligando por causa de um cartaz que acredito que a senhora tenha colado no Washington Square Park...

A mulher diz algo, então Jasmine responde:

– Não, não. Sinto muito, deveria ter dito isso logo. Não tenho nenhuma informação... Eu estava só... Eu sou jornalista e estou escrevendo uma matéria. Participei da vigília à luz de velas no parque hoje à noite e estou escrevendo sobre os parentes e amigos dos desaparecidos, sobre todos que estão colando cartazes pela cidade, e eu queria saber se a senhora... teve alguma notícia.

Jasmine se cala, e espio por entre os dedos. Mesmo antes de ver sua expressão aflita, sei que a resposta é *não*.

Não, a pessoa do outro lado não teve nenhuma notícia.

Não, Grant não foi encontrado.

Não, ele não vai voltar.

Nunca mais.

Com o estômago embrulhado, viro o vinho que resta na minha taça, então torno a enchê-la com a garrafa a meus pés, escutando só parcialmente enquanto Jasmine segue falando com sua voz suave de repórter, fazendo todas as perguntas óbvias: quem, o quê, por quê, onde e como. Ela vai anotando à medida que escuta, e em determinado momento dá seu número para a pessoa. Termina dizendo:

– Eu sinto muito. Que Deus a abençoe. Que Deus abençoe vocês dois.

Quando ela desliga, eu me preparo e a ouço sussurrar *puta que pariu*.

– O que foi? – pergunto, encarando-a. – Me fala. Me fala tudo.

Jasmine pigarreia e começa a falar com uma voz baixa e monótona, mantendo o olhar fixo à frente, na direção do rio.

– A maior parte do que ela me disse são coisas que você já sabe. Que Grant acabou de chegar de Londres depois de ter tirado uma licença do trabalho. Ela disse que ontem foi o primeiro dia dele de volta ao escritório, que ele só ia ficar lá pouco tempo, para pegar algumas coisas. Ele trabalhava na Torre Sul, no septuagésimo quinto andar... – Ela se detém abruptamente e respira fundo.

Fico aguardando mais informações, só que Jasmine não fala mais nada.

– Quem era a mulher? – pergunto.

Jasmine me encara por vários segundos, com os lábios franzidos, então balança a cabeça uma vez antes de responder:

– O nome dela é Amy.

Encaro-a e imagino que não seja a mesma Amy que Grant mencionou nas montanhas Adirondack. O nome da sua ex.

– Amy *Smith* – diz Jasmine, estreitando os olhos.

– Smith? Ela disse qual é o parentesco entre eles? – pergunto, pensando que no fim das contas não é a ex. Que é uma prima ou tia sobre quem ele nunca me falou. Ou talvez o Smith seja só uma coincidência, e eles não têm nenhum parentesco. É um sobrenome muito comum.

– Disse – responde Jasmine com uma expressão que conheço bem. – Ela disse, sim...

– E...? – pergunto.

– Ela é *esposa* dele.

Vários segundos transcorrem antes de eu conseguir falar.

– Mas isso é impossível – digo, por fim, tonta, sentindo a sacada balançar debaixo de mim. – Deve ser a ex-esposa. Tem certeza de que ela não disse ex-esposa?

– Tenho, querida. Absoluta – responde Jasmine.

– Mas... ele não usava aliança... Estava morando com o irmão...

– Você já foi à casa dele? – pergunta ela.

– Não, mas... – Balanço a cabeça. – Não é possível... não tem como.

Enquanto Jasmine me encara com uma expressão que é pura pena, começo a processar o que sei que ela está pensando. Que é *lógico* que tem como, e que isso acontece o tempo inteiro. Homens mentem e traem. Tiram a aliança em bares. Vão para a cama com outras mulheres. Dizem a essas mulheres que as amam. Às vezes, de fato, amam; outras vezes não. Às vezes eles contam para a esposa; às vezes mentem para todo mundo. Às vezes conseguem se safar. Às vezes são pegos. E às vezes, seja por carma ou por falta de sorte, só são desmascarados na morte.

– Eu preciso me encontrar com ela – digo. – Preciso falar com ela. Cara a cara.

Jasmine aquiesce.

– Eu sei. Eu peguei o endereço. Ela mora no Brooklyn. Você precisa de respostas. Ela também, embora talvez ainda não saiba.

– Precisa de respostas mesmo ele tendo morrido? – pergunto.

– Sim. Mesmo ele tendo morrido – diz Jasmine, levantando o queixo e se mostrando forte por nós duas, como os melhores amigos sempre fazem.

– Mas de que adianta agora? – pergunto, mais arrasada a cada segundo que passa.

– Adianta saber a verdade – diz Jasmine. – *Sempre* adianta saber a verdade.

DEZESSEIS

Ao longo dos dias seguintes, à medida que luto para conseguir dormir, como muito pouco e escrevo e reviso vários textos sobre o que todo mundo agora está chamando de 11 de Setembro praticamente anestesiada, eu me vejo mergulhar num estranho estado de negação. Não que esqueça por um segundo sequer que terroristas jogaram aviões em cima de prédios, derrubando-os e matando milhares de pessoas. Disso não há como fugir, pois é o assunto que todo mundo está debatendo, seja na televisão, nos jornais ou no mundo em geral. E mesmo quando as pessoas aparentemente retomam as suas vidas de antes do 11 de Setembro, quando voltam a pegar o metrô, a passear pelas avenidas ou a frequentar restaurantes e bares, a dor continua impressa em todos os rostos, pairando igualzinho à fumaça e ao mau cheiro que o vento ainda traz do sul de Manhattan.

Mas, apesar de tudo isso, ainda não consigo aceitar que Grant está entre os mortos e, mais inacreditável ainda, que deixou uma esposa, agora *viúva*. Perdê-lo de um jeito normal teria me arrancado o coração do peito, mas encarar o fato de todo o nosso relacionamento ter sido baseado numa mentira é praticamente insuportável. Então eu não me permito pensar nisso.

Acho que Scottie intui isso, então inventa explicações às quais eu possa me agarrar. Talvez eles estivessem divorciados, e ela só se refira a ele como marido por hábito. Talvez tenham se casado só para ela poder conseguir o *green card* e na verdade sejam apenas amigos. Talvez ela seja louca e esteja tendo alucinações. Na verdade, eu não acredito em nenhuma dessas teorias improváveis, mas elas me permitem adiar mais um pouco o momento de ligar para o tal número.

Até um dia de manhã, cerca de uma semana mais tarde, quando finalmente tomo coragem e me obrigo a ligar. Uma mulher atende no primeiro toque, e sua voz suave me inunda de tamanha angústia que eu quase desligo. Mas aguento firme e me forço a dizer:

– Alô? É Amy Smith quem está falando?

– Sim. É ela.

Com o coração disparado, falo:

– Meu nome é Cecily Gardner. Sou repórter do *New York Mercury*. Acho que a senhora falou com minha colega...

– Ah, sim – diz ela. – Falei, sim.

Aguardo-a dizer mais alguma coisa, mas, como isso não acontece, começo a gaguejar:

– Ahn, a senhora... a senhora por acaso... por acaso o encontrou? O seu marido? – pergunto, me arrependendo na mesma hora das palavras desajeitadas, que mais dão a impressão de que estou perguntando sobre um gato ou cachorro desaparecidos.

– Não – diz ela. – Nós não o encontramos.

Eu me pergunto quem seria aquele "nós", se o irmão dele ou outra pessoa, e ela continua:

– A gente já aceitou que ele não vai voltar – diz ela, com a voz embargada.

Suas palavras me pegam desprevenida, seu caráter definitivo, e tudo que consigo dizer é um muito débil:

– Sinto muito.

– Obrigada.

Parte de mim quer parar por ali e apenas lhe desejar tudo de bom, mas sei que não posso fazer isso. Ao mesmo tempo, não posso despejar toda a verdade. É cruel demais. Portanto, pigarreio e digo:

– Será que a senhora estaria disposta a me encontrar? Para uma matéria que estou escrevendo?

Não é de todo mentira, já que nosso editor deu a todos nós carta branca para escrever textos sobre qualquer aspecto do atentado. Mesmo assim me sinto culpada por estar encontrando aquela mulher sob um pretexto falso, e por não estar sendo honesta na minha apuração. No melhor dos casos, isso é uma infração da ética jornalística. No pior, é imoral.

Prendo a respiração enquanto espero sua resposta, rezando para ela me dizer não. Que ela não quer. Que prefere resguardar sua privacidade.

Mas em vez disso ela pergunta: que tal hoje à tarde?

——

Horas depois, estou me aproximando da casa de Grant e Amy em Park Slope, um bairro tranquilo e arborizado no Brooklyn que me faz pensar em *Vila Sésamo*. Vou checando a numeração das construções e encontro a sua, uma casa geminada feita de arenito marrom, com *bay windows* na fachada e vasos de crisântemos amarelos de um lado e outro da escada que sobe até uma porta dupla. Quase passando mal, subo os degraus e toco a campainha.

Ao ouvir o toque ecoar lá dentro e os latidos agudos de um cão, sinto uma vontade desesperada de ter aceitado a proposta de Jasmine de me acompanhar. Não sei ao certo por que recusei, a não ser por uma intuição de que aquilo era algo que eu precisava fazer sozinha.

Prendo a respiração quando uma das duas portas se abre e eu a vejo pela primeira vez. Embora já imaginasse que a esposa de Grant fosse bonita, não esperava que fosse *deslumbrante*. Ela poderia ser modelo: tem o biotipo clássico da passarela, pernas compridas e quadril estreito. Tem olhos azuis bem claros e longos cabelos louros que me fazem pensar em Carolyn Bessette Kennedy e Gwyneth Paltrow. Uma dachshund de pelo longo late histericamente aos seus pés, e ao baixar os olhos para ela vejo que Amy está com as unhas dos pés pintadas de bordô. A realidade daquela mulher é um soco no estômago.

– Você é a Cecily? – pergunta ela primeiro.

Aquiesço, e a cachorra continua a latir. Amy tenta fazê-la se calar, mas, como não consegue, se abaixa e a pega no colo.

– Sim. Oi. Eu sou Cecily Gardner. E você é a Amy?

Ela assente, muda a cachorra de braço e estende a mão. Cumprimento-a e sinto a palma fresca da sua mão na minha úmida de suor.

– Prazer em conhecê-la – digo, com o estômago embrulhado. – Queria que as circunstâncias fossem outras... Eu sinto muito.

Ela apenas aquiesce, com um aspecto muito frágil. O fato de a cachorra também estar me encarando com uma expressão de pesar não ajuda.

– Obrigada por aceitar conversar comigo – continuo, perguntando-me como algum dia vou conseguir arrumar coragem para lhe contar a verdade.

– Não, eu que agradeço – diz ela, e eu torno a encarar a cachorra.

– Que linda – comento, para ganhar tempo, e estendo a mão para o animal, deixando-o cheirar minha mão antes de acariciar sua cabeça sedosa. – Qual é o nome dela?

Amy me diz que é Tony.

– Ah, então é um menino – digo.

– Não, não – corrige ela. – Você acertou. É uma menina. É Toni com i. Como Toni Morrison.

– Ah – digo, e me sinto ainda mais desnorteada ao recordar o exemplar de *Amada* que vi no chalé de Grant.

Após alguns segundos desconfortáveis de silêncio, pigarreio e pergunto com toda a delicadeza se posso entrar.

– Ah, sim. Claro. Desculpe... ando meio avoada esses dias...

– É compreensível – respondo.

Ela se vira e me conduz pelo vestíbulo até uma sala clara e espaçosa, com sancas rebuscadas no teto, pé-direito alto e uma decoração clássica, mas ainda assim estilosa. Nas paredes estão pendurados lindos quadros, pinturas de nus e paisagens marítimas.

Ele tinha *tudo*, pensei. Uma esposa linda, uma casa incrível, uma cadela fofa, e mesmo assim teve um caso comigo. Por quê? Não faz sentido.

– Desculpa a bagunça – diz Amy.

Toni pula numa das poltronas e continua a me observar.

– Sua casa é uma graça – comento, pensando que não está nada bagunçada, só confortavelmente entulhada de livros e jornais (inclusive o *Mercury* da semana), além de alguns copos vazios espalhados pela mesa de centro.

Ela me agradece, então pergunta se estou com fome.

– Meus amigos trouxeram tanta comida... Não vou dar conta de comer tudo.

– Não, obrigada – respondo. – Acabei de almoçar.

– Alguma coisa para beber, então? Café? Chá? Água? Acho que temos suco de cranberry...

Temos.

Sei que Amy está se referindo apenas ao conteúdo da geladeira, mas mesmo assim isso prova para mim que ele era dela. Nunca foi meu. Grant era o *marido* dela.

Abro a boca para dizer que um copo d'água seria ótimo enquanto ela segue falando:

– Ou que tal um chardonnay? São cinco da tarde em algum lugar, né?

A referência a Jimmy Buffett me soa estranha, considerando a situação, mas de certa forma me faz simpatizar com ela. Sorrio e respondo:

– Obrigada, mas eu na verdade não deveria...

– Ah, deixa disso – retruca ela. – Ninguém está respeitando as regras agora.

Hesito, então aceito a sugestão, pensando que talvez esse seja o único jeito de eu conseguir ter essa conversa.

– Tá. Obrigada.

– Eu já volto – diz ela, parecendo ligeiramente mais relaxada.

Assinto e forço um sorriso. Ela se vira graciosamente e sai da sala, seguida por Toni. Quando me vejo sozinha, solto o ar e sinto os ombros se curvarem. Olho em volta, procurando fotografias ou outros sinais de Grant. Não encontro nada, o que me deixa ao mesmo tempo aliviada e frustrada. Digo a mim mesma que em breve terei respostas. Sento-me na beira do sofá, pego na bolsa um pequeno bloco de anotações, duas lapiseiras e meu gravador portátil, e pouso tudo sobre a mesa de centro. Reorganizo os objetos, então aliso o couro macio do sofá com as mãos. Inspiro, fecho os olhos, torno a abri-los.

Poucos segundos depois, Amy volta com dois copos cheios de vinho. Entrega-me um, e eu o pego e lhe agradeço. Coragem líquida, digo a mim mesma. Ela se senta ao meu lado. Enquanto Toni pula para o meio de nós duas, dou um golinho. O vinho é forte e gelado, e tenho a sensação de que entra diretamente na minha corrente sanguínea.

– Em geral não bebo quando estou trabalhando, mas... – sinto a necessidade de dizer.

– Nada é típico em relação a tudo isso – diz Amy, e toma um gole também.

– Verdade – respondo, e sinto o peso da sua afirmação.

Tomo outro golinho, então estendo a mão para pegar um porta-copos em cima da mesa.

– Ah, não precisa se preocupar com isso – diz ela, descartando o gesto com um aceno.

Pego o porta-copos mesmo assim e pouso meu copo em cima dele, ganhando assim mais alguns segundos antes de me forçar a encará-la, pigarrear e reunir toda a minha coragem para começar a conversa mais difícil da minha vida.

Mas no instante seguinte me acovardo e me ouço dizer:

– Então, retomando: estou trabalhando em textos sobre pessoas que perderam a vida... e também sobre os parentes que ficaram para trás...

Ela aquiesce, e na mesma hora fica com os olhos marejados.

– Desculpa. Sei que é muito difícil... – digo, e sinto uma forte onda de tristeza tomar conta de mim. Com medo de cair eu própria em prantos, torno a inspirar, então sugiro uma saída para nós duas. – Se você não estiver disposta, a gente pode remarcar...

– Não. Não. Tudo bem – replica ela, levando as mãos aos olhos para conter as lágrimas. – Eu... eu quero falar sobre o Grant... meu marido.

A palavra *marido* é uma faca no meu coração, mas tento manter a calma.

– Você se incomoda se eu gravar nossa conversa? – pergunto, indicando meu gravador com um gesto e pegando meu lápis e meu bloco.

– Fique à vontade.

A cadela se acomoda e pousa o focinho na coxa da dona. Aperto o botão vermelho e digo:

– Pode me dizer o nome do seu marido?

– Grant Smith – responde ela.

Sinto um pouco de enjoo, mas continuo:

– E... vamos ver... quando vocês se casaram?

– Em junho de 1997 – diz ela. – Quatro anos atrás.

Assinto e me pergunto em que dia de junho exatamente, e se eles passaram o aniversário de casamento deste ano juntos. Foi depois de Grant e eu nos conhecermos, claro, mas terá sido antes ou depois de Grant ir para a Europa com o irmão?

De repente, fico desesperada para saber a resposta, mas digo a mim mesma que não é uma pergunta que posso fazer sem revelar meus motivos escusos, então sigo em frente, esforçando-me ao máximo para manter um semblante de integridade jornalística.

– E vocês... têm filhos? – pergunto, prendendo a respiração.

Amy faz que não com a cabeça, e seu lábio treme.

– Não. Não tivemos filhos... A gente ia ter... mas não teve. – Lágrimas escorrem por suas bochechas.

Olho para o outro lado e sinto uma onda de alívio seguida por uma dose ainda maior de vergonha e culpa. Por ter *torcido* contra algo que poderia ter dado àquela pobre mulher uma migalha de reconforto.

Hesito, mas estendo a mão e toco seu braço com delicadeza. É outra coisa que não me lembro de algum dia ter feito durante uma entrevista.

– Eu sinto muito mesmo, Amy – digo, tão baixinho que as palavras saem como um sussurro.

– Obrigada.

Ela funga e enxuga os olhos com os punhos cerrados.

Dou-lhe alguns segundos para se recuperar e encaro meu copo de vinho, lutando contra o impulso de terminá-lo num gole só enquanto tento inventar alguma coisa para dizer, outra pergunta para fazer.

– Como vocês dois se conheceram? – pergunto, enfim.

– É uma história meio longa, mas nos conhecemos quando éramos crianças. Devíamos ter 6, 7 anos. Nossos pais ficaram amigos, e aí os filhos se conheceram... eu, Grant e o irmão gêmeo dele. Eu sou filha única.

– Ah. Ele tinha um irmão gêmeo? – pergunto, detestando-me um pouco mais a cada segundo.

– Tinha. Nós três éramos bem próximos quando crianças.

Assinto e pergunto:

– E quando você começou a namorar Grant? Vocês foram, tipo, namorados de escola?

– Não. Na verdade, ele morava em Buffalo, e eu fui criada aqui em Nova York. Só começamos a namorar na faculdade – explica ela. – Nós dois estudamos em Stanford. O irmão dele também estudou lá, ele fazia gastronomia na época. Talvez você devesse conversar com ele.

– Sim. É uma boa ideia – retruco, e meu estômago se revira, pois sei que não posso nem vou fazer isso.

Ela assente, inclina-se para pegar uma caneta e anota o endereço de e-mail de Byron num bloco que estava por perto.

– Mas enfim, ele é bem instável – diz ela, franzindo o cenho e pousando a caneta na mesa. – E também está doente. Tem a doença de Lou Gehrig.

– Ah, não... Que *horror* – murmuro, mantendo os olhos baixos enquanto meu rosto arde.

– É. Não tem nada pior – diz ela, então toma um gole de vinho demorado que me dá uma chance de organizar meus pensamentos dispersos e descontrolados. – Bom... – Ela deixa escapar uma risada seca. – Agora tem.

– Pois é – sussurro, usando isso como uma deixa para falar sobre o 11 de Setembro. – Então, a gente pode falar sobre aquele dia? Você se sente disposta?

Ela assente.

– Sim. Mas não tenho muito para dizer... Eu, na verdade, não sei muita coisa sobre o que aconteceu exatamente, entende?

– Bom, que tal me contar tudo que você sabe? – sugiro com delicadeza.

Ela suspira antes de responder:

– Bom, vejamos... Grant passou o verão quase todo na Inglaterra com o irmão. Ele estava se tratando lá, em Londres, participando de um teste clínico. Só que não deu certo... Então eles viajaram um pouco pela Europa... – A voz de Amy some, e ela leva alguns segundos para continuar: – Eles chegaram a Nova York na segunda-feira à noite, dia 10.

– E você esteve com ele? Nessa noite? – pergunto, com o coração pulsando nos meus ouvidos.

Ela responde que sim.

– Mas só rapidinho. Ele teve que voltar para ficar com o irmão...

Fico encarando-a, mas tudo que consigo ver é Grant entrando no meu apartamento no meio da noite. E tudo que aconteceu depois.

Sinto que posso de fato vomitar e levo alguns segundos para recuperar o fôlego e perguntar:

– Quer dizer... que ele foi direto da casa do irmão para o trabalho?

– É. A gente acha que sim. Ele era corretor de ações... no World Trade Center.

– Que prédio? – pergunto, com a voz trêmula.

– Na Torre Sul. Septuagésimo quinto andar.

– Então... naquela manhã... ele tentou ligar para você? Ou... ou deixou recado? – pergunto, pensando em todas as últimas ligações e recados passageiros dos aviões e dos funcionários dos escritórios, todos de partir o coração.

Prendo a respiração e me preparo para a resposta, torcendo para o bem dela que a resposta seja sim, mas sabendo que vai ser outro golpe no meu coração se ele tiver ligado para ela, não para mim.

Ela balança a cabeça e sussurra que não, que não teve notícia nenhuma dele.

Pergunto se ele tentou ligar para Byron.

Ela faz uma pausa e me encara, então balança a cabeça antes de tomar outro gole de vinho e respirar fundo várias vezes.

– Deve ter acontecido tudo muito rápido. Estamos torcendo e rezando para ter sido assim. A empresa dele perdeu outra funcionária, uma jovem sócia. Talvez eles estivessem na mesma parte do prédio, ou talvez num dos elevadores ou das escadas. Ela também não ligou para ninguém, mas pode ser que eles nem estivessem juntos... – Seu olhar se perde ao longe, então ela dá de ombros. – Acho que nunca vamos saber.

Aquiesço, sentindo todo o peso daquela afirmação.

– Eu sinto muito – digo, e estendo a mão para tocar seu braço pela segunda vez.

– Obrigada, Cecily. Estou feliz por você estar aqui... por se importar.

Torno a assentir, com o coração disparado.

– De nada – balbucio, com o rosto ardendo.

– E fico honrada que você queira escrever sobre Grant. Ele merece que alguém fale sobre a vida dele... Era um homem bom. E um bom marido.

Fito seus olhos e assinto mais uma vez, subitamente muito aliviada por não ter lhe contado a verdade. Por ela poder continuar a ter boas lembranças de Grant.

– Quer ler o obituário dele? – pergunta Amy, encarando-me com os olhos arregalados. – O que eu escrevi até agora?

– Claro – respondo, embora a resposta seja não. De jeito nenhum.

– Tá. Vem cá – diz ela, levantando-se e fazendo um gesto para eu segui-la. – Está na cozinha. E eu posso encher nossos copos. – Ela encara o meu, quase tão vazio quanto o dela.

Já sentindo os efeitos da bebida, sei que deveria recusar a oferta. Que nada de bom pode vir de tomar mais vinho com a viúva do homem que eu amo. *Amava*. Se eu não vou lhe dizer a verdade, não há motivo algum para prolongar a visita e meu próprio tormento, minha própria mentira.

Mas posso ver que ela quer que eu diga sim. Posso ver isso nos seus olhos, que parecem suplicar. Pergunto-me por quê: será que ela sente uma conexão comigo ou será que não quer ficar sozinha? Mas decido que não faz diferença. Eu vou dar o que ela quer. É o mínimo que posso fazer naquela circunstância.

– Tá bom – digo. – Aceito outro copo.

Passamos para a cozinha, um cômodo alegre com bastante luz natural, bancadas de granito e aparelhos de última geração.

– Você gosta de cozinhar? – pergunto a ela, certa de que a resposta é sim. E de que ela cozinha bem. E de que vai limpando tudo enquanto cozinha, e sempre acerta os tempos, e não se sente tentada a ir comendo enquanto prepara.

Ela responde que sim, mas que gosta mais de fazer doces.

– Porque é uma ciência exata? – pergunto, a resposta padrão que todos os confeiteiros costumam dar.

– Não – responde ela, sorrindo. – Porque eu prefiro comer as sobremesas.

Sorrio para ela e acrescento isso à lista das suas qualidades: Amy gosta de doce e tem o corpo de uma modelo. Observo-a tirar uma garrafa de vinho de uma imensa geladeira de aço inox. Ela se move tão devagar que me pergunto se tomou algum remédio – aposto que sim – enquanto a vejo nos servir e então trazer os copos até a bancada. Senta-se num dos dois bancos giratórios e eu me sento no outro, que viro na sua direção. Nossos olhares se cruzam, e ela olha para um caderno cuja página está preenchida por uma letra cursiva miúda e bem traçada.

– É isso? – pergunto, apontando para o caderno e sentindo um nó na garganta. – O obituário do seu marido?

– É.

– Posso ler?

– Sim, sim. – Ela empurra o caderno na minha direção. – Por favor. – E, me entregando uma caneta, completa: – Fique à vontade para editar. Seria uma ajuda bem-vinda. Eu não sou nenhuma escritora.

Pego a caneta, reúno forças e começo a ler. Datas, lugares e nomes começam a rodopiar na minha cabeça. Seu pai, sua mãe, seu irmão. Tento me concentrar mais na gramática do que no conteúdo propriamente dito, fingindo que aquilo é o resumo da vida de um desconhecido, o que de certa forma é verdade.

No final há alguns lugares-comuns genéricos, frases típicas de obituários. *Irmão, marido e amigo maravilhoso. Amante da natureza, cheio de vida. Sorriso caloroso e risada contagiante.* Vários *realmente* espalhados pelo texto.

– Que lindo – digo, largando a caneta e então tomando um gole de vinho. Sinto que ela está me encarando e arremato: – Lindo *mesmo*.

– Não tem nenhuma sugestão? – pergunta ela.

– Na verdade, não – respondo, olhando para o texto outra vez. – Quer dizer, talvez uma coisinha ou outra...

– Por favor, faça as mudanças que quiser – pede ela.

Sei que ela está me pedindo isso porque sou escritora, não porque ela acha que eu conhecia Grant, mas mesmo assim me sinto transparente e nua enquanto, relutante, acrescento algumas vírgulas, quebro uma frase longa demais e risco um dos *realmente*. Termino e pouso a caneta na mesa.

– Só isso? – pergunta ela, num tom ansioso de dar pena.

Faço que sim com a cabeça, mas então torno a baixar os olhos e os corro novamente pelo texto.

– Bom... na verdade, eu reordenaria estes dois parágrafos. Deixaria as coisas de família antes da parte sobre Stanford e o basquete.

– Tá. Sim. Ótimo – comenta Amy, pegando a caneta, desenhando uma seta e fazendo uma anotação na margem.

Ela larga a caneta, dá um suspiro e toma um gole de vinho antes de estender a mão para uma caixa forrada em tecido na qual eu não tinha reparado. Ergue a tampa e pega uma pilha de fotografias. Na mesma hora vejo a foto de Grant do cartaz. Ao olhá-la bem, sinto um choque elétrico estremecer meu corpo inteiro. Não estou acreditando que ele foi embora. Não estou acreditando em *nada* disso.

– Qual foto você acha que eu deveria usar? Para o obituário? – pergunta ela. – Eles querem uma foto de rosto, então algumas dessas não servem, e outras estão meio fora de foco.

Amy espalha umas sete fotografias sobre a bancada, e meus olhos são atraídos na mesma hora para uma foto de casamento que parece profissional: Grant está usando um smoking preto, e ela, um deslumbrante vestido tomara-que-caia em estilo sereia, com os longos cabelos soltos, mas presos nas laterais. Há flores em seus cabelos. Ele está com o braço ao redor da sua cintura, puxando-a para perto, e eles se encaram com um ar de adoração, aparentemente alheios aos amigos e parentes que os cercam.

– Uau. Você está maravilhosa – comento.

– Obrigada. Parece que faz séculos.

– Onde foi a recepção? – pergunto, antes de conseguir me controlar.

Com um olhar distante, ela responde que foi no The Pierre.

– A gente encheu o salão de peônias brancas e cor-de-rosa e dançou ao som de jazz e clássicos das *big bands*.

– Parece um conto de fadas – digo, encarando-a, louca de ciúmes.

Mesmo Grant estando morto. Mesmo ele a tendo traído. Amy ainda assim se casou com ele. Ele era dela. Ai, meu Deus, estou com ciúmes de uma *viúva*. O que tem de errado comigo?

– Foi *mesmo* um conto de fadas, de verdade, mas... – Ela se detém, e sua expressão de nostalgia passa a exibir preocupação.

– O quê? – pergunto, e então paro de respirar por alguns segundos.

Ela balança a cabeça.

– Nada... É só que, não sei... Foi o casamento dos meus sonhos. Mas não acho que tenha sido o casamento que o *Grant* queria. Na verdade, eu *sei* que não foi o casamento que ele queria.

Em alguma medida isso faz com que eu me sinta melhor, e detesto a mim mesma por ser tão mesquinha.

– O que ele queria?

– Algo simples.

– Tipo... menor?

– Tipo no cartório – explica ela.

Sim, penso. Esse é o Grant que conheci. Um chalé na floresta em vez dos Hamptons.

– Eu me sinto culpada por isso – continua ela.

– Por ter tido um casamento grande?

– Por ter feito várias coisas do jeito que *eu* queria. Mas acho que isso não importa mais, né? – A pergunta parece retórica, mas ela então me encara, como se esperasse uma resposta.

Nervosa, dou de ombros, tentando encontrar a coisa certa para dizer. *Qualquer* coisa para dizer.

– Não sei, eu não diria que não *importa*. Mas também não acho que você deva se arrepender do seu casamento. Tenho certeza de que ele só queria fazer você feliz.

Ela faz que sim com a cabeça.

– É. Ele tentou muito, mas nem sempre foi fácil.

– Os relacionamentos nunca são – digo.

Ela aquiesce, e então, inteiramente do nada, pergunta:

– Você está saindo com alguém?

Ao mesmo tempo espantada e nervosa com a pergunta, começo a gaguejar, perguntando-me se ela desconfia de alguma coisa.

– Bom, é uma longa história, mas meio que... Enfim, eu estava namorando firme, só que a gente terminou no início do verão – digo, ouvindo as palavras se arrastarem e me dando conta de que estou oficialmente bêbada.

– Terminaram por quê? – pergunta ela.

– Ele não estava pronto para um compromisso – respondo, e então lhe conto sobre o dia no Bryant Park e que ele me disse achar que tínhamos cometido um erro.

De repente me pergunto se *eu* cometi um erro, cega demais com minha atração por Grant para ver as coisas com nitidez. Afinal, Matthew jamais teria me traído. Sem chance.

– Você ainda o ama? – pergunta Amy.

Dou de ombros.

– Uma parte de mim sempre vai amar – respondo, sentindo uma grande nostalgia do passado, embora seja difícil saber se é por Matthew ou pelo mundo anterior ao 11 de Setembro.

– Você deveria falar com ele. Descobrir se ainda está apaixonada.

Eu a encaro sem saber o que dizer, pensando que nunca teria imaginado que a conversa fosse enveredar por aí.

– Como *você* soube? – pergunto, baixinho. – Que o Grant era "o cara"?

Ela morde o lábio e diz:

– Não houve um momento de revelação. A gente meio que evoluiu do status de amigo para o de namorado.

Ela estende a mão para as fotos e pega uma delas aleatoriamente, como num jogo de cartas. Olho e vejo que é uma foto dos dois juntos. Ambos estão de casaco de inverno, gorro e luvas. Atrás deles, a árvore de Natal do Rockefeller Center com as luzes acesas.

– Vocês já namoravam quando essa foto foi tirada? – pergunto.

Achando graça, ela diz:

– Não. Na verdade, esse é o irmão dele, Byron.

– Ah – digo, olhando mais de perto. – Nossa, como ele está parecido com o Grant aqui.

– É – concorda ela. – Eles eram mais parecidos antes.

Ela larga a foto e pega outra do dia do seu casamento.

Começo a fazer outra pergunta, mas ela de repente junta todas as fotos, torna a guardá-las na caixa e recoloca a tampa, abraçando-a com firmeza.

– Desculpa – diz. – Não consigo mais olhar para elas.

– Eu entendo – afirmo, sentindo-me também completamente exausta. – De toda forma, é melhor eu ir andando, já abusei demais do seu tempo.

– Ah, não precisa ir embora. Não foi isso que eu quis dizer.

– Eu sei que não. Mas está ficando tarde.

– Tá – diz Amy, com um ar relutante e triste. – Precisa de mais alguma coisa para a matéria? Algo com que eu possa ajudar?

Hesito, então faço a última pergunta que estava com medo de fazer.

– Ahn... sim. Ahn... E os preparativos para o funeral? Vocês decidiram alguma coisa?

– Não – responde ela. – Ainda não.

– Quando acha que vão decidir? – pergunto, pensando que parece impensável eu não comparecer, mas igualmente impensável comparecer.

– Não sei bem. O irmão dele quer esperar.

Hesito, então pergunto no tom mais delicado de que sou capaz:

– Esperar o quê?

Amy suspira antes de responder:

– Ele diz que só precisa de um pouco de tempo.

– Eu entendo – digo, meneando a cabeça.

– Acho que ele não consegue suportar a ideia de se despedir do irmão para sempre. Talvez ele queira um funeral coletivo. Não é mórbido?

Com um nó na garganta, digo que sim, um pouco, mas que é também muito bonito.

– É – diz Amy. – E eu quero respeitar o desejo dele. O relacionamento entre gêmeos é muito especial. Você acha errado? Esperar?

– Não – respondo, então regurgito um conselho que já ouvi antes: – Não existe certo ou errado quando o assunto é luto.

Ela me encara com um ar de extrema gratidão.

– Ah, Cecily, obrigada. Isso significa muito para mim. Você não faz ideia.

DEZESSETE

Consigo segurar as pontas no trajeto de táxi até em casa, ainda em choque com a experiência toda. Mas no instante em que entro pela porta me rendo a um choro longo, feio e intenso. Então ligo para Scottie e Jasmine, nessa ordem. Ainda chorando de modo intermitente, confesso que não consegui, não consegui dizer a verdade, e ambos me absolvem.

Conto a eles todo o resto também: falo sobre Grant, sua vida e seu casamento, sobre os últimos momentos do casal que, conforme descobri, aconteceram logo antes dos *meus* últimos momentos com ele. Conto-lhe sobre o cachorro de nome literário de Amy, seu quarteirão que me fez pensar em *Vila Sésamo* e sua casa que parece um catálogo da Pottery Barn. Digo-lhes quanto quis não gostar dela, mas que gostei dela, *sim*, e que talvez tenha sido o vinho, mas senti um vínculo bizarro com ela, minha companheira de luto.

Sei que ela e eu não somos iguais, nem de longe. Ela era a esposa; eu era a amante. Ela conhecia Grant desde que os dois eram crianças; nós só tivemos um verão, e ele ainda passou a maior parte viajando. Ela é a viúva sobre quem os jornais vão escrever, inclusive o meu; eu sou o segredo que Grant levou para o túmulo. Apesar disso, nós duas perdemos o mesmo homem da mesma forma, e não estou me referindo a perdê-lo para um ataque terrorista nos escombros do World Trade Center, mas sim numa avalanche de mentiras.

E muito embora ela não saiba a verdade, acho que em algum lugar também sente uma conexão comigo.

Então não fico surpresa quando Amy me manda um e-mail no dia seguinte me agradecendo por ter ido visitá-la e ajudado com o obituário.

"Se algum dia você largar seu emprego de repórter, daria uma ótima terapeuta", escreve ela.

Uma terapeuta sem ética que perderia o registro, penso eu, engolfada por uma nova onda de culpa. Afasto-a e escrevo de volta lhe agradecendo por ter me recebido e pelo vinho. Digo-lhe mais uma vez como lamento a sua perda.

Essa correspondência se estende durante vários dias, e passa de formal a casual. Pergunto se ela gostaria de incluir uma foto no tributo que estou escrevendo; ela diz que sim, que vai mandar uma assim que puder. Ela me diz que o obituário de Grant saiu no *Buffalo News* e pergunta se eu gostaria de uma cópia. Digo que adoraria, se ela puder mandar. Ela diz que tem várias sobrando e que poderia pôr uma no correio, a não ser que eu quisesse encontrá-la para um café ou um drinque.

Sabendo que preciso pôr um fim a essa estranha amizade, escrevo uma resposta vaga dizendo que seria ótimo, mas que tenho andado atolada de trabalho ultimamente. Ela escreve de volta que não há pressa, então me propõe várias datas. "Se nenhuma dessas for boa", acrescenta, "é só me dizer qual funciona para você!"

Respondo que vou fazer isso assim que tiver um tempo de olhar minha agenda.

Ela diz "ótimo", e então, do nada, pergunta se eu entrei em contato com meu ex-namorado.

Eu digo que não, ainda não.

"Bom, não fica adiando", escreve ela de volta. "A gente nunca sabe quando poderia ser tarde demais, e você não vai querer se arrepender depois."

―

As palavras de Amy me assombram. Repasso-as na cabeça várias vezes, perguntando-me o que ela quis dizer; se foi um conselho genérico, como quando as pessoas lhe dizem para "abraçar quem você ama" quando alguma coisa ruim acontece com um membro da sua própria família ou se existe algo específico que ela gostaria de ter dito para Grant antes de ele morrer. Não importa. Preciso seguir em frente, porque manter contato com Amy não é saudável. Chega a ser masoquista, e é errado.

Por coincidência, Matthew me liga e deixa recado dizendo querer só "pôr a conversa em dia e dar um oi". No início isso me parece aleatório, mas depois lembro que tínhamos ficado de nos falar em setembro, lá atrás, quando todos pensávamos que setembro seria só mais um mês no calendário.

Não retorno sua ligação na hora, mas me pego começando a sentir saudades. Não da nossa relação, mas da nossa amizade. Do conforto de estar com alguém em quem você sempre pode confiar.

Assim, quando ligo de volta para ele, estou mais relaxada do que jamais imaginei que estaria, e nossa conversa é bastante agradável. Quer dizer, até ele me perguntar se eu "ainda estou saindo com aquele carinha".

Nervosa, dou uma resposta esquiva, decidida a não mentir, mas igualmente decidida a não lhe contar toda a horrível verdade.

– Não – digo. – A gente não está mais junto.

– Quer dizer que você está solteira de novo? – pergunta ele, soando esperançoso.

– Estou. E você?

– Sim. Ainda solteiro. Passei esse tempo todo solteiro.

– Fico espantada que a Juliet não tenha tentado voltar com você.

– Ela tentou – diz ele com uma risada.

– Eca – comento, sentindo uma levíssima pontada de ciúme. – Não suporto essa menina.

– Você nunca se encontrou com ela.

– Nem preciso. Eu conheço o tipo.

Faz-se um longo silêncio, então ele diz:

– Então... Não está com saudades de mim? Nem um pouquinho?

Hesito.

– É. Talvez um pouco – respondo, tentando identificar a sensação esquisita na minha barriga.

– Tudo bem por mim – diz ele, soando como costumava soar no começo da nossa relação, quando eu era alvo de toda a sua atenção e ele sempre ficava muito animado ao ter notícias minhas.

– Falando sério, eu sinto, *sim*, falta de ter você na minha vida.

– Sente? – indaga ele, num tom empolgado que é uma graça. – Sério mesmo?

– Sério mesmo.

– Caramba, Cecily... como é bom ouvir você falar isso.

– Bom, é a verdade – digo, surpreendendo a mim mesma tanto quanto pareço estar surpreendendo a ele. – E queria te agradecer...

– Por ter te dado espaço e sido paciente?

– Bom, claro... Acho que sim... Mas eu ia dizer por ter me ligado no 11 de Setembro... por ter me feito saber que eu era importante para você.

– Isso você já sabia. Já *deveria* saber.

– Pode ser. Mas aquilo confirmou, e eu me dei conta de como você também é importante para mim. Bem, eu gosto muito mesmo de você, e...

– Posso te ver? – pergunta ele, me interrompendo.

– Pode – respondo, surpreendendo a mim mesma outra vez, não com a resposta, mas com a completa falta de hesitação.

– O que você vai fazer hoje à noite?

– Nada em especial. E você, quais são seus planos?

– Nenhum. Eu ia só trabalhar um pouco, tenho um relatório para entregar na terça, mas posso deixar para amanhã. Vamos nos encontrar?

– Tá bom.

– Aqui ou aí? – pergunta ele, igualzinho a como costumava fazer.

– Tanto faz – digo, igualzinho a como *eu* costumava fazer. – Você decide.

– Tá certo, Então passa aqui. Acabei de fazer compras. A gente pode cozinhar junto.

– Tá – digo, percebendo que não me sentia tão normal desde a primeira vez em que vi aqueles prédios em chamas na televisão. – Chego daqui a pouco.

Depois que desligamos, tomo uma chuveirada dizendo a mim mesma para não me sentir esquisita nem surtar. Estou só indo na casa de um amigo, alguém que ainda gosta de mim. Alguém de quem eu também gosto. Então prendo os cabelos num rabo de cavalo, visto uma calça jeans e uma blusa e saio.

Assim que Matthew abre a porta de casa e olha para mim, sinto que ele talvez esteja com expectativas ligeiramente diferentes. Seus cabelos estão molhados e ele parece ter acabado de passar gel nos fios. Seu rosto tem o brilho rosado de uma barba recém-feita, e ele está com um cheiro muito bom.

– Oi – diz, parecendo nervoso. Um nervosismo *fofo*.

– Oi... Você está muito bem.

– Você também.

– Não, nem estou – resmungo. – Essa coisa toda pós-atentado tem sido bem surreal. Na verdade, não tenho comido nem dormido. – Penso em Grant, mas empurro o pensamento para longe.

– Eu sei – diz ele. – Mas você está linda, sério.

– Bem... obrigada.

Ficamos alguns segundos nos olhando, com sorrisos igualmente rígidos, e ele então diz:

– Pode entrar...

Meneio a cabeça e ele dá um passo para o lado, abrindo caminho para eu entrar no apartamento que conhecia, que *ainda* conheço tão bem. Tudo parece imaculado como sempre, parte da nossa refeição já pré-preparada, cebolas e pimentões cortados em cubinhos sobre a imensa tábua de madeira, um sortimento de especiarias retirado da estante de temperos. Há uma vela acesa sobre o fogão, e Alicia Keys canta no sistema de som.

– Então... isso é um encontro? – deixo escapar antes de conseguir pensar melhor.

Com um ar encabulado, Matthew diz:

– Não... É só... um encontro entre dois amigos, para pôr o papo em dia.

– Tá – digo, relaxando. – Parece ótimo.

– Quer beber alguma coisa?

– Ahn, claro. O que você está tomando?

Ele aponta para um copo de cerveja do outro lado da bancada.

– Uma Heineken. Mas eu posso abrir uma garrafa de vinho.

– Na verdade, cerveja é uma boa ideia.

Ele assente, pega uma garrafa na geladeira e abre o congelador para pegar um copo gelado.

– Na garrafa está bom – digo.

Ele descarta o comentário com um aceno da mão. Em seguida, começa a servir minha cerveja com a precisão de um barman, tentando minimizar a espuma. Passa-me o copo com um sorriso animado e as lembranças tomam conta de mim. De repente me vem uma baita vontade de chorar.

Matthew pousa sua cerveja na bancada e me olha nos olhos.

– Está triste por quê? – pergunta ele, com a voz muito carinhosa.

– Eu não estou triste – respondo, piscando para segurar o choro. – É só que... é meio esquisito... estar de volta aqui com você outra vez.

– Esquisito no bom sentido, espero.

Assinto, porque definitivamente *ruim* não é.

Ele passa um longo tempo me encarando, então diz:

– Cecily, eu quero uma segunda chance. Eu quero voltar.

– Voltar para onde? – pergunto, pensando se ele está se referindo ao começo da nossa relação ou a imediatamente *antes* do nosso término.

– Para quando você acreditava em mim... em *nós*.

– Eu não sei direito o que isso quer dizer – desconverso, e me pergunto se algum dia de fato acreditei nele ou se só *queria* desesperadamente acreditar. Em *alguma coisa*.

– Isso quer dizer que a gente dava certo junto, e eu sei que estraguei tudo ficando com medo.

– De quê? De que você tinha tanto medo?

– Sei lá... da *vida*, acho.

– Quer dizer que agora você não tem mais medo da vida? – pergunto, pensando no atentado e em como eu sinto *mais* medo agora.

– É claro que tenho – responde ele. – Mas não tive nada para fazer nos últimos meses a não ser pensar, principalmente depois do 11 de Setembro. E me dei conta de que eu tenho mais medo da vida *sem* você.

– Quer dizer que a questão ainda é o medo? – pergunto, pensando se aquilo é apenas um jeito de acomodar as coisas. Pôr as fichas em outra casa.

– Não – diz Matthew, balançando a cabeça. – A questão é o amor, Cess. Eu te *amo*. Nunca deixei de te amar.

Fico encarando-o com o coração na boca.

– Fala alguma coisa – pede ele. – Por favor?

Baixo os olhos, em seguida torno a encará-lo. Começo a lhe explicar que não sei o que dizer, mas então digo que o amo também. Porque é verdade.

– Então, por favor, a gente pode voltar? – diz ele.

Suspiro, tentando organizar pensamentos e emoções confusos.

– Você quer voltar? Ou avançar? Começar de novo? Ou retomar de onde a gente parou? – pergunto, tentando entender o que ele está sentindo, o que ele quer, nem que seja porque isso é mais fácil do que entender o que *eu* estou sentindo.

– Eu quero voltar para quando a gente terminou – diz ele. – E simplesmente escolher outro caminho na estrada.

– Eu... eu não sei se consigo fazer isso – respondo, balançando a cabeça enquanto tento expressar tudo que estou sentindo em palavras.

A sensação é de que não podemos apagar os últimos meses que passamos separados, da mesma forma que não podemos apagar o 11 de Setembro. A sensação de que eu mudei. De que o mundo *inteiro* mudou.

– A gente pode tentar? Pode pelo menos tentar?

Desvio o olhar, com os pensamentos a mil, querendo muito que a minha resposta seja sim. Eu quero voltar a essa inocência. Ao mesmo tempo, sei que era uma inocência falsa. Nós pensávamos estar seguros. Pensávamos que nada como aquilo jamais pudesse acontecer. Mas estávamos errados. Assim como eu estava errada em relação a Grant.

Sinto Matthew me encarar, e quando o encaro de volta fico impressionada com a preocupação no seu olhar. Ele realmente se importa comigo, e isso precisa ter algum valor, se é que não é a *única* coisa que vale.

– Desculpa – digo, agora muito confusa. – Qual foi mesmo a pergunta?

Ele abre um sorriso leve e hesitante.

– Agora também esqueci o que era.

Balanço a cabeça e retruco:

– Não esqueceu, não.

– Tá. Eu não esqueci – diz ele, com um sorriso mais largo e mais franco. – Mas vamos só curtir nosso jantar?

Aliviada, assinto e lhe digo que é uma boa ideia.

Nas várias horas que se seguem, apenas curtimos bons momentos na companhia um do outro. Ouvimos música e cozinhamos: fettuccine com camarão, pão de alho e uma salada. As coisas começam a ficar um pouco mais românticas quando Matthew abre uma garrafa de vinho, acende velas e nos sentamos à mesa em vez de na frente da televisão. Mas a conversa continua leve. Não mencionamos nada pesado ou sério. Nem o 11 de Setembro. Nem nós dois. Digo a mim mesma para seguir o fluxo. Pelo menos por enquanto.

Quando terminamos de comer, enxaguamos e empilhamos a louça na pia, voltamos a nossos antigos lugares no sofá e cobrimos as pernas com o mesmo cobertor de chenile cinza. O peso e a textura da peça são muito conhecidos e me tranquilizam, ninando-me de volta à nossa antiga rotina antes mesmo de Matthew segurar minha mão e pegar o controle remoto. Começo a me afastar, dizendo a mim mesma que isso não é muito inteligente. Que eu deveria parar por ali e ir para casa. Que não estou pronta para pular mais uma vez em algo novo, mesmo que seja também algo velho. Parte de mim, por alguma razão, sente-se até desleal com Grant. Eu pensei que estivéssemos tendo um relacionamento, mas ele era casado com outra pessoa e tudo não passou de uma ilusão. Uma mentira.

E por que eu deveria punir Matthew por essa mentira? Por que deveria punir a mim mesma? De que adiantaria isso?

Digo a mim mesma para parar de pensar tanto e me fazer uma pergunta de cada vez. Por enquanto, a única pergunta é se eu quero continuar sentada ali, debaixo daquele cobertor aconchegante, de mãos dadas com Matthew. E a resposta é sim. Então fico ali, e nós dois vemos televisão até ficarmos com sono e acabarmos na nossa antiga posição de conchinha no sofá. Mais uma vez, digo a mim mesma que tudo bem.

Mas quando Matthew começa a me beijar no pescoço e a se esfregar em mim por trás, detenho-me e me faço outra pergunta. Eu quero que isso vá mais longe? Ao mesmo tempo quero e não quero, então me viro e fico de frente para ele, encarando-o direto nos olhos e percebendo que estou um pouco bêbada. Que na verdade estou me sentindo quase bem.

– Oi – sussurra ele.

– Oi – sussurro de volta, e nesse exato instante Grant torna a surgir na minha cabeça. Algo bem no fundo de mim, a parte do meu coração que eu não consigo controlar, fica com saudade dele. *Muita* saudade.

Mas eu me concentro no que *posso* controlar, no instante em que me encontro aqui e agora. Digo a mim mesma para relaxar, curtir minha onda e o que quer que venha a seguir. Fecho os olhos e deixo Matthew me beijar. Retribuo seus beijos. O céu e a terra não se movem, mas é gostoso, como chegar em casa depois de uma viagem longa e ruim. Quanto mais nos beijamos, melhor é a sensação.

Quando começamos a tirar a roupa, ele pergunta se eu quero ir para o quarto. Digo que sim, ansiosa para estar na sua cama, debaixo das cobertas, em outro lugar conhecido. Nós nos levantamos e vamos para lá depressa. Ao reparar em como estou bêbada, ele ri e diz que tinha esquecido como eu era fraca para bebida. Franzo a testa e finjo achar ruim, mas ele me pega no colo e me carrega o resto do caminho.

– Fraca e superlevinha – diz, colocando-me em cima da sua cama.

Quando ele estende a mão para apagar o abajur, vejo que ainda há uma foto nossa na sua estante, uma que emoldurei para ele no último Natal.

– Essa foto ficou aí o tempo todo? Ou você acabou de recolocar? – pergunto, pensando que por algum motivo isso faz diferença.

– Ela não saiu daí – diz ele, abrindo meu sutiã e beijando meu ombro. – Eu tinha fé de que você voltaria.

– Como você sabia? – pergunto, enquanto tiramos o resto das roupas.

– Porque a gente é perfeito junto – responde ele, e torna a me beijar, os dois agora nus.

– Nada é perfeito – comento, com a voz arrastada.

– A gente chega perto – retruca ele.

Assinto, sentindo seu cheiro conhecido e sabendo o que vem a seguir.

E com isso, pelo menos por enquanto, Grant desaparece da minha cabeça. E resta apenas Matthew. O antigo nós e o novo nós. O *mesmo* nós.

Fecho os olhos e finalmente me entrego.

DEZOITO

Na manhã seguinte, acordo com o braço de Matthew à minha volta. Por vários instantes de felicidade, sinto-me plenamente em paz. Em *casa*. Mas então abro os olhos, rolo de lado e olho para ele, e tudo em que consigo pensar é naquela primeira manhã em que acordei com Grant na minha cama, na época em que eu não sabia sequer seu nome e cada segundo era um novo assombro. Não sei direito o que me faz mais falta: se o próprio Grant ou essa sensação, mas digo a mim mesma que é só a sensação. De toda forma isso não tem importância, porque ambos são falsos; a sensação tinha por base algo que não era real.

Também digo a mim mesma que, ainda que tivesse sido real, é injusto comparar o começo de um relacionamento com o meio de outro. (Não que Matthew e eu sequer estejamos num relacionamento; somos apenas amigos que tomaram umas e outras e foram para a cama juntos.) Nenhum relacionamento pode sustentar a paixão e a sensação de mistério desse início. Depois de um tempo, as coisas com Grant também teriam ficado familiares – e isso no melhor dos casos. Afinal de contas, só se chega aos momentos banais e confortáveis quando um relacionamento está *funcionando*. Quando não está, a paixão se metamorfoseia em algo perverso e sombrio. Brigas. Ciúme. Uma eterna disputa de forças.

Mais provavelmente seria assim que Grant e eu íamos terminar, e isso imaginando que ele sequer me escolhesse. Eu teria acabado descobrindo sobre Amy, de algum modo, e ele teria partido meu coração e ficado com a esposa. Quem pode saber quanto tempo eu teria levado para descobrir. Penso naqueles homens que durante anos mantêm duas famílias, algumas das quais chegam a produzir meios-irmãos que desconhecem a existência uns dos outros. Estremeço. Nenhuma parte de mim quer que Grant esteja morto, claro, mas sinto como se eu houvesse escapado por um triz. Mesmo que ele tivesse abandonado Amy e declarado que nós éramos almas gêmeas, o seu caráter tinha uma falha profunda. Ele traiu a esposa e mentiu para nós duas. Disso não há como escapar.

No instante seguinte, Matthew abre os olhos e me dá um sorriso sonolento.

Sorrio também, aliviada por ele estar acordado, assim posso parar de pensar tanto.

– Bem, isso foi... inesperado – digo.

– Inesperado no bom ou no mau sentido? – pergunta ele, estendendo a mão para segurar a minha debaixo das cobertas.

– Se for preciso escolher, no bom – respondo, sorrindo, enquanto nossos dedos se entrelaçam.

Ele franze um pouco o cenho e pergunta:

– Está arrependida?

– Não, não estou arrependida – retruco, aliviada por isso ser verdade. – Mas...

Ele geme.

– Ei! Nada de "mas"!

Sorrio.

– Tá. Na verdade, não é um "mas"... É só uma preocupação. Eu só quero ter certeza de que não estamos retomando uma coisa só porque é confortável e fácil.

– Vou te dar uma notícia fresquinha – diz ele, soltando minha mão para poder bagunçar meus cabelos. – Você não é nada fácil.

– Você entendeu – retruco. – Eu só quero que a gente vá devagar. Quem sabe não fazer *isso* de novo até nós dois sabermos com certeza em que pé estamos. Certeza absoluta.

– Isso? – pergunta ele, agora tocando meu seio.

– É – respondo, afastando com delicadeza a sua mão ao mesmo tempo que sinto um súbito impulso de estar com ele outra vez. – Ou talvez isso seja besteira, considerando o número de vezes que a gente já... considerando que a gente *acabou* de... Sei lá. Vamos viver um dia de cada vez. A gente não precisa de rótulo.

Matthew abre um sorriso irônico, como se eu tivesse acabado de dizer alguma coisa engraçada.

– O que foi? – pergunto.

Ele balança a cabeça.

– Nada. Estava só pensando que você parece o meu antigo eu falando: querendo apenas ir devagar e curtir o momento, e eu aqui me sentindo como a antiga você, toda preocupada de você não me amar.

– Você está preocupado que eu não te ame?

– Estou. Um pouco.

– Você sabe que eu te amo.

– Então será que eu posso ter alguma prova disso? – pergunta ele. – Estou me sentindo bastante exposto e nu.

– Você *está* nu.

– Emocionalmente nu – completa ele.

Suspiro, pois sei que ele está em parte brincando, mas também em parte não. E por mais que eu queira reconfortá-lo, estou mesmo preocupada com algo que não consigo de todo identificar.

– Você disse ontem à noite que acha que a gente forma um casal perfeito – digo.

– É.

– Estava falando sério?

– Eu nunca digo o que não acho.

– Mas... *perfeito*?

– Tá bom. Talvez não perfeito – diz ele. – Nada nunca é perfeito. Mas a gente é melhor junto do que separado.

– É um patamar bem mais baixo – comento, e de repente identifico minha preocupação: eu me pergunto se esse patamar é o suficiente para algum de nós dois.

Ao longo das semanas seguintes, Matthew e eu continuamos a nos ver, encontrando-nos para almoçar, saindo para jantar e de vez em quando passando a noite na casa dele ou na minha. Quando isso acontece, nós transamos, e é sempre bom. Sob alguns aspectos é como nosso ritmo de antes. Sob outros parece algo novo. Pelo menos agora nós temos outra dinâmica, uma mais saudável. Eu estou menos carente; ele está mais presente.

O problema é que eu continuo sentindo falta do que tinha com Grant. Do mistério, da empolgação e da sensação de uma conexão realmente profunda. Fico lembrando a mim mesma que o que tínhamos na realidade não valia nada, era algo baseado em mentiras. Scottie ajuda nesse sentido, e vive chamando Grant de canalha e sociopata. Eu lhe digo que isso é certo exagero; não podemos nos ater simplesmente a mentiroso e traidor? Mas entendo o que Scottie quer dizer, e a essência permanece a mesma: não se pode perder o que nunca se teve.

Ainda assim, uma parte de mim insiste em não acreditar totalmente que Grant era um cara mau e que o que tivemos não foi de verdade. Eu sei o que senti. *Alguma coisa* ali tinha que ser real. Sei que é inútil pensar isso porque ele não está mais aqui, mas começo a ficar com medo de jamais conseguir seguir em frente de forma plena, seja com Matthew ou com quem for, até ter minhas perguntas respondidas. Minha conexão com Grant era apenas ilusória, pura química? Como era o seu casamento na realidade? Ele era um cara tão ruim quanto Scottie diz ou terá sido apenas o caso de alguém bom fazendo algo ruim?

E ainda por cima tem Amy. Seja porque gosto genuinamente dela ou porque ela é meu único vínculo com Grant, e portanto o único caminho real para encontrar respostas para as minhas perguntas, continuo a conversar com ela, indo contra todos os conselhos dados pelos meus amigos e contra meu próprio julgamento.

Nós nos encontramos para caminhar no parque certo dia à tarde, e durante nossa conversa conto a ela que estou saindo com Matthew, meu ex.

– Estão só saindo ou voltaram? – pergunta ela.

– Não sei direito – respondo. – A gente concordou em não rotular.

Ela assente e diz que é uma boa ideia ir devagar com as coisas. Então acrescenta que alguns dos melhores casamentos que ela conhece vieram depois de uma ruptura, fosse ela curta ou longa.

Sentindo-me culpada, pergunto:
– Você e Grant alguma vez terminaram?
– Sim – responde ela. – Uma vez, logo depois da faculdade.
– Por quê? – pergunto, menos à vontade a cada segundo que passa. – Se não for uma pergunta pessoal demais...
Ela balança a cabeça e diz que não tem problema, mas que na verdade não consegue se lembrar dos detalhes.
– A gente estava discutindo muito. Eu tinha me mudado de volta para Nova York, e ele ainda estava em Palo Alto procurando emprego. Fiquei brava por ele estar procurando em outras cidades que não Nova York.
– E ele estava? – pergunto, agarrando-me por algum motivo à ideia de que o casamento deles não tinha sido inevitável. – Onde mais ele estava procurando?
– Também não lembro. Mas ele não era um grande fã de Nova York. Gostava de cidades menores. Gostava de mato. – Ela torce o nariz. – Quer dizer, eu até entendo... para passar as férias, sei lá. Mas eu jamais poderia morar na periferia de uma grande cidade, muito menos no campo.
– E o que aconteceu? – pergunto. – Ele simplesmente se rendeu?
– É. Basicamente foi isso. Eu lembro que a escolha era entre dois empregos: lecionar inglês num colégio interno em New Hampshire ou o emprego em Wall Street que meu pai arrumou para ele. Não tinha nem o que pensar. Mas, enfim, fico feliz por você ter voltado com seu ex. Matthew, né?
– É. Matthew.
– Uma segunda chance é uma coisa rara e maravilhosa.
Fico remoendo essa frase na cabeça, tanto o sentimento em si quanto o que ela diz sobre Amy como pessoa. Seu marido, o homem com quem ela estava desde a faculdade, morreu, e mesmo assim ela consegue sentir uma felicidade genuína por outra pessoa. É uma qualidade muito generosa.
– É. Acho que é mesmo.

Alguns dias depois, Amy e eu tornamos a nos encontrar quando ela me convida para assistir à aula de ioga que ela dá à noite num estúdio no West Village duas vezes por semana, "só por diversão", por fora do seu trabalho como consultora de estilo.

No início, enquanto vejo seus braços e suas pernas compridos e longilíneos se enroscarem em posturas impossíveis, tudo em que consigo pensar é ela com Grant – e não consigo me livrar da sensação de que é muito errado eu estar ali. Mas depois de um tempo isso desaparece, e me pego esquecendo que é ela quem está dizendo "faça o melhor que você puder" e "não se compare com mais ninguém". Quando a aula termina, consegui alcançar um estado de tranquilidade profunda e me sinto um pouco chorosa. Chorosa no bom sentido, como uma *catarse*. Não consigo compreender por completo por que estou deixando essa relação seguir se desenvolvendo, mas sei que ela tem algo de genuíno.

– O que achou da aula? – pergunta Amy depois de todo mundo já ter enrolado seu tapetinho e ido embora, quando a estou ajudando a fechar o estúdio.

– Eu adorei – digo. – Você é uma ótima instrutora.

Ela me agradece e diz que é muito importante ouvir isso, então acrescenta:

– Você deveria trazer o Matthew um dia. Eu adoraria conhecê-lo. Ou então a gente poderia sair para beber, que tal?

Aquiesço e concordo, mas na mesma hora sinto um nó na garganta ao pensar nos dois se encontrando e em como isso poderia de alguma forma conduzir à revelação das minhas omissões. Em como Matthew poderia mencionar aleatoriamente o meu "casinho de verão" – talvez de brincadeira, sem prestar atenção –, e Amy poderia achar curioso eu nunca ter comentado sobre uma relação intermediária. Sei que é uma possibilidade remota, mas ainda assim o encontro me parece uma armadilha em potencial e, pior ainda, uma nova camada de mentiras.

Começo a mudar o assunto de volta para a ioga, mas antes de conseguir fazer isso Amy diz:

– Quem sabe a gente pode se encontrar na semana que vem? Eu poderia chamar uma amiga, sabe, assim ninguém ficaria sobrando.

– Pode ser legal – respondo, com um sorriso, pensando em inventar uma desculpa depois.

– Maravilha! – diz Amy. Então sua expressão fica sombria e ela arremata. – De um jeito estranho, a nossa amizade tem me ajudado muito, sabia?

Sinto o sorriso desaparecer do meu rosto.

– Por quê? – pergunto, com medo da resposta.

– Não sei – diz ela. – Talvez porque você não tenha absolutamente *nada* a ver com o Grant.

Meu coração cheio de culpa acelera, e faço tudo que posso para manter a expressão impassível.

Então, quando penso que aquilo não pode ficar pior, ela deixa o olhar se perder no horizonte e acrescenta:

– Mas eu acho que você teria gostado dele... e ele teria adorado você.

⁓

– Você acha que ela sabe? – pergunto a Jasmine depois. – Tipo, que ela está deixando rolar e esperando para ver se eu confesso?

– Não, não acho. E você não tem nada para *confessar* – frisa ela. – Você não sabia sobre ela quando estava com ele.

– Mas mesmo assim fui para a cama com o marido dela. E *agora* eu sei sobre ela. E não estou dizendo a verdade.

– É, eu sei. E continuo achando que você deveria contar. Ou deveria, no mínimo, parar de se encontrar com ela. Mas Amy com certeza não sabe. Ninguém tem esse nível de disciplina e autocontrole. Quer dizer, talvez ela pudesse ter fingido por algum tempo, naquela primeira vez em que vocês se encontraram, mas não teria conseguido manter essa encenação, convidado você para fazer ioga e tudo o mais.

Fico um pouco mais calma:

– É. Tem razão – concordo.

Passamos alguns segundos sentadas em silêncio, então Jasmine pergunta:

– Você alguma vez pensa o que teria acontecido? Se o Grant não tivesse morrido?

Respondo que sim, claro, e então percorro toda a gama de possibilidades: *Amy descobre tudo e larga Grant. Amy descobre tudo e perdoa Grant. Amy descobre tudo e Grant larga Amy. Grant leva uma vida dupla durante meses, anos.*

– É – diz Jasmine. – Mas acho que isso não tem mais importância.

Concordo com um meneio de cabeça, desejando desesperadamente que seja assim.

Na noite de sábado, Matthew e eu temos reserva no One if by Land, Two if by Sea. Situado numa antiga cocheira no Village que antes pertencia a Aaron Burr, o lugar é considerado por muita gente o restaurante mais romântico da cidade. Eu seria obrigada a concordar, não só por causa do lugar em si, que tem direito a um pianista, duas lareiras, um jardim luxuriante e uma escadaria entremeada de flores naturais, mas porque na única vez em que Matthew e eu jantamos ali, uns seis meses depois de começarmos a namorar, ele disse que me amava pela primeira vez.

Essa é a nossa primeira saída de verdade como casal desde que voltamos a namorar, ou seja lá qual for o status da nossa relação, e ela me parece de certa forma um teste, pelo menos para o meu coração.

Matthew chega para me buscar por volta das cinco e meia e traz uma garrafa de champanhe.

– Uau. Você está maravilhosa – diz ele como se nunca tivesse visto aquele vestido antes, um vestido azul-marinho simples que comprei faz tempo.

– Obrigada. Você também. Blazer novo?

Ele assente:

– Gostou?

– Gostei – respondo, e penso que Matthew tem bom gosto em praticamente tudo.

– Uma taça antes de sair? – pergunta ele, erguendo a garrafa.

– Claro. Mas não seria melhor esperar? – digo, reparando que é um Cristal.

– Esperar o quê? – pergunta Matthew, abrindo meu armário e pegando duas *flûtes* de champanhe.

– Uma ocasião especial. Esse champanhe é bem caro – respondo, pensando em quanto vai lhe custar o jantar dessa noite.

Matthew põe as taças na bancada, então se vira e me encara. Com uma expressão muito solene, diz:

– Você merece. *A gente* merece.

Inclino-me para lhe dar um beijo, então digo:

– Tá. Vamos tomar uma taça.

Ele aquiesce, estoura a rolha da garrafa e serve, alternando entre as duas *flûtes*. Ao terminar, entrega-me uma, e parece estranhamente nervoso ao dizer:

– Eu só queria dizer mais uma vez que sinto muito...

– Pelo quê? – pergunto.

– Por não ter nos dado a devida importância, por ter medo demais para mergulhar de cabeça.

– Tudo bem, mesmo. Estamos juntos agora.

– É. Estamos – diz Matthew. – E eu nunca mais vou fazer a mesma besteira. Eu te amo, Cecily.

Sinto um calor no coração ao responder:

– Eu também te amo, Matthew.

– Às segundas chances – diz ele, encostando a taça na minha.

Engulo em seco e faço que sim com a cabeça, pensando que brindes estão entre as coisas que eu nunca vou conseguir desvincular inteiramente de Grant. Mas afasto esse pensamento depressa, e Matthew e eu nos encaramos e tomamos um gole.

Com um ar nervoso, ele pousa a *flûte* na bancada. Suas mãos estão um pouco trêmulas.

– Cecily... Eu queria esperar para fazer isso. Durante o jantar, no momento certo e mais perfeito. Como na primeira vez em que eu disse que te amava ao lado daquela lareira... mas é que eu não consigo mais esperar.

Matthew então leva a mão ao bolso, se ajoelha e ergue os olhos para mim. Fico olhando para ele total e absolutamente incrédula com o que está acontecendo. Mas pode ser que ele esteja apenas querendo me dar outra coisa, alguma espécie de anel de compromisso ou outra joia qualquer. Não precisa ser um anel de noivado. Mas os homens se ajoelham quando não estão pedindo alguém em casamento? Eu acho mesmo que não. Ao perceber que estou prendendo a respiração, expiro, mas tirando isso continuo congelada, com os olhos arregalados, os pensamentos confusos e acelerados.

– Você é a melhor coisa que já me aconteceu, Cess – continua ele. – A mulher mais linda, bondosa, inteligente, incrível... e eu quero que você seja minha esposa. Quero passar o resto da vida com você. – Ele inspira fundo, então estende um anel de brilhante espetacular, montado numa aliança cravejada de diamantes menores. – Casa comigo, Cecily?

Abro a boca, mas nada sai. Estou sem palavras. Não consigo falar.

– Diz alguma coisa – pede ele, com os olhos agora marejados.
– Eu... eu não consigo...
Ele continua ajoelhado, e sua expressão se desfaz.
– Não consegue dizer nada? Ou não consegue casar comigo?
– Eu não consigo... pensar – digo, e também fico com lágrimas nos olhos.
Matthew engole em seco.
– Bom, você pelo menos... gostou?
– É *lindo* – respondo, olhando para o anel e sentindo Matthew me encarar.
Apesar dos sentimentos extremamente complicados que estou experimentando, resta esse fato simples. Aquele é um dos anéis mais espetaculares que já vi. Digo isso a ele.
– Põe ele no dedo? – pergunta ele com um tremor na voz. – Por favor?
– Eu quero pôr. Mas acho que não deveria.
Ele parece tão arrasado que eu arremato com a palavra *ainda*.
Matthew arqueia as sobrancelhas e se levanta.
– Então isso é o quê? Um talvez?
Respiro fundo, e bem devagar deixo as palavras saírem.
– É – concordo, aquiescendo bem de leve. – É um talvez. Eu só preciso de um pouco de tempo para processar. Eu não fazia ideia, não estava preparada para isso. Foi tão rápido...
– Eu entendo. Sei que parece repentino e sei que a gente combinou que não ia rotular nada.
Aquiesço, e minhas mãos tremem.
– É. E isso é... com certeza é um rótulo.
Ele sorri.
– Eu sei, mas eu me sinto seguro, muito seguro.
Encaro-o e me pergunto exatamente *quão* seguro ele se sente, e se isso pode bastar para nós dois.
Enquanto isso, Matthew põe o anel sobre a bancada com cuidado e me abraça. Eu o abraço de volta, ainda balançada pelos acontecimentos e mais feliz do que triste. Ficamos assim por muito tempo, então nos separamos e saímos para jantar, com aquele anel reluzente ainda em cima da bancada da minha cozinha.

Ao longo da noite, primeiro durante o jantar e depois de volta à minha casa enquanto nos preparamos para dormir, fico repassando o pedido dele umas cem vezes e sinto o *talvez* se aproximar um pouco mais do *sim*. Enquanto isso, Matthew não menciona o fato sequer uma vez e, embora eu aprecie a sua discrição, parte de mim quer falar a respeito.

Então invento uma desculpa e pergunto se ele gostaria de tomar mais uma taça de champanhe antes de dormir.

– De manhã já vai estar passado – acrescento. – Eu detestaria desperdiçar aquele champanhe.

Matthew assente e concorda, então me segue até a cozinha e tira a garrafa da geladeira. Enquanto ele enche nossas taças, olho disfarçadamente para o anel, e ele percebe.

– Você gostou mesmo? – pergunta ele baixinho.

– Gostei – sussurro, sentindo-me um pouquinho bêbada e nervosa.

Matthew aquiesce.

– Eu posso esperar o tempo que você precisar. Mas pode me dizer uma coisa?

Faço que sim.

– Por que está tão hesitante? É porque a gente acabou de voltar? Ou é por causa... *dele*?

Congelo, chocada com a pergunta. Ele não mencionou Grant desde aquela primeira conversa ao telefone, quando perguntou se eu ainda estava saindo com "aquele carinha".

– Não é por causa *dele* – respondo com a maior convicção de que sou capaz, querendo tanto que isso seja a verdade que parece ser de fato a verdade.

– Então você parou de falar com ele? – pergunta Matthew.

Com um nó na garganta, assinto.

– Porque... eu não estava bisbilhotando, mas vi o cartão-postal que ele te mandou na sua mesinha de cabeceira.

Congelo, envergonhada por ainda ter aquele postal antes mesmo de Matthew perguntar por que eu o guardei.

Dou de ombros.

– Você sabe que eu gosto de guardar coisas, até as sem importância.

Tecnicamente, essa afirmação é verdadeira.

– Eu li – comentou ele, baixando os olhos. – Desculpa... sei que não deveria.

– Tudo bem – digo para tranquilizá-lo. – Eu também teria lido.

Ele baixa os olhos por um instante.

– Ele disse que te amava.

Aquiesço. Sei de cor o que o cartão-postal diz.

– Era mentira, Matthew. A relação toda era mentira.

Ele me encara com um olhar muito triste e assente.

– Eu nunca mentiria para você.

– Eu sei.

Eu o abraço com mais força do que jamais abracei.

Quando nos separamos, digo seu nome baixinho, então lhe peço para me perguntar de novo.

– Perguntar o quê? – indaga ele, parecendo confuso.

– A pergunta que você me fez antes do jantar – sussurro, com o coração a mil e a sensação de estar praticamente fora do meu corpo.

A expressão dele muda e passa de confusa a esperançosa. Ele estende a mão devagar para pegar o anel sem tirar os olhos dos meus. Um segundo depois, está se ajoelhando para me pedir em casamento outra vez.

– Cecily – começa ele, com a voz e as mãos mais firmes do que da primeira vez. – Casa comigo?

– Sim – digo, com medo, mas por algum motivo segura da minha resposta. – Caso, Matthew. *Sim*.

DEZENOVE

Os dias seguintes são um furacão, dedicados a contar a novidade aos amigos e parentes. Ligamos primeiro para meus pais (embora meu pai já soubesse, pois Matthew tinha pegado um avião até Milwaukee para pedir a sua bênção), depois para os pais dele, depois para nossos irmãos e irmãs e para Scottie, e por fim para o restante de nossos amigos.

Todos ficam empolgados e ansiosos para saber os detalhes habituais: como Matthew fez o pedido, se ele se ajoelhou, o meu grau de surpresa, como é o anel, se já decidimos uma data. Nós compartilhamos os fatos importantes, mas deixamos de fora, é claro, o primeiro pedido feito antes do jantar. Isso parece uma edição insignificante dentro do contexto geral, mais a ver com privacidade do que com revisar a história. No entanto, parte de mim continua preocupada pensando se essa mentirinha é uma metáfora do nosso relacionamento e se Matthew e eu estamos os dois fingindo que as coisas são mais ideais do que são de verdade. Acabo me perguntando quão maravilhoso pode ser um noivado se precisou de duas tentativas para sair, se o anel passou a noite inteira em cima da bancada, se imediatamente antes do segundo pedido conversamos sobre outro homem, um homem que ainda não consegui tirar completamente da cabeça nem do coração.

Mas, enfim, talvez Matthew e eu não sejamos os únicos. Talvez as jornadas de todos os relacionamentos sejam confusas e complicadas de uma forma ou de outra, produtos de duas pessoas cheias de defeitos se encontrando para formar uma união cheia de defeitos, mas que, espera-se, seja mais forte. Talvez as únicas pessoas que não têm reservas em relação a um pedido de casamento estejam iludidas em relação ao amor – e, portanto, destinadas a se desiludirem mais tarde na vida, quando as coisas ficarem difíceis.

Fico dividida entre os dois extremos. Uma hora temo que tanto Matthew quanto eu estejamos nos contentando com pouco, ou pelo menos sendo precipitados. No instante seguinte, aceito que a vida como um todo é um imenso meio-termo, e que Matthew e eu estamos exatamente onde deveríamos estar.

Em última instância, em conversas que tenho comigo mesma no chuveiro, no metrô ou antes de dormir à noite, às vezes com Matthew ao meu lado, tomo a decisão consciente de ser feliz e grata. Sim, Matthew e eu tivemos nossos reveses; e sim, eu tive um relacionamento no meio que me levou a questionar o que sinto por ele; e sim, minha primeira resposta foi um fraco *talvez*; e sim, eu não lhe contei toda a verdade. Mas as coisas não são perfeitas. Estão muito longe de serem perfeitas. O mundo é imprevisível e inseguro – sabemos isso agora mais do que nunca –, então talvez o importante seja nos agarrarmos às coisas com as quais realmente podemos contar. E eu *sei* que posso contar com Matthew para ser constante, sincero e fiel. Quando as coisas apertaram, ele voltou para mim, e agora estamos seguindo em frente juntos.

Assim, seguimos em frente com os planos para o casamento e escolhemos o dia 19 de outubro de 2002, porque eu sempre quis me casar no outono e porque isso nos dá cerca de um ano para os preparativos, tempo de sobra para não nos estressarmos. Reservamos a igreja da minha cidade natal, cogitamos uma viagem para visitar possíveis locais para a recepção e escolhemos nossos padrinhos, cinco cada um. Minha irmã vai ser minha madrinha, além da minha prima, de uma amiga de faculdade, da Jasmine e da Elizabeth, irmã de Matthew. Os padrinhos serão o melhor amigo de Matthew do ensino médio, dois amigos de faculdade, meu irmão e Scottie, embora Scottie faça questão de participar de todos os eventos das madrinhas e também de planejar minha despedida de solteira. Para ser sincera, seu entusiasmo na verdade me surpreende um pouco, uma surpresa *positiva*, embora me ocorra também que ele está se esforçando demais, tentando de alguma forma se redimir de todas as críticas que fez a Matthew no passado. Mas eu apenas somo isso à lista de coisas com as quais me recuso a ficar encucada e consigo assim encontrar um equilíbrio tranquilo.

~

Então tudo desmorona. Eu provavelmente não deveria usar essa expressão considerando o 11 de Setembro, mas a sensação que me acomete é de absoluto desespero ao olhar minha gaveta do banheiro, ver minha cartela de pílulas anticoncepcionais e me dar conta de que não cheguei a ficar menstruada durante a pausa de sete dias, meu lembrete habitual para começar uma cartela nova. Em outras palavras, estou com a menstruação atrasada. Meu coração dispara.

Digo a mim mesma para me acalmar e que é realmente difícil engravidar tomando pílula. Mas então lembro que houve pelo menos um dia, talvez dois, em que me esqueci de tomar o remédio no meio de toda a loucura do 11 de Setembro. Terá havido outro também? Mais ou menos na época em que voltei com Matthew? Não consigo lembrar direito.

De repente minha mente dispara, fora de controle, enquanto meu corpo é bombardeado com todo tipo de sintoma imaginário de gravidez. Ou talvez sejam *de fato* sintomas de gravidez. Meus seios *de fato* parecem maiores do que de costume, além de um pouco doloridos. Corro até o banheiro, levanto a camiseta e os examino. Com certeza estão maiores, os mamilos levemente mais escuros. Esses não são sinais? E, *meu Deus*, eu estou me sentindo enjoada e tonta. Será de puro pânico... ou por causa de um bebê crescendo dentro de mim?

Eu preciso saber. Preciso saber *agora*. Visto às pressas uma calça de moletom, pego minha carteira e minhas chaves e corro porta afora, escada abaixo e pela portaria até sair para o ar fresco da manhã de outono. Uma vez na calçada, corro mais depressa ainda até a mercearia da esquina.

Não tem como, fico repetindo para mim mesma enquanto procuro o corredor da vergonha, onde ficam os testes de gravidez, as camisinhas e os lubrificantes. Verifico os preços e escolho uma marca genérica, então decido que não é hora de economizar, devolvo e pego outro de uma marca mais cara e famosa. Viro-me e vou depressa até a fila para pagar, tentando parecer calma, como se isso fosse possível quando se está colocando um teste de gravidez e um cartão de crédito em cima do balcão antes das oito da manhã. O atendente, um senhor careca que reconheço e de quem sempre gostei, me faz a cortesia de fingir que aquela é uma transação normal, mas no último segundo, quando me entrega a minha sacola, me encara com um olhar de empatia quase paternal que me dá vontade de chorar.

Agradeço-lhe baixinho, saio da loja, atravesso a rua e corro até em casa. Uma vez lá dentro, vou direto para o banheiro e, apesar de estar sozinha, tranco a porta. Com o coração na boca e as mãos tremendo, abro a embalagem, leio as instruções, em seguida as releio para me certificar de que não deixei passar nada, então as sigo à risca, passo a passo. Removo a tampa de plástico, começo a fazer xixi, posiciono a ponta absorvente sob o jato de urina durante três segundos, em seguida torno a tampar o teste e o ponho em cima da bancada. Durante todo o tempo, fico tentando me convencer que não há a menor chance de isso ter me acontecido no único mês da minha vida *inteira* em que transei com mais de uma pessoa.

Sinto uma claustrofobia repentina e saio do banheiro. Conto até sessenta andando pelo quarto. Durante a contagem seguinte, me deito na cama e fico olhando para o teto. Então, durante mais ou menos um minuto depois, rezo com mais fervor do que jamais rezei por nada, o que por sua vez me faz me sentir uma pessoa horrível e egoísta. Afinal, milhares de pessoas inocentes, entre elas mulheres grávidas e futuros pais, perderam a vida no 11 de Setembro sem terem tido culpa nenhuma, e aqui estou eu, rezando para uma vida não existir depois da minha irresponsabilidade e do meu descuido.

Por fim, me levanto da cama pensando: *Não. Tem. Como.* Então prendo a respiração, entro no banheiro, olho para o teste e vejo. Duas linhas cor-de-rosa inconfundíveis anunciando que vou ser mãe.

Num derradeiro esforço, pego a embalagem de volta do lixo na esperança de ter entendido errado, que na verdade a segunda linha significa que *não* estou grávida. É óbvio que não é assim, coisa que eu já sabia, então corro os olhos pelas instruções em busca de algum comentário sobre falsos positivos. Nada. Atordoada demais para chorar e petrificada demais para sair do banheiro, pego o teste e me sento no chão de ladrilho. Fico assim por muito tempo, segurando o teste com força, desejando que pudesse haver outro visor no teste capaz de me dizer quem é o pai.

Ao longo da manhã acabo fazendo mais três testes de gravidez, o outro que tinha na embalagem e dois de outra marca comprados numa Duane Reade perto de casa. Embora dois exibam linhas cor-de-rosa e dois mostrem cruzes azuis, todos os quatro dão igualmente positivo, e eu me lembro daquela antiga piadinha que diz que não se pode estar um pouco grávida. Só que dessa vez eu não acho nada engraçado.

Ligo para o trabalho e digo que estou doente, porque de repente me sinto *mesmo* muito, *muito* doente, então volto para a cama levando meu calendário comigo e o confiro várias vezes, fazendo incontáveis cálculos de ovulação para tentar determinar o que é mais provável: eu ter concebido na última vez em que estive com Grant ou depois, com Matthew. Concluo que não há como ter certeza: as duas situações são possíveis e nenhuma das duas impossível. Exausta, acabo pegando no sono, e quando acordo no início da tarde sinto uma nova onda de choque seguida por um medo paralisante.

Minha angústia tem tantas camadas que é quase impossível acompanhar todas elas. No mínimo, a minha gravidez vira de cabeça para baixo nossos planos de casamento. *Todos* os nossos planos. Matthew e eu acabamos de voltar, e agora vamos ter um bebê. É coisa demais para digerir. Mas o fato de eu não conseguir ter certeza de quem é o pai torna a situação aterrorizante. E não consigo sequer *suportar* pensar na possibilidade de que Grant possa ser o pai. De que talvez um dia eu tenha que contar ao meu filho ou filha a verdade sobre o seu pai biológico. *Toda* a verdade.

Sei que o passo seguinte é falar com Matthew. É a coisa certa a fazer, a *única* coisa a fazer. Apesar disso, ali estou eu, trancafiada no meu apartamento, adiando esse momento e tomando sorvete na cama. No final da tarde, pego o telefone. Só que não ligo para Matthew. Ligo para Scottie, o que por si só já é deprimente e nada parecido com o modo como sonhei que esse momento fosse se desenrolar, com o meu *marido*.

Depois de eu lhe contar tudo, Scottie fala:

– Detesto dizer isso, mas você talvez queira só *considerar* a possibilidade de...

– *Não* fala isso.

– Tá.

– Você ia mesmo sugerir um aborto? – pergunto, pensando que já me sinto mal o suficiente ao recordar as bebidas alcoólicas que tomei desde a concepção.

– É... meio que... é.

– Você sabe que eu não posso fazer isso – digo, pois ele e eu já tivemos essa conversa antes, várias vezes, inclusive quando recusei seu convite para ir a uma passeata a favor do direito ao aborto na Madison. – Além do mais, e se for do Matthew? Eu estaria matando o nosso primeiro filho.

– Abortar não é *matar* – corrige ele. – E um feto não é uma pessoa.

– Vamos mudar de assunto. Não faz sentido debater essas coisas, porque eu *não* vou abortar. É uma coisa que eu pessoalmente não consigo fazer, simples assim.

– Tá. Então nesse caso você tem duas alternativas – diz Scottie. – Contar para o Matthew que está grávida e deixar por isso mesmo ou contar para ele que está grávida e confessar que pode ser do Grant.

– Certo – respondo, com o estômago embrulhado.

– Bom, aposto que você consegue adivinhar qual é o meu voto.

– Não contar?

– É – diz ele. – Por que sequer levantar essa possibilidade?

– Porque é a *verdade* – respondo.

– Sim. Mas uma verdade na qual ele não quer pensar. Enfim, ele vai amar esse bebê de qualquer jeito.

– E se não amar?

– Então ele é um imbecil!

– Não sei se isso é justo. Seja como for, eu não deveria descobrir isso agora?

– Ah – diz Scottie. – Usar isso como um teste, você quer dizer? Você conta a verdade para ele, e se Matthew se comportar como um imbecil, você desiste de se casar? Cancela tudo?

– Ahn, posso saber por que esse tom tão esperançoso? – pergunto, ríspida.

– Eu *não* estou sendo esperançoso. Já comecei até a planejar sua despedida de solteira. Estava pensando em Vegas, já que você nunca foi lá.

– Ah, ia ser *incrível* – digo, rindo para não começar a chorar. – Noiva grávida se acaba em Las Vegas. Pura classe.

– Em primeiro lugar, o bebê já vai ter nascido quando a gente fizer essa viagem. Em segundo lugar, quem é que liga para isso?

– Eu ligo! Você não acha mesmo isso um problema?

– Eu acho isso um desafio. Tipo, sabe, igual ao desafio de ser gay. Mas eu não mudaria nada.

Ele está tentando tanto me deixar melhor que fico até um pouco comovida.

– Obrigada, Scottie. Sério. Eu te amo.

– Eu também te amo – diz Scottie. Então ri antes de arrematar. – Mesmo você sendo um pouco piranha.

Por algum motivo, o fato de Scottie me chamar de piranha me dá o pontapé que faltava. Isso me ajuda a reconhecer o total absurdo da situação e a tomar coragem e ligar para Matthew. Digo a ele que preciso vê-lo hoje e pergunto se ele pode passar na minha casa depois do trabalho.

– Claro. Está tudo bem? – pergunta ele, preocupado.

– Está, sim – respondo, com a voz mais convicta de que sou capaz, tentando convencer a mim mesma. – Mas é *mesmo* importante.

– Tem a ver com o casamento? – pergunta ele.

– De certa forma.

– Você ainda vai casar comigo? – pergunta ele, rindo.

– Vou. Só passa aqui por favor, tá?

– Tudo bem. Chego assim que der.

Três torturantes horas mais tarde, libero a entrada de Matthew pelo interfone depois de finalmente tomar um banho e vestir roupas limpas. Também peguei todos os quatro testes de gravidez, embrulhei com papel de seda e fita e pus dentro de uma sacola de presente velha. Sinto-me uma fraude completa, mas penso que vou fingir até conseguir ser convincente, mesmo que esse processo acabe levando nove meses. Mesmo se for preciso uma última omissão, pelo menos por enquanto, pois não há como voltar no tempo e mudar o que aconteceu; que um bebê precisa ser amado; e que eu vou fazer o que for menos danoso tanto para Matthew quanto para a criança.

Quando abro a porta, Matthew é pura tensão.

– O que está acontecendo? – pergunta ele. – Você está me deixando assustado.

Sorrio e lhe digo para não se assustar, embora meu coração esteja acelerado com algo semelhante a terror.

– É que... é que eu queria te dar uma coisa.

– O quê? – pergunta ele.

– Vem cá. – Pego-o pela mão e o conduzo até a sala, onde seu presente o aguarda na mesa de centro. Aponto para a sacola. – Abre.

Ele se senta, sorri e diz:

– Ah! Você me comprou um presente?

– É... mais ou menos – digo, agora em dúvida quanto ao meu método, já que tenho certeza de que ele está esperando algo mais na linha de abotoaduras de prata de lei, e não quatro bastões de plástico encharcados de xixi. Mas agora é tarde.

Parecendo intrigado, ele pega o embrulho, o sacode, apalpa o papel de seda, e então, com todo o cuidado, retira a fita que eu tão ridiculamente amarrei. Ergue um dos testes e o examina.

– Mas o quê...? – pergunta baixinho, com cara de quem não está entendendo.

Com a boca muito seca, devolvo a pergunta:

– O que você acha que é?

– Parecem... testes de gravidez? – Sua voz fica mais alta enquanto ele os divide em dois pares, um par rosa, outro par azul. Ele me encara desnorteado. – O quê... o que você está me dizendo?

– O que você *acha* que estou dizendo? – retruco, ainda petrificada demais para falar aquilo com todas as letras.

– Que a gente vai ter quadrigêmeos? – pergunta ele, com um sorriso atordoado no rosto.

Não sorrio, apenas balanço a cabeça e digo:

– Não. Quatro, não. Só um. Até onde eu sei.

Ele então me encara, embasbacado, agora sem nenhum sinal do sorriso.

– Quer dizer... que não é uma brincadeira?

Faço que não com a cabeça.

– Não. Não é brincadeira.

– Mas... eu achei que você tomasse pílula.

– Eu tomava. Eu *tomo*. Mas a pílula só tem uma eficácia de 99 por cento... e eu acho que posso ter me esquecido de tomar um dia.

– Então... quer dizer que a gente é o um por cento? – pergunta ele, agora com os olhos arregalados e quase tão em pânico quanto eu.

– É – respondo, aquiescendo. – Surpresa!

Ele então me encara, em seguida torna a baixar os olhos para os testes, depois os ergue para mim outra vez, inexpressivo e sem palavras.

– Ai, meu *Deus*, Cecily – diz ele por fim, deixando a cabeça cair sobre as mãos de modo que não consigo mais ver seu rosto. – Puta *merda*.

– Eu sei – respondo, encarando o alto da sua cabeça. – O que a gente vai fazer?

Matthew não se mexe, e eu me preparo para o pior, embora não tenha certeza do que é o pior. Ele ficar com raiva? Dar para trás? Sugerir como Scottie que façamos tudo desaparecer com um pequeno procedimento médico?

Mas quando ele ergue os olhos está sorrindo, e depois *rindo*.

– O que a gente vai fazer? Eu vou te dizer o que a gente vai fazer – diz ele, puxando-me para si, beijando meu rosto e me envolvendo nos braços. – A gente vai casar e ter um filho. É isso que a gente vai fazer.

Apesar da voz trêmula, ele parece genuinamente *feliz*.

Tomada de alívio, empurro todo o resto para longe e relaxo no seu abraço.

– Em que ordem? – pergunto, e minha voz sai abafada no seu ombro.

– Faz diferença?

– Não – digo, de repente convencida de que o bebê é dele, de que *precisa* ser dele. – Acho que não faz diferença mesmo.

VINTE

Depois de uma consulta médica que confirma que estou com cerca de sete semanas de gravidez, Matthew e eu nos sentamos em nosso apartamento para combinar um plano, pelo menos no que diz respeito ao nosso casamento, já que não temos muita voz no que diz respeito à data do parto. Na verdade, mais com base numa intuição inexplicável do que em qualquer cálculo real (já que a duração de uma gravidez é contada a partir da data da última menstruação, não da data em que se teve a relação), estou ficando cada vez mais convencida de que Matthew é o pai biológico e de que o bebê vai nascer com seus olhos azuis e suas covinhas.

A primeira coisa que faço é levantar a possibilidade de uma cerimônia civil rápida. Então me lembro de Amy comentando que era isso que Grant queria, mas digo a mim mesma que não foi o que eles na realidade *tiveram*, e ainda que tivesse sido assim, eles não são donos do conceito de se casar no cartório.

– Eu ainda usaria um vestido, e você um smoking ou terno. Seria algo muito simples e bonito. – Vejo na internet imagens do interior cheio de colunas em estilo georgiano da prefeitura de Manhattan, bem como da imponente escadaria que sobe até a entrada. – Além do mais, a gente economizaria uma boa grana.

Sinto-me um pouco nostálgica e triste, pois sei que meus pais *querem* que eu tenha um casamento tradicional na nossa cidade, na igreja que frequento desde criança, e esse também sempre foi meu sonho. Meu pai e eu já até escolhemos nossa música para a dança de pai e filha: "You Are the Sunshine of My Life", do Stevie Wonder. Nem consigo contar quantas vezes ele pôs para tocar esse vinil (e, mais tarde, a fita cassete) me fazia girar pela nossa sala.

Considerando as circunstâncias, porém, o cartório parece uma alternativa sólida e sensata.

– O que você acha? – pergunto.

Matthew faz uma careta, balança a cabeça e veta rapidamente a ideia, taxando-a de "deprimente". Não tenho certeza do que exatamente ele quer dizer com isso, mas como não quero que ele fique deprimido quando estiver se casando comigo, faço outra sugestão, a que eu chamo de "opção Hollywood". A saber: nós temos o bebê e nos casamos *depois*, mantendo nossa data original.

– Você acha que vai estar pronta nessa data? – pergunta ele.

Não sei ao certo se ele está se referindo ao meu estado físico ou mental pós-parto, mas seja como for digo que por mim tudo bem.

– Nem que seja porque vai ser legal poder ter peitos para preencher um vestido, imaginando que eu ainda vá estar amamentando – comento, pensando que o bônus desse plano seria me dar tempo para apertar o botão de pausa e digerir tudo.

– Você não acha escandaloso demais? – pergunta ele.

– Eu não... mas obviamente você, sim – digo, rindo. – Caso contrário não faria essa pergunta.

Ele fica na defensiva.

– Foi só uma pergunta.

Dou de ombros.

– Eu não acho escandaloso. Mas os seus pais achariam?

– Talvez. E os seus?

Eu rio e digo:

– Com certeza, mas a vida é nossa. E eu acho que esse talvez seja o melhor plano.

Matthew concorda, e alguns dias depois nós decidimos que vamos dar a notícia a nossos pais juntos, pessoalmente, num jantar para os sogros se conhecerem que eles já marcaram para a segunda semana de novembro. É um plano arriscado, que se torna mais arriscado ainda quando a mãe de Matthew resolve transformar nosso jantar numa pequena festa de noivado em sua casa na Park Avenue. Mas Matthew insiste que tudo vai ficar bem. Nós vamos contar para os nossos pais sozinhos, antes de os convidados chegarem, e depois fazer o anúncio para todo mundo durante a festa. Uma comemoração dois-em-um. Apesar das palavras tranquilizadoras, eu continuo cismada, e ligo para Scottie para conversar a respeito.

– Não é como se você tivesse ficado noiva *porque* embuchou – diz ele. – Você descobriu *depois*.

– Isso faz diferença?

– Faz. Porque os pais dele não vão poder achar que é um golpe da barriga.

– Caramba, Scottie! – Na verdade, nunca pensei nessa possibilidade. – É isso que parece? Você acha que as pessoas vão pensar isso?

– Não quem te conhece. E, enfim, você liga mesmo para o que os outros pensam?

Suspiro e digo que acho que não, então lhe devolvo a pergunta.

– Falando nisso, alguma ideia sobre como contar para os *seus* pais?

– Algumas – diz ele. – Mas será que dá pra gente passar pela sua crise primeiro?

– *Crise?*

– Você entendeu. Comemoração, crise. Filho do amor, bastardo. É tudo a mesma coisa.

Eu rio e digo:

– Uau. Obrigada mesmo pela motivação.

– Disponha. Estou aqui para isso.

―

Mais ou menos uma semana depois, Amy me liga. Atendo nervosa – eu vinha fazendo o possível para evitá-la.

– Então, você não vai acreditar – diz ela. – Estou aqui sentada na cozinha da casa dos meus pais, e adivinha o que estou segurando?

– Ahnnn... não sei – respondo, subitamente aterrorizada pensando que ela tem alguma prova tangível relacionada a Grant e a mim, embora sua voz não soe nem um pouco abalada.

– Vou dar uma dica – diz ela. – Tem o *seu* nome escrito.

– Alguma coisa que eu escrevi? Um artigo?

– Não. É um convite para a sua festa de noivado!

– O quê? – digo, tão nervosa que derrubo um copo da Starbucks cheio pela metade.

Pego um monte de guardanapos e enxugo o líquido derramado bem na hora em que ele se aproxima do meu teclado. Enquanto isso, Amy segue falando num tom animado.

– Então, a família do Matthew e a minha são próximas, embora a gente ainda o chame de Matt. Moramos todos no mesmo prédio durante anos. Eu estudei no Spence com a irmã do Matt.

– Elizabeth? – pergunto, um pouco chocada com o fato de o mundo poder ser tão perigosamente pequeno.

– É! Mas a gente ainda a chama de Liz – diz Amy com uma risada.

Com a cabeça girando, murmuro um "sim", pensando que é assim que Matthew ainda a chama às vezes. No terrível instante seguinte, recordo Matthew fazendo referência a Amy, não pelo nome, mas como uma amiga da família que perdeu o marido nas Torres Gêmeas. O que mais Matthew me contou sobre eles? Queria ter escutado com mais atenção, mas houve tantas histórias assim logo depois dos ataques, principalmente anedotas sobre gente um pouco mais afastada, e eu estava muito concentrada na minha perda. Enfim, o que eu originalmente *pensava* que fosse a minha perda.

Sintonizo de volta e ouço Amy dizer:

– Não acredito que o seu namorado seja o Matt! Ele é um *gato*! E muito inteligente.

– É. É, sim – gaguejo, ainda tentando processar tudo.

– Mas, enfim, eu estarei lá!

– Você vai? – pergunto, torcendo para ela não notar minha consternação.

– Bom, *agora* vou. Já contei para a mãe do Matt.

– Contou o quê?

– A coincidência toda – diz ela. – Que a gente é amiga e que eu vou entrar de penetra com meus pais na festa. Quer dizer, dá pra *acreditar* num troço desses?

– Não – respondo, alisando a barriga. – Realmente não dá.

– Fiquei sabendo que a gente tem uma amiga em comum – digo a Matthew mais tarde, quando estamos nos preparando para dormir na casa dele.

Praticamente só pensei nisso o dia inteiro, mas enfim reuni coragem para abordar o assunto, dominada por uma mistura desagradável de culpa e apreensão.

– Ah, é? – pergunta ele, batendo com a escova de dentes na borda da pia e em seguida a recolocando no porta-escovas. – Quem?

Mantenho-me ocupada puxando as cobertas no meu lado da cama e respondo:

– Amy Smith.

Ele vem andando na minha direção.

– Não conheço esse nome.

Sinto uma onda passageira de esperança irracional de que Amy tenha entendido tudo errado, de que tenha recebido *outro* convite de festa de noivado para *outros* Cecily e Matthew.

– Ela era casada com... um banqueiro... que morreu nas torres – digo, tropeçando ao descrever Grant. – Morava no mesmo prédio que você quando era pequena ou algo assim.

– Ah, sim. Amy *Silver* – diz ele. – De onde você conhece a Amy?

– Ah, é uma longa história – respondo, o eufemismo do século. Meu coração bate forte enquanto prossigo aos tropeços. – Eu... ahn... escrevi uma nota sobre o marido dela... para o jornal... e a gente meio que ficou amiga... Enfim, acho que a sua mãe convidou os pais dela para a nossa festa de noivado.

– Ah, tá. Faz sentido – comenta ele, deitando-se na cama.

– Então eles são bem íntimos? Os seus pais e os dela? – pergunto, sentando-me ao seu lado.

– Eu não diria que eles são superíntimos, mas sim, são amigos próximos. – Ele dá de ombros, pega o BlackBerry na mesinha de cabeceira e começa a ler alguma coisa na tela.

– Mas eu pensei que essa festa fosse ser para poucas pessoas.

– Acho que vai ser – responde ele, agora distraído.

– Qual é o conceito de *poucas pessoas* da sua mãe?

– Ahn... provavelmente mais do que você imagina – diz ele, erguendo os olhos para mim com um leve sorriso.

Não sorrio de volta.

– Tipo o quê? Cinquenta? Sessenta pessoas?

Ele torna a baixar os olhos para o BlackBerry e diz:

– Ahn... Não sei direito. Provavelmente mais para oitenta ou cem.

– *Cem* pessoas?

– Digamos oitenta. Eu não sei mesmo... Oitenta a cem não é muito. Tirando a minha família e a sua, são só uns trinta ou quarenta casais. Os amigos dos meus pais, os meus amigos, os seus amigos. Rapidinho vira muita gente.

– Mas eu só convidei a Jasmine e o Scottie – digo, muito agradecida pelo fato de Scottie ter concordado em ir; vou precisar dele. – E nenhum dos dois vai acompanhado. Então são só *duas* pessoas. Duas das minhas madrinhas nem vão.

Matthew larga o celular.

– Bom, fica à vontade para convidar as duas. Ou quem mais você quiser.

– Não é essa a questão – retruco, mordendo o lábio e lembrando a mim mesma que Matthew não tem culpa de ter crescido no mesmo prédio de Amy Silver, agora Amy Smith.

– Então *qual* é a questão? – pergunta ele.

Nervosa, respondo:

– A questão é... a gente vai anunciar nossa *gravidez* para cem pessoas?

Matthew abre a boca para responder, então para, estende a mão e a pousa sobre a minha barriga.

– Bom, a gente não vai conseguir manter isso em segredo por muito mais tempo – diz, num tom agora suave. – Sua barriga vai começar a aparecer daqui a pouco, Cess. Você está com nove... quase dez semanas.

– Uma coisa é a barriga aparecer, outra é fazer o anúncio numa festa de família, como se eu ter esquecido de tomar a pílula fosse uma baita conquista. E tenho certeza de que os seus pais não acham que esse é o jeito certo de fazer as coisas na... você sabe... na *alta sociedade*. – Digo as duas últimas palavras com profunda ironia.

Ele suspira.

– É um bebê. É um motivo de alegria. Eles vão ficar bem. Todo mundo vai ficar bem. Por que você está tão chateada?

– Eu não estou chateada. É que... sei lá... uma mulher aleatória com quem você foi criado e que eu acabei de conhecer não está realmente na lista de "amigos próximos" para a qual eu tinha me preparado.

– Ela vai? – pergunta ele, olhando para mim. – Pensei que você tivesse dito que os pais dela iam.

– Ela *disse* que vai também.

– Bem, ótima notícia. Provavelmente é bom ela sair e fazer coisas neste momento.

Encaro-o por um segundo, então pergunto:

– Você a conhece bem?

– Não muito. Ela era uns anos mais velha. Era só a amiga gata da minha irmã, que pode ou não ter sido alvo das minhas primeiras fantasias.

Reviro os olhos.

– Você a acha mesmo *tão* gata assim?

Ele me encara com uma expressão que diz "claro".

– E ele, também era gato? – pergunto, sem conseguir me segurar.

– Quem?

– O marido.

– Sei lá – diz Matthew, com a reação típica "eu gosto de mulher, como é que vou saber?". – Enfim, acho que ele era boa-pinta. A gente só se viu uma vez...

– Vocês se viram? Quando?

– No casamento deles – responde Matthew.

Atarantada, digo a mim mesma para parar por aí. Mudar de assunto, para *qualquer* assunto. Em vez disso, pergunto:

– Você foi ao casamento? Então o conheceu?

– Rapidamente.

– Como ele era?

– Parecia um cara legal. Talvez um pouco distante. Sério, mas legal. A Amy te contou a história dos dois? De como eles se conheceram?

– Ahn, contou. Os dois se conheceram na infância, não foi? – respondo, agora totalmente nauseada.

– É. Isso foi *quando* eles se conheceram. Mas *como* eles se conheceram é o mais louco – diz Matthew.

Continuo a encará-lo, com o coração disparado, enquanto ele me conta uma história que me soa muito familiar, a história de um homem em Buffalo com um pneu furado. Levo alguns segundos para me dar conta de que é a mesma história que Grant me contou nas montanhas Adirondack. Ele só deixou de fora uma parte grande, *bem* grande da história. Que o cara do pneu furado se tornaria seu sogro. Encaro Matthew horrorizada quando ele chega ao final devastador: o pai de Grant morreu porque parou para ajudar o pai de Amy.

– Ai, meu Deus – sussurro, pensando que Amy também omitiu esse detalhe. Fico pensando por quê: por ser doloroso demais, íntimo demais ou motivo de uma culpa excessiva? – Que *horror*.

– Pois é. Louco, né?

Aquiesço, subitamente desesperada para saber o resto, para preencher todas as lacunas.

– E o que aconteceu depois? A família da Amy foi ao velório? Foi assim que eles ficaram amigos?

– Não sei os detalhes, só sei que o Sr. Silver ajudou a mãe do Grant durante vários anos.

– Financeiramente?

– É. Acho que sim. E ele também meio que cuidava da família. Levava os gêmeos a partidas de beisebol, a shows. Esse tipo de coisa.

– Quem são "os gêmeos"? – pergunto, apesar de saber a resposta, claro.

– Grant e o irmão.

– Por culpa? – pergunto, tentando imaginar essa dinâmica e como ela ocorreu.

– Não acho que por culpa propriamente dita. Afinal, não foi o *Sr. Silver* quem atropelou o pai do Grant.

– Mesmo assim. Se não fosse o tal pneu furado...

– Eu sei. É óbvio que ele também sabe. Mas o Sr. Silver é uma boa pessoa. Engulo em seco e assinto.

– E aí a mãe deles também morreu – diz Matthew, balançando a cabeça. – De uma doença horrível, lenta e degenerativa tipo esclerose múltipla, ELA ou algo assim... Não consigo acreditar que uma família tenha tido que suportar tanta tragédia. É como a maldição dos Kennedys, só que sem o elemento político.

Ele se cala. Eu estremeço, pisco para conter as lágrimas e me viro para afofar o travesseiro, tentando impedir que ele veja como estou abalada.

Quando finalmente tomo coragem para encarar Matthew, sei que estou numa encruzilhada. Que dali realmente não vai ser possível voltar. Se eu não contar a ele neste exato segundo que já sabia essa história porque conheci

Grant, saí com Grant e *transei* com Grant na noite anterior à morte dele, a mentira vai estar gravada para todo o sempre na trama da nossa relação. É isso. Meu coração bate forte, e de repente as lágrimas estão escorrendo pelo meu rosto.

– Ah, amor, eu sinto muito – diz ele, estendendo as mãos para mim. – Eu não deveria estar te contando histórias como essa agora, com você já tão afetada pelos hormônios.

– Não. Não é isso – falo, reunindo toda a coragem de que sou capaz. – É só que... – Minha voz se perde quando a coragem me falta. – É que a vida é tão trágica...

Estou chorando mais agora, porque a vida é *mesmo* trágica e também porque sou uma covarde.

– Ela pode ser. Mas pode também ser muito linda. – Ele põe a mão na minha barriga. – E eu prometo que este bebê vai ter uma vida maravilhosa.

Balanço a cabeça e lhe digo que ele não pode prometer uma coisa dessas, ninguém pode.

– Tem razão – responde Matthew, me encarando com tanta ternura que meu coração se parte ainda mais. – Mas eu prometo fazer tudo que puder para cuidar de você e do nosso bebê.

Aquiesço e aceito esse presente incomensurável do meu noivo, mesmo sabendo que não o mereço.

VINTE E UM

Passo os dias seguintes constantemente à beira das lágrimas. Acho que Matthew tem razão: meu estado já frágil está sendo exacerbado pelos hormônios da gestação. Sem falar em todas as emoções que vêm com o fato de que vou virar mãe daqui a poucos meses.

Mas não tenho como negar que a lembrança de Grant faz parte dessa melancolia. Em vez de o tempo operar sua magia de cura, constato que estou sentindo *mais* saudades dele. E há outra coisa também, algo na história que Matthew me contou. Ela me causa uma baita tristeza, mas também me deixa obcecada em saber quem Grant realmente era como filho, irmão, marido e homem. Fico repassando todos os indícios, relembrando nossas conversas e recriando cenas da vida dele. Imagino seu pai no acostamento da estrada ajudando um desconhecido a trocar um pneu furado num derradeiro ato de altruísmo. Penso no instante em que a mãe de Grant deu a notícia aos dois filhos pequenos. Imagino o velório, se o pai de Amy terá comparecido, e quando, por que e como exatamente ele criou um vínculo tão estreito com uma família enlutada. E como esse vínculo passou a incluir Amy? Sei que isso não deveria ter importância. Apesar de tudo, por algum motivo tem, sim.

Por isso, quando Amy liga no sábado seguinte de manhã e pergunta se estou livre para almoçar, respondo que sim. Ela sugere um bistrô francês na Madison Avenue, não exatamente um bairro que costumo frequentar, mas aceito, pensando que a mudança de ares pode me fazer bem. Visto uma roupa qualquer e pego o metrô até a parte norte da cidade, depois sigo a pé no sentido leste em direção ao parque. Ao atravessar a Madison, vejo-a em pé em frente ao restaurante, iluminada e com os cabelos estilosamente desarrumados, usando uma calça jeans boca de sino e um *trench coat*.

Quando me aproximo, Amy ergue os olhos, me encara com um ar radiante e empurra os óculos escuros ovais para cima.

– Oi! – diz, com a voz tão radiante quanto as luzes mel dos cabelos.

– Oi – respondo, retribuindo seu sorriso.

Ela me dá um abraço rápido. Entramos e damos nossos nomes à recepcionista. Amy lhe diz que adoraríamos uma mesa do lado de fora. Uma vez acomodadas, consultamos os cardápios e pedimos a rabanada de pão *challah*. Amy pede também um Bloody Mary, enquanto eu finjo cogitar um mimosa antes de declarar que acho que por enquanto vou ficar só no café.

Conversamos sobre trabalho, sobre as aulas de ioga dela e sobre a minha festa de noivado, é claro. Ambas nos assombramos com a coincidência de ela ter crescido no mesmo prédio de Matthew, e ela comenta mais de uma vez como a cidade é um ovo. Pensando que é ainda menor do que ela imagina, finalmente reúno coragem para perguntar como ela está.

Ela sabe o que quero dizer com essa pergunta, e sua expressão se entristece.

– Estou bem – diz ela. – É um baita de um clichê... mas realmente tenho dias bons e dias ruins.

Sei do que ela está falando e assinto, mas também acho incrível ela conseguir ter *algum* dia bom quando eu, com sorte, consigo um intervalo decente de algumas horas.

– E o irmão do Grant? Como ele está? – pergunto, e fico com medo da sua resposta e do território perigoso que estou adentrando.

Ela morde o lábio e deixa escapar um longo suspiro.

– Para ser sincera, não sei muito bem. Faz umas duas semanas que não falo com ele.

Observo-a mexer seu Bloody Mary com o talo de aipo e me pergunto como ela não poderia saber a quantas andava seu cunhado doente. O irmão *gêmeo* do seu falecido marido. Passa-me pela cabeça que ele poderia ter morrido.

Será que ela sequer ficaria sabendo? Quem lhe daria a notícia? Tento pensar num modo de lhe fazer a pergunta com tato, mas antes de eu conseguir ela retoma e explica que, da última vez que soube dele, Byron estava no chalé das montanhas Adirondack.

– Sozinho? – pergunto, tentando esconder como estou horrorizada ao pensar nele naquele chalé isolado, completamente hostil para alguém com qualquer deficiência.

– Não, não. Ele está com uma enfermeira.

– Que bom. – Solto um suspiro de alívio. – Mas você não sabe como ele está?

– Na verdade, não... Sugeri uma visita, mas a enfermeira respondeu dizendo que ele não quer nenhuma visita no momento. Acho que ele não me quer lá.

– Mas eu pensei que vocês fossem próximos.

– A gente *era*. Quando era mais novo. Mas o Byron sempre foi um cara difícil. Mesmo antes de ficar doente.

Lembro-me daquela horrível ida ao hospital em Londres e me sinto um pouco melhor ao saber que não foi só comigo.

– Difícil em que sentido? – pergunto, na esperança de entender melhor Byron, mas também Grant. *Sempre* Grant.

– Ele é meio de lua. Pode ser meio sombrio. E um pouco cruel. – Ela hesita, e dá um gole no seu drinque antes de continuar: – Ele e o Grant tinham uma relação complicada. Então isso meio que se transferiu para mim.

Essa parte para mim é novidade, e não consigo esconder minha surpresa.

– Complicada em que sentido?

– Sei lá. Era meio turbulenta às vezes. Tipo, não me interpreta mal, os dois eram *superpróximos* – diz ela, e presto total atenção. – Eles se amavam, mas... é difícil de explicar.

Sei que eu deveria parar por aí, mas não consigo.

– Eles eram competitivos? Ou só muito diferentes? Eles discutiam?

Ela inspira fundo, solta o ar, então morde a ponta do mindinho, mania na qual eu já tinha reparado.

– Um pouco de tudo isso, acho. A rivalidade normal entre irmãos que provavelmente deve ser mais intensa no caso de gêmeos. Mas também... sei lá, era como se o Byron tivesse alguma mágoa em relação ao Grant.

– Tipo... inveja? – pergunto.

– É. As coisas vinham mais fáceis para o Grant quando os dois eram mais novos. Ele tirava notas melhores, era melhor nos esportes e foi aceito em Stanford. Aí a gente se casou, e o Byron continuou solteiro. Ele também nunca teve um emprego fixo.

Aquiesço e me forço a comer uma garfada do meu prato, apesar de ter perdido inteiramente o apetite.

– Aí, claro, o Byron adoeceu. Então as coisas ficaram mais desequilibradas ainda, e o Grant se sentiu muito culpado. Nem sei te dizer quantas vezes precisei dizer a ele que não era culpado por Byron ter herdado o gene ruim e ele ter tido sorte...

Ela se detém de modo abrupto, parecendo arrependida, como se tivesse ficado sem ar de uma hora para a outra. Sei que ela deve estar pensando a mesma coisa que eu: que não poderia existir falta de sorte pior do que estar no andar errado do World Trade Center na manhã do 11 de Setembro.

E, de fato, ela deixa escapar uma risada seca e seus olhos ficam marejados.

– No fim, acho que a vida foi justa, *sim*. Os dois se foderam em igual medida.

– Eu lamento tanto, Amy. *Nada* disso é justo. É tudo uma grande tragédia.

Ela assente, enxuga os olhos com o guardanapo de pano, então examina a mancha de rímel antes de tornar a dobrar o guardanapo no colo.

– Como é que *tudo isso* acontece com a mesma família?

Inspiro fundo e tento encontrar alguma coisa, *qualquer coisa* para dizer. Mas tudo que estou pensando é que Grant agora se reencontrou com os pais e que seu irmão também em breve estará junto deles. Por mais forte que seja a minha fé, e por mais que eu acredite que isso é verdade, obviamente não é algo adequado de se dizer.

– Eu sinto muito, não foi essa a minha intenção – diz Amy, preenchendo o silêncio que se formou. – Estou arruinando o nosso almoço.

– Não está, não. Nem um pouco. Desculpa fazer tantas perguntas.

– Não. Não. Fico feliz que você tenha perguntado. Eu estava precisando dar uma chorada. E agora passou. – Ela une as mãos e abre um grande sorriso forçado. – Mas me conta. O que você vai usar na festa?

– Não tenho certeza – respondo, tentando sorrir e me perguntando como ela consegue mudar de assunto tão depressa. – E você?

– Acho que vou usar uma saia e blusa que acabei de arrumar numa liquidação especial. Mas quem se importa com o que *eu* vou usar? A noiva é *você*! Em que *você* está pensando? Um vestido? Você *tem* que usar um vestido.

– Tá. Um vestido, então – concordo, apreensiva por ser o centro das atenções e pensando se eu estaria me sentindo de outra forma caso não estivesse grávida. – Vou achar alguma coisa no meu armário.

– Peraí. Será que *eu* posso vestir você?

Sei que ela está usando seu jargão de consultora de estilo, mas mesmo assim visualizo uma mãe enfiando um suéter de gola rolê pela cabeça de uma criança irrequieta. Como se Amy fosse *literalmente* me vestir.

– Está falando sério?

– Estou. Seu corpo é uma graça. Seria divertido fazer o seu estilo.

Não por muito tempo, penso, mas lhe agradeço pelo elogio.

– Então eu posso? Por favor? Sem custo, claro!

Hesito e tento inventar uma desculpa para dizer não. Além da estranheza do fato de a esposa de Grant me vestir para a minha festa de noivado, a própria ideia de ter uma consultora de estilo profissional me deixa desconfortável, ainda mais para uma festa supostamente discreta. Ao mesmo tempo, como não quero magoá-la recusando uma oferta encantadora dessas, desconverso e digo:

– Você não é ocupada demais para isso? Não tem umas celebridades por aí para vestir?

– Ah, por favor! Essas celebridades de terceira categoria podem esperar – diz ela com um aceno. – Além do mais, eu nunca estou ocupada demais para uma amiga.

Sorrio, agradeço e digo que seria bem legal.

O rosto dela se ilumina e ela bate uma palma graciosa.

– Quer ir agora? – pergunta. – Você tem um tempinho? A gente poderia ir numas lojas aqui por perto.

– Acho que até poderia fazer umas compras, mas a Madison Avenue não está muito na minha faixa de preço.

– Ah, entendo. Mas a gente poderia pelo menos olhar? Para ter umas ideias. A Barneys está em liquidação.

– A Macy's está mais para o meu bolso – digo, rindo. – Ou a Ann Taylor, se eu quiser esbanjar.

– Ah, claro. A Ann Taylor é ótima, mas não para a sua festa de *noivado*. Nem pensar. – Ela balança a cabeça. – E se alguém aparecer vestida igual?

– Que horror! – retruco, com um sorriso de ironia.

– Seria horrível! – afirma ela, com uma risada cativante. – Agora vamos pedir a conta e fazer compras!

Alguns minutos depois, após eu insistir para pagar a conta, já que ela não me cobrou pela aula de ioga, a gente está conversando enquanto sobe a Madison Avenue.

De repente, ela me pergunta quem são meus estilistas preferidos.

– Se o dinheiro não fosse uma questão, você sabe – acrescenta.

Me dá um branco. Eu conheço os *nomes* de alguns estilistas, claro, por causa das revistas de moda e de assistir ao tapete vermelho no Oscar. Mas com certeza não tenho nenhuma roupa desse tipo, e na realidade sou incapaz de combinar os nomes com estilos específicos, tirando algumas obviedades, como por exemplo: sei que as roupas da Calvin Klein muitas vezes são monocromáticas, e que a Ralph Lauren tem uma pegada mais engomadinha, e que a Versace adora estampas de cores vivas. Mas não saberia explicar a diferença, digamos, entre Oscar de la Renta, Prada e Chanel. Digo isso a Amy, e bem nessa hora ela para abruptamente em frente à Carolina Herrera e aponta para um vestido prateado tomara que caia com uma saia assimétrica na altura do joelho que está exposto na vitrine.

– Que tal esse? – pergunta. – Vejo você usando esse.

Começo a protestar, mas ela já está empurrando a pesada porta da loja e passando a toda velocidade pelo segurança imponente com uma autoconfiança digna de rainha. Sigo-a para dentro daquele oásis tranquilo dominado por sutis aromas florais e por uma música clássica suave. Olho em volta e vejo uma quantidade surpreendentemente pequena de roupas expostas, com vários centímetros entre os cabides. Com certeza não é a mesma abordagem da Macy's.

Quando uma linda vendedora de 30 e poucos anos se aproxima, sou acometida pela síndrome da impostora, e a cena das compras de *Uma linda mulher* me vem à mente.

– Posso ajudar? – pergunta a vendedora, com uma voz afetada.

– Obrigada, mas por enquanto estamos só olhando – responde Amy.

Enquanto vai andando pelo corredor da loja, ela toca nos tecidos com a ponta dos dedos e um ar de profunda concentração. Não olha para os preços, perfeitamente à vontade nesse mundo da moda de luxo. Vou atrás dela e também estendo a mão indiscriminadamente para tocar um vestido aqui, outro ali, mas na verdade não consigo me concentrar em nada.

Em determinado momento, bem quando estou olhando a etiqueta de um suéter, embasbacada ao constatar que a peça custa 1.200 dólares, Amy vira-se para mim e diz:

– A coleção de outono dela remete ao início dos anos 1980. Está vendo as penas? Parece um clipe da Madonna. Fui ao desfile. Foi incrível.

A vendedora, que estava parada por perto fingindo arrumar um display de lenços já impecável, ergue os olhos para nós e diz:

– Bem que eu achei que te conhecia! Acho que nos conhecemos na Fashion Week, na primavera passada. Você estava no backstage em Bryant Park, não estava?

– Estava, sim! – afirma Amy, inclinando a cabeça. – Também achei já ter te visto em algum lugar. Qual é o seu nome mesmo?

– Phoebe Tyler. E o seu?

– Amy Silver Smith – diz ela, pronunciando as duas últimas palavras de modo que seu sobrenome parece ser *Silversmith*.

– Isso, isso mesmo. E você trabalha com o Sydney Gaither, não é?

– Sim – responde Amy, então se vira para mim. – E esta é minha mais nova cliente, Cecily Gardner. Cecily acabou de ficar noiva. Estamos procurando alguma coisa para a festa de noivado dela.

– Ah, que maravilha! – Phoebe se vira para mim. – Desejo tudo de bom.

– Obrigada – respondo, sentindo-me constrangida e deslocada com minhas botas da Nine West e meu suéter da Banana Republic, ambos comprados por volta de 1995.

– Viu alguma coisa que gostaria de experimentar? – pergunta Phoebe.

Começo a lhe dizer que não, estamos só olhando, mas antes de eu poder fazer isso ela olha para Amy à espera de nossa resposta oficial, pois imagino que seja assim que essa história de consultora de estilo funcione.

– Sim. Acho que sim – diz Amy. – Ela adorou o tomara que caia cor de estanho da vitrine.

– Ótima escolha – murmura Phoebe. Então olha para mim. – Vejamos... Você é bem magrinha. Vou ver se temos o seu tamanho.

Nunca consigo saber se isso é um elogio, uma leve crítica ou apenas a constatação de um fato, então apenas sorrio e dou de ombros. Quando ela sai, rio e digo para Amy:

– A sua cliente não tem dinheiro para comprar esse vestido. Lembra?

– A gente está só *experimentando*. Por diversão. E nunca se sabe, eu talvez consiga um preço bem legal para você.

Evito dizer que, a menos que seja um preço com 99 por cento de desconto, para mim não vai funcionar.

Instantes depois, estou dentro de um provador extragrande tirando a roupa enquanto Amy espera do lado de fora. Paro um pouco para me olhar no espelho, primeiro para o sutiã e a calcinha descombinados, depois, entre as duas peças, para minha barriga, e o fato de que estou grávida me atinge em cheio outra vez, o fato de que somos *duas* pessoas naquele pequeno cubículo chique. Minha barriga ainda não está oficialmente aparecendo, não de um jeito que qualquer outra pessoa fosse capaz de perceber, mas estou com o baixo-ventre levemente inchado, como ficaria depois de uma noite de comilança exagerada, e fico preocupada que aquele vestido de seda revele esse fato. Solto as faixas de tecido do cabide, abro o zíper nas costas e ponho a peça pela cabeça.

– Precisa de ajuda? – ouço Amy perguntar.

– Ahn. Sim. Com o fecho, talvez – respondo, abrindo a porta antes mesmo de me olhar.

Na mesma hora vejo a expressão de aprovação de Amy.

– Ficou perfeito em você. Olha só. – Ela faz um gesto para eu me virar. Agora de frente para o espelho, vejo-a subir o zíper do vestido, que coube perfeitamente. – Uau. Você está maravilhosa.

– Ficou bom mesmo.

Agora na ponta dos pés, viro-me um pouco para a esquerda, depois para a direita, admirando o brilho da seda pesada e o interessante corte de viés. Não consigo evitar abrir um sorriso, algo que não me lembro de jamais ter feito num provador.

– Experimente com os escarpins – sugere ela, apontando para um par de sapatos Manolo Blahnik no canto da cabine, obviamente mantidos ali para esse fim; obviamente, não é um conforto disponível na Macy's ou na Ann Taylor.

Sigo as instruções da minha consultora de estilo e calço os sapatos, uns dois números acima do meu e que me fazem pensar em quando eu brincava de vestir as roupas da minha mãe. Mas mesmo assim o efeito está ali, e dá para ver que o vestido, assim como minhas pernas, ficam ainda mais bonitos com os saltos altos.

— Uau — repete Amy. — Eu *amei*. Você amou?

— Sim — respondo. — Na verdade, amei, sim.

Nós duas passamos mais alguns segundos encarando o meu reflexo antes de Amy dizer:

— Enfim, é esse o tipo de coisa que imagino você usando na festa. Esse corte, essa silhueta e essa textura. Macia e etérea.

Aquiesço.

— Realmente é um vestido bonito...

— *Você* é bonita — corrige ela.

— Obrigada. E você é mesmo boa nisso. Eu jamais teria provado esse vestido.

— Ah, obrigada. Fico feliz. Eu realmente amo meu trabalho.

— Você sempre amou roupas? — pergunto, sentando-me no banco embutido por um instante enquanto ela faz o mesmo ao meu lado. — *Moda*, quero dizer.

— Sim. Sempre. Antes deste ano, setembro sempre era o meu mês preferido. Por causa das edições pós-verão das revistas de moda.

— Mesmo quando você era criança?

Então lhe conto que as edições de volta às aulas da *Seventeen* costumavam me causar uma leve depressão. Ela ri.

— Bom, eu adorava. O peso reconfortante de uma revista de dois quilos na sua caixa de correio marcando o fim do verão chocho e o renascimento da cultura.

— Você já pensou em ser estilista?

— Já — diz ela. — Talvez ainda volte a estudar para isso. Mas, no momento, estou gostando do que faço, e descobri o que eu meio que sempre soube. Que o importante não são as roupas, mas sim fazer as mulheres se sentirem bonitas. É isso que eu adoro nesse vestido em você. A gente vê *você*, não o vestido, se é que isso faz sentido.

— Faz, sim. E é muita gentileza sua dizer isso. Mas o que *eu* amo neste vestido é com certeza o vestido em si.

Eu rio, me levanto e tento levar a mão às costas para abrir o zíper.

– Deixa que eu abro – diz ela, e se aproxima para baixar o zíper antes de sair da cabine outra vez.

Torno a vestir minhas roupas depressa, e instantes depois nos despedimos de Phoebe e lhe dizemos o quanto ambas adoramos o vestido e que com certeza vamos mantê-lo na lista. Ela entrega um cartão de visita a cada uma.

Quando saímos da loja, Amy se vira para mim e diz:

– Você está muito animada?

Olho para ela, espantada com a pergunta, perguntando-me se ela de algum modo percebeu que eu estou grávida.

– Com o quê? – disparo.

– Com a festa. Com o seu noivado. Com tudo.

– Ahn... sei lá – respondo, tropeçando nas palavras. – *Super*animada, não sei... É que é muita coisa... ao mesmo tempo.

Minha voz vai sumindo à medida que sou bombardeada por várias sensações intensas, sobre o casamento, o bebê e a festa em que tudo e todos estão prestes a convergir, se não abertamente, pelo menos no meu coração. É coisa *demais*, mesmo.

Amy deve sentir que algo está errado, porque diz:

– Eu sei que é coisa demais. Pelo menos eu senti isso quando fiquei noiva.

– Como assim? – pergunto, embora na realidade não queira saber a resposta e tudo que consiga ver é Grant ajoelhado fazendo o pedido.

Vejo os olhos dele erguidos para ela, e suas mãos grandes segurando o anel de esmeralda que ela ainda usa até hoje. Não consigo fitar a joia por muito tempo, mas fico olhando-a de relance constantemente, sobretudo quando Amy gesticula ao falar.

Ela suspira e diz:

– Só aquela coisa judaica e católica, e o fato de ele não querer um casamento grande, e o irmão dele sendo difícil... E vamos encarar os fatos, casamentos são um estresse.

– É... – digo, ainda pensando em Grant.

Enquanto vamos subindo a Madison, Amy continua a falar e diz alguma coisa sobre a Prada. Tento escutar, mas não consigo, e de repente começo a me sentir tonta e enjoada. Isso vai piorando a cada passo até eu parar de andar.

– Está tudo bem? – pergunta ela, mas sua voz soa distante e distorcida.

– Tudo – respondo, e minha visão começa a embaçar. – É que... é que eu não estou me sentindo bem...

– Meu Deus, Cecily – diz ela, segurando minha mão e passando o outro braço pela minha cintura. – Você está muito pálida. Senta, querida. *Senta.*

Olho em volta, mas, como não há lugar nenhum para sentar damos alguns passos à frente e ela me ajuda a sentar no meio-fio ao lado de um hidrante. É a segunda vez que preciso me sentar na sarjeta em dois meses. Por um instante, a sensação ruim diminui, mas quando tento me levantar começa outra vez: minha visão fica ainda mais embaçada, o zumbido aumenta nos meus ouvidos, e minha pele fica fria e coberta de suor. Ponho a cabeça entre as pernas, do mesmo jeito que fiz na calçada após ver o cartaz de Grant. Sinto Amy acariciar meus cabelos e a ouço me dizer para respirar fundo.

– Você tem algum problema de saúde? – pergunta ela. – Diabetes? Epilepsia? Alguma coisa?

– Não – respondo. – Vai ver foi alguma coisa que eu comi.

– Mas a gente comeu a mesma coisa – retruca ela. – Você saiu ontem à noite? Está de ressaca?

– Não... Eu não sei o que houve... desculpa – digo, sentindo-me constrangida, mas sobretudo me sentindo péssima. – É só... deve ser alguma virose... Tem uma circulando pelo meu escritório. Eu estou bem.

Tento me levantar novamente, mas é uma ideia ruim e minha visão torna a embaçar. E agora começou a juntar gente, e um casal na calçada com um cachorro se detém para falar com Amy.

– Está tudo bem com ela? – ouço o homem perguntar.

– Não sei – responde Amy.

– O que houve? – pergunta a mulher.

– Ela ficou tonta.

– É melhor chamar uma ambulância? – pergunta outra pessoa.

– Não. Eu estou bem – protesto, imaginando uma grande cena na Madison Avenue, com uma ambulância e paramédicos verificando meus sinais vitais enquanto sou obrigada a confessar para todos que estiverem escutando que estou grávida. – Já estou me sentindo melhor. Não chamem uma ambulância. Não precisa. Eu juro.

– Bom, então deixa pelo menos eu ligar para o Matt – diz Amy.

Também não gosto muito dessa alternativa, mas posso perceber pela sua voz que ela está falando sério, então digo que tudo bem.

– Qual é o telefone dele? – indaga ela, agora com o celular na mão.

Recito o número, ela digita, e ouço-a dizer:

– Oi, Matt. É a Amy... Silver. Escuta, estou aqui com a Cecily. E não se preocupa, ela vai ficar bem, mas ela se sentiu meio tonta enquanto a gente estava fazendo compras.

Ela faz uma pausa, e escuto a voz de Matt do outro lado, mas não consigo entender o que ele está dizendo.

– Aham... É... Exatamente. Ela disse que não quer que eu chame, mas eu queria confirmar com você. Vou perguntar para ela. – Amy pousa o aparelho na perna e se dirige a mim. – Querida, a gente pode pôr você num táxi? E te levar para a casa dele?

– Tá... Tudo bem.

Outra pessoa me passa uma lata de Coca gelada e diz alguma coisa sobre a minha taxa de glicose.

Amy agradece ao desconhecido, abre a lata e me entrega. Dou um gole, depois outro, e o refrigerante me ajuda na hora. Enquanto isso, ouço Amy dizer a Matthew que vamos chegar já, então ela desliga e pede para alguém por favor nos chamar um táxi. Ela se senta comigo, torna a acariciar meu cabelo, e quando dou por mim está pegando minha Coca, recolhendo minha bolsa da calçada e me ajudando a levantar e percorrer uns poucos metros até o táxi. Quando embarcamos, ela agradece a todos os bons samaritanos. Afivela meu cinto de segurança, então diz ao motorista que estamos indo para o Upper West Side.

– Querida, qual o endereço do Matt? – pergunta ela para mim.

Eu lhe falo, então completo:

– Mil desculpas.

– Deixa de ser boba – diz ela. – Você não tem nada que se desculpar.

– Mas a gente estava tendo um momento tão legal. Eu não sei o que aconteceu.

Ela me passa a Coca e diz para eu tomar outro gole. Faço isso, então prendo a lata entre as coxas e inspiro fundo.

– Ai, meu Deus – diz ela com um arquejo súbito, apertando minha perna. – Será que... você está *grávida*?

Em pânico, desvio o olhar para a janela e finjo não ter escutado a pergunta. Essa obviamente é uma péssima estratégia, porque ela apenas refaz a pergunta, dessa vez mais animada e sacudindo a minha perna.

Ainda olhando pela janela, pigarreio. A resposta está na ponta da língua. O que é mais uma mentira num mar de mentiras muito maiores? Além do mais, é uma mentirinha aceitável, mais para proteger meu segredo por mais um tempo, considerando nosso plano de surpreender todo mundo na festa. Eu não quero contar para Amy antes de contar para a minha família.

Mas, por algum motivo, que provavelmente tem a ver com exaustão, não consigo reunir energia para lhe dizer nada exceto a verdade. Então olho para ela e aquiesço, chocada ao descobrir que isso me dá a sensação de estar fazendo a coisa certa, muito embora ela seja a última pessoa a quem eu deveria confiar aquele segredo.

– Ai, meu Deus! – diz ela com um sussurro alto, os olhos arregalados e brilhantes. – Não acredito!

– Infelizmente dá para acreditar, sim – sussurro.

– *Infelizmente*? Cecily! Que notícia fabulosa! Parabéns! Uau!

– Obrigada. Não estava nos planos, óbvio – digo, decidida a treinar o discurso que vou fazer para nossos pais. – Mas o Matthew me pediu em casamento *antes* de a gente saber.

– Quando é o seu casamento mesmo?

– Dezenove de outubro. A gente vai manter. Vai ter o bebê e casar *depois* – conto, bem na hora em que estamos encostando em frente ao prédio de Matthew. – Mas na verdade ninguém sabe ainda.

– Entendi – diz ela, levando um dedo aos lábios.

Nesse exato momento, vejo Matthew na calçada conversando com seu porteiro. Amy também o vê, abaixa o vidro e chama:

– Ei, sumido! Estou com a paciente aqui!

– Oi, Amy – diz ele com um ar preocupado.

Sei que ele está preocupado comigo, mas também deve estar pensando na perda de Amy. De toda forma, é um momento estranho quando Matthew dá a volta no táxi até o meu lado, abre a minha porta e olha para dentro do carro.

– Tudo bem? – pergunta ele.

– Tudo. Tudo bem. Você sabe... deve ser só... – Indico a barriga com um gesto.

Ele assente, segura minha mão e me ajuda a saltar do táxi. Enquanto isso, Amy paga o taxista e desce também.

– Que notícia maravilhosa a do seu noivado, Matt – diz ela, dando a volta no carro até ele. – Que mundo pequeno, hein?

Ele lhe agradece e diz que sim, e ela lhe dá um beijo na bochecha seguido por um abraço demorado.

Quando eles se afastam, Matthew enfia as mãos nos bolsos, arrasta os pés no chão e diz:

– Eu soube do seu marido, lamento muito. Espero que você tenha recebido meu bilhete.

– Recebi, sim. Obrigada.

– Como você está?

– Segurando as pontas. Tentando me manter ocupada, e essa sua noiva tem sido uma lufada de ar puro maravilhosa. – Ela olha para mim, sorri, então sugere subir conosco para me acomodar e se certificar de que está tudo bem.

Começo a recusar, mas percebo que ela *quer* subir, e tenho a súbita compreensão de que ela está se sentindo sozinha.

– Seria ótimo, Amy. Obrigada.

– É, obrigado – diz Matthew, e nós três nos viramos e entramos no prédio.

Quando estamos subindo de elevador até o apartamento dele, Amy e Matthew ficam conversando amenidades, sobretudo relacionadas à irmã dele e a seus respectivos pais, enquanto eu tento manter a mente o mais vazia possível. Quando entramos, Matthew me diz para sentar, faz um gesto indicando a sala e diz que vai buscar água para nós duas. Aquiesço e vou até o sofá dele, onde me aninho num canto.

Amy me segue e se senta aos meus pés.

– Como está se sentindo? – pergunta ela.

– Bem melhor. Obrigada.

Ela lança um olhar furtivo para a cozinha, então sussurra:

– Você vai contar para ele que eu sei? Sobre o bebê? Ou devo fingir que não sei de nada?

Dou de ombros. Sei que não deveria aumentar desnecessariamente a teia de mentiras e omissões. Assim, quando Matthew traz um copo de água gelada para cada uma e instantes depois senta na cadeira mais perto de mim, pigarreio e digo:

– Então... a Amy sabe que eu estou grávida.

Ele olha para ela, que reage com um dar de ombros brincalhão.

– Desculpa. Eu a peguei desprevenida.

– Tudo bem – comenta ele, estendendo a mão para apertar meu ombro. – Todo mundo daqui a pouco vai saber. Né, amor?

– O plano é esse – afirmo.

– Bom, é uma notícia emocionante – diz Amy com um sorriso radiante, olhando primeiro para Matthew, em seguida para mim. – Estou feliz de verdade por vocês dois.

Ele lhe agradece com um ar orgulhoso, mas nervoso. Sinto a mesma coisa, pelo menos a parte do nervosismo, e torço para o assunto acabar por aí. Só que não acaba. Em vez disso, Amy diz:

– Enfim, a Cecily me disse que vocês vão manter a data do casamento... mas se quiserem acelerar as coisas eu poderia ajudar.

– Acelerar? – repete Matthew com um ar intrigado.

– É. Eu tenho muitos contatos aqui na cidade. Tenho certeza de que vocês dois também têm, mas com o meu trabalho eu conheço bastante gente... fornecedores, cerimonialistas e, é claro, decoradores. Tive uma amiga na mesma situação e ela conseguiu organizar um casamento esplêndido em três meses.

– Na verdade, não é uma má ideia – responde Matthew, meneando a cabeça.

– Seria divertido – diz Amy. – *Muito* divertido.

Matthew olha para mim, arqueia as sobrancelhas e aguarda minha reação. Quando não falo nada, ele diz:

– O que você acha, Cecily?

– Bom... eu acho que é uma sugestão muito fofa – respondo, esquivando-me da pergunta e torcendo para ele perceber que não quero me comprometer com nada.

Mas ele não entende a indireta.

– Mas o que você acha sobre adiantar a data?

– Ahn, bom, com certeza é uma ideia. Mas eu não quero que a barriga apareça no vestido – argumento, então esclareço rapidamente: – Enfim, não estou tentando guardar segredo, é lógico. Mas também não quero usar uma roupa de gestante.

– Eu entendo. Mas numa primeira gravidez a barriga vai demorar meses para aparecer – explica Amy, totalizando agora *duas* pessoas que não entendem indiretas. – E a gente poderia escolher um modelo que funcione. Por exemplo, e desculpa falar de vestidos na frente de Matthew, mas eu acabei de ver um vestido lindíssimo de corte império na Vera Wang. Algo desse tipo ficaria incrível em você.

– Não se preocupe – diz Matthew. – Eu não faço ideia do que seja um corte império.

Amy segue me encarando, obviamente à espera de algum tipo de resposta.

– Pode ser – digo, com um sorriso agora tão rígido que sinto que meu rosto poderia rachar. – Mas o meu amigo Scottie me *mataria* se eu saísse para comprar um vestido de noiva sem ele.

– Mas o Scottie não vai vir para a festa? – pergunta Matthew.

Aquiesço, então lhe lanço um olhar atravessado.

Ele ignora e continua:

– E a sua mãe também. Vocês poderiam ir todos juntos.

Assinto, com o rosto congelado.

– A gente com certeza poderia fazer isso – comenta.

– E eu não preciso ir com vocês – arremata Amy, que enfim parece perceber o clima estranho dessa conversa. – Não quis ser intrometida.

– Não, não, não é *isso* – digo, agora me sentindo mal. – Eu *adoraria* que você fosse com a gente. Hoje foi muito divertido. – Viro-me para Matthew e explico: – Amy e eu fomos olhar vestidos um pouco depois do almoço... para a festa... Você sabe que ela é consultora de estilo.

Matthew assente e sorri.

– Ela é incrível – acrescento.

Amy faz que não com a cabeça.

– Não. É que é fácil fazer compras para ela, só isso. Você deveria ter visto o vestido que ela experimentou. Ficou perfeito.

– Perfeito a não ser pelo preço – retruco.

– Se você amou, deveria comprar – diz ele.

– Ela deveria *mesmo*. Ou talvez o noivo devesse comprar para ela. – Amy dá uma piscadela para Matthew. – É melhor já ir treinando.

– Não precisa.

Sei que ela está tentando ajudar, mas não gosto do jeito como eles estão falando sobre mim como se eu não estivesse presente, e obviamente me sinto incomodada com a diferença nas nossas finanças e com a sugestão de que eu vou ser sustentada pelo meu marido.

– Eu teria prazer em comprar o vestido para ela – diz Matthew, ainda olhando para Amy.

– Oi, gente, eu estou aqui! – digo, com a voz dessa vez mais firme e mais alta, ao mesmo tempo que dou um aceno exagerado na frente do rosto de Matthew. – E você não vai me comprar vestido nenhum.

– Tá, tá bom – retruca Matthew, mas um segundo depois eu percebo uma troca de olhares cúmplice com Amy antes de voltar ao tema dos lugares possíveis para o casamento, metade dos quais nunca ouvi falar.

Sentindo-me sobrecarregada pelos acontecimentos e exausta, digo que vou descansar um pouco no quarto de Matthew.

– Ah, eu também preciso ir andando – diz Amy, mas não se mexe.

– Não, não, fica – peço, querendo subitamente apenas ficar sozinha.

– Tá bom – diz Amy, com um leve dar de ombros. – Então a gente vai ficar aqui planejando o casamento mais um pouco.

– Ótimo – respondo, e forço um sorriso. – Obrigada mais uma vez, Amy. Por tudo.

VINTE E DOIS

Não sei ao certo quanto tempo Amy fica, mas quando dou por mim Matthew está em pé ao meu lado perguntando se estou com fome e como estou me sentindo.

– Que horas são? – pergunto, estreitando os olhos para ele.

– Quase sete. Você apagou.

Digo que estou bem e que acho melhor voltar para casa e comer alguma coisa por lá.

– Tenho um pouco de trabalho para terminar – acrescento.

– Está chateada comigo?

– Não. Por que estaria chateada com você?

– Sei lá... É que você parece... tensa. Com a Amy também. Ela estava te irritando?

– Não. Na verdade, não – digo, sentando-me na cama e me espreguiçando. – É que... foi muita coisa, começar a falar sobre o casamento, o vestido e tudo o mais.

– Eu entendo. Acho que ela está só tentando ser legal.

– Eu sei. E fico feliz com isso. Mas é só que... eu não consigo fazer isso agora.

Ele franze a testa e me encara por alguns segundos antes de perguntar:

– Não consegue fazer o quê?

– Sei lá. Esse papo todo de casamento... É que eu já estava começando a me sentir... meio frívola.

Ele me encara e assente. Então eu pergunto:

– E você não acha meio esquisito a Amy ter acabado de perder o marido e estar tão animada planejando o nosso casamento?

Matthew dá de ombros.

– É. Pode ser um pouco esquisito.

– Acho que eu estaria encolhida em posição fetal.

Parte de mim de repente fica com raiva dela, enquanto outra parte se odeia por estar julgando sua gentileza conosco.

– Sei lá, Cecily. Acho que as pessoas reagem ao luto de formas diferentes.

– Eu sei, mas ainda assim... Me parece estranho, só isso.

Ele assente.

– Eu conheço a Amy desde sempre, mas na verdade não a conheço *tão* bem assim. Ela é uma garota legal, mas talvez não seja a mais inteligente da turma.

– Ela estudou em *Stanford* – friso.

– É. Mas foi por indicação. O pai dela estudou lá. E ele é cheio da grana. Tenho quase certeza de que deve ter doado alguns milhões de dólares para a escola. De toda forma, não estou me referindo ao QI nem à cultura dela, nem mesmo à cultura prática, porque ela obviamente tem um negócio que vai muito bem.

– Então *a que* você está se referindo?

– Bem, nem todo mundo é complicado que nem você – diz ele com uma cara engraçada.

– Complicado? – repito. – Isso não me parece um elogio.

– Tá. Que tal... profunda?

– Eu sou *profunda*?

– Nossa, você é superprofunda – retruca ele com uma risada. – Às vezes profunda até demais.

– Como assim?

Ele demora um pouco a responder.

– Bom, por exemplo, acho que você gostaria mais do seu emprego se abraçasse as matérias ridículas. Se apurasse essas matérias, descobrisse o que elas têm de interessante, escrevesse o texto, jogasse o jogo.

Aquiesço. Jasmine também já me disse isso.

– *E*... – emenda ele com um esboço de sorriso. – Acho que você também gostaria mais de *mim*.

Sinto todo o meu corpo ficar tenso e lhe digo na mesma hora para deixar de ser ridículo.

– Estou falando sério. Às vezes fico preocupado pensando que não vou te bastar... ou que você não está completamente feliz com o nosso casamento.

– *Para* com isso. Estou muito feliz por nos casarmos.

É a verdade, mas por algum motivo minhas palavras soam vazias. Ele me encara com um ar triste, como se também tivesse percebido que alguma coisa estava errada.

– É que é muita coisa para digerir – digo. – A nossa separação. Depois o 11 de Setembro... Depois a gente voltar e na mesma hora ficar noivo, e agora isso. Este bebê dentro de mim. – Ponho as duas mãos sobre a barriga.

– Então... você quer ir mais devagar?

– A gente não *pode* ir mais devagar.

– Não em relação ao bebê. Mas em relação ao casamento, sim.

– É exatamente isso, Matthew. O casamento na verdade não tem muita importância em comparação com esta... com esta vida.

Vida e *morte*, penso. Tenho uma visão de Grant e me esforço para segurar as lágrimas.

– Ah, *Cess* – diz Matthew, me abraçando. – Desculpa. Eu sinto muito mesmo. Não queria te deixar chateada.

– Não deixou. Não é culpa sua. Você é maravilhoso. Não poderia ser melhor. É que é tudo meio... avassalador.

– Eu sei, baby – responde ele, de um jeito que nunca, *nunca* me chamou antes.

Ele já me chamou de *amor* e de *meu bem*, e de muitos outros nomes carinhosos. Mas não de *baby*. Não do mesmo jeito que Grant me chamava.

Afasto-me dele, enxugo as lágrimas e digo a mim mesma para segurar a onda. Que eu preciso parar de ser tão autoindulgente. Afinal de contas, o único *baby* que importa agora é o que eu estou carregando.

– Ai, puxa. Eu preciso me controlar – digo. – E aceitar a situação. O pacote todo. Não é o que a gente planejou, pelo menos não é *como* a gente planejou. Mas tudo bem.

Ele assente, com um ar esperançoso.

– Exato.

– E um dia a gente vai se lembrar disso tudo com carinho e nem vai saber com o que estava tão preocupado.

– Exatamente. Vai dar tudo certo.

Aquiesço.

– Então, sério – diz ele –, o que você acha da ideia da Amy? De a gente apressar o passo e se casar em janeiro?

Hesito, então dou de ombros e digo:

– Claro. Se for isso que você quiser fazer.

– Acho que nossos pais ficariam mais felizes assim – diz ele.

– Isso eu não posso discordar.

– Então vamos deixar a Amy ajudar a gente? E casar aqui mesmo?

– Um casamento no inverno seria lindo – comento, com um sorriso forçado.

– Então a resposta é sim?

Assinto, e meu sorriso falso se torna verdadeiro.

– A resposta é sim.

Matthew ri.

– E o pontapé inicial vai ser uma festa de noivado onde você vai estar linda usando seu vestido novo. – Ele pisca para mim.

– Que vestido novo?

– Não fica brava, mas enquanto você estava dormindo a Amy ligou para a loja. Eu passei o número do meu cartão, e ela foi buscar o vestido. Ele é *seu*.

Ainda sorrindo, eu agradeço e lhe dou um grande abraço.

– Você não deveria mesmo ter feito isso, mas eu mal posso esperar para usar. Nunca tive um vestido tão bonito – confesso, pensando que também nunca namorei um cara tão bacana.

VINTE E TRÊS

As duas semanas anteriores à nossa festa de noivado são relativamente calmas, ainda bem, tanto no noticiário quanto na minha vida pessoal.

Escrevo uma matéria sobre a Maratona de Nova York; sobre o lançamento do novo álbum de Britney Spears; sobre a inauguração de uma loja grande com mais de trezentos metros quadrados da Swiss Army no SoHo; sobre a vitória de Michael Bloomberg sobre o democrata Mark Green como prefeito; e sobre a Loteria de Nova York ter pagado oitenta mil dólares para a Barenaked Ladies pelo direito de usar sua música "If I Had a Million Dollars" nos seus anúncios.

Enquanto isso, Matthew e eu damos o sinal verde para Amy começar a procurar lugares na cidade para janeiro ou fevereiro, dando-lhe pouquíssimas indicações e lhe lembrando que nosso orçamento não é ilimitado. Também peço uma igreja episcopal, sendo que a minha preferida é a de São Jorge, em Stuyvesant Square, pois isso me parece um bom meio-termo entre a criação metodista de Matthew e a minha, católica. Sei que meus pais não vão ficar superfelizes com a decisão, mas realmente não dá tempo de seguir o esquema católico, e isso também não parece justo com Matthew.

Num aspecto mais íntimo e mais importante, Matthew e eu nos concentramos na minha gravidez. Quando a data da primeira ultra começa a se aproximar, conversamos sobre se queremos saber o sexo. Minha preferência é saber, nem que seja de um ponto de vista prático, mas Matthew quer ser surpreendido. Então eu cedo, e começamos a debater nomes de bebê. Felizmente nesse quesito nós de modo geral concordamos, e ambos gostamos de nomes tradicionais não muito batidos, como Frances e Louise, Henry e Gus.

Comunico ao meu proprietário que vou vagar o apartamento em meados de dezembro, que é quando vence o meu contrato, e convenço Matthew a renovar o seu por mais um ano em vez de tentar comprar um imóvel agora. O apartamento dele tecnicamente é só um quarto e sala, mas é um quarto e sala bem grande, e eu encontro uma divisória muito fofa na ABC Carpet & Home que também funciona como estante. Mais para a frente vamos arrumar um com dois quartos, ou então sair da cidade, mas por enquanto isso parece a coisa certa a fazer, e com certeza é bem mais simples e mais viável do ponto de vista financeiro.

Ainda penso em Grant e na questão da paternidade, mas tento empurrar para longe esses resquícios de preocupação. Jasmine ajuda com isso numa noite, quando saímos depois do trabalho. Digo que não vou beber vinho e ela adivinha que estou grávida.

– É do Matthew? Ou do Grant? – pergunta ela de modo muito casual, como se a resposta não tivesse a menor importância.

Respondo imediatamente que o pai é Matthew, mas, quando ela me lança um olhar intrigado, capitulo e admito que não tenho certeza, mas que tenho 99 por cento de certeza de que Grant não é o pai.

Ela dá de ombros e diz:

– Bom, seja como for. O que forma uma família é o amor. Então tudo bem. E falando nisso... Mal posso esperar para ser a tia musa desse bebê.

– Que fofo. Obrigada.

– Imagina. *Todo* bebê precisa de uma tia musa.

―

Finalmente, o fim de semana da grande festa de noivado chega, e meus pais, meu irmão, minha irmã e Scottie chegam a Nova York e aterrissam na sexta-feira à noite. Embora Scottie vá ficar hospedado comigo, meus parentes reservaram dois quartos no Inn at Irving Place, um hotel mais agradável do que os de rede perto da Times Square que eles em geral escolhem. Minha mãe diz que eles estão esbanjando por causa da ocasião especial, mas eu me pergunto (e me preocupo com isso) se eles estão tentando se encaixar no mundo de Matthew. Isso me leva a ter um sentimento protetor pela minha família e me deixa mais decidida do que nunca a manter nosso casamento discreto e confortável para ela.

De toda forma, vou encontrá-los no lobby do seu hotel, e nós seis protagonizamos um pequeno espetáculo ao nos cumprimentarmos com abraços e beijos. Todos pedem para ver meu anel e se derramam em elogios, admirados com a beleza dele. Minha irmã e minha mãe se revezam para experimentá-lo, enquanto meu irmão vai direto ao ponto, dá um assobio, então pergunta:

– Quanto será que essa pedra custou?

– Ai, *Paul* – respondo, rindo.

Eu adoro meu irmão, mas há muito tempo defendo que ele é um estudo de caso de pais que desistiram de educar o filho mais novo.

– É, Paul, francamente – intervém Scottie, sempre tratando meus irmãos como se fossem seus. – Deixa de ser inconveniente.

– Ué, não é inconveniente quando é só com a família – diz Paul, então torna a se virar para mim. – E aí, Cess, o que você acha? Quanto foi?

– Não faço a menor ideia – respondo.

– Sem querer ser indiscreta igual ao Paul, eu aposto que foi no mínimo 25 mil – conta Jenna. – O Jeff pagou oito mil pelo meu diamante, e o seu é três vezes maior. E olha só a cor. É supertransparente.

Agradeço a ela, então mudo o assunto para Jeff e Emma.

– Queria que eles tivessem vindo – comento, morta de saudades da minha sobrinha.

– Eu queria que *você* fosse para o dia de Ação de Graças – diz minha mãe. – Ainda não acredito que você não vai.

– Eu sei, mãe – respondo, sentindo uma tristeza em relação a isso também ao pensar em passar a data com a família de Matthew em vez de com a minha. – Mas você não prefere o Natal em vez do dia de Ação de Graças?

Minha mãe suspira, parecendo torturada pela pergunta, como se eu tivesse acabado de lhe perguntar de que filho ela gosta mais (embora a resposta provavelmente seja mais fácil: todo mundo sabe que o seu preferido é Paul).

– Se eu tivesse que escolher, acho que o Natal – responde ela. – Mas estou só comentando...

Minha irmã e eu trocamos um olhar, zombando em segredo de nossa mãe e de sua expressão preferida, *estou só comentando*.

– O que você está "só comentando", mãe? – pergunto, com carinho.

– Estou só dizendo que você mora *aqui*. Em Nova York. Então pode estar com a família do Matthew quando quiser.

– É verdade. Então quer dizer que... se a gente algum dia se mudar para o Wisconsin, vamos poder passar todos os nossos dias de Ação de Graças e Natais com os Capells?

– Vocês vão se mudar para o Wisconsin? – pergunta ela, e sua expressão se ilumina.

– Não tão cedo, mas eu *estou só comentando* – respondo, com um sorriso de ironia. – Se e quando isso acontecer, podemos passar todos os feriados com os Capells?

– Não, certamente não! – diz minha mãe, que nunca deixa a lógica tirá-la do seu caminho. – A família da mulher tem prioridade. Menos quando o Paul se casar – completa, nem um pouco brincando.

– Tá, tá bom – interrompe meu pai, passando o braço em volta dela. – Não vamos nos preocupar com tudo isso. Até agora deu tudo certo com Jenna e Jeff. Nesse caso vai dar certo também.

Lanço um olhar agradecido para ele, em seguida pergunto se alguém quer comer alguma coisa. Meu pai diz que um lanche seria bom, e meu irmão pede um "lugar para beber".

Sugiro Pete's Tavern, um pub ali perto conhecido por ser o bar e restaurante mais antigo da cidade de Nova York. Meu pai adora esse tipo de informação e fica especialmente animado quando entramos lá pouco tempo depois e eu aponto para a mesa embutida laqueada de preto onde dizem que O. Henry escreveu o conto "The Gift of the Magi".

Enquanto nos acomodamos em nossa mesa nos fundos do restaurante e pedimos nossas bebidas, experimento um sentimento muito intenso de carinho por minha família, e preciso lutar contra o impulso de dar minha notícia a todo mundo. Não tinha me dado conta do quanto seria difícil esperar, mas prometi isso a Matthew (que está trabalhando até mais tarde).

Enquanto isso, minha mãe entra logo no tema dos preparativos para o casamento. Deixo-a falar um pouco antes de reunir coragem para lhe contar sobre a nossa mudança de local e decido que não posso mencionar a mudança de data, pois ela vai querer saber por quê.

— Ei, mãe. O que você acharia se o Matthew e eu nos casássemos aqui? — pergunto, com a maior delicadeza de que sou capaz.

— *Aqui?* — repete ela, olhando em volta, perplexa. — Num *bar*?

— Não *aqui* exatamente, mas em Nova York... Você sabe, em vez de em Pewaukee?

— Por que você iria querer fazer isso? — pergunta ela. — As noivas sempre se casam na sua cidade natal.

— Sei lá — digo, dando de ombros, em seguida tento articular os motivos que *posso* compartilhar, os que nada têm a ver com a urgência da nossa data de casamento nem com a praticidade de fazer a cerimônia ali. — Porque foi onde o Matthew e eu nos conhecemos e é onde nós moramos, e sob muitos aspectos eu amo este lugar.

— E sob outros odeia — diz ela.

— É verdade, odeio mesmo, mas esta cidade se tornou muito especial para mim — confesso, achando difícil traduzir em palavras o sentimento de intenso orgulho e lealdade que tenho por Nova York desde o 11 de Setembro, pelo modo como todos se uniram para mostrar ao mundo o que significa ser nova-iorquino. Grant me passa pela cabeça; é impossível pensar nesse dia sem pensar nele também. Mas afasto esses pensamentos. — Além do mais, acho que poderia ser legal fazer algo diferente do que Jenna e Jeff fizeram.

— Ah, acho que isso não tem importância — retruca minha mãe.

— Bom, talvez para a Cecily tenha — diz meu pai baixinho. Lanço outro olhar agradecido para ele, e meu irmão pigarreia.

— Bom, já que está todo mundo louco para saber a *minha* opinião — diz Paul com seu copo de cerveja na mão. — Eu acho que seria irado.

— Eu também — concorda Jenna. — Muito sofisticado, glamoroso e... *Sex and the City*.

Minha mãe faz uma careta, decerto provocada pela palavra *sex*.

— Mas isso não é a Cecily — retruca ela para minha irmã.

— Como é que é? — pergunto, rindo. — Eu não sou sofisticada e glamorosa?

— Você me entendeu — diz ela. — Nós somos do Meio-Oeste.

— O que você acha, pai? — pergunto.

É uma pergunta arriscada, já que ele nunca tende a se opor à minha mãe nesses debates. Por outro lado, *eu* sou a filha preferida dele, então estou esperançosa.

– Eu não sei, querida. Isso é entre você e a sua mãe, mas você entende que esta cerveja custa uns dois dólares a mais do que em Pewaukee? – pergunta ele, batendo com a faca na lateral do seu copo.

É claro que eu entendo aonde ele está querendo chegar.

– Entendo, pai. Um casamento sairia mais caro aqui, mas a gente manteria tudo bem pequeno, simples e íntimo. E menos pessoas do Wisconsin fariam a viagem, o que diminuiria o número de convidados.

– E isso é uma coisa *boa*? – pergunta minha mãe.

Mordo o lábio, inspiro fundo e digo:

– Qualquer um realmente importante vai continuar vindo. Só os periféricos, tipo vizinhos e coisas assim, não vão vir.

– Ah, quer dizer que a tia Jo agora é periférica? – pergunta ela, cruzando os braços. – Aliás, se você não lembra, ela está *tomando oxigênio* e com certeza não vai poder fazer a viagem.

Suspiro e argumento:

– Quer dizer que eu devo planejar meu casamento com base no tabagismo da tia Jo?

– É, Ma. Isso é meio ridículo – diz Paul, o que a desarma por tempo justo suficiente para eu lançar minha segunda bomba: que nós talvez encurtemos o noivado.

– Encurtar? – pergunta ela. – Quer dizer mudar a data?

– É. Adiantar.

– Para quando? Para o verão?

– A gente estava pensando em algo em torno... desse inverno.

Antes de ela poder objetar, argumento com a maior convicção de que sou capaz:

– Imagina só, mãe. Luz de velas. Neve caindo em frente à igreja. Bicos-de-papagaio e rosas vermelhas...

Minha mãe fecha os olhos com um leve sorriso no rosto. Em seguida torna a abri-los e balança a cabeça.

– Desculpa. Tudo que estou conseguindo ver é uma nevasca – diz ela. – E voos sendo cancelados.

– Bom, eu adoro a ideia de um casamento de inverno na cidade – comenta Jenna. – E preciso dizer... um noivado longo é a *pior coisa*. Foi a época em que o Jeff e eu mais brigamos.

– Sim. Mas isso é porque você é mandona – diz Paul. – A Cecily não é igual a você.

– Sim, mas o *Matthew* é – retruca Jenna, rindo, o que devo dizer que é um pouco verdade, principalmente em relação à logística.

– Scottie, você está muito calado. O que *você* acha disso tudo? – pergunta minha mãe, tentando desesperadamente recrutar alguém para o seu lado.

Scottie hesita, então relanceia os olhos para mim pela primeira vez, embora o seu pé tenha pisado no meu com graus variados de pressão ao longo de toda a conversa.

– Eu quero o que a Cecily quiser.

– Ah! – diz Jenna. – Que *fofo*.

– Bom, eu sou mesmo bem fofo – diz Scottie para ela. – E só para o seu governo, Sra. Madrinha, a Cecily falou que *eu* podia organizar a despedida de solteiro dela.

– Ai, caramba! Cuidado! – grita meu irmão, aos risos.

– Esperem aí. Isso não é só para mulheres? – pergunta meu pai.

– Pai – digo entre os dentes.

– O que foi? – pergunta ele. – Não é?

– É – confirma Scottie. Ele estende a mão por baixo da mesa, à procura da minha. – Para as mulheres e, vocês sabem, para o melhor amigo *gay* da noiva.

Todo mundo congela. Olho para minha mãe, que exibe uma expressão previsivelmente desconfortável e desvia o olhar para meu pai, que parece ainda *mais* desconfortável. Enquanto isso, aperto a mão de Scottie, cuja palma está suada, enquanto meu irmão começa a bater palmas lentas que me tocam o coração.

– Parabéns, cara – diz Paul, dando um soquinho no ombro de Scottie, aparentemente consciente do quanto esse momento foi difícil para ele.

Scottie endireita um pouco as costas, ainda segurando a minha mão, então olha para meu irmão e balbucia:

– Obrigado, Paulie.

– Normal – diz meu irmão, e então ergue seu copo de cerveja. – Vamos lá, todo mundo.

Todos erguemos nossos copos enquanto meu irmão diz:
– A sair do armário.
– A sair do armário – Jenna e eu repetimos enquanto Scottie abre um sorriso tímido.
– Enfim, todos vocês já sabiam, né? – pergunta Scottie, correndo os olhos pela mesa e finalmente soltando um pouco a minha mão.
– Lembra quando você se fantasiou daquele guru fitness, Richard Simmons, no Halloween? – diz Jenna com uma risada. – Então sim. Isso deu um pouco de bandeira.
Scottie encara minha mãe e diz:
– Sra. G.?
Olho para ela e rezo para minha mãe dizer a coisa certa, ou pelo menos não a coisa *totalmente* errada.
– Bom, na verdade isso não é da nossa conta... Não é, Bob?
– Não, não é da nossa conta – diz meu pai, agora batendo com a base da mão na lateral do frasco de ketchup e encarando intensamente o próprio prato.
– Mas nós continuamos amando você independentemente de qualquer coisa – continua minha mãe. – Não é, Bob?
– É claro que nós amamos o Scottie independentemente de qualquer coisa – repete meu pai.
O ketchup agora está se derramando livremente em cima das suas batatas fritas, mas mesmo assim ele não ergue os olhos.
– Ai, gente, por favor – digo, mordendo o lábio e balançando a cabeça. – Será que é mesmo necessário dizer que vocês *ainda* amam o Scottie?
– Eu falei alguma coisa errada? – pergunta minha mãe.
Sorrio, mas por lealdade a Scottie digo a verdade a ela.
– Bom, sim. Meio que falou sim, mãe.
– Não. Ninguém falou nada de errado – intervém Scottie, tornando a pisar no meu pé. – Está tudo bem.
– É. Está tudo bem, *sim* – reitera Jenna.
– Mas então – diz Scottie. – O que eu estava tentando dizer... é que existe mais de um jeito de fazer as coisas.
Meu pai faz uma careta, acho que interpretando o comentário de modo excessivamente literal, enquanto minha mãe apenas parece não entender.
– Mais de um jeito de fazer o quê?

– Só estou dizendo que... homens podem ir a despedidas de solteira, e a Cecily pode se casar em Nova York. Quando e onde não tem muita importância, tudo vai ser perfeito. Porque ela vai casar com um cara que a ama de verdade.

~

– Obrigada por ter falado aquilo – digo a Scottie mais tarde, quando estamos os dois sozinhos no meu apartamento.
– Por ter falado o quê? – pergunta ele, pondo os pés em cima da minha mesa de centro.
– Você sabe. Por ter me defendido. Por ter distraído a minha mãe com uma notícia mais importante do que os detalhes do meu casamento.
– Ah. Está se referindo ao meu pequeno anúncio?
– Não foi pequeno.
Scottie assente com um ar muito sério, especialmente para ele.
– Como está se sentindo? – pergunto.
– Bem, eu acho – diz ele, respirando fundo. – Mas você viu a cara do seu pai?
– Vi. Mas você viu também que o mundo não acabou?
Ele faz que sim com a cabeça, e sei o que está pensando.
– Também não vai acabar para o seu – complemento, com delicadeza.
– É. Pode ser. Mas é diferente. Acho que o seu pai poderia ficar mais chateado se o Paul fosse gay... Mas enfim, acho que o meu velho não vai poder ficar mais chateado do que a Karen ficou quando você disse a ela que queria se casar em Nova York. – Ele ri, balança a cabeça, então arremata: – É quase como se você tivesse dito para ela que *você* é gay.
– Sem dúvida. Mas na verdade talvez ela preferisse que eu me casasse com uma *mulher*, contanto que a cerimônia fosse no Wisconsin...
– Você precisaria ir à Holanda para fazer isso.
– Não. Você e o *Noah* é que vão ter que ir à Holanda para fazer isso – rebato.
Scottie fica com um sorrisinho no rosto, como sempre acontece quando eu menciono Noah.
– Talvez a gente vá – diz ele, zapeando pelos canais, embora a televisão

esteja no mudo. – E olha, quem sabe eu até deixo *você* planejar a *minha* despedida de solteiro.

– Uau. Você consegue se ver mesmo casado com ele?

– Ah, vai saber. Está cedo demais para isso. Mas não consigo parar de pensar nele... – Scottie me olha de um jeito engraçado. – Era isso que você sentia?

Encaro-o de volta, petrificada, sem saber ao certo se ele está falando sobre Matthew ou sobre Grant. A verdade é que eu não era assim com Matthew, nem mesmo no começo... não como era com Grant. Confesso isso para Scottie agora.

– É. Você estava obcecada. Mas precisa lembrar... obsessão não é amor. Só parece amor.

– Eu sei – digo, sentindo uma onda de tristeza.

Scottie olha para mim e põe a mão no meu braço, me sacudindo um pouco.

– Ei. Não esquece o que eu disse no Pete's, tá bom?

– O que você falou? – pergunto, olhando para ele.

– Que você vai se casar com um cara que te ama.

VINTE E QUATRO

No dia seguinte, Scottie, minha mãe, Jenna e eu saímos para comprar o vestido de noiva. Amy só conseguiu marcar um horário, na Vera Wang. Mas ela nos disse para começar o dia no Brooklyn, na lendária Kleinfeld, que tem uma seleção imensa a ótimos preços e não exige hora marcada.

Apesar de chegarmos cedo, apenas poucos minutos depois da abertura, a loja já está lotada, com hordas de noivas arrancando vestidos de araras. A experiência toda é estressante, no melhor dos casos, e desagradável em alguns momentos, sobretudo quando tenho outra crise de tontura que tento esconder de todo mundo. A pior parte é que eu não me apaixono por nenhum vestido; todos eles me dão a sensação de estar representando o papel de uma noiva num filme. Então desisto.

Do Brooklyn pegamos o metrô até o Upper East Side, então seguimos a pé até a Vera Wang da Quinta Avenida. Assim que entramos, vejo um expositor de vidro com as mais espetaculares tiaras de cristal, e inesperadamente fico toda arrepiada. Aquilo é coisa de conto de fadas, penso, ou pelo menos de fantasias matrimoniais. Aqueles vestidos vão ser caros demais, mas digo a mim mesma para aproveitar a experiência.

– Ai, meu Deus. Que lugar *mara* – comenta Scottie baixinho enquanto nos apresentamos na recepção.

Ficamos aguardando nossa consultora matrimonial, uma mulher chamada

Linda, que na mesma hora reconhece nossos sotaques do Meio-Oeste e nos diz que ela também é da mesma região.

Linda nos leva até o andar de cima, e instantes depois estamos sendo acomodados numa elegantíssima área de vestir, onde nos oferecem mimosas e champanhe. Todos aceitam, inclusive eu – com planos de dar minha taça para Scottie –, e começamos a olhar os vestidos. Linda me pede para lhe mostrar qualquer coisa que eu adorar, mas me incentiva a manter a mente aberta em relação a todos os estilos.

– Você precisa de fato experimentar – ela não para de repetir.

Ao longo das duas horas seguintes, experimento mais de uma dúzia de vestidos de todos os estilos, de vestidos chiques e simples ajustados ao corpo até um vestido de baile tipo Cinderela todo bufante, com caudas inacreditavelmente compridas. Experimento chiffon, seda, crepe, cetim, organza, renda, tule e até penas de avestruz. Todos os vestidos são lindos, mas, como na Kleinfeld, nada me chama a atenção. Isso até eu chegar ao último: um vestido de seda simples de corte império (justamente como Amy previu) que me faz pensar em algo saído diretamente de um romance de Jane Austen. Quando Linda fecha o zíper, minha mãe ofega, minha irmã fica com os olhos marejados e Scottie lê minha mente e me chama de Elizabeth Bennet moderna.

– O que você acha? – pergunta Linda. Ela está me olhando com atenção, do mesmo jeito que fez com todos os vestidos até agora, sem demonstrar nada até eu dar minha opinião.

– Eu adorei – digo, e penso que com aquele corte o vestido com certeza ainda caberia em janeiro, quem sabe até em fevereiro ou março.

– Ai, meu Deus! – exclama minha mãe. – Você precisa comprar esse. Não importa o preço. Seu pai e eu damos um jeito.

– Na verdade, não é tão ruim. Ele não tem pedrarias nem renda, isso barateia muito – explica Linda.

Tenho certeza de que o preço é ruim, *sim*, mas na minha mente, para compensar, já estou fazendo concessões em relação ao local, às flores e ao fotógrafo.

– Preciso dizer uma coisa: esse é o vestido que a sua consultora de estilo previu que você ia amar – diz Linda. – E puxa, ela estava certa.

– Sua *consultora de estilo*? – repete minha irmã. – Você tem uma *consultora de estilo*?

Faço que não com a cabeça.

– Não. Quer dizer, ela é consultora de estilo, mas não é a *minha* consultora de estilo. Ela está só me ajudando. Como amiga.

– Quem é ela? – pergunta minha mãe, que sempre quer saber quem são todos os meus amigos.

– O nome dela é Amy – digo, e lanço um olhar nervoso para Scottie antes de acrescentar que ela conhece Matthew desde pequena.

– Ela é um encanto de pessoa – comenta Linda. – Como ela está?

– Bem. Ela é muito forte... Acho que tem se distraído com o trabalho – respondo, culpada por ter questionado o fato de ela mergulhar na organização do nosso casamento tão pouco tempo depois de perder o marido. – E dando aulas de ioga.

Felizmente minha família não pergunta do que estamos falando, e Linda só diz que fica feliz em saber. Depois de conversarmos mais um pouco, torno a vestir minhas roupas e Linda nos leva até o andar de baixo. Quando chegamos à porta da frente, agradeço-lhe mais uma vez por toda a sua ajuda e digo que em breve entrarei em contato para falar sobre o vestido.

– Tá bom. Sem pressa, querida. É uma decisão importante.

– Eu sei – respondo. – Mas acho que é esse mesmo.

– Bom, eu sempre digo... no caso dos homens e dos vestidos, é preciso seguir a intuição. Quando você sabe, você *sabe*.

VINTE E CINCO

Algumas horas mais tarde, depois de Scottie e eu tirarmos um cochilo rápido, tomarmos banho e nos arrumarmos para a festa de noivado, pegamos um táxi e subimos a cidade em direção à Park Avenue. O plano é as duas famílias se conhecerem e brindarem com champanhe antes de os outros convidados chegarem – e é quando Matthew e eu vamos lhes dar mais um motivo para brindar. Tudo bem simples, mas eu realmente não tenho certeza de que vou conseguir passar pelo encontro inicial com nossas famílias, quanto mais pela festa toda. Preciso dizer que Matthew tem sido maravilhoso, me tranquilizando pelo telefone de que tudo vai ficar bem.

– Vamos avaliar direito as coisas – diz ele em determinado momento. – Estamos falando sobre um casamento e um bebê. Não uma doença terminal.

Repito em silêncio as palavras dele e não consigo deixar de pensar em Byron, o que naturalmente me faz pensar em Grant e no fato de que o bebê pode ser dele.

– E se não for do Matthew? – pergunto de supetão para Scottie, um pensamento que consegui reprimir durante dias.

– É do Matthew – afirma Scottie, que sabe exatamente do que eu estou falando. – Eu *sei* que é.

– Por que você diz isso?

– Porque eu sei e pronto... Além do mais, a esta altura isso não importa. – Ele me diz algo semelhante ao que Jasmine me disse, mas coloca as coisas de modo bem mais cru. – O Grant morreu. O Matthew está vivo. Você vai se casar com o Matthew. Não há o que fazer. Não ajuda ninguém ficar remoendo isso tudo.

– Eu poderia contar a verdade para ele.

– Claro. Você poderia contar a verdade para ele. Poderia, inclusive, anunciar toda a complicada verdade durante a festa! Tlin, tlin, tlin – diz ele, imitando alguém que bate com uma colher numa taça de cristal. – Atenção, todo mundo. Especialmente nossa viúva do 11 de Setembro, Amy, olha ela ali... Então, eu tenho uma notícia muito importante. Estou grávida, mas o bebê pode ou não ser do Matthew. É totalmente possível que seja do falecido marido da Amy, que estava tendo um caso comigo durante os meses anteriores à sua morte.

– Para! – sibilo para Scottie ao mesmo tempo que vejo nosso taxista me encarar pelo retrovisor.

– Desculpa – diz Scottie, baixando a voz. – Mas é praticamente isso que você está sugerindo. Olha só. É um caso de tudo ou nada. Ou você confessa tudo, tudinho, de cabo a rabo, ou segue em frente com a suposição de que o bebê *é* do Matthew.

– Tá. Tá bom – digo.

– E em relação à Amy... – continua Scottie. – Esse bebê na verdade não é da conta dela. Mesmo se for do Grant, sabe, biologicamente, ele não tem nada a ver com *ela*.

– Acho que ela discordaria.

– Tá. Bom, em primeiro lugar, o Grant morreu. Sem querer ofender.

– Não tenho certeza de que "ofender" é a melhor palavra nesse caso...

– Tá, desculpa. Mas, em *segundo* lugar, o que faz você pensar que ele teria ficado com *ela*? Talvez ele tivesse escolhido você.

– Você está dizendo isso para eu me sentir melhor?

– Não sei. Mas nesse caso também... é irrelevante. Você vai se casar com o Matthew!

– É. Eu vou me casar com o Matthew.

Dou o meu melhor para tirar tudo isso da cabeça quando chegamos ao prédio dos pais de Matthew, adentramos o lobby formal e dizemos ao porteiro que viemos para a festa dos Capells.

– Sim, claro. Décimo quinto andar – diz ele com uma pequena mesura educada. – E meus parabéns, Srta. Gardner.

Olho para ele, surpresa com o fato de saber meu nome apesar de eu só ter estado no prédio uma vez. Mas, pensando bem, esse é *exatamente* o tipo de detalhe em que a Sra. Capell pensaria, talvez inclusive mostrando minha foto para o porteiro com a educada instrução de "fazer a noiva se sentir especial".

– Obrigada – agradeço, com o estômago embrulhado.

Viramo-nos e andamos até o elevador; meus saltos e os sapatos sociais de Scottie estalam no piso de mármore encerado e produzem um eco que parece um mau presságio.

– *Uau.* Que chique – comenta Scottie, olhando em volta e tocando em tudo conforme avançamos.

Ele passa a mão numa mesa de canto de época, em seguida esfrega a pétala de uma gigantesca peônia num arranjo em cima de outra mesa e confirma em voz alta que "não é de mentira".

– Para de tocar em tudo – digo entre os dentes. – Com certeza tem câmeras aqui.

Ele torna a erguer os olhos e olhar em volta, mais intrigado ainda, enquanto eu aperto o botão dourado para chamar o elevador. Alguns longos segundos depois, as portas se abrem, e entramos no cubículo chique e diminuto, equipado até com um pequeno banco de couro verde. Como era de se prever, Scottie se senta, cruza as pernas e admira o próprio reflexo no espelho. Ajeita a gravata-borboleta, então fuma um cachimbo imaginário enquanto eu respiro fundo e nós subimos em direção à cobertura.

Quando o elevador se abre, ouço jazz tocando e vejo minha família inteira já reunida no vestíbulo junto com Matthew e os pais dele. Fico um pouco desapontada, pois o plano era eles chegarem *depois* de Scottie e de mim, assim eu estaria presente na apresentação. Mas meu pai sempre chega cedo.

Enquanto Matthew me recebe com um abraço, a Sra. Capell corre na minha direção, me dá um beijo sem encostar nas bochechas e me envolve num abraço muito perfumado.

– Olhem ela aí! A linda futura noiva!
– Obrigada, Sra. Capell. E obrigada por organizar esta festa. É muita gentileza sua.

Ao dizer isso, de repente caio em mim que em breve vou ter uma *sogra*. Por algum motivo, isso me parece mais inacreditável do que o conceito de ter um marido.

– Ah, o prazer é *todo* nosso – responde ela, então olha para Scottie e segura as mãos dele. – E você deve ser o famoso Scott.
– Sou eu, mesmo – diz ele, radiante. – Mas, por favor, me chame de Scottie.
– Scottie, então – repete ela, sem soltar suas mãos.

Ele adora, claro, e entra no seu piloto automático lisonjeiro, elogiando a Sra. Capell por sua "linda casa" e em seguida apertando a mão do Sr. Capell. Enquanto isso, um fotógrafo tira fotos a alguns metros de distância.

– Vamos tirar algumas fotos posadas antes de os convidados chegarem? – sugere a Sra. Capell, mas não espera resposta antes de nos conduzir rapidamente até a sala e orquestrar com eficiência uma série de cliques formais. Primeiro eu e Matthew sozinhos, em seguida nós dois com nossas respectivas mães, em seguida nós dois com os respectivos casais de pais, em seguida os três homens, em seguida as três mulheres, em seguida minha família com Matthew. Por fim, os Capells comigo, enquanto a Sra. Capell lamenta o fato de Lizzie estar em Paris a trabalho.

Assim que terminamos, voltamos para o vestíbulo na mesma hora em que dois garçons de luvas brancas emergem de dentro do apartamento, ambos equilibrando *flûtes* de champanhe numa bandeja.

– Peguem uma taça! – pede a Sra. Capell.

Mais uma vez obedecemos. Matthew volta para junto de mim, passa o braço pela minha cintura e me diz que estou linda.

– Está mesmo, não está? – intromete-se a Sra. Capell antes de elogiar meu vestido.

Agradeço e me pergunto se ela conhece a história: que Amy escolheu aquele vestido para mim e o seu filho pagou. Algo nos seus olhos me diz que sim, e sinto uma pontada de vergonha.

– Que tal um brinde? – sugere o Sr. Capell, erguendo sua taça.
– Vai fundo, pai – diz Matthew.

O Sr. Capell pigarreia antes de falar e olha para mim.

– Cecily, não sei nem dizer como estamos felizes com a notícia do seu noivado com nosso filho. Vou guardar o melhor para mais tarde, mas por enquanto direi que mal podemos esperar para você fazer parte da nossa família. Um brinde a Cecily e Matthew!

Todos repetem os vivas, e fazemos contato visual uns com os outros antes de tomar um gole do champanhe. Até eu tomo um gole bem pequenininho.

Um segundo depois, minha mãe vai direto ao assunto:

– Então, nós estávamos conversando sobre o casamento. Não é, Helen?

– Sim – diz a Sra. Capell, fazendo cintilar os brincos de safira ao menear a cabeça. – Estávamos.

– E enfim... o fato é que todos nós achamos que essa ideia de casar no inverno é um grande erro – diz minha mãe. – Pelo menos *neste* inverno.

– Está certo, então – digo, e arregalo os olhos para Matthew.

Ele me aperta mais na cintura.

– E por quê, Sra. Gardner? – pergunta ele no seu tom mais diplomático. Eu lhe disse o que conversamos na véspera, então ele está preparado.

Minha mãe enumera suas preocupações com o tempo, então completa:

– E é cedo demais, só isso.

Ela olha para a Sra. Capell, que também adota uma postura diplomática.

– Bom, só você e o Matthew sabem o que é melhor para vocês, mas fico com medo de não termos tempo suficiente para organizar a cerimônia – diz a mãe de Matthew, olhando para mim.

– Nem de longe – concorda mamãe.

– E tem os feriados de fim de ano no meio – acrescenta a Sra. Capell. – Então vai espremer tudo mais ainda.

– Exatamente – diz minha mãe. – Por que a pressa? Afinal de contas, não é como se houvesse um *motivo* para apressar o casamento.

Nossos pais e nossas mães riem enquanto minha *flûte* escorrega das minhas mãos. Horrorizada, vejo-a cair em câmera lenta, em seguida se espatifar no chão de mármore numa explosão de cristal e bolhas, como um clichê cinematográfico.

Por um segundo de caos congelado, ninguém se mexe nem diz nada. Os dois garçons entram em ação, um deles nos afastando de qualquer perigo enquanto o outro varre os cacos de cristal com uma vassoura e uma pá.

Quase chorando, eu digo que sinto muito, desculpando-me por mais que o cristal quebrado e a champanhe derramada.

Ouço Scottie citar bem baixinho a fala de Rob Lowe em *O primeiro ano do resto de nossas vidas*: "Só vira uma festa depois que alguma coisa quebra."

– Não tem problema, querida – me diz a Sra. Capell. – É só uma taça.

Faz-se outro silêncio constrangedor antes de Matthew tomar a palavra e dizer:

– Então... Com relação a essa história de... de antecipar o casamento...

Não é o prelúdio engenhoso que eu esperava do meu noivo em geral tão eloquente, mas a esta altura é uma solução tão boa quanto qualquer outra.

Vejo a boca de Scottie se abrir com certo júbilo enquanto Matthew continua:

– Nós queremos tanto nos casar em janeiro... porque... na verdade, estamos, sim, com uma questão de tempo.

– Que tipo de questão de tempo? – pergunta a Sra. Capell, agora com um ar preocupado.

– Bom, uma questão de tempo de nove meses...

Ambas as mães nos encaram com os olhos arregalados.

– Cecily e eu vamos ser pais! – diz Matthew.

Mais silêncio, seguido por um longo e exagerado *viva!* de Scottie. Sei o que ele está tentando fazer, mas o tiro sai pela culatra e torna tudo infinitamente mais constrangedor.

– Parabéns! – diz minha irmã, por fim. – De quanto tempo você está?

– Quase doze semanas – respondo.

– Doze semanas? – repete minha mãe, com os olhos arregalados de choque e mágoa. – Por que não contou antes?

– A gente queria contar para nossas famílias junto – explico, agora começando a suar.

– E pessoalmente – emenda Matthew. – Então, eu sei que isso não é tradicional nem o que planejamos, mas a gente não sabia da gravidez quando eu fiz o pedido. – Ele está fazendo questão de reforçar isso, exatamente como lhe pedi.

– Certo. Então na verdade isso *não é* um casamento apressado – balbucio. – Porque a gente não vai casar *por causa* da gravidez.

– Bom, agora não adianta chorar sobre o leite derramado... – diz a Sra. Capell, cujo sorriso mais parece uma careta.

– Mãe! – diz Matthew, fuzilando-a com o olhar. – Você não tem mais nada para dizer?

– Bom, tenho, claro. Eu queria lhes dar os parabéns – diz ela, olhando para Matthew, em seguida para mim, depois novamente para o filho. – Me perdoe precisar de alguns instantes para... para absorver a notícia. Para quando é, querida?

– Final de junho – respondo.

Ela aquiesce e diz, quase para si mesma:

– Certo... então ninguém vai sequer se dar ao trabalho de fazer as contas depois do casamento.

A expressão de Matthew fica rígida quando ele diz:

– Na verdade, mãe, Cecily e eu estávamos pensando em dar a notícia hoje.

– Na festa? – pergunta ela, com um ar consternado. – Para todo mundo?

– É – diz ele. – Para todas as 160 pessoas que *você* convidou.

– Ah, meu amor. Eu prefiro que vocês não façam isso – diz a Sra. Capell. Ela olha para o marido. – Walter?

– Minha tendência é concordar – diz o Sr. Capell.

– Por quê? – pergunta Matthew, olhando para o pai.

– Porque a sua mãe teve um trabalhão para organizar uma festa de *noivado*.

– Isso – diz a Sra. Capell. – Não é um chá de bebê.

– Ninguém falou nada sobre chá de bebê – retruca Matthew.

– Ótimo – diz Paul. – Porque eu não trouxe presentes para um bebê.

– Você não trouxe presente *nenhum* – responde Scottie com um sorriso de ironia.

Sei que ambos estão apenas tentando manter o clima leve, mas minha mãe lhes lança um olhar duro e então diz:

– Eu concordo com os Capells. Vamos nos concentrar só no noivado... e absorver essa notícia da gravidez em família, por enquanto. Em particular. O que vocês acham? – Ela me encara com um olhar de súplica.

Dou de ombros.

– Tudo bem, mãe. Como vocês preferirem.

– Não. Vai ser do jeito que *a gente* preferir, Cecily – retruca Matthew.

– Escute, meu amor – diz a Sra. Capell, encarando o filho. – É que é meio... inadequado anunciar uma gravidez numa festa de noivado.

– Uau. Sinto muito se estou sendo inadequado.

– Você me entendeu. Agora pare de fazer cara feia e, por favor, não estrague a festa.

– Claro – diz Matthew. Nesse exato instante, a campainha toca. – Pode deixar, mãe.

～

O resto da noite transcorre exatamente segundo o roteiro impecável da Sra. Capell. Seus convidados chiques chegam, canapés refinados são oferecidos, champanhe cara é servida, brindes são feitos, o jantar vai para a mesa, vinhos de boa qualidade são abertos. Enquanto isso, Matthew e eu conversamos, posamos para fotos, agradecemos a todo mundo por ter vindo e fazemos nosso papel de casal perfeito.

Para falar francamente, nós na verdade *somos* um casal quase perfeito nessa noite, unidos em nossa decepção com a reação de nossos pais à nossa notícia. Passamos o máximo de tempo juntos, e quando *estamos* separados ficamos nos entreolhando de lados opostos da sala. Em determinado momento, temos também um momento a sós no hall dos fundos durante o qual Matthew me pergunta se estou bem. Respondo que sim, só um pouco triste.

– Vai ficar tudo bem – diz ele. – Eles vão superar.

Assinto, sem deixar de pensar que nosso filho, o primeiro neto dos Capells, não é algo que ninguém deveria precisar *superar*.

Por estranho que pareça, quem acaba salvando a noite é Amy. Ela parece conhecer todo mundo e é o centro das atenções, graciosa e engraçada, além de fazer um esforço genuíno para enturmar minha família, Scottie e Jasmine. Também gosto muito dos pais dela, principalmente do pai, e posso ver que minha família simpatiza com todos os Silvers, embora meu irmão pareça ter motivos escusos. Eu o pego levando uma bebida para Amy, e rapidamente corto o mal pela raiz lhe informando que ela é viúva do 11 de Setembro e que ele deveria desistir.

Até mesmo Scottie e Jasmine, que têm todos os motivos para se sentirem pouco à vontade sabendo o que sabem, parecem atraídos por Amy, e em determinado momento, quando os convidados começam a ir embora, nós quatro formamos uma rodinha e começamos a conversar sobre meu vestido de noiva preferido, que Scottie batizou de vestido "Elizabeth Bennet".

– A gente soube que você previu que seria aquele o vestido – comenta Scottie, obviamente impressionado.

– É, previ – diz Amy, meneando a cabeça.

– Como é que você conseguiu fazer isso? – pergunta ele.

– Sei lá. É que o vestido era a *cara* dela – diz Amy. – Elegante, feminino, discreto e atemporal.

– Ah, obrigada.

– É verdade – insiste ela. – E acho que a gente deveria pensar o casamento inteiro com base nesse look.

– No look Jane Austen, você quer dizer? – pergunta Scottie.

– É. Exatamente. O que você acha, Cecily?

– Poderia ficar bem legal – respondo, imaginando como seria.

– É – diz Amy, radiante. – Vai ficar perfeito.

– Agora só precisamos convencer a Sra. Capell disso – digo com um suspiro.

– Ah, pode deixar que vou conversar com ela – garante Amy.

– Você soube? – pergunto. – Sobre o nosso pequeno anúncio?

– Soube. O Matthew me contou – informa ela, revirando os olhos. – Deixa isso tudo *pra lá*.

– Isso aí! – diz Scottie, fazendo um *high five* com Amy. – Meu *Deus*, eu amei essa mulher.

– Mas sério – diz Amy. – Eu cuido da Sra. Capell. Ela só precisa ser tranquilizada de que vamos ter tempo de organizar um casamento esplendoroso. Prometo a você que é só com isso que ela está preocupada.

– Obrigada, Amy. Obrigadíssima.

– De nada. Fico muito feliz em ajudar.

Mais tarde, depois do final da festa, Scottie e eu estamos de novo no meu apartamento, já acomodados na cama (ele ainda meio bêbado). Com as luzes apagadas, ficamos falando sobre a festa e também sobre Amy. Parecendo obcecado por ela, Scottie não para de se derramar em elogios sobre o quanto ela é legal.

Parte de mim quer lhe lembrar que não gosto de ouvir elogios assim tão rasgados sobre a esposa de Grant, mas eu me seguro, porque parece errado expressar qualquer tipo de ciúme em relação a uma viúva, ainda que seja com meu melhor amigo, e porque eu *de fato* gosto dela. Bizarramente, nesses últimos tempos chego a me pegar pensando em nós duas como uma equipe, uma dupla tipo Thelma e Louise contra o homem que nos enganou, muito embora apenas uma de nós duas saiba disso.

VINTE E SEIS

Talvez seja a imagem de Thelma e Louise, mas acordo na manhã seguinte depois de ter tido um sonho muito intenso e vívido. Nele, Grant, Byron, Amy e eu estamos viajando de carro em algum lugar com uma paisagem desértica. Estamos num daqueles trailers grandes estilo anos 1970, os quatro jogando cartas, ouvindo rock nas alturas e cantando a plenos pulmões, como uma banda em turnê. Como uma família grande e feliz.

Em determinado momento do sonho, porém, eu de repente me lembro de que estou noiva de Matthew e insisto para pararmos numa área de descanso para poder ligar para ele. Ele não atende, e passo as cenas seguintes do sonho em aviões, trens e ônibus intermunicipais procurando por ele, mas sem nunca encontrá-lo.

Pouco antes de acordar, estou num restaurante de beira de estrada com Byron, que me explica que Grant e Matthew sabem um do outro e nenhum dos dois quer nada comigo. É um desastre, diz ele. Os dois me odeiam. Quando começo a chorar, ele me garante que vai ficar tudo bem, só vai levar algum tempo. Ainda posso ver os olhos de Byron no sonho. A sabedoria do seu olhar. Como seus olhos se parecem com os de Grant.

Não é preciso ser terapeuta para interpretar o significado daquele sonho. Mesmo assim, quero analisá-lo com Scottie, nem que seja para parar de pensar nele o quanto antes. Cutuco-o de leve e pergunto se ele está acordado.

– Não – responde ele. – Estou dormindo profundamente.
Eu rio.
– Para. Acorda logo. Preciso falar com você. Tive um sonho muito louco.
Ele abre um olho, então torna a fechá-lo.
– Estou escutando.
– Não está, não.
– Estou, sim. Eu não escuto pelas pálpebras.
– Eu acho que preciso falar com o Byron.
– O irmão do Grant?
– É.
O segundo olho agora também se abre.
– Sobre o quê?
– Sobre o Grant. Sobre *tudo*.
– Está falando sério?
– É. Meio que sim.
– Por quê?
– Porque... – começo a responder, em busca das palavras certas. – Porque, tirando a Amy, ele é o único caminho para entender o Grant... e quando ele não estiver mais aqui... não vai *ter* mais caminho.
Scottie me encara.
– E refresca minha memória: por que você precisa entender o Grant?
– Porque sim. Não quero passar o resto da vida sem uma resolução.
– Mas... ele morreu. Não se pode pedir nada melhor em matéria de resolução.
Balanço a cabeça, sentindo-me ansiosa.
– A morte não é resolução. E não faz sentido. A conta não fecha.
– Eu acho que fecha, sim – afirma Scottie. – O Grant era um galinha. A coisa toda faz total sentido.
– Mas ele me amou, eu sei que amou. Não dá para fingir o que aconteceu entre a gente.
Scottie estreita os olhos para mim como se estivesse tentando entender o que estou dizendo. Mas ele não consegue. Pelo menos, não por completo. Suponho que seja sempre assim em se tratando de relacionamentos íntimos. Existem algumas coisas que apenas os envolvidos podem de fato compreender, e às vezes essas coisas escapam até mesmo a eles.

– Tá – diz Scottie com um suspiro. – Então vai ver ele era um galinha que se apaixonou. Vai ver você era mesmo o amor da vida dele. Mas que diferença isso faz a esta altura? – Ele torna a suspirar e continua: – Meu Deus, Cecily. Eu achei que você tivesse evoluído em relação a isso tudo. Você parecia tão feliz no provador quando experimentou aquele vestido...

– É *óbvio* que eu estava feliz no provador. Que mulher não ficaria feliz experimentando vestidos na Vera Wang enquanto planeja um casamento com um homem maravilhoso que ela ama?

– Tá. É isso aí – diz ele, mudando a posição da cabeça no travesseiro. – Se concentra nisso aí. Se concentra na parte do homem maravilhoso que você ama. E no bebê que está esperando. Que é *dele*.

– Eu estou concentrada, Scottie. E estou feliz com as duas coisas.

Começo a dizer mais, mas me detenho, e apenas digo a Scottie que ele tem razão. Que essa conversa é maluca e que nós dois deveríamos dormir mais um pouco. Ele fecha os olhos, diz "tá bom", e poucos minutos depois está roncando outra vez.

Mas a ânsia de falar com Byron não diminui. Ao lembrar que Amy me deu o e-mail dele no primeiro dia em que a conheci, levanto-me sem fazer barulho, vou pé ante pé até minha escrivaninha e encontro o endereço dentro de uma gaveta. Com o coração disparado, sento-me para lhe escrever um e-mail. As palavras no início me vêm de modo lento e doloroso, mas gradualmente começam a fluir.

Ao terminar, recosto-me na cadeira, releio, faço algumas mudanças e envio, nervosa mas segura.

Caro Byron,

Eu sinto muito pela sua perda. Sei o quanto você e o Grant eram próximos, e não consigo imaginar a sua dor. Eu teria mandado pêsames antes, mas, considerando as circunstâncias do nosso encontro em Londres, somadas ao que descobri sobre o Grant desde que ele faleceu, não me parecia certo entrar em contato com você.

Para resumir, eu não fazia a menor ideia de que o Grant fosse casado antes de conhecer a Amy depois do 11 de Setembro. Desde então, ela e eu desenvolvemos uma amizade inesperada, o que acrescenta outra camada a essa história toda. Não contei nada para ela sobre o meu relacionamento com o Grant, já que me parece cruel deixar uma viúva ainda mais triste com a notícia de uma traição.

Não tenho certeza de que isso é a coisa certa a fazer, mas depois de me torturar com essas perguntas por muitas semanas senti o impulso de entrar em contato na esperança de que você talvez consiga me dar alguma luz. De que talvez houvesse alguma coisa que o seu irmão quisesse me falar... Se você não quiser me responder, eu entendo. Sei que essa é a menor das suas preocupações. Eu sinto muito por tudo que você está passando.

Um abraço,
Cecily

Quando Scottie acorda mais tarde nessa manhã, meu primeiro impulso é confessar o que fiz, mas me detenho. Realmente aquilo parece algo com que eu preciso lidar sozinha. Além do mais, agora é tarde: a mensagem já foi enviada.

Só torno a checar meu e-mail bem mais tarde nesse dia, depois de Scottie, meus pais e meus irmãos já terem saído para o aeroporto, quando sou tomada por uma tristeza e por uma sensação de estar perdida que sempre me acomete quando minha família vai embora. Por diversos motivos, não espero receber nenhuma resposta de Byron, mas mesmo assim estou nervosa quando me sento diante do computador. De repente me ocorre que um e-mail de Amy pode estar à minha espera, dizendo que ela ficou sabendo sobre a minha correspondência com o seu cunhado.

Com as mãos trêmulas, abro minha caixa de entrada e vejo o nome Byron Smith em negrito. Mal consigo respirar quando clico para abrir a mensagem, então leio:

Cara Cecily, eu nem sei por onde começar. Sei que meu irmão guardou segredos de você e isso deve causar uma sensação horrível, mas quero que você saiba que ele nunca quis ficar com as duas. Era mais complicado do que isso. Ele estava passando por várias coisas muito difíceis no casamento e infelizmente estava pensando em se divorciar enquanto também tentava cuidar de mim. Aí ele te conheceu, e o mundo dele virou de cabeça para baixo. No bom sentido. Ele deveria ter contado a verdade, mas ficou com medo demais de te perder antes mesmo de ter você. Ele pensou ingenuamente que fosse conseguir resolver tudo e salvar todo mundo. Não foi isso que aconteceu. Então é isso. Eu não te culparia se você detestasse o Grant, mas espero que um dia consiga perdoá-lo. Mais importante ainda, espero que você tenha uma vida boa e feliz. Por tudo que meu irmão me falou, você merece o que há de melhor. Byron

Termino de ler, estarrecida pelas respostas que ele me deu ao mesmo tempo que novas perguntas me enchem a cabeça. Digito o mais depressa que consigo:

Caro Byron,
    Muito, muito obrigada pela sua resposta. Sei que você está passando por muita coisa no momento, então o fato de ter dedicado tempo e energia a responder significa muito para mim. Só que eu ainda tenho perguntas, e estou torcendo para que você tenha as respostas. A Amy sabia que eles estavam rumando para um divórcio? Ela sabia que ele estava saindo com outra pessoa? Ele algum dia ia me contar a verdade, e caso sim, quando? Obrigada por qualquer resposta que você puder me dar.
    Cecily

Cecily,
    Sim, a Amy sabia que eles estavam caminhando para um divórcio. Mas não, ela não sabia sobre você. (E concordo que seja melhor ela não saber – tanto para você quanto para ela.) Ele ia te contar a verdade sobre tudo na última noite em que te encontrou. Mas como estava tarde e você não estava se sentindo bem, ele decidiu que podia esperar outro dia. O resto você já sabe... Tenho certeza de que, se ele pudesse voltar no tempo, faria as coisas de outro jeito. Muitas coisas.
    Byron

Byron,

Obrigada pelas suas respostas às minhas perguntas, que devem parecer triviais em comparação com o que você está passando. Por favor, saiba que estou pensando em você e torcendo para você encontrar algum alívio aí nas montanhas.

Um beijo,
Cecily

VINTE E SETE

Minha troca de e-mails com Byron poderia muito facilmente ter me feito entrar em parafuso. Mas não: o que ela me traz é mais uma dose de resolução... uma resolução definitiva, espero eu.

No dia seguinte, portanto, quando Amy liga e pergunta se pode passar no meu trabalho, eu digo "claro", pronta para seguir em frente com os preparativos para o casamento – e também para testar minha nova determinação no que diz respeito a Grant.

Ela aparece vinte minutos depois, elegante com uma roupa de cor crua, casaco bege e botas caramelo. Depois de nos cumprimentarmos com um abraço, ela me informa que marcou hora para visitar a igreja de São Jorge e vários locais possíveis para a recepção, entre eles a Biblioteca Pública de Nova York.

– Acho que a Rotunda McGraw está disponível no terceiro sábado de janeiro. É um lugar esplêndido. Acha que essa data funcionaria para a sua família?

– Sim. Eles deixaram em aberto todos os sábados de janeiro e fevereiro – respondo com um sorriso. – Mas a biblioteca não seria uma loucura de cara?

– Nem tanto. E o Matthew me disse para não me preocupar com isso.

Tensiono o corpo, na defensiva pela minha família. Enquanto isso, Amy põe a mão dentro de uma bolsa de couro marrom tipo saco e me passa um fichário de três aros.

– Tcharã! Seu organizador de casamento – diz ela, pondo o fichário em cima da minha mesa. Ela o abre para me mostrar as divisórias coloridas, um sumário e fotos em papel brilhante dentro de protetores plásticos. – Passei o dia de ontem inteiro trabalhando nele, depois de você me dizer que achava que ia escolher o vestido da Vera Wang.

– Uau. Que demais, Amy. Obrigada.

– De nada. Foi um prazer.

Conversamos mais um pouco sobre a festa de noivado, e Amy então diz:

– Então, eu estava pensando em reunir um pequeno grupo para jantar na sexta à noite. Uma amiga da faculdade está em Nova York e vão algumas outras pessoas... Você está livre? Adoraria que fosse. E o Matt também, claro.

Meu primeiro instinto é recusar, mas isso me parece muito frio e ingrato. Então sorrio e digo:

– Sim. A gente está livre. Parece ótimo...

– Incrível. – A expressão de Amy se ilumina e ela põe os óculos de sol. – Mando os detalhes quando souber.

―

Na sexta-feira à noite, Matthew e eu chegamos ao Balthazar, a brasserie francesa em Spring Street onde Amy nos reservou uma mesa. Chegamos uma hora antes para podermos beber algo no bar sozinhos. Numa consulta pela manhã, meu médico na verdade me liberou para tomar uma taça ou outra de vinho agora que estou no segundo trimestre. Apesar disso, ainda preocupada com o álcool que bebi antes de saber que estava grávida, estou tomando água tônica com limão.

De todo modo, é muito agradável sair com meu noivo como um casal normal. Mesmo quando conversamos sobre temas sérios, como o casamento e o bebê, eu me mantenho calma. E Grant não me passa pela cabeça nenhuma vez até eu ouvir a voz de Amy atrás de nós. Viro-me e a vejo à frente de um pequeno grupo.

– Olá, pombinhos! – cantarola ela, parecendo meio altinha, e pede desculpas por estar um pouco atrasada.

Dizemos oi, e ela começa as apresentações.

– Pessoal, estes são o Matthew e a Cecily – diz ela primeiro. – E este é meu amigo Chad... esta é Rachel... Darcy... e Ethan.

Meu coração para quando escuto o último nome. Ethan. O mesmo Ethan que encontrei com Grant no pub em Londres.

De fato, escuto Amy explicar melhor quando diz:

– Então, o Ethan e eu estudamos juntos em Stanford, e ele estudou no ensino médio com a Rachel e a Darcy, mas eu também conheço a Darcy pelo trabalho. Ufa, quanta coisa!

Posso sentir Ethan me encarando, mas mantenho os olhos fixos na mulher chamada Darcy enquanto Matthew pergunta se ela também é consultora de estilo.

– Não, não. Eu só visto a mim mesma – responde Darcy de modo um tanto desagradável, jogando os lindos cabelos para o lado. – Mas temos clientes em comum. Eu trabalho com RP.

Enquanto Matthew faz algumas outras perguntas e Darcy parece se deleitar com a sua atenção, obrigo-me a olhar para Ethan. Assim que o faço, tenho certeza de que ele também me reconheceu. Com o rosto em chamas, preparo-me para ouvi-lo dizer isso, certa de que aquele vai ser o instante em que tudo virá abaixo.

Mas ele só sustenta meu olhar um segundo a mais do que o normal, enquanto sinto que selamos um acordo tácito de que as circunstâncias do nosso encontro anterior não serão abordadas hoje. Torno a sintonizar na conversa do grupo, e ouço Matthew e Rachel falarem sobre os clientes que eles, por sua vez, têm em comum na área do direito, algo sobre uma revisão de documentos no escritório Skadden Arps. Finjo estar fascinada, e me passa pela cabeça fingir estar sofrendo algum mal-estar relacionado à gravidez e simplesmente ir embora. Considerando como estou enjoada, talvez eu nem precisasse fingir.

Em vez disso, fico paralisada enquanto Matthew acerta nossa conta no bar, Amy se apresenta à hostess e somos todos conduzidos a uma mesa no meio do salão aberto e muito barulhento. Não consigo decidir se quero me sentar perto de Ethan ou o mais longe possível dele, mas acabo não tendo escolha, já que Amy nos diz onde sentar e vai apontando para cadeiras enquanto canta nossos nomes: Matthew, Rachel, Chad, Cecily, Ethan, Darcy.

Seguimos suas instruções e, ao se sentar entre Matthew e Darcy, Amy sorri e comenta como está feliz por estar ali conosco. Todos concordam baixinho, inclusive eu, mas por dentro estou morrendo aos poucos e pensando em como vou atravessar as duas horas seguintes, ou talvez mais, já que esses grandes jantares em grupo tendem a não acabar nunca. Felizmente não preciso falar muito, já que Amy e Darcy tomam a dianteira, conduzindo a conversa e contando casos que, apesar de divertidos, soam um pouco melhorados. Matthew, Chad e Rachel são os outros grandes contribuidores da conversa, enquanto Ethan e eu mais fazemos escutar. Talvez ele seja apenas calado e tímido, mas tenho a sensação de que é mais do que isso. Está tão pouco à vontade quanto eu.

Em determinado momento, mais ou menos no meio das entradas, Darcy está no meio de uma história interminável sobre como rotineiramente vasculha o armário do namorado em busca de um anel de noivado escondido. No meio da história, Ethan se inclina em direção a mim e diz:

– Ela é *inacreditável*.

Olho para ele, achando graça, e na mesma hora me solto um pouco.

Dou um sorriso.

– Eu, eu, eu, eu – sussurra ele. – Sempre foi assim, desde que a gente é pequeno.

Enquanto nós dois a observamos, Darcy relanceia os olhos na nossa direção e diz:

– Eu sou *como* desde que a gente é pequeno?

– E tem ouvidos de elefante – completa ele, alto o suficiente para todo mundo escutar.

Darcy pisca, encara o amigo e por pouco não põe as mãos na cintura.

– Eu sou *como* desde que a gente é pequeno? – ela torna a perguntar.

Ethan a encara com um ar inocente e diz:

– Nada.

– Rachel, faz ele me dizer – diz Darcy, agora encarando a amiga.

– Como é que eu vou fazer isso? – responde Rachel com uma risada.

– Fala aí – pede Darcy, cutucando o ombro de Ethan.

– Cara, tira a mão de mim.

– Não me chama de *cara*.

– Tá bom, *cara*.

– Credo. Como você é bobo.
Ethan dá de ombros.
– Ah, é? E daí?
O embate prossegue por alguns instantes, então Darcy começa outra história. Paro de prestar atenção nela, e Ethan deve estar fazendo a mesma coisa, porque se vira para mim enquanto ela ainda está falando e diz baixinho:
– Prazer em te rever.
– O prazer é meu – respondo, com o coração disparado, olhando ao redor da mesa. Para meu alívio, ninguém parece prestar atenção nenhuma em nós.
– Como vai o romance? – pergunta ele.
– Meio que empacou, infelizmente.
– É compreensível. Para mim também tem sido bem difícil escrever. Eu vivo ligando no noticiário, imaginando que vai acontecer alguma outra coisa...
– Pois é.
Conheço muito bem esse sentimento.
– E o emprego? No *Mercury*?
– Ah, a mesma coisa – respondo, revirando os olhos. – Eu preciso mesmo dar uma circulada no meu currículo, mas isso meio que empacou também.
Ele aquiesce, então diz:
– Bem, ouvi dizer que você tem andado ocupada. Parabéns pelo noivado. – Ele aponta para o meu anel.
– Obrigada – respondo, sentindo-me constrangida e irracionalmente desleal com Grant, como se tivesse seguido em frente depressa demais depois dele.
Mas Ethan talvez não saiba de nada. Talvez esteja tudo na minha cabeça. Seja como for, lembro a mim mesma que não fiz nada de errado e que a única lealdade que devo a quem quer que seja é a Matthew.
– A gente está animado – completo.
Ethan sorri e assente, e nós dois voltamos a prestar atenção na conversa da mesa.
Mas eu nunca paro de pensar em nosso vínculo com Grant, e mais tarde durante o jantar torno a me virar para ele e sussurro:
– Eu só queria dizer que sinto muitíssimo... pela perda do seu amigo. –

Começo a dizer o nome de Grant, mas me detenho, só para o caso de alguém estar escutando.

– Obrigado – diz Ethan. – Eu também sinto muito pela sua perda. Sei como vocês dois eram próximos.

– Ele te contou? – pergunto, arqueando uma das sobrancelhas.

Ele sabe exatamente o que estou querendo dizer, a julgar pelo modo como olha em volta para se certificar de que ninguém está escutando e continua a falar, com a voz mais baixa.

– É. Ele me contou, sim...

– Eu não sabia que ele era... – Olho de relance para Amy e articulo a última palavra sem emitir som: *casado*.

– É. Eu sei. Ele queria te contar... – diz Ethan, falando com todo o cuidado e bem baixinho. – Ele ia contar...

Sinto uma onda de alívio por ele ter corroborado as afirmações de Byron, mas então sinto uma onda maior ainda de culpa por estar ali sentada à mesa do jantar com meu noivo tendo essa conversa. Envergonhada, baixo os olhos, encaro meu prato onde a comida está quase intocada e pisco para conter lágrimas repentinas. Consigo segurá-las, e ergo os olhos para Ethan.

– Acho que isso não tem mais importância.

– Tem, sim – diz Ethan, meneando a cabeça. – Você sabe que tem.

– Do que vocês dois estão falando *agora*? – pergunta Darcy de repente. Ela olha para Ethan, para mim, depois de novo para Ethan.

Ethan revira os olhos e diz:

– Ei, Darcy? Vai cuidar da sua vida, vai.

– Me fala! – diz ela.

Ele suspira.

– A gente estava só falando sobre amor e lealdade. Coisas que você não entende.

– Diz o cara que não tem namorada – dispara Darcy em resposta, fazendo uma careta para ele.

Sorrio, fingindo achar graça na brincadeira dos dois. Fingindo não estar escutando as palavras *amor* e *lealdade* em looping na cabeça.

De alguma forma, consigo atravessar o jantar e seguro as pontas até Matthew e eu ficarmos sozinhos de novo no banco de trás de um táxi com destino ao apartamento dele.

– Está tudo bem? – pergunta ele. – Você está muito calada.

– Está – respondo. – Só acho que eu talvez tenha pegado alguma coisa... um resfriadozinho ou algo assim... Talvez eu devesse ir para casa. Sozinha.

– Tem certeza? – pergunta ele. – Não quer que eu vá com você?

Balanço a cabeça.

– Acho que eu só preciso de uma boa noite de sono.

– Tá bom, amor – diz Matthew, então se inclina para a frente e diz ao nosso taxista que a corrida vai ter mais uma parada.

~

Uma vez de volta ao meu apartamento, meu autocontrole cai por terra e eu tenho uma forte recaída em relação a Grant. Releio toda a minha troca de e-mails com Byron. Então volto e leio tudo que Grant e eu escrevemos um para o outro durante o verão, inclusive o seu cartão-postal de Veneza, que eu deveria ter jogado fora mas apenas guardei em outra gaveta. Chego a escutar recados antigos na secretária eletrônica e no celular, coisa que não conseguia fazer desde o 11 de Setembro. Digo a mim mesma que vai ser uma catarse, o último, *último* passo do meu detox, mas não: é apenas avassaladoramente triste.

Abro outra gaveta e encontro uma pilha de recordações de Londres, entre elas o cartão de visitas de Ethan, o que ele me deu no pub. Debaixo do nome dele há dois números, um do Reino Unido, o outro um celular com prefixo de área 917. Antes de poder pensar melhor a respeito, digito o segundo número. Ele atende mais ou menos no quarto toque, soando sonolento e falando baixo.

– Oi. É a Cecily. Desculpa, te acordei?

– Não. Não acordou, não – diz ele, sem soar muito convincente. – Estava só vendo um pouco de tevê.

– Está na casa da Amy?

– Não – responde ele. – Estou dormindo na Rachel, no sofá da casa dela. O que houve?

– Não sei... eu só... Foi bem esquisito no jantar, não deu para conversar direito.

– É.

– Você acha que deu para alguém notar que a gente já se conhecia?

– Não. Acho que não. Quando a gente chegou em casa a Rachel perguntou sobre o que eu e você estávamos falando, mas eu não disse.

– Por quê?

– Por todos os motivos evidentes... e porque prometi ao Grant não contar.

Respiro fundo e pergunto:

– Você sente algum conflito? Convivendo com a Amy... quando ela não sabe que...?

– Na verdade, não – responde Ethan. – A Amy e eu nunca fomos muito próximos. Eu só entrei em contato com ela para perguntar se ia ter alguma missa para o Grant e para dizer que eu estaria aqui em Nova York. Fiquei meio surpreso quando ela me convidou para jantar. Eu quase não fui.

– Ah – digo, pensando que fico feliz por ele ter ido e que é muito bom conversar com ele agora, em particular.

Segue-se um momento de silêncio, e ele então diz:

– Posso te perguntar uma coisa?

– Claro.

– O seu noivo não sabe de nada disso, sabe?

– Não.

– Por que não contou para ele? Está com medo de quê?

– Como você sabe que estou com medo de alguma coisa?

– É sempre o medo que nos impede de agir.

Fico meio chocada ao me dar conta de que ele tem razão – pelo menos no *meu* caso ele tem razão.

– Sei lá. De muitas coisas. Tenho medo de o Matthew ficar chateado. Tenho medo de perdê-lo. Tenho medo de os meus pais saberem que eu estava tendo um caso com um homem casado. Tenho medo de magoar a Amy... uma viúva. E... – Inspiro fundo antes de dizer meu último motivo. – De um jeito esquisito, tenho medo de manchar a memória do Grant... sem motivo, quando ele não está nem aqui para se defender.

– É – diz Ethan, com uma voz triste. – Eu entendo tudo isso.

– Você sabe que eu estou grávida? – pergunto sem pensar.

Não sei bem por que estou contando tudo isso a ele, a não ser pelo fato de ele parecer um cara bom e confiável, e de eu estar desesperada para falar.

– Sei. A Amy comentou antes do jantar. Mas não tinha certeza de que era para eu saber... Enfim... meus parabéns.

– Obrigada. Mas isso também é complicado...

– Complicado como?

Não respondo.

– Ai, caramba – diz Ethan. – O bebê... é do Grant?

– Acho que não. Mas não tenho certeza.

– Caramba... – repete Ethan baixinho.

– Exato. Então, sim, eu estou com medo. Estou apavorada – digo, com a voz trêmula, fechando os olhos. – Desculpa, não sei por que estou te contando tudo isso... Eu mal te conheço.

– Tudo bem – diz ele. – Você precisava falar. Eu entendo. E não sei se vai adiantar muito ouvir isso, mas eu acho que vai ficar tudo bem. O Matthew parece um cara legal, e a Amy... bom, ela vai ficar bem.

– Não pretendo contar nada disso para ela – afirmo, meu jeito de fazer a ele o mesmo pedido.

– Ah, eu sei. Eu quis dizer assim, em geral. A Amy sabe se cuidar. Você não viu ela se engraçando com aquele tal de Chad?

– Vi.

Também tinha percebido uma azaração bem pesada mais para o final da noite.

– E ela nem citou o nome do Grant. Nenhuma vez a noite inteira. Fala sério, né?

Eu também tinha reparado nesse fato, mas não quero julgá-la por isso.

– Acho que é porque ela não quer falar de coisas tristes. Ou vai ver ela ainda está em choque por ter perdido o Grant... – argumento, tentando arrumar uma justificativa.

– É. Pode ser. Mas convenhamos: não dá para perder uma coisa que na verdade nunca foi sua.

VINTE E OITO

Nessa noite eu tenho *outro* sonho vívido com Grant. Esmagada pela tristeza, sento-me na cama. Digo a mim mesma para segurar as pontas, para não ser uma daquelas garotas que se sabota. Eu tenho tudo que quero e tudo de que preciso com Matthew. Pelo amor de Deus, estou prestes a ser *mãe*.

Só que não funciona, e no instante seguinte estou bolando um plano maluco de pegar o carro e ir falar com Byron. Não sei se nos resta muita coisa a dizer um para o outro, mas ainda sinto a mesma urgência de vê-lo, nem que seja porque ele é a coisa mais próxima de ver Grant. Só quero falar com ele, cara a cara, antes de ele também partir. Quero olhá-lo nos olhos e lhe dizer o que eu sentia pelo seu irmão. E quero lhe dizer que perdoo o seu irmão por ter mentido para mim. E muito embora saiba que isso é errado, quero também pedir alguma coisa de Grant, algo pequeno, como um livro ou uma foto, só para caso o bebê no final das contas seja dele.

～

Algumas horas mais tarde está de manhã, e saio da locadora de automóveis perto do meu apartamento num pequeno Kia azul. No banco ao meu lado há um mapa do norte do estado de Nova York, mas eu não acho que vá precisar. Sempre tive um bom senso de direção, e prestei muita atenção quando saímos do chalé e voltamos para Nova York naquele Memorial Day.

Enquanto atravesso o trânsito da cidade e em seguida a ponte George Washington, ocorre-me que estou fazendo as coisas na ordem errada. Que se eu for contar para alguém que o bebê pode ser de Grant, essa pessoa deveria ser Matthew. Ele deveria ser o primeiro a saber. Ocorre-me também que eu deveria ter mandado um e-mail para Byron pedindo permissão para ir visitá-lo. Mas agora é tarde. Então continuo dirigindo e mantenho a mente o mais vazia possível, decidida a ir até o fim dessa missão.

As horas seguintes passam surpreendentemente depressa. Os carros vão ficando mais esparsos e as árvores, mais densas, até eu me ver de volta à comprida e estreita estrada de terra que vai dar no chalé de Grant e Byron. Meu coração se enche de lembranças quando adentro a clareira e vejo a casa, junto com um velho Pontiac verde que deve ser da enfermeira de Byron. Passo vários minutos emocionada antes de tomar coragem para descer do carro, e assim que o faço sou engolfada por uma nova onda de lembranças intensas. Sob determinados aspectos, parece ter sido ontem que Grant me levou até a porta daquele chalé. Sob outros, parecem ter se passado *anos*.

Sinto meus joelhos tremerem e uma dor no peito ao percorrer o caminho até os degraus da frente, subi-los e procurar uma campainha. Como não encontro uma, uso a pesada aldraba e bato duas vezes na porta. Passam-se alguns segundos, depois mais. Bato outras três vezes com o máximo de força de que sou capaz. Mais uma vez, ninguém aparece.

Com o coração acelerado, estendo a mão e tento a maçaneta. A porta está trancada, mas eu me lembro da chave debaixo do capacho. Tateio para verificar, quase torcendo para ela não estar ali. Mas está. Insiro a chave na fechadura e giro até escutar o barulho pesado da porta se destrancando. Giro a maçaneta e a empurro alguns centímetros.

– Olá?

Minha voz soa muito débil. Em resposta, silêncio. Pigarreio e torno a chamar de modo um pouco mais temerário. Nada ainda.

Empurro a porta para abri-la até o final e dou um passo para dentro do chalé. Um cheiro conhecido de madeira e umidade me bombardeia. Olho em volta e vejo sobre a mesa da cozinha uma tigela e uma colher, junto com uma caneca de café, uma pilha de jornais e um laptop fechado. Passa pela minha cabeça que eu ali, para todos os efeitos, estou bancando a Cachinhos Dourados e invadindo a casa alheia.

– Olá? Tem alguém em casa? – chamo na direção do quarto, pensando que Byron e sua enfermeira devem estar lá atrás.

Forço-me a avançar e ando na direção do quarto, preocupada com o que posso encontrar. E se a enfermeira não estiver na casa e Byron estiver sozinho? E se ele estiver muito mal? Como a porta está aberta, reúno coragem e olho lá para dentro. Vejo uma cama desfeita e uma grande bolsa de viagem que reconheço do quarto de hotel de Grant e Byron em Londres.

Vou até a janela e abro as cortinas o suficiente para dar uma olhada no lado de fora. Descubro que o quintal dos fundos está deserto e abandonado, com ervas daninhas compridas brotando por todo lado. Estremeço, torno a me virar, entro de novo na sala e encaro a escada que sobe para o mezanino. Será que vale a pena olhar lá em cima? Levando em conta o estado de Byron, parece-me improvável ele estar lá, mas imagino que seja possível; além do mais, depois de dirigir até ali eu preciso verificar tudo. Assim, vou até a escada e subo devagar, parando apenas quando meus olhos chegam à altura do piso.

Soterrada por mais lembranças, entro em pânico. Eu não deveria estar ali... e *com certeza* não deveria estar bisbilhotando. Começo a descer a escada de costas, e bem nessa hora vejo alguém se mexer debaixo das cobertas da cama. Um segundo depois, Byron está me encarando. Levo um susto e vejo que ele está igualmente espantado, e que estava dormindo. Ele tem olheiras, os cabelos desgrenhados, mais compridos do que estavam em Londres, e a barba por fazer.

– Desculpa... eu não quis te assustar – digo.

Ele continua a me encarar, mas sem dizer nada. Parece mais abalado a cada segundo que passa.

– Eu só queria te ver... Vim até aqui falar com você – gaguejo. – Sobre o Grant.

De repente, a expressão dele muda. Seus olhos se enchem de lágrimas quando ele diz meu nome.

É apenas um sussurro, mas nesse instante eu sei.

– Ai, meu *Deus* – ouço minha própria voz sussurrar de volta. – Grant.

VINTE E NOVE

Antes de Grant conseguir reagir, eu já estou descendo a escada, em pânico, me perguntando se acabo de ver um fantasma. Nunca acreditei nesse tipo de coisa, mas não estou conseguindo pensar direito. Não estou conseguindo sequer *pensar*.

Ele chama o meu nome, e com o canto do olho vejo um movimento. Ele saiu da cama e está vindo na minha direção.

— Espera! — diz. — Não vai embora.

Congelo. As lágrimas borram minha visão e sinto meu coração esmurrar o peito.

— Não vai embora — repete ele. — Me deixa explicar.

Ergo os olhos bem na hora em que ele está estendendo a mão para segurar a minha. Eu aceito seu toque não porque eu queira, mas porque sinto que talvez vá cair se não o fizer. Ele me puxa delicadamente na sua direção, e um segundo depois estou sentada no chão ao seu lado, tremendo e segurando a cabeça entre as mãos. Ele tenta passar o braço em volta de mim, mas eu me retraio.

— Eu pensei que você tivesse morrido! — berro, com um soluço.

— Eu sei. Me desculpa. Eu sinto muito *mesmo*.

Permito-me encará-lo outra vez e vejo que ele está com uma expressão desnorteada, além de estar à beira das lágrimas.

– Como você pôde fazer isso comigo? Com a gente? – pergunto, e minha voz falha. – Eu pensei que você tivesse morrido. A Amy pregou cartazes pela cidade inteira. A gente foi aos hospitais... Pelo amor de Deus, teve um *obituário*. Eu ajudei a sua esposa a escrever o seu obituário!

– Eu posso explicar – diz Grant, com as palmas das mãos viradas para mim como quem tenta me desarmar. – Por favor. Só... só me deixa explicar.

Balanço a cabeça. Agora estou soluçando, e meu choque está se transformando em raiva.

– Que explicação pode haver? Você deixou pessoas que te amavam *ficarem de luto*! *Por quê?* Para não ter que tomar uma decisão?

Ele balança a cabeça.

– Não foi desse jeito. Não foi por isso que eu vim para cá.

– Então por quê? – pergunto, com o rosto molhado de lágrimas.

Grant engole em seco, então inspira várias vezes pelo nariz, ofegante.

– Me escuta? Pode tentar me escutar?

Consigo menear a cabeça de leve, e ele pigarreia e começa a falar.

– Como você sabe, Byron e eu chegamos da Europa no dia 10 de setembro – diz ele em voz baixa. – Como tínhamos saído do apartamento dele em Hoboken no começo do verão, o plano era vir para cá. Só que quando a gente pousou já estava tarde para dirigir tanto, então eu o pus num Ramada Inn do JFK. Falei que voltaria para buscá-lo de manhã e que a gente viria para cá. – Ele faz uma pausa e me encara. – Está escutando?

– Estou.

Cruzo os braços com força e penso que não existe a menor possibilidade de essa história desculpá-lo por todas as mentiras.

– Aí eu peguei um táxi para casa...

– Para a sua casa e a sua esposa, sobre quem você nunca me contou?

Grant apoia a cabeça nas mãos. Alguns segundos se passam antes de ele erguer os olhos para mim outra vez.

– Quer, por favor, escutar o resto?

Fico encarando-o, então dou de ombros e aguardo.

– Então eu fui em casa deixar umas coisas e falei um pouco com a Amy.

– Certo. A sua esposa.

– Sim. A minha esposa. A mulher de quem eu tinha planos de me *divorciar*.

– Ah, tá – digo, baixinho.

Por algum motivo, eu acredito menos nisso agora do que acreditava quando pensava que ele estivesse morto.

– É a verdade – diz Grant.

Como se a verdade significasse alguma coisa para ele.

Como eu não respondo, ele retoma:

– Então saí do Brooklyn e fui para a sua casa. Era só o que eu queria, Cecily. Ver *você*. E eu ia te contar tudo...

– Defina *tudo*.

– Que eu era casado. Que tinha mentido para você. Que eu queria consertar as coisas para a gente poder ficar junto de verdade.

– Ficar junto *de verdade*? – repito, pensando no que fizemos na última vez em que nos vimos. – Eu pensei que a gente *estivesse* junto de verdade naquela noite.

– Você me entendeu. Eu queria que a gente ficasse junto como um casal, sem nenhum segredo nem mentira... Era isso que eu queria, e eu ia te contar tudo. Mas como você estava doente e estava muito tarde, imaginei que pudesse esperar mais um ou dois dias. O tempo de eu acomodar meu irmão e arrumar uma enfermeira para ele. Então eu saí da sua casa por volta das quatro da manhã e fui direto para o trabalho.

– Às *quatro* da manhã?

Grant assente.

– É. Eu só queria pegar umas coisas. Mas enquanto estava lá eu confirmei que... que eu ia ter problemas... problemas *iminentes*.

– Que tipo de problemas?

Ele suspira e corre a mão pelos cabelos.

– Isso eu não posso te contar. Mas eu fiz uma coisa ilegal.

– Ai, meu Deus – digo, perguntando-me quando os choques vão cessar. – O que você fez?

– Não posso te contar – repete ele. – Só posso dizer que eu precisava ir embora. Eu precisava sumir. Precisava ajudar meu irmão. Tinha coisas a fazer primeiro. Ele precisava de mim. Então peguei outro táxi de volta até o hotel do aeroporto, peguei meu irmão e vim para cá. Onde ele queria morrer.

A voz dele falha e ele respira fundo várias vezes antes de continuar.

– Aí, quando a gente estava no táxi vindo para cá, nós escutamos o que estava acontecendo no rádio. Soubemos que um avião tinha batido no World Trade Center, depois um segundo avião. Soubemos que as torres estavam em chamas, que estavam caindo, mas a gente não parou. A gente seguiu em frente... – Ele passa alguns segundos com o olhar perdido antes de me encarar outra vez. – E aí... o táxi deixou a gente aqui. E eu me dei conta de que... de que eu estava fora do radar. Eu tinha uma saída...

– Uma *saída*? – pergunto. – Saída para *que* exatamente?

– Para tudo... para os problemas que estava tendo... – Sua voz some e nossos olhares se cruzam.

– De tudo. É. Inclusive da gente.

Grant balança a cabeça.

– Não, Cecily. Da gente, não. Da gente, *nunca*. Eu não queria sair do nosso relacionamento. Não era isso que eu estava pensando.

– Mas você fez essa escolha – afirmo, de novo com os olhos marejados. – Quando não entrou em contato comigo.

– Eu não *podia* entrar em contato com você – explicou ele. – Não sem te meter... sem te meter nos meus problemas. A Polícia Federal estava me procurando, mas eu sabia que, se eu sumisse nesse dia, todo mundo ia pensar que eu estava no prédio quando ele desabou.

– Você poderia ter arrumado um jeito de me avisar que não tinha morrido. Poderia ter pedido para o seu irmão me contar!

Grant passa longos segundos sem se mexer, e seus lábios então começam a tremer.

– O meu irmão morreu, Cecily – diz ele, e as lágrimas começam enfim a cair e a escorrer por suas bochechas. – Morreu poucos dias depois do 11 de Setembro.

Congelo, e por alguns instantes me esqueço inteiramente de mim mesma e de todas as camadas de traição e só consigo pensar em dois irmãos gêmeos naquela situação excruciante. Meu coração se enche de empatia por ambos, e eu digo a ele que lamento.

– Obrigado – diz ele. – Sei que isso não muda nada do que eu fiz, mas eu não estava raciocinando direito. Não sabia o que fazer. Liguei para a polícia e fingi que era um vizinho preocupado. Saí do chalé por algumas horas enquanto eles vinham buscar o corpo.

– Eu sinto muito – torno a dizer. – Mas... – Balanço a cabeça e penso em tudo que aconteceu depois. No fato de ele ter se escondido. De ter mentido. – Ai, meu Deus, Grant. Era *você* naqueles e-mails. Você *fingiu* que era o Byron.

Ele me encara e diz:

– Eu só... eu só queria que você soubesse que o que aconteceu entre a gente foi pra valer.

– Então você continua a mentir? É esse o seu jeito de me mostrar?

– Era o único jeito.

– Não era, não. E não foi para valer. Se fosse, você teria me dito a verdade. Não teria corrido esse risco.

– Eu não podia, Cecily. Você não entende? Eu fiz o que achei que fosse melhor para você. Para todo mundo. E foi *mesmo* melhor para todo mundo.

– Melhor para a sua mulher? Que acha que é uma viúva do 11 de Setembro?

– É. Melhor para ela também. Olha, ela não veio aqui nenhuma vez ver como o Byron estava, o próprio cunhado. Está ocupada demais tocando a própria vida. E você... bom, pelo visto você também está ótima – diz ele, com um quê de indignação.

– Eu pareço ótima para você?

Ele pega minha mão e a sacode um pouco enquanto olha para o meu anel.

– Parece. Parece, sim. Eu vi seu lindo anúncio de noivado na internet. No seu próprio jornal. Bem legal. Foi você mesma quem escreveu?

Puxo a mão e giro o diamante para o outro lado com o polegar.

– Isso não é justo! – digo, balançando a cabeça. – E você sabe disso.

– Ah, é *totalmente* justo – rebate ele. – É o que aconteceu, Cecily. É só olhar os fatos. Você acha que eu *morri* e fica noiva o quê, um mês depois?

Eu o encaro.

– Eu aqui, tentando arrumar um jeito de te avisar que estava vivo, e em vez disso encontro esse anúncio. Puxa, uau. Não demorou nadinha mesmo.

Balanço a cabeça e grito:

– Mas isso foi *depois* de eu descobrir que você era casado e tinha mentido para mim!

– Que diferença faz, porra? – pergunta ele.

– É sério? – pergunto, com a voz trêmula. – Você está mesmo me perguntando que diferença faz você ser casado?

– Pelo menos eu sabia o que e quem eu queria.

– Eu também!

– Ah, é? – pergunta ele, e sua voz se torna um pouco sarcástica, um tom que nunca escutei antes. – Vamos relembrar os fatos. Você me conhece e termina com ele...

– A gente já estava terminado! – protesto. – É nessa ordem que *se faz* esse tipo de coisa.

– Certo. Certo. Vocês estavam terminados. Tudo bem. Mas aí você me conhece. E se apaixona. Supostamente. Aí você acha que eu morri, então volta correndo para ele. E não apenas volta correndo para ele, mas fica *noiva*. Caramba, Cecily – diz ele, balançando a cabeça. – É quase como se para você a gente fosse intercambiável. Grant, Matthew, que diferença faz, certo?

– Na verdade, tem uma diferença bem grande – digo, pensando que Matthew tem mais integridade no seu dedo mindinho do que Grant no corpo inteiro. – Matthew jamais mentiria para mim.

– Bom, parabéns para o Matthew. Que ótimo para você. Acabou ficando com o cara certo.

– Você sabe que não é tão simples.

– Ah, então você está dizendo que as coisas são mais complicadas do que parecem? Ora, vejam só – zomba ele.

– Na verdade, eu retiro o que disse. Não é *nada* complicado. Não mais. Agora entendi tudo.

– Ah, é? E o que você entendeu?

– Entendi que eu posso confiar no Matthew. E que eu quero ter este filho com ele – digo, levando a mão esquerda à barriga e deixando o anel à mostra.

É a sua vez de ficar chocado. Ele me encara.

– Você está *grávida*?

– Estou – digo, subitamente desesperada para voltar para Matthew. Para lhe dizer a verdade sobre tudo, algo que deveria ter feito desde o começo. Consigo ficar em pé.

– Você vai embora? – indaga Grant. – Assim, sem mais nem menos?

– E por que não deveria? Foi o que *você* fez – respondo.

Então desço a escada do mezanino e saio correndo pela porta do chalé.

TRINTA

Levo o trajeto inteiro até em casa para sequer *começar* a processar o que acabou de acontecer, o que eu agora sei. O fato de Grant estar vivo. De Byron estar morto. De Grant ter cometido um crime, *dois* crimes, se contarmos o fato de ele ter forjado a própria morte. É tudo muito surreal, quase tão surreal quanto terroristas baterem com aviões em prédios.

Não sei muito bem o que vou fazer, se vou contar para Amy ou denunciar o paradeiro dele para as autoridades. A única coisa de que tenho certeza é que vou contar tudo para Matthew. A cada quilômetro que passa tenho mais certeza dessa decisão, e ao cruzar a ponte para entrar de novo na cidade, estou pronta.

Devolvo meu carro alugado e caminho sem pressa até o meu apartamento. Assim que piso lá dentro, vou direto para o telefone. Bem nessa hora, olho para o lado e vejo Matthew sentado no meu sofá.

Tenho um sobressalto e penso que meu coração não vai aguentar outra surpresa.

– Porra! Que susto!

– Desculpa, não quis te assustar... é que eu passei o dia inteiro tentando falar com você, então acabei resolvendo vir para cá. Onde você estava? – Ele se levanta e se aproxima. – Lembra que a gente tem compromisso hoje?

– Tem? Qual?

– Ficamos de encontrar a Amy no Dharma para ver a tal banda de casamento... Lembra? Ela chamou a gente no final do jantar ontem.

– Ai, que *merda*. Esqueci totalmente – digo, agora ocupada com os botões do meu casaco.

– Então... onde você passou o dia inteiro? – Matthew torna a perguntar.

– Ahn... bom... é uma história meio comprida.

Ponho a bolsa na escrivaninha e penduro o casaco no encosto da cadeira.

– Ah, é?

– É.

– Bom, você se importa em me contar? – diz ele, soando enfim um pouco irritado.

– Conto, claro. Mas eu primeiro ia fazer um chá – digo, virando-me e andando até a pia. Não estou perdendo a coragem, só preciso de um tempo para me recompor. – Quer um?

– Não. Está tudo bem? O bebê está bem?

– Está tudo bem com o bebê. E com a gente também, espero. Eu só preciso conversar com você sobre umas coisas... Não quer sentar? – Faço um gesto indicando o sofá. – Eu já volto.

Apesar do nervosismo, Matthew diz "tudo bem", e passo os minutos seguintes enchendo a chaleira de água, esperando a água ferver, encontrando um saquinho de chá e ensaiando exatamente o que vou dizer. No entanto, no segundo em que começo a andar até ele tenho um branco.

Eu me sento, ponho a xícara em cima da mesa de centro e respiro fundo.

– Então, hoje eu fui até as montanhas Adirondack – digo, enxugando as palmas das mãos suadas no colo enquanto encaro o vapor que sobe da minha xícara.

– Tá – diz ele. – Não era o que eu estava esperando ouvir.

Assinto e me obrigo a encarar Matthew.

– Em que carro? Com quem? – pergunta ele.

– Alugado. Sozinha.

– Por quê? Para alguma matéria? Ou você só queria passar o dia fora? Eu teria ido com você. Acabei meu relatório...

Eu o interrompo:

– Não. Não foi para o trabalho. E não foi para ficar sozinha. Eu fui lá encontrar o irmão do meu ex.

– O irmão do seu ex? – repete ele com um ar de quem não está entendendo, mas sem parecer abalado. – Por quê? Que ex?

– O que eu namorei no último verão – respondo.

A expressão de Matthew muda na mesma hora, mas sua voz continua calma.

– Tá. Por quê? E por que o *irmão* dele?

– Porque... porque... eu queria conversar... porque descobri que ele era casado – digo, tropeçando nas palavras.

– Peraí. Como é que é? – Ele estreita os olhos, ainda sem entender. – O irmão era casado? Ou o seu ex era casado?

– O meu ex.

– Então... você estava saindo com um cara casado? – pergunta Matthew, parecendo muito decepcionado comigo.

– Estava. Mas eu não sabia que ele era casado quando estava saindo com ele. Eu jamais faria isso.

Matthew assente.

– Que bom. – Ele faz uma pausa antes de completar: – Sabia que esse cara não era boa coisa.

– É. Você tinha razão.

– Mas continuo sem entender. Você terminou com ele meses atrás. Por que quis conversar com o irmão dele *agora*?

Inspiro fundo.

– Matthew, tem umas coisas que eu não te contei.

– Tipo o quê? – pergunta ele, com a testa franzida.

Os segundos seguintes parecem intermináveis, e reúno coragem suficiente para dizer:

– Bom, para começar... a esposa dele era... é... a Amy.

– A Amy? – repete Matthew, completamente chocado. – A *nossa* Amy?

Aquiesço muito de leve, sentindo o coração pulsar nos ouvidos.

– Peraí. Espera um instante. *Como é que é?* – pergunta ele. Posso ver as engrenagens girando dentro da sua cabeça. – Você estava saindo... com o *Grant*?

Torno a assentir, então repito que não fazia ideia de que ele era casado.

– Então o cartão-postal da Itália assinado G... era do marido da Amy?
– Era – sussurro.
– Puta *merda*. A Amy sabe?
– Não. Eu não contei para ela...
– Por que não, porra? – pergunta ele.
Sua voz ficou mais alta, e o rosto dele está começando a ficar vermelho.
– Porque eu não queria magoá-la mais do que ela já está magoada.
– Mas... mas isso não é motivo suficiente – diz Matthew, consternado. – Ela é sua *amiga*.
– Eu sei. Mas ela não era minha amiga quando eu descobri. Era uma desconhecida que tinha acabado de perder o marido – digo, então explico como vi o cartaz de DESAPARECIDO no Washington Square Park.
Conto a ele como liguei para o telefone do cartaz junto com Jasmine, e depois como fui encontrar Amy no Brooklyn. E como decidi, naquele instante, que não podia somar mais nada à sua tristeza.
– Tá bom – comenta ele, ficando cada vez mais abalado. – Eu entendo você não contar para ela na hora. Mas agora... ela está organizando o nosso *casamento*!
– Eu sei, mas...
Ele me encara com o olhar cheio de mágoa... e de outra coisa também.
– Mas *nada*, Cecily. Como você pôde não contar para ela? E, o mais importante, como pôde não contar para *mim*? Eu sou seu *noivo*! *Caramba*!
– Mas quando eu descobri que ele era casado você ainda não era meu noivo. E eu estava atordoada com tudo o que aconteceu... Quer dizer, não é que eu tenha descoberto só que ele era casado. Primeiro eu descobri que ele tinha *morrido*. E *depois* descobri que ele era casado...
– Peraí – diz ele, atordoado. – Você ficou com ele até o dia 11 de setembro?
Assinto, sabendo que ele em breve vai ligar todos os pontos.
– Então quando foi a última vez que o viu?
– Na véspera – digo, e minha voz se extingue.
– Na véspera do quê?
– Na véspera do 11 de Setembro – respondo, e me preparo. – No dia 10.
Ele me encara por um tempo que parece durar para sempre. Quando torna a falar, sua voz está trêmula:

– Peraí, Cecily, deixa eu entender direito. Esse cara passou a última noite da vida dele com você... e não com a Amy? Com a esposa dele? E ela ainda não sabe nada sobre isso?

Assinto.

Ele me encara com um ar de repulsa, então pergunta:

– Você transou com ele? Nessa noite?

Fico petrificada, e mordo o lábio com tanta força que chega a doer.

– Sim – respondo por fim, sentindo gosto de sangue.

– Meu Deus do céu. – Ele dá um arquejo. – Quer dizer que esse bebê... – Ele baixa os olhos para a minha barriga com uma expressão de puro horror antes de voltar a me encarar. – Cecily. Por favor, *por favor,* me diz... que não tem nenhuma chance de... – Ele olha para o teto antes de concluir: – De esse bebê ser *dele.*

– Eu não... eu não acho que seja. Mas talvez...

– Talvez não seja meu?

– Eu acho que tem uma chance de... de não ser – sussurro.

– Puta que pariu, sério? – Ele não fala alto, mas é como se estivesse gritando.

– Desculpa – digo, piscando para reprimir as lágrimas por saber que não é justo eu chorar. Não agora. – Matthew... fala alguma coisa.

– Eu... Eu preciso de um instante.

Eu o vejo se levantar, ir até a janela e passar um tempo longuíssimo olhando para fora. Quando ele se vira, vejo que está com os olhos vermelhos.

– E se... e se ele não tivesse morrido? – pergunta Matthew do outro lado da sala.

Entrelaço minhas mãos suadas para reunir forças e chego a fazer uma prece antes de dizer:

– Bom... na verdade, ele não morreu. Eu pensei que tivesse morrido. Todo mundo pensou... mas hoje fui lá nas montanhas pensando que ia encontrar o irmão dele... e em vez disso encontrei o Grant. Escondido lá.

Qualquer controle que Matthew tivesse conseguido reunir desaparece outra vez.

– Escondido? Como é que é?! – grita ele. – Que *porra* está acontecendo?

– Ele mentiu para todo mundo. Ele... ele forjou a própria morte.

– Ai, meu Deus. Que cara *doente* da porra. Por quê? Por que ele faria isso?

– Eu sei lá, Matthew. Não tenho a menor ideia. Acho que ele não é... não é uma boa pessoa. Eu pensei que fosse... mas não é. Além do mais, ele é um criminoso. Acho que cometeu algum tipo de crime financeiro... Não sei exatamente o que ele fez, mas disse que a Polícia Federal está atrás dele. Então está escondido por causa disso também.

Matthew me olha com perplexidade, então volta bem devagar para o sofá, se senta e diz:

– Tá. Esquece um pouco esse babaca... e esquece a Amy. Eu continuo sem entender por que você não me contou nada disso antes. Assim que a gente voltou... ou pelo menos antes de a gente noivar. Por que todo esse segredo?

Inspiro.

– Eu... eu acho que fiquei com medo – digo, lembrando o que Ethan me disse naquela noite ao telefone.

– Medo *de quê*?

– Do... do meu próprio julgamento errado... de te magoar...

– Cecily, isso não faz *o menor* sentido. Se você não sabia que ele era casado, a culpa não é sua. Você não fez nada de errado. Quem fez foi *ele*.

– Eu sei, mas parecia que eu tinha feito. E eu estava só tentando entender a situação. Precisava entender tudo sozinha.

– Entender *o quê*? – pergunta ele, estreitando os olhos. – O que tinha para entender depois de você descobrir que ele estava morto e tinha uma viúva? O que mais você precisava saber?

– Eu precisava saber por que ele estava traindo a mulher, o que ele estava pensando, o que ele sentia por mim.

– O que ele sentia por você? Que importância tem isso? Que diferença poderia fazer? A menos que você o amasse...

Matthew me encara e, como não falo nada, ele me pergunta com todas as letras:

– Cecily, você o amava?

Aquiesço com um meneio de cabeça ínfimo, milimétrico.

– Eu achava que sim – respondo.

– Então amava. Se você *achava* que sim, então amava.

Encaro-o, então digo:

– Pode ser. Mas não amo mais.

Posso ver na mesma hora que foi a coisa errada a dizer antes mesmo de escutar as palavras seguintes dele:

– Ah, Cecily, que bom. Eu não achava que fosse preciso explicar *isso*. Mas valeu. Fico feliz em saber que você *parou* de amar outro homem.

– Matthew, por favor. Estou tentando consertar as coisas. Contar tudo para você, toda a verdade, até as partes mais dolorosas. Tudo que posso dizer é que agora, sentada aqui, eu amo você. *Só* você.

– Quem mais sabe tudo isso? – pergunta ele, e penso no que sempre dizem sobre a traição. O ato em si tem tanta importância quanto as consequências: quão tola uma pessoa se sente ao perceber que outros sabiam a verdade.

– Só a Jasmine e o Scottie – respondo. – Minha família não sabe.

– Então você está mentindo para eles também?

– Acho que sim – respondo baixinho.

Percebo que, por acidente, acabei omitindo Ethan e faço menção de me corrigir, mas vejo que Matthew não está mais escutando. Ele está em algum lugar muito longe, e exibe a expressão que eu sempre temi.

– Diz alguma coisa... *qualquer coisa*.

Ele balança a cabeça.

– Eu não sei o que dizer. Nem o que pensar. Ou o que sentir... Mas acho que... acho que deveria te agradecer por ter finalmente me contado a verdade – diz ele com uma voz calma e límpida que me destrói. Então se levanta, com uma cara arrasada, mas muito digna.

– Aonde você vai? – pergunto, sentindo um nó na garganta de tanto desespero e tristeza.

– Para casa. Espero que você me perdoe, mas não estou com cabeça para escutar uma banda para o nosso casamento... com a esposa do seu ex-namorado.

Quando ele se vira para sair, vou com ele até a porta para lhe dizer quanto estou arrependida. Mas acabo deixando-o ir e decido em vez disso lhe *mostrar* que estou mesmo.

TRINTA E UM

Pouco tempo depois, um táxi me deixa na Orchard Street, entre a Houston e a Stanton. O quarteirão está em mau estado, mas o interior do Dharma é mais para elegante, e não demoro para ver Amy sentada no canto dos fundos junto com Chad, que eu não sabia que viria também.

Quando me aproximo da mesa, ele se levanta depressa e Amy me dá um aceno.

– Oi, Cess! – diz ela.

– Oi – respondo, forçando um sorriso.

– Cadê o Matthew? – pergunta ela. – Está atrasado?

– Ahn... Na verdade ele não vai poder vir.

Sinto um frio na barriga ao me sentar na cadeira à sua frente, ainda de casaco e com a bolsa pendurada no ombro.

– Está tudo bem? Ele está bem? – pergunta ela. – Casamentos podem ser muito estressantes...

– Está – respondo, e tento manter a voz firme. – Mas eu... ahn... eu preciso falar com você sobre um assunto... meio pessoal.

Olho para Chad, que entende na hora a indireta.

– Sem problemas – diz ele, tornando a se levantar. – Eu vou... vou ficar ali no bar. Levem o tempo que precisar.

Agradeço a ele e resisto ao impulso de me desculpar. Preciso manter o foco. Assim que ele se afasta, Amy me olha assustada.

– O que está acontecendo?

Respiro fundo e falo:

– Eu tenho uma coisa muito, *muito* difícil para te contar agora.

– Ai, meu Deus. Você e o Matthew não terminaram, né? Não foi por isso que ele não veio, foi?

Balanço a cabeça.

– Não. Mas ele sabe o que vou te dizer agora.

Ela me olha com atenção, então baixa a cabeça e torna a me encarar.

– Bom, ajuda em alguma coisa... acho que sei o que você vai dizer.

– Acho que você não sabe, não.

Mas então seus olhos se estreitam e ela diz, com uma voz glacial:

– É sobre você e o Grant, não é?

Encaro-a, surpresa.

– É. É, sim.

Ela aquiesce, inexpressiva.

– Como você soube? – pergunto, pensando se Ethan ou Grant falaram com ela depois que saí do chalé.

– Foi só... um sexto sentido... uma intuição. Eu desconfiei desde o primeiro dia. Você disse o nome do Byron antes de eu dizer. Pelo menos eu pensei que tivesse dito, mas falei a mim mesma que devia estar ficando doida. Que era só paranoia... Mas você fez tantas perguntas sobre ele, e o jeito como olhou para aquelas fotos... Eu... eu não tinha cem por cento de certeza... até o dia em que o Matthew me deu uma chave do seu apartamento para eu poder deixar o vestido lá. Eu quis te deixar um bilhete. Não estava bisbilhotando, mas abri uma gaveta para achar um pedaço de papel e vi o cartão-postal que ele te mandou.

Ela fecha os olhos por um segundo, e penso que talvez vá começar a chorar. Mas Amy não chora.

– Eu sinto muito – digo. – Eu *juro* que não fazia ideia de que ele era casado... a menor ideia, eu nem desconfiava... Só soube quando encontrei aquele cartaz com a foto dele e a Jasmine te ligou. Mas, independentemente disso, eu sei que deveria ter te contado antes.

Ela se inclina por cima da mesa e diz:

– Você está me contando *agora*. Eu sabia que ia contar... alguma hora.

– Sinto muito ter mentido para você por tanto tempo.

– Eu também menti para você. Deveria ter te dito que eu já sabia.

Ela inclina a cabeça e pega a taça de vinho, mas então a pousa sem tomar nenhum gole.

Faz-se uma longa pausa de silêncio antes de ela dizer:

– Eu não fui legal com ele na última vez em que a gente se viu. O nosso casamento andava muito mal... Fiquei com raiva por ele não ter me dito que ia voltar para casa. Eu sei que ele estava na Europa tentando salvar o irmão, mas mesmo assim... O irmão dele sempre era a prioridade, sempre vinha antes de mim. – A voz dela soa chapada e monótona, como se ela estivesse falando sozinha ou ditando notas para um gravador. – Mas na noite em que apareceu, ele me disse que precisava conversar, e eu falei que estava cansada e que ia deitar. Meu Deus, eu sempre vou me arrepender disso... Vou me arrepender para sempre. – Ela estremece, então me olha com curiosidade antes de perguntar: – Ele foi encontrar você nessa noite?

Respiro fundo e sussurro um sim.

– Uau – balbucia ela, e seus olhos enfim cintilam com lágrimas que ela consegue reprimir piscando.

– Eu sinto muito.

– Tudo bem. Por pior que isso faça eu me sentir, também estou aliviada por saber.

Ela funga, então força um sorriso.

– Por quê? *Como?*

– Fico feliz por ele ter tido você, por não ter se sentido só naquela noite.

Encaro-a, maravilhada com a sua generosidade.

– Só espero que ele não tenha morrido sozinho – comenta ela. – Espero que tenha sido rápido, ou que pelo menos ele tenha tido alguém com ele.

Encaro-a e me dou conta de repente que ainda preciso lhe contar o resto. Que ele *não* morreu. Que quem morreu foi *Byron*. Que Grant continua mentindo para todo mundo.

Mas bem quando estou a ponto de despejar tudo, eu me contenho. Essa mentira específica não é minha, e não cabe a mim desfazê-la. Em vez disso, digo a ela para ir ao chalé. Assim que ela puder. Digo-lhe que estive lá hoje e que ela também precisa ir.

– Por quê?

– Você vai encontrar algumas respostas lá – digo, subitamente louca para sair daquele bar, daquela conversa e, tristemente, até daquela amizade construída sobre mentiras. – Confia em mim. – Uma afirmação carregada de ironia.

– Eu *confio* em você – diz Amy, então olha na direção do bar como se tivesse se lembrado de Chad. – Mas... Ah, Cecily, vamos lá... Você precisa mesmo ser tão enigmática? Não pode me contar o que sabe? Depois de tudo por que passei?

A tentativa de fazer eu me sentir culpada funciona e começo a capitular, mas dou um jeito de me manter firme.

– Desculpa. Eu não posso mesmo. Queria poder ser uma boa amiga para você. Você foi uma boa amiga para a gente.

Eu me pergunto se isso é mesmo verdade. Ou se foi tudo por causa dos seus motivos escusos, diferentes dos meus, mas escusos mesmo assim.

– Então me fala logo.

– Eu não posso – respondo. – Preciso focar no meu bebê agora. E em consertar as coisas com o Matthew. Preciso fazer o que é certo para a gente. E não posso mais continuar envolvida nisso.

– Envolvida em quê?

– Em qualquer coisa relacionada ao Grant.

– Então... você quer dizer... a nossa amizade?

– É – respondo. – Incluindo a nossa amizade.

Ela parece triste, depois um pouco zangada, depois apenas triste outra vez.

– Eu sinto muito. Só acho que... é difícil demais.

Ela aquiesce e diz que compreende, mas não sei dizer ao certo o que realmente está pensando.

No instante seguinte, porém, ela torna a olhar para Chad.

– Caramba, estou me sentindo mal por fazer ele esperar tanto.

– Eu sei – digo, na mesma hora em que o vejo se virar e olhar para ela. Amy sorri, e ele sorri também.

– Por que você não vai lá conversar com ele? – pergunto.

Ela aquiesce e diz "tudo bem", e nós duas ficamos em pé.

Ocorre-me que Ethan tinha razão, e Grant também, quando disseram que Amy vai ficar bem. Ela *já está* bem. Também me ocorre que ela só teria conseguido agir normalmente comigo depois de ter visto aquele cartão-postal se tivesse deixado de amar o marido. Ou, ao menos, não sentisse mais por ele um amor tão profundo. Ou isso, ou ela ficou grata por algo que aliviasse sua própria culpa.

Quando nós duas nos damos as costas, uma para ir embora, a outra para ir até o bar, digo seu nome uma última vez.

– Hum?

– Eu sinto muito, de verdade. Por ter sido tão egoísta. Por ter mentido para você.

Ela me encara por vários segundos como se estivesse refletindo, então assente e diz:

– Obrigada, Cecily. Eu te perdoo.

TRINTA E DOIS

Ligo para Matthew assim que saio do Dharma e pergunto se posso ir à sua casa conversar. Ele hesita, então responde que sim. É um fio de esperança, mas mesmo assim me sinto nervosa quando pego o metrô até o Upper West Side, pois sei que chegarei mais depressa do que de táxi, além de ser mais relaxante. Alguns dos melhores momentos de reflexão que já tive foram dentro de um trem, principalmente fora dos horários de pico, quando os vagões estão mais vazios.

Ao entrar no prédio de Matthew, cumprimento o porteiro e digo:

– Ele está me esperando.

O porteiro assente. Matthew dispensou o interfone desde que ficamos noivos. Sigo até o elevador.

Segundos depois, estou à porta dele, pensando se bato ou se vou entrando e pronto. Opto por um meio-termo: bato uma vez, em seguida abro a porta. Ele está sentado diante da mesa digitando no laptop e mal ergue os olhos ao dizer oi.

– Posso entrar?

– Claro – responde ele, tenso.

Ando na sua direção. Reparo num copo com gelo e uísque cheio até a metade – a garrafa também está em cima da mesa.

– Trabalhando? – pergunto, e paro junto à mesa.

– Na verdade, não – responde ele, com os olhos ainda pregados na tela.
– Um pouco.
– Posso sentar?

Ele dá de ombros. Sento-me na sua frente e conto:
– Eu fui falar com a Amy.

Ele aparenta certa surpresa.
– E...? – pergunta. – Como foi?
– Fiquei só uns minutos. Só o tempo de contar para ela... – Não completo a frase.
– O que exatamente você contou?
– Que o marido a estava traindo... comigo. Mas que eu não fazia ideia de que ele fosse casado quando a gente estava junto.
– O que ela falou?
– Falou que já sabia – respondo, ainda um pouco chocada com essa revelação.
– Sério? Ela sabia sobre vocês dois?
– Ela disse que sim. Pelo menos tinha uma forte desconfiança... e aí encontrou aquele cartão-postal.
– Aquele que você disse que ia jogar fora? – pergunta ele, soando amargurado.
– É – respondo, aceitando a punição e decidida a não mentir mais sobre nada.
– E o que mais?
– Na verdade, foi só isso. Eu contei tudo para ela... menos que o Grant ainda está vivo.
– Por que deixou essa parte de fora? – pergunta ele, com um ar mais curioso do que reprovador.
– Porque essa mentira é do Grant. Isso não tem nada a ver comigo. Eu disse para ela que não quero mais me envolver na história dos dois... e que a gente não pode mais ser amiga.

Ele assente.
– Mas falei que ela deveria ir ao chalé. Que encontraria respostas lá. Ela alguma hora vai descobrir. Ele não pode se esconder para sempre. Mas isso não é problema meu.

Matthew respira fundo, então aponta para o laptop.

– Então, esse tal de Grant... ele é um cara bem ruim mesmo. Liguei para o Tully, pedi a ele para fazer umas pesquisas para mim.

Sinto um embrulho no estômago e assinto. Sei que John Tully é amigo de Matthew da Faculdade de Direito e trabalha no escritório da promotoria pública.

– E...?

– Na verdade, apesar de não ter sido indiciado, Grant participou de um esquema de informações privilegiadas. Ele estava envolvido com um cara chamado Ned Pryor, um banqueiro do Goldman.

– Caramba – digo, surpresa. Os termos jurídicos tornam tudo mais concreto. – Foi o Tully quem te disse isso?

– Foi. Ele encontrou os papéis da audiência. Pryor foi indiciado em agosto, e acho que Grant só não foi porque ninguém conseguiu encontrá-lo. E agora todo mundo acha que ele morreu, claro.

Hesito, então pergunto que crime eles cometeram.

– Parece que Pryor estava dando dicas para Grant, que investia numa conta num paraíso fiscal. Pryor foi pego porque a empresa de saúde com a qual eles especulavam era cliente dele, e ele vivia indo e voltando das Ilhas Cayman. A alfândega pegou o cara com trezentos mil dólares em dinheiro vivo. Eles devem ter a ligação entre Grant e Pryor pelo histórico de telefonia. Quando pegam o primeiro, não é difícil encontrar os outros.

Solto um longo suspiro.

– Bom, ele me enganou mesmo. Que artista.

– Não vale nada.

– É. Não mesmo. Mas isso me lembra de outra coisa que eu queria explicar. Vim pensando nela no metrô.

– O quê?

– Bom, mais cedo eu te disse que achava que amava o Grant, e você disse que se eu *achava* que amava, então amava mesmo...

– Sim. Eu acredito nisso. E...?

– Bom, *eu* não acredito nisso. Eu não o *conheci*, não de verdade. Então não podia ser amor.

– Conheceu o suficiente para se apaixonar.

Faço menção de responder, mas ele me interrompe:

– Você se enganou em relação aos fatos, mas sentimentos são subjetivos.

São *sentimentos*. E não dá para examinar e decidir que quer mudar o que aconteceu.

Encaro-o, tentando acompanhar sua lógica ao mesmo tempo que defendo meu argumento.

– Mas se os sentimentos são baseados em fatos incorretos, nesse caso é tudo uma ilusão, não é?

– Tá, mas então o que isso diz sobre a gente? – pergunta Matthew, com um brilho nos olhos.

Fico imóvel, então lhe digo que não sei o que ele está me perguntando.

– Olha, eu estava errado sobre algumas coisas. Em relação a você. Então... isso quer dizer que eu não te amava, digamos, hoje de manhã? Antes de ficar sabendo sobre isso tudo? – Ele responde por mim. – Não. Claro que não. É absurdo.

Nem quando estou descansada e emocionalmente estável consigo ganhar uma discussão com Matthew. Então não sou capaz de vencer uma guerra de palavras com ele agora, sentada ali, esgotada, com uma dor de cabeça latejante e o corpo dolorido por ter passado o dia dirigindo. Lembro a mim mesma que aquilo *não* é uma guerra, nem sequer uma batalha, mas apenas duas pessoas tentando se entender. Então respiro fundo e tento explicar o que sinto do fundo do meu coração.

– Olha, Matthew. O negócio é o seguinte. Talvez eu o tenha amado, talvez não. Mas sabendo o que eu sei agora? Eu não amo mais. As mentiras que ele contou mudaram o que eu sinto por ele *agora*. E isso me leva a questionar tudo que senti na época também. Então será que a gente pode, por favor, deixar a semântica de lado?

Ele suspira e aquiesce.

– Tá bom – diz.

– O fato é que hoje, sentada aqui, eu acredito de verdade que só amei a *ideia* do Grant. Não a pessoa.

– E que ideia era essa? – pergunta Matthew, tomando um gole do seu uísque.

– A ideia de um amor arrebatador...

– Nossa – diz ele, me interrompendo, com uma careta. – Você achou que tivesse isso com ele?

Forço-me a continuar dizendo toda a verdade:

– No começo, sim. Mas hoje sei que um amor assim não é real, é só... só paixão. Uma fantasia. Eu queria a fantasia quando me mudei para Nova York. Queria me apaixonar perdidamente pela cidade... pela minha carreira... e por alguém.

– E...?

– E não é assim que funciona. Não do jeito que eu imaginava.

– Muito obrigado.

– Você entende, sabe o que estou tentando dizer. Essa não foi a nossa história. Talvez no começo, mas essa sensação de uma paixão avassaladora não consegue se sustentar. E com certeza não pode durar quando alguém está sendo tão *prático*.

Eu o encaro.

– Alguém tem que ser prático – retruca ele.

– Pode ser. Mas quando eu estava disposta a dar o passo seguinte com você, e você não queria nem *falar* sobre esse assunto, eu fiquei sentindo que não era boa o bastante.

Matthew balança a cabeça.

– Que loucura. É claro que você é "boa o bastante".

– Bom, foi assim que eu me senti. E o fato de você transitar com tanta facilidade nesse mundo de Manhattan e dos Hamptons de advogados, banqueiros e fundos de investimento, e de ter uma ex que trabalha na *Sotheby's...*

– A Sotheby's não tem nada de mais, Cecily. Eu já te disse isso várias vezes.

– É melhor do que um tabloide de terceira categoria.

– Eu não te amo por causa do seu currículo. Eu te amo por quem você *é*.

– *Agora* eu sei disso – respondo, baixando os olhos para o meu anel. – Só que *na época* eu tinha dúvidas. Sempre tive receio de não ser a garota com quem você queria casar, ou com quem seus pais queriam que você casasse.

– Olha, Cecily. Eu não posso falar pela minha família – diz Matthew. – E nós dois sabemos que a minha mãe pode ser bem esnobe... e talvez você não seja *exatamente* a pessoa com quem eu imaginava que me casaria quando estava no ensino médio ou na faculdade ou sei lá onde. Você com certeza não é igual às outras garotas com quem eu saí. Mas isso para mim sempre foi uma coisa boa. Eu gostava de você ser diferente.

– Sério? – pergunto.

– É, *sério*. Como você pôde questionar isso?

– Porque parecia estranho você evitar se comprometer se sabia que eu era a mulher certa.

– Bom, eu estou aqui agora. Olha. Nós estamos aqui – diz ele, fazendo um gesto entre nós dois. – E por mais que eu despreze esse tal de Grant, ele faz parte da sua história, quer eu goste ou não – comenta, encarando-me.

É a coisa mais curativa que eu já escutei na vida, e por um segundo começo a acreditar que tudo vai ficar bem. Até ele olhar para mim e dizer, muito lentamente e de modo categórico:

– Mas eu acho, sim, que a gente deve adiar o casamento.

Sinto um peso no coração, mas aquiesço.

– Tá bom. Por que você acha isso?

– É que... é que eu quero saber quem é o pai. Você sabe... ter *certeza* – diz ele.

Assinto, e com um enorme nó na garganta pergunto:

– Então você quer um exame de paternidade?

– Quero. – Ele engole em seco, apontando para a tela do laptop. – Na verdade, acabei de pesquisar isso. É um exame fácil, rápido e barato.

– Uau. Você fez muita coisa hoje. Rastreou um indiciamento *e* pesquisou exames de paternidade. Bom trabalho – satirizo, agora ficando um pouco na defensiva.

Ele revira os olhos.

– Sério? Agora *você* está brava *comigo*? Não acha que eu tenho o direito de saber se o bebê é meu?

– Ah, tem. Claro. É claro que tem – digo, arrependida do meu sarcasmo. – Eu também quero saber. Mas isso está realmente virando um episódio do Jerry Springer.

– Jerry Springer? – repete Matthew. – Como é que é?

– Bom, é essa a sensação que um exame de paternidade me causa – digo, cruzando os braços. – E não entendo por que você precisa desse exame *antes* de a gente se casar. A não ser, claro, que você esteja dizendo que não quer casar comigo se não for o pai biológico do bebê.

Sei que não estou sendo justa, mas sentimentos não são justos.

Ele dá um longo suspiro.

– Eu quero saber, só isso. Quero saber se esse cara vai ficar nas nossas vidas para sempre.

– Eu entendo – torno a dizer, tentando ver as coisas do ponto de vista dele. – Mas confia em mim. Ele não vai ficar nas nossas vidas.

– Você pode me prometer isso?

– Estou prometendo isso para *mim mesma*. Então sim.

– Mas e o bebê? – pergunta ele. – E se, no fim das contas, o bebê for dele... você esconderia isso do seu filho?

Eu o encaro. Escutei muito bem "o *seu* filho", e não "o *nosso* filho". Mas aos poucos me dou conta de que ele está certo. De que eu de fato não posso lhe prometer isso. De que eu contaria a verdade para o meu filho. Se eu aprendi alguma coisa, é que os segredos sempre se transformam em mentiras quando são escondidos de quem amamos.

– Bom... – digo, baixinho. – Vamos torcer para esse bebê não ser dele.

– É o que estou fazendo, pode acreditar – retruca Matthew.

Aquiesço. Minha tristeza é tão grande que mal posso suportar.

– Eu só preciso de tempo – diz ele. – Preciso de tempo para processar tudo isso. E se o bebê não for meu... também vou precisar de tempo para processar como me sinto em relação a isso.

Com uma onda nauseante de déjà-vu, eu lhe digo mais uma vez que entendo. E que provavelmente é melhor eu voltar para casa.

Levo toda a viagem de metrô e a caminhada até meu apartamento – além de mais meia hora em pé diante da bancada da cozinha comendo um sanduíche de manteiga de amendoim com geleia – para me dar conta de que a sensação que tive ao sair do apartamento de Matthew não foi de forma alguma um déjà-vu. Foi uma lembrança da noite em que terminamos pela primeira vez. As semelhanças são espantosas, até o detalhe de onde estávamos sentados na mesa, com as mesmas emoções rodopiando à nossa volta: medo, tristeza, culpa, insegurança, incerteza, rejeição.

Na noite do nosso término, eu fui embora não porque quisesse, mas porque sentia não ter outra escolha. Matthew não fora capaz de dizer que desejava um futuro comigo, não com certeza. E ali estávamos nós hoje com o mesmo enredo. Ele não está pronto para se casar comigo... e não há nada que eu possa fazer exceto esperar para ver.

É claro que agora tem uma diferença *enorme*, penso, enquanto tiro a roupa e entro no chuveiro. Ponho a mão na barriga e me dou conta de que nada tem mais muita importância. Eu hoje sou muito diferente daquela garota que desceu para tomar uma cerveja num bar no meio da noite porque estava desesperada de tristeza com o fim de um relacionamento e precisava se afastar do telefone.

Ainda estou desesperada de tristeza, claro, só que desta vez não é por causa de nenhum cara. É sobretudo porque meu filho pode não ter um pai... pelo menos não de um jeito significativo.

Deixo a água quente escorrer pelo meu rosto e me pergunto se faria tudo diferente se pudesse. Se eu tivesse que fazer tudo de novo, teria ficado em casa naquela noite... ou ainda teria descido para tomar aquela cerveja no bar? Teria deixado Grant voltar para casa comigo? Se eu não tivesse feito essas coisas, como estaria minha vida agora? Será que Matthew e eu algum dia ainda teríamos reatado? Será que eu estaria grávida? Será que eu estaria feliz... ou pelo menos mais feliz do que agora?

De repente, tudo que quero é uma segunda chance. E não só uma segunda chance em relação àquela noite, ou mesmo à noite de 10 de setembro, ou à minha amizade com Amy, ou à minha ida hoje até o chalé, mas uma segunda chance em relação a *algum dia* ter ido morar em Nova York. De repente, meu único desejo é ter optado por uma vida mais simples.

E então me dou conta de que, embora não possa voltar no tempo, eu *posso* voltar, num certo sentido. Posso voltar para casa, no Wisconsin. Posso morar num apartamento maior do que uma caixinha de fósforos, que tenha de fato uma parede entre minha cama e meu sofá, numa cidade que não seja alvo de terroristas. E, o mais importante de tudo, posso ficar perto da minha família e de Scottie, as pessoas que me amam incondicionalmente, a despeito de todos os meus erros e falhas. Na vida pode ser que não tenhamos segundas chances, mas sempre podemos ter novos começos.

Saio do chuveiro, me seco e visto um pijama de flanela confortável. Durante todo esse tempo, não paro de pensar em logística. Como meu contrato de aluguel vai vencer em pouco tempo e nenhum dos meus móveis vale grande coisa, eu poderia apenas deixar tudo na rua, pegar um avião para casa com umas poucas malas e recomeçar do zero. Poderia ir morar com meus pais, no mesmo quarto que era meu, ou então com Scottie. De um jeito ou de outro, eu teria ajuda com o bebê.

No fundo sei que esse é um plano radical no fim do dia mais exaustivo e emocionalmente exigente da minha vida. Sei também que talvez eu me sinta diferente no dia seguinte, depois de uma boa noite de sono e de mais uma conversa com Matthew. Mas, por enquanto, eu me deito na cama e pego num sono profundo sonhando com a minha cidade natal.

TRINTA E TRÊS

Na manhã seguinte, quando acordo, estendo a mão na mesma hora para o telefone para ligar para Matthew. Quero ouvir a voz dele. Quero lhe dizer mais uma vez que lamento. Que o amo. Mas algo me diz para não fazer isso. Pelo menos não ainda.

O que faço é me levantar da cama, comer uma tigela de cereais, tomar minhas vitaminas para gestante e ir dar uma longa caminhada à beira do East River. O dia está gelado e cinza, e perto do rio faz ainda mais frio, mas eu sigo em frente na direção sul e ando até entrar no Battery Park. É a primeira vez que desço tanto até o sul desde o 11 de Setembro, e não consigo parar de encarar o buraco na linha de prédios antes ocupado pelas torres. É tudo ainda impossível de acreditar. Paro, me sento num banco e fico olhando um par de gaivotas voar em círculos ao longe pensando em todas as pessoas que perderam a vida naquele dia. Fecho os olhos e rezo pela alma delas, e por todos aqueles que lamentam a sua perda.

Penso em Grant, claro, ainda digerindo o fato de ele estar vivo e me perguntando quando e como Amy vai descobrir. Se ela já descobriu. Talvez ela desconfiasse disso e também das atividades criminosas dele. Penso em como ela vai lidar com tudo aquilo. Talvez o perdoe por tudo, e os dois peguem todo aquele dinheiro, fujam juntos para alguma ilha exótica e desapareçam para todo o sempre. Mas duvido. O mais provável é que, após digerir o choque inicial, ela vá dar de ombros e tocar a própria vida. Não tenho a pretensão de entender nenhum dos dois, quanto mais seu casamento, mas me parece que eles não devem ter compartilhado nada muito profundo ou significativo. Que nada pode ser de verdade quando maculado por tantas mentiras.

Penso em Matthew e nos segredos que escondi dele, e me pergunto em que momento eles teriam nos destruído. Se já não destruíram. Seja como for, sei que ele está certo. Por mais que tenha detestado escutar isso na noite anterior, sei que não podemos nos casar agora. Nenhum de nós está pronto para dar esse passo, levando em conta tudo por que passamos, levando em conta *tudo*. Sei também que a única data com a qual preciso me preocupar agora é a data do meu *parto*.

Um vento frio e úmido sopra sobre o rio e me deixa sem ar. Estremeço, então me levanto e começo a voltar para casa... que não vai ser mais minha casa por muito tempo. Começo a entrar em pânico em relação ao lugar onde vou morar. Embora saiba que Matthew me deixaria morar com ele a curto prazo, não me sinto bem fazendo isso em meio a tanta incerteza. Passa-me pela cabeça ligar para o meu proprietário e ver se ele ainda me deixa renovar o contrato, ou pelo menos prolongá-lo por alguns meses, mas ficar em Nova York também me parece errado, além de muito difícil. Não vou ter como criar um filho sozinha na cidade com meu salário. À luz do dia, o Wisconsin parece ser minha melhor alternativa, se não a única. Decido que no mínimo preciso programar uma ida lá no final de semana para conversar sobre tudo com meus pais.

Quando chego em casa estou um caco, e fico ainda mais abalada ao checar as mensagens na secretária eletrônica e ver que Matthew não ligou. Tiro o casaco e as luvas e os jogo numa cadeira da cozinha, então lavo as mãos e ponho uma água para ferver. Enquanto isso, digo a mim mesma para me acalmar. Lembro que muitas mulheres passam sozinhas pela experiência da maternidade. Li recentemente que J. K. Rowling escreveu seu primeiro livro da série *Harry Potter* numa fase difícil da vida como mãe solo. Tenho certeza de que é possível, e eu vou dar um jeito se for isso que o destino tiver reservado para mim. Preparo um chá, ponho limão e mel, e então me sento em frente à escrivaninha com determinação renovada.

Aconteça o que acontecer, mesmo que Matthew e eu acabemos resolvendo as coisas, eu não posso ficar em Nova York se isso significar trabalhar num emprego que detesto. Preciso encontrar realização profissional e estabilidade, tanto pelo meu filho quanto por mim. Com isso em mente, reajusto o foco e passo o resto da manhã e da tarde revisando meu currículo e olhando anúncios de emprego na internet.

Primeiro vejo empregos de repórter em Milwaukee, mas depois expando a busca e passo a incluir todo e qualquer cargo para o qual eu seja minimamente qualificada, em qualquer localização, e encontro vagas em Chicago, St. Louis, Washington D.C. e Columbus, Ohio. Embora a ideia de me mudar de volta para o Wisconsin me tranquilize, não quero eliminar nenhuma possibilidade. Não quero ser dominada pelo medo, seja o medo do fracasso ou do desconhecido.

Recordo quem eu era quatro anos antes, quando cheguei a Nova York decidida a guardar o melhor daquela menina inteligente, esperançosa e batalhadora, ao mesmo tempo dispensando um pouco do seu idealismo cego. As coisas não correram nem de longe como eu tinha planejado, mas isso não quer dizer que eu precise começar a me contentar com pouco.

Com isso em mente, tiro da minha pasta o fichário do casamento que Amy fez. Demoro alguns segundos, mas finalmente o abro. Ao folheá-lo, sou tomada por muitas emoções misturadas. É triste renunciar a sonhos acalentados por tanto tempo, mas também é um alívio perceber que eles não me parecem mais tão importantes assim. Talvez um dia tudo isso ainda vá acontecer. Mas, se não, tudo bem também.

Eu vou ser mãe. Isso é muito mais importante do que qualquer outra coisa. Fecho o fichário e ando até o cesto de lixo da minha cozinha. Então decido que jogá-lo fora ali não parece definitivo nem simbólico o suficiente. Saio para o corredor do prédio, jogo-o na calha de lixo e escuto o baque de sua queda quando ele aterrissa no latão do subsolo.

Quando volto para a cozinha, o telefone está tocando. Não atendo, e ouço Scottie deixar um longo recado sobre pouquíssimas coisas. Mais tarde nesse dia deixo de atender também ligações de Jasmine e da minha mãe. Não que eu não queira falar com elas, mas não estou pronta para dividir tudo que aconteceu. Não quero conselhos, por melhores que sejam. Só quero, pela primeira vez na vida, decidir as coisas sozinha.

De noite, quando estou me preparando para dormir, continuo sem notícias de Matthew. Então me sento em frente ao computador para lhe escrever um e-mail. As palavras vêm com mais facilidade do que eu pensava, e depois, ao relê-las, imagino seu rosto quando *ele* também as ler.

> Querido Matthew,
> Peço desculpas, mais uma vez, por não ter sido honesta com você desde o começo. Não te culpo por estar magoado e com raiva de mim, e concordo que a gente deva adiar o casamento. As coisas estão incertas demais neste momento.
> Mas, independentemente do que vier a acontecer, quero que você saiba que eu sempre vou te amar e te respeitar. Respeito o fato de você ser honesto consigo mesmo e de nunca se sentir pressionado para fazer as coisas no tempo de qualquer outra pessoa. Respeito o fato de você sempre tentar fazer a coisa certa. Respeito a sua honestidade e a sua integridade. Por esses motivos, e por tantos outros, estou torcendo e rezando para o meu filho ou filha poder ter você como pai.
> Mesmo se o bebê acabar se revelando seu, biologicamente, e se acabarmos nos casando, eu preciso ter certeza de que estamos juntos pelos motivos certos. Porque você realmente quer ficar comigo e porque eu realmente quero ficar com você.
> Da mesma forma me parece que, se for para a gente ficar junto, isso deveria acontecer mesmo se o bebê não for seu. Eu queria que nós dois quiséssemos ir correndo ao cartório e dizer: sim, eu aceito, para sempre e quaisquer que forem as circunstâncias. Mas tudo agora parece muito frágil. Talvez o amor romântico seja sempre tênue assim. Talvez ele esteja sempre atrelado a condições. "Na saúde e na doença", "na riqueza e na pobreza", é o que se diz, mas essa é a parte fácil. Afinal, só um relacionamento fraco ruiria se algum dos dois adoecesse ou tivesse que encarar a ruína financeira, não é? Mas o que a gente faz quando é magoado, traído ou quando o outro mente? A gente joga a toalha? Ou fica e briga pela relação?
> Eu preciso saber qual é o nosso grau de resiliência. Do que a gente é feito. Quão sincero e profundo o nosso amor é. Quero ter certeza de que temos aqui, de fato, duas pessoas que se amam e querem ficar juntas.

Por isso, decidi passar o dia de Ação de Graças em casa. Preciso conversar com meus pais e meus irmãos pessoalmente. Te ligo quando voltar. Espero que a gente consiga superar esse obstáculo junto.

Eu te amo,

Cecily

TRINTA E QUATRO

No dia seguinte, reservo lugar num voo absurdamente caro para casa; decido que a minha saúde mental vale o preço. Então mando um e-mail para meus pais, meus irmãos e Scottie dizendo que mudei de ideia em relação ao dia de Ação de Graças e que afinal vou passar a data lá. Pergunto também se posso conversar com eles todos amanhã à noite sobre um assunto importante e prometo que não é nada ruim nem relacionado à minha saúde ou à do bebê.

Na noite seguinte, estou sentada na sala de jantar dos meus pais com toda a minha família, inclusive Scottie. Como meu voo acabou atrasando, todo mundo já jantou, mas minha mãe fez um *kringle* para a sobremesa, uma tradição do Wisconsin e um dos doces preferidos da minha família.

– Então... – digo, cutucando os cantos do doce com o garfo. – Eu tenho muita coisa para dizer, então se vocês puderem só me escutar...

– Em outras palavras, por favor, guardem suas perguntas para o final da entrevista coletiva – interrompe Scottie com uma risada.

– Peraí – diz minha irmã, olhando para ele. – Você sabe o que ela vai contar para a gente?

– Ahn... é, mais ou menos – disfarça ele.

– Sim – digo, corrigindo-o, pois decidi que não quero mais ficar rodeando a verdade. – Scottie sabe a maior parte do que vou dizer. E eu peço desculpas por não ter sido inteiramente honesta com vocês. Mas é por isso que estou aqui agora.

Olho ao redor e sustento o olhar de todos eles, um de cada vez, antes de pigarrear, respirar fundo e contar minha história. Conto tudo o mais detalhadamente possível, a começar com minha mudança para Nova York e meus desejos quando tinha 20 e poucos anos. Falo sobre minha relação de amor e ódio tanto com o jornalismo quanto com a cidade. Falo de quando conheci Matthew e do início do nosso namoro. De como ele se transformou numa relação profunda e carinhosa ao longo dos anos. De como nós dois nos apaixonamos. Falo da frustração de estar pronta para dar o próximo passo e de saber que Matthew ainda não tinha chegado lá, da aflição de me perguntar se *algum dia* ele estaria pronto. De como isso tinha conduzido à minha dolorosa decisão de terminar o namoro. Conto-lhes sobre a noite mais inesperada de toda a minha vida, a noite em que conheci Grant, como fiquei pasma com a conexão instantânea entre nós dois, e digo que foi diferente de tudo o que eu havia sentido até então. Conto sobre nosso fim de semana nas montanhas Adirondack, sobre a saúde do irmão dele e sobre minha ida a Londres com Scottie, e sobre como encontrei Grant depois de ele voltar.

Falo então sobre o 11 de Setembro e conto-lhes as partes do dia sobre as quais eles nunca souberam. As dúvidas, a espera, como fiquei ligando para Grant e checando o telefone o tempo todo, como encontrei o cartaz no parque com a foto dele. Conto-lhes sobre a lenta e nauseante compreensão de que ele não só estava morto, mas que também era casado. Falo sobre minha amizade improvável com Amy e sobre sua igualmente improvável conexão com a família de Matthew. Conto-lhes como me senti perdida, confusa e magoada. Como Matthew aliviou essa dor quando nos reconectamos, primeiro como amigos, e logo em seguida como mais do que isso. Como na esteira de tanta instabilidade no meu coração e no mundo ele fez com que eu me sentisse segura outra vez. Como se houvesse algo em que eu pudesse me segurar, em que pudesse acreditar. Como eu passara a acreditar que na verdade *isso* era amor. Não paixão, mas confiança, fidelidade e fé.

Vejo o alívio no rosto de todos eles e desejo muito que a história pudesse acabar ali. Mas sigo em frente e admito que não consegui tirar Grant de todo nem do coração nem da cabeça.

– Simplesmente não fazia sentido – digo. – Enfim, eu sei que essa situação não é exclusividade minha... As pessoas vivem mentindo e traindo. Mas a nossa conexão parecia *tão* real... Ele parecia uma pessoa tão boa. Eu simplesmente achava que havia alguma coisa que eu estava deixando passar.

Corro os olhos pela mesa enquanto todo mundo me encara, meneando a cabeça e aguardando. Até mesmo Scottie parece fascinado quando lhes conto que fui até o chalé e encontrei Grant, e que descobri que ele não só era adúltero, mas também um criminoso.

Termino com minha recente e dolorosa conversa com Matthew e conto que nós dois concordamos que era melhor adiar o casamento.

Meu irmão é o primeiro a falar, o que ao mesmo tempo me surpreende e me reconforta, principalmente quando vejo como ele está nervoso.

– Ah, porra, sem essa – diz ele. – O Matthew desistiu do casamento?

– Paulo, olha a boca! – repreende minha mãe entre os dentes, mas percebo que ela na verdade não achou ruim ele ter acabado de falar um palavrão à mesa.

– Concordo com o Paul – diz minha irmã. – Por que ele quer adiar o casamento?

Escolho as palavras com todo o cuidado:

– Foi ele quem falou primeiro, mas eu concordei... *a gente* concordou que era melhor adiar. Mas, sim, *ele* ficou com muita raiva no começo... por eu ter escondido todas essas coisas. Não posso culpá-lo por isso.

– Bom, ele vai ter que superar – diz minha mãe. – Vocês dois vão ter um filho.

Respiro fundo, reúno as forças e digo:

– Bom, é esse o problema, sabe? Ele também quer esperar até... até a gente ter certeza de quem é o pai. Já que as datas foram... próximas – concluo, com o rosto em chamas e o suor escorrendo pelo corpo.

Ouço minha mãe dar um pequeno arquejo e em seguida perguntar:

– Você não sabe quem é o pai?

Eu a encaro.

– Não, mãe. Não tenho cem por cento de certeza. Sinto muito.

Preparo-me para uma reação emotiva ou no mínimo para uma séria decepção, mas a voz dela sai calma e tranquilizadora:

– Ah, meu amor... Tudo bem, não precisa se desculpar. A gente ama você e ama esse bebê. Isso é tudo que importa agora.

Fico com os olhos marejados.

– Obrigada – digo, e percebo que eu não sabia quanto precisava ouvi-la dizer isso.

Minha mãe também começa a chorar, e meu pai se levanta, dá a volta na mesa e estende a mão para segurar a minha. Ele me puxa para me pôr de pé e me dá um abraço.

– Eu te amo, CeeCee – sussurra ele no meu ouvido.

Tento responder, dizer a ele que também o amo, mas minha voz não sai. Então o que faço é retribuir seu abraço com a maior força de que sou capaz. Nos instantes que se seguem, todos os outros também se levantam e nós damos um desajeitado, cafona e absolutamente maravilhoso abraço coletivo.

Meu irmão é o último a chegar, e passa os braços compridos em volta do maior número de pessoas que consegue.

– Quem quer que seja o pai, essa criança aí tem o tio mais bacana do mundo.

– E não esquece o avô mais bacana – retruca meu pai, fungando alto.

– E o padrinho mais bacana – completa Scottie, cuja voz sai abafada no meu ombro.

Começamos todos a rir enquanto nos separamos, então tornamos a nos sentar e terminamos nosso *kringle*.

―

O resto da semana é muito tranquilo. Eu ajudo minha mãe a preparar o jantar de Ação de Graças. Minha irmã e eu levamos minha sobrinha ao parque. Scottie e eu vemos filmes da década de 1980 debaixo de cobertores na casa dele. Meu pai e eu damos longas caminhadas ao redor do laguinho de patos congelado perto da nossa casa. É exatamente disso que eu precisava para arejar a cabeça, e fico repetindo para mim mesma que, de algum jeito, tudo vai dar certo.

No último minuto, no domingo de manhã, logo antes de meu pai me levar para o aeroporto, eu digo aos meus pais que vou voltar a morar na casa deles, pelo menos por um tempo. Passei a semana inteira pensando nesse plano, só para ver se eu sentia que era a decisão certa. E é.

Minha mãe fica animadíssima com a ideia e logo sugere transformarmos o antigo quarto de Paul em quarto de bebê.

Meu pai, subitamente preocupado, olha para mim e diz:

– Espera aí. Nesse cenário você continuaria com o Matthew?

– Eu não sei, pai. A gente ainda precisa resolver tudo isso. Mas provavelmente não. Eu provavelmente estaria sozinha.

– Bom, *sozinha* você não estaria – corrige minha mãe.

Meu pai tira os óculos, sinal de que está prestes a dizer alguma coisa importante.

– Cecily, escuta. E presta bem atenção.

Assinto, pensando que essa é uma grande vantagem de ser o tipo de pessoa que não fala muito. Quando você fala, as pessoas realmente escutam.

– Você tinha razão naquela noite quando disse que paixão não é amor. Que amor é lealdade, é ficar ao lado da outra pessoa, mas preciso dizer que não sinto que o Matthew esteja ficando do seu lado.

Baixo os olhos para meu anel de noivado, que eu ainda não me senti pronta para tirar.

– Porque prefere esperar? – pergunto baixinho, sentindo um nó na garganta.

Meu pai assente.

– Eu sei, pai. Mas na verdade não posso culpar o Matthew. Não é justo esperar que ele não se importe com quem é o pai.

– Ele pode se importar e mesmo assim querer ficar com você independentemente do desfecho.

– E pode ser que ele queira. A gente só precisa entender tudo direitinho.

Ele assente com um ar triste.

– Bom, lembra só que a gente sempre vai estar ao seu lado. Aconteça o que acontecer.

– Aconteça o que acontecer – repete minha mãe.

TRINTA E CINCO

Tirando uma troca de e-mails com desejos mútuos de feliz dia de Ação de Graças, Matthew e eu não nos comunicamos muito até eu voltar do Wisconsin e ele entrar no meu apartamento no domingo à noite.

Ele está com uma cara péssima, a barba por fazer e olheiras escuras, o que poderia significar que sentiu muito a minha falta ou então que está pronto para terminar, embora eu suponha que as duas coisas não sejam mutuamente excludentes.

– Oi – digo.

– Oi.

Até mesmo sua voz soa derrotada.

Dou-lhe um rápido abraço, então o conduzo até o sofá, como já fiz uma centena de vezes. Quando chegamos lá, pergunto sobre o seu feriado. Ele diz que foi discreto e agradável: eles foram todos para a casa de campo da família em Bedford. Mas diz que seus pais estão preocupados conosco. Penso em perguntar o que ele lhes contou, mas decido não entrar nessa seara. Embora eu me importe com a opinião da família dele sobre mim, ela não pode influenciar nossa decisão final, da mesma forma que os sentimentos da minha família também não podem.

Então apenas assinto, e ele me pergunta como foi minha viagem. Digo que foi boa, e acrescento:

– Para mim é bem mais fácil pensar quando estou no Wisconsin.

– Longe de mim? – pergunta ele.

Faço que não com a cabeça.

– Não foi o que eu quis dizer. É que lá é muito mais *tranquilo*. – Respiro fundo e digo o resto: que decidi voltar a morar lá. – Simplesmente faz sentido. Pelo menos a curto prazo.

– Mas e o seu emprego? – pergunta ele, o que me parece uma reação reveladora. O meu *emprego*?

Dou de ombros e respondo:

– Existem outros empregos. Eu tenho mandado uns currículos...

– Uau – diz ele. – Quer dizer que você vai mesmo fazer isso?

Assinto e respondo que sim, vou.

Matthew baixa os olhos com um ar desanimado e diz *uau* pela segunda vez.

– O quê? Me fala o que você está sentindo – peço, perguntando-me se ele vai apresentar alguma resistência à minha ideia ou sugerir outra solução, embora não saiba qual poderia ser. Nós dois sabemos que no momento eu não posso ir morar com ele.

– Não importa o que eu acho. A vida é sua... Quem decide é você – comenta ele, outra resposta muito reveladora.

– Eu sei. Mas mesmo assim quero saber o que *você* acha. Como *você* se sente em relação à decisão que tomei?

– Bom... eu estou triste, claro. Muito triste. Não quero que você se mude. Preferiria que ficasse aqui. Mas... – Ele dá um suspiro profundo. – Eu entendo por que você quer voltar para casa.

Espero-o dizer mais alguma coisa, mas ele não diz. Então lhe faço uma pergunta:

– Se o bebê no fim das contas for seu e as coisas de alguma forma se ajeitarem entre a gente, você consideraria deixar Nova York?

– E ir morar no *Wisconsin*? – diz ele, como se eu tivesse acabado de sugerir uma mudança para o outro lado do mundo, não para a região central do país.

– É. No Wisconsin. Ou pelo menos em Chicago.

Ele sopra dentro das mãos em concha como se estivesse de fato refletindo sobre o assunto.

– Enfim... *nunca* é uma palavra forte... mas no momento, não. As coisas estão indo superbem para mim no trabalho. Estou trabalhando em causas muito legais, com os melhores sócios. Seria uma decisão de carreira ruim agora. Quem sabe mais para a frente.

Aquiesço e penso que ele talvez esteja falando sério, mas na verdade para mim é inconcebível pensar que Matthew algum dia vá deixar Nova York e sua família em troca do Meio-Oeste e da minha família. Digo isso para ele, tentando manter um tom de voz neutro, e não acusatório.

Mesmo assim, ele reage de modo defensivo.

– Isso não é justo – argumenta ele. – A gente se conheceu *aqui*. Nossa vida é *aqui*.

A *sua* vida é aqui, penso, mas na verdade não é a esse ponto que estou querendo chegar.

– Eu entendo – digo, esforçando-me para encontrar palavras capazes de explicar o que estou sentindo.

A questão não é o Wisconsin. Nem quando, como ou sequer se nós vamos nos casar. Ou se o bebê no final das contas é dele ou não. A questão é que eu quero saber o quanto ele quer *nós dois*. Se ele acha que vale a pena lutar por nós.

Mas como não consigo encontrar as palavras certas, apenas digo:

– Olha, Matthew, eu não te culpo por não querer se mudar, agora ou em qualquer momento no futuro. Você é um nova-iorquino de verdade, e esta é de fato a melhor cidade do mundo – confesso, pensando no 11 de Setembro e no modo como todo mundo se uniu.

Embora eu esteja indo embora, sempre me orgulharei de ter feito parte daquela cidade, principalmente durante essa tragédia impensável.

Ele assente.

– Pois é. É verdade.

– E também não te culpo por querer adiar o casamento até a gente saber quem é o pai do bebê.

– Tá. Então você me culpa por *alguma coisa*? – pergunta ele, me interrompendo.

– Não, por nada – respondo. – Você não fez *nada* de errado, mas ao mesmo tempo a nossa relação sempre foi nos seus termos, no seu tempo.

Ele tenta me interromper outra vez, mas eu levanto a mão e lhe peço para me deixar terminar.

Matthew assente e balbucia um pedido de desculpas.

Pigarreio e começo a falar devagar, escolhendo com cuidado as palavras:

– Na primavera eu estava pronta para falar em casamento, mas você não. Então a gente terminou... aí você quis voltar, então a gente voltou. E muito embora eu não quisesse apressar nada, você foi lá e comprou um anel de noivado. Aí você me pediu em casamento e eu não estava pronta, mas mesmo assim a gente ficou noivo.

– Peraí. Isso não é justo. Foi você quem resolveu terminar comigo. E foi você quem resolveu dizer sim ao meu pedido. Eu por acaso te obriguei a fazer essas coisas?

Dou um suspiro e peço a ele para não ser tão literal; é o tipo de coisa que ele em geral diz para mim, e vejo que isso o pega desprevenido.

– Não se trata de ser justo ou não – retomo. – A verdade é que... parece que a gente está sempre seguindo o seu cronograma, não o meu. E agora... olha a gente aqui outra vez.

– Como assim?

– Você não tem certeza em relação a nós dois, então o casamento está suspenso.

– Cecily, eu não sei quantas vezes vou precisar dizer isso, mas a questão não é *a gente*. É todo o resto. Se o bebê for dele, eu não sei como vou me sentir. E se eu não conseguir estabelecer um vínculo com a criança? E se esse babaca voltar e quiser a guarda compartilhada? Eu estava me preparando mentalmente para ser pai, e agora de repente talvez eu na verdade vá ser padrasto. É que são muitas perguntas sem resposta.

– Eu sei. Eu entendo. E concordo que agora não é o momento certo para a gente se casar. E, para ficar registrado, eu também amo, valorizo e respeito a pessoa que você é, confiável, responsável e honesto. O fato de você não fazer as coisas com pressa. De refletir bem sobre tudo e tentar sempre fazer o que é certo, mesmo quando é difícil...

– Mas...?

– Mas... talvez o amor devesse ter mais a ver com um *sentimento*... não uma paixão cega nem uma atração fadada a se atenuar, mas um *sentimento* verdadeiro. – Levo um punho fechado ao coração, em seguida o levo ao seu peito. – Um sentimento lá no fundo, bem aqui, de que a gente deve ficar junto. Aconteça o que acontecer.

Ele me encara, e vejo que está começando a perceber. Que ele entende o que estou tentando dizer. Pela expressão de pesar no seu rosto, vejo que ele também não tem esse sentimento em relação a nós. Nem eu. Ele me ama e quer ficar comigo. Mas com condições.

E eu também o amo, mas com reservas e desejos não atendidos; não do jeito sem limites como eu quero amar alguém. Talvez isso não exista; com certeza não foi real com Grant. Mas pode ser que exista, sim. Eu preciso descobrir.

Com o coração disparado, as mãos tremendo e os olhos marejados, retiro meu lindo anel de diamante e o devolvo para ele.

Ele olha para o anel e depois torna a olhar para mim.

– Você está mesmo fazendo isso?

Assinto, segurando o choro.

– Sim, estou. *Nós* estamos fazendo isso. É preciso.

– Só porque as coisas no momento não estão perfeitas? – indaga ele. – Vamos simplesmente jogar a toalha?

– Não – respondo, balançando a cabeça, as lágrimas escorrendo pelas bochechas. – Não é porque as coisas não estão *perfeitas*. *Nada* é perfeito. Mas porque não é certo a gente ficar junto.

Com os olhos arregalados e o olhar amedrontado, ele pergunta:

– Como você sabe?

– Eu sei, só isso. E você também sabe – digo, tentando mais uma vez lhe devolver o anel. – Por favor, toma.

Ele balança a cabeça.

– Eu não vou pegar o anel de volta, Cecily. Foi um presente.

– Mas eu não posso ficar com ele. Não é certo eu ficar com ele. Esse anel era uma promessa de casamento.

Seus olhos, agora também marejados, me encaram com pesar.

– Pensa nele como outro tipo de promessa...

– E qual seria? – pergunto, querendo de fato saber.

– Uma promessa de que eu sempre vou amar você. E de que, se o bebê for meu, sempre vou estar ao lado de vocês dois – diz ele, com a voz trêmula.

Tento falar, mas não consigo. Estou chorando demais.

Então apenas assinto, ponho o anel na mão direita e aceito o seu presente... e a sua promessa.

TRINTA E SEIS

Entrego minha carta de demissão no *Mercury* na manhã seguinte ao meu término com Matthew e começo a encerrar minha vida em Nova York. Meu pai e meu irmão se oferecem para me ajudar a fazer a mudança, mas eu lhes digo que dou conta; despacho caixas, vendo e doo móveis e jogo muita coisa fora. Despeço-me no trabalho com um e-mail coletivo. Meu editor me surpreende com um e-mail me agradecendo por todo o meu árduo trabalho e me dizendo que vou deixar saudades. Eu o imprimo e guardo junto com todos os meus melhores textos, quase quatro anos de trabalho resumidos a uma fina pasta. Lembro a mim mesma que a história é mais do que alguns recortes de jornal. Eu tenho experiência... e tenho Jasmine, uma amizade que, eu sei, vai durar para sempre.

Na terça, dia 11 de dezembro, exatamente três meses depois e quase no mesmo horário em que aquele primeiro avião bateu no World Trade Center, o meu voo decola de LaGuardia. Minha barriga se contrai quando penso no 11 de Setembro, e sei que nada nunca mais vai parecer totalmente normal, pelo menos não o antigo normal, do jeito como as coisas eram antes.

Pressionando a testa na janela, olho lá embaixo para a vista cristalina e espetacular do Central Park, um retângulo verde margeado pelos prédios de Midtown. Identifico o Empire State Building e também o MetLife

Building, onde Matthew decerto agora está sentado diante da sua mesa, trabalhando.

Já sinto saudade dele, sob alguns aspectos mais do que senti da primeira vez que terminamos, pois agora tudo parece mais definitivo. Baixo os olhos para o diamante na minha mão direita, onde jurei mantê-lo, pelo menos até o bebê nascer. Até agora Matthew também cumpriu sua palavra e me acompanhou na minha última consulta médica em Nova York, além de se encarregar de vários aspectos logísticos da mudança. Por enquanto nós ainda formamos uma espécie de equipe, só não somos mais um *casal*.

Alguns segundos mais tarde, o avião atravessa o extremo norte de Manhattan. Olho pela janela e vejo toda a extensão da ilha, e o lugar onde aqueles arranha-céus brilhantes costumavam ficar. A vista sem eles ainda é muito chocante. Estico o pescoço para ver a Ponte do Brooklyn e me lembro da manhã em que a atravessei com Grant, naquele nascer do sol radiante, rosa e laranja, quando eu estava tão apaixonada e certa de que ele era "o cara". Como podia estar tão errada em relação a ele?, pergunto a mim mesma enquanto Manhattan vai sumindo de vista.

Penso que, por mais que sinta sua falta, eu aprendi com os erros que cometi. No pior dos casos, terei lições para um dia compartilhar com meu filho ou filha, uma história edificante sobre como se deve sempre seguir o que diz o coração, mas sem nunca deixar de ser também racional.

Conforme o avião avança rumo ao oeste, sinto uma gama muito variada de emoções. Vergonha e medo. Alívio e esperança. Sob determinados aspectos, sinto-me uma covarde que está escolhendo a saída mais fácil, correndo para casa rumo à rede de segurança dos meus pais porque não consigo segurar a barra sozinha. Chego a me sentir desleal em relação à cidade que passei a chamar de lar, embora saiba que Nova York não precisa de mais uma repórter medíocre.

Sob outros aspectos, o que estou fazendo parece muito simples e muito certo. Eu estou buscando um porto seguro para o meu bebê. Estou me preparando para a maternidade, o trabalho mais importante que vou ter na vida.

Tento imaginar como vai ser minha vida em breve, morando outra vez com meus pais. Nós combinamos que esse arranjo é apenas temporário, e Scottie já começou a procurar casas para nós e a me mandar anúncios de casinhas charmosas necessitadas de uma boa reforma. Não paro de lhe lembrar que estamos duros e que nenhum de nós sabe consertar *nada*, mas ele insiste que vamos conseguir. Que podemos fazer *qualquer coisa*. Talvez ele tenha razão.

O fato de eu ter conseguido um emprego no *Milwaukee Journal Sentinel* ajuda, e numa editoria de notícias *de verdade*, ainda por cima. Parece que o meu novo editor ficou impressionado com minha experiência em Nova York, em especial com meus textos sobre o 11 de Setembro, o que me parece uma ironia.

Em determinado momento, paro de pensar. Simplesmente fecho os olhos e rezo pelo melhor, seja lá o que for. Então passo o resto da viagem para casa dormindo.

TRINTA E SETE

Cinco meses mais tarde

É domingo à tarde, já em meados de maio, mas um dos primeiros dias que de fato parecem primaveris depois do inverno mais longo de toda a minha vida. As janelas do antigo quarto de Paul estão abertas e Scottie, minha irmã e eu damos os retoques finais no quarto de bebê com decoração da Beatrix Potter, todo em tons de verde-água e amarelo-clarinho.

– Não sei como você aguenta não saber o sexo – diz Jenna pelo que deve ser a décima vez.

Eu rio.

– Pois é. É um suspense quase tão grande quanto não saber quem é o pai.

– Nenhuma das duas coisas faz a menor diferença. Menino, menina. Grant, Matthew. Quem se importa com isso? – diz Scottie.

Bem nessa hora, a campainha toca. Alguns segundos depois, meu pai me chama do pé da escada.

– Você está esperando alguém? – pergunta-me Jenna.

Faço que não com a cabeça e penso que isso nunca impede ninguém de aparecer. É algo que eu ao mesmo tempo amo e odeio em relação à minha cidade: ela é muito simpática e despojada, mas realmente não se tem privacidade alguma.

Desço a escada, e meu pai aponta para nossa sala e diz:

– Um amigo seu veio te ver.

Aquiesço e entro na sala imaginando que vá encontrar um antigo conhecido do ensino médio. Em vez disso, me deparo com a segunda maior surpresa da minha vida.

―

Nada jamais será mais chocante do que ver Grant no chalé e descobrir que ele ainda estava vivo. Por outro lado, aquele instante me deixa mais perplexa ainda, pois o contexto é muito desestabilizante. Ele não deveria estar no Wisconsin. Não deveria estar na casa dos meus pais. Não deveria estar sentado no nosso sofá xadrez gasto. Não deveria estar sequer *perto* de mim.

Congelo enquanto nossos olhares se cruzam e ele se levanta.

– O que você está fazendo aqui? – consigo perguntar.

– Vim falar com você – responde ele.

– Eu... Essa parte eu entendi – gaguejo, com medo de vomitar. – Mas por quê?

– Porque eu *precisava* te ver. Preciso conversar com você.

Balanço a cabeça e digo:

– A gente não tem nada para conversar.

– Tem, tem, *sim*. Cecily, *por favor*. Por favor, me deixa explicar de verdade desta vez.

Encaro-o durante uns poucos segundos que parecem se eternizar, então digo um "está bem" relutante. Ando até ele, escolho a cadeira mais afastada do lado em que ele está sentado no sofá, e nós dois nos acomodamos.

– Como você soube que eu estava aqui? – pergunto.

– Por causa de um crédito no jornal de Milwaukee... – Ele engole em seco, muito nervoso. – Eu li a matéria que você escreveu sobre aquela garotinha.

Aquiesço e digo o nome da menina.

– Já a encontraram? – pergunta Grant.

– Não. Ela continua desaparecida.

A história é de partir o coração, e pensar nela me faz relativizar no mesmo instante o sumiço de Grant... e o seu reaparecimento.

Ele meneia a cabeça e murmura que é muito triste.

– E foi assim que eu soube que você tinha se mudado de volta para o Wisconsin. E foi fácil encontrar o endereço dos seus pais.

– Tá – digo, pensando que isso explica *como* ele me encontrou, mas não *por quê*. É a pergunta que faço a seguir, evitando olhá-lo nos olhos.

– Por causa do bebê – diz ele, e respira fundo. – Cecily... eu queria te perguntar: tem alguma chance de o bebê ser *meu*?

Cruzo os braços e lhe digo que não tenho essa resposta.

– Mas, mesmo se for seu, eu não quero nada de você. Não precisa se preocupar.

– Eu não estou *preocupado* – garante ele, balançando a cabeça. Engole em seco, então torna a falar: – Estou *torcendo* para ser meu.

– Por que você iria torcer por isso?

– Porque... porque, Cecily, eu ainda te amo.

Encaro-o com firmeza e falo para nunca mais me dizer essas palavras.

– Você deveria estar falando com a sua esposa agora. Não comigo.

– Já fiz isso – responde ele. – A gente se viu tem alguns dias. Vamos dar entrada no pedido de divórcio.

– Tanto faz – digo, dando de ombros. – Vocês não eram divorciados quando você estava transando comigo.

– Eu sei. E não estou tentando arrumar desculpas para o que eu fiz, mas quero que você entenda uma coisa: o meu casamento com a Amy nunca foi um casamento de verdade. Ela me traiu logo de cara. Na verdade, estava saindo com uma pessoa quando eu te conheci. Ela nunca me amou. Reconheceu isso quando nos falamos semana passada. – Ele se cala abruptamente e balança a cabeça. – Porra, ela chegou até a ter um lance esquisito com o meu irmão.

Chocada, de repente deixo de lado a indignação.

– Como é que é? – indago. – Ela teve um caso com o seu *irmão*?

– Não. Mas o instigava – diz Grant, parecendo subitamente muito triste. – Quer tenha pretendido fazer isso ou não. Eu li o diário do Byron depois que ele morreu. Queria não ter lido, mas li. Ele com certeza era apaixonado por ela. *Sempre foi* apaixonado por ela, desde que a gente era criança.

– Uau... Ela também?

– Não faço ideia. Eu parei de tentar entender a Amy. Não tem mais importância. E eu não queria envolver você em nada disso.

– Mas envolveu. Você me envolveu no instante em que passou aquela primeira noite no meu apartamento.

– Eu sei. Mas tentei muito que a gente fosse só amigo. Você não lembra?

Dou de ombros, mas penso em quanto tempo ele levou para me beijar, para transar comigo. Como ele no início me disse para não ir a Londres e como manteve distância durante a maior parte do verão.

– E você não lembra quando eu te liguei de Londres? – continua ele. – No começo de setembro? E disse que tinha uma coisa para conversar com você quando voltasse...

– É. Mas você não fez isso. A gente não conversou sobre nada. Você teve uma chance no dia 10, antes de supostamente *morrer*, e não fez nada.

– Eu sei. É que estava muito tarde e você não estava se sentindo bem. Eu queria falar. Eu ia falar.

– Mas em vez disso você transou comigo.

– É – diz ele, baixinho. – Transei.

Nós nos encaramos por vários longos segundos antes de eu dizer:

– Tá. Então seu casamento era uma merda e você não queria me envolver nisso, e ia me contar a verdade, mas não contou... Como é que isso explica as transações fraudulentas e o fato de você ter fugido? Isso também foi culpa da Amy? Foi culpa dela você ter roubado o dinheiro?

– Não, não foi. E eu na verdade não a estou culpando por nada. Eu também tenho culpa pelo nosso casamento ter dado errado, e ao mesmo tempo isso também não foi culpa de *ninguém*. A gente nunca deveria ter se casado, só isso.

Cruzo os braços.

– Você evitou fazer referência aos seus crimes. Que conveniente.

Ele aquiesce, e uma expressão curiosa cruza o seu semblante.

– Você algum dia se perguntou *por que* eu peguei o dinheiro?

– Por ganância, suponho – digo, dando de ombros.

É realmente o meu melhor palpite, mas estou também tentando feri-lo.

– Não, Cecily. Eu estou cagando para o dinheiro. Precisava dele para o Byron. Para pagar os cuidados com ele, o teste clínico e a nossa viagem. Eu tinha um amigo do ensino médio que trabalhava no Goldman e perguntou se eu queria ganhar um dinheiro especulando com base nas informações dele. Eu respondi que não, mas aí, poucos meses mais tarde, apareceu esse teste clínico e eu fiquei desesperado. Como as coisas com a Amy a essa altura já estavam muito ruins, não me sentiria bem pedindo o dinheiro emprestado para o pai dela. Em vez disso, liguei para esse amigo e falei que topava. Nunca imaginei que isso fosse se tornar uma bola de neve, mas eu só gastei o que precisava para o meu irmão. Só isso.

– Tá – digo, pensando que poderia ter aceitado essa desculpa caso ele tivesse me contado a verdade em relação a todo o resto. Mas eram mentiras demais. – Quer dizer que você viajou até aqui só para me dizer isso?

– Foi – responde ele. – Eu teria ido a *qualquer lugar* para te dizer isso.

– Mas eu ainda não entendo o timing. Você falou que é por causa do bebê, mas você sabia sobre o bebê há *meses*. Então por que agora? Por que esperar tanto?

– Porque eu pensei que você estivesse noiva... Mas na semana passada não aguentei e dei um Google no seu nome, imaginando que fosse achar um anúncio de casamento. Mas, em vez disso, vi que você estava em Milwaukee, num emprego novo. Cavei mais um pouco e bingo: vi que o Matthew continuava na empresa dele em Nova York. Supus que vocês tivessem terminado, fiquei esperançoso. Foi aí que tomei a decisão de parar de me esconder. Então liguei para a Amy e contei toda a verdade. Em seguida liguei para um advogado. Ele está negociando minha rendição e preparando minha defesa neste exato momento.

– Você vai se entregar? – pergunto, e sinto meu coração acelerar.

– Vou. Para o FBI, aqui em Milwaukee... Meu advogado sabe que eu primeiro precisava pegar o carro e vir aqui te ver.

– Você veio até aqui *de carro*?

– É – diz ele, e aponta pela janela em direção à frente da casa, onde vejo o mesmo Pontiac verde velho do chalé. – Não podia pegar um avião estando *morto*.

Sei que ele está tentando fazer piada, mas nenhum de nós sorri.

Vários longos segundos transcorrem antes de ele perguntar:

– Então... *por que* você e o Matthew terminaram?

Começo a lhe dizer que não é da conta dele, mas acabo decidindo que na verdade não faz diferença. Então digo a verdade. Que no início nós só interrompemos os planos de casamento porque Matthew queria saber quem era o pai. Mas que depois chegamos à conclusão de que não ia dar certo. Por outros motivos.

– Peraí, *como é*? Ele não queria casar antes de vocês terem certeza da paternidade? – pergunta Grant com os olhos arregalados.

– É. Por aí – digo, sentindo necessidade de defender Matthew. – E eu entendo isso. Ele tem o direito de saber.

– Bom, *eu* não entendo. Se você fosse minha namorada, eu faria qualquer coisa para ficar com você.

Sinto-me amolecer mais um pouco, inteiramente contra a minha vontade, mas mesmo assim retruco:

– Diz a pessoa que mentiu para mim e depois fugiu.

– É. Eu fugi, sim. E estava disposto a continuar fugindo... tinha um passaporte falso e todo aquele dinheiro... Mas não fugi. Estou aqui, e vou me entregar.

– Por quê?

– Porque sim. É o único jeito... – Sua voz falha, e ele não termina a frase.

– O único jeito de quê? – sussurro, encarando-o.

Ele me encara de volta, igualzinho a como costumava fazer, então diz:

– O único jeito de ser o pai desse bebê.

Ergo o queixo e digo baixinho:

– Provavelmente não é seu mesmo.

Ele assente.

– Pode ser que não. Mas se eu estivesse com você seria.

TRINTA E OITO

Setembro de 2006

É um lindo dia de céu azul em Manhattan, a primeira vez que volto à cidade desde que fui embora, cinco anos atrás. No início não voltei porque estava muito ocupada (e sem um centavo no bolso) como mãe solo para cogitar qualquer tipo de viagem. Mas mesmo depois de Alice passar pelas fases exaustivas de bebê e da primeira infância e de eu começar a ganhar mais dinheiro no jornal, evitei voltar, temendo o estresse pós-traumático ligado ao 11 de Setembro e a tudo que aconteceu depois.

Agora estou aqui, em parte para visitar Scottie, que numa reviravolta muito improvável se mudou para a cidade com Noah no último verão após aceitar um emprego de professor na NYU e finalmente sair do armário. Combinamos de nos encontrar assim que ele sair do trabalho. Por enquanto, porém, estou aproveitando meu tempo sozinha e passeando por meu antigo bairro, ao mesmo tempo surpresa e aliviada ao descobrir que minhas lembranças são mais boas do que ruins. Talvez seja só o fato de o tempo curar todas as feridas, mas o mais provável é que tenha a ver com Alice, e com a consciência cada vez maior de que eu não teria minha filha se tudo tivesse sido fácil quando morei em Nova York.

Ao passar pela igreja de São Jorge, onde um dia sonhei me casar com Matthew, sinto pena da menina de 20 e poucos anos que fui. A menina que ainda não tinha aprendido a confiar no próprio instinto. Que se importava tanto com o que os outros pensavam e era incapaz de tomar uma decisão sem consultar os amigos. Que queria mais o conto de fadas do que uma realização pessoal verdadeira.

Não penso muito em Matthew, mas nesse momento sim, e me lembro do dia em que recebemos o resultado do exame de DNA, quando Alice tinha apenas poucas semanas de vida. Cada um de nós recebeu uma cópia do laudo e abrimos os envelopes juntos, pelo telefone. O papel era cheio de dados científicos complicados, mas a conclusão era clara, sublinhada e em negrito: Matthew estava "excluído como pai biológico".

Ambos choramos ao telefone, talvez por motivos distintos. Mas acho que por baixo da sensação de perda, pelo menos para mim, havia uma profunda sensação de alívio. Era bem mais fácil assim. Nós dissemos que manteríamos contato e continuaríamos amigos para sempre, e acho que na hora estávamos falando sério. Mas os dias foram se transformando em semanas, depois em meses, e nenhum dos dois entrou em contato com o outro. Jasmine, que hoje trabalha no *New York Times*, esbarrou com ele num restaurante de Tribeca mais ou menos um ano atrás. Disse que ele estava acompanhado e que o casal parecia feliz, mas não reparou se algum dos dois estava usando aliança. Passou pela minha cabeça dar um Google nele para ver se encontrava algum anúncio de noivado ou casamento. Mas não tive curiosidade suficiente e acabei desistindo.

Agora, ao chegar à 14th Street, dobro à esquerda e sigo no sentido leste em direção ao rio, o mesmo caminho que peguei naquela fatídica noite em que conheci Grant. É outra coisa em que quase não penso mais, preferindo me concentrar no que aconteceu *depois* de ele ser condenado a cumprir pena numa prisão federal de segurança baixa em Lewisburg, Pensilvânia. Felizmente para ele, o juiz foi bastante camarada. Levando em conta todas as circunstâncias, em especial o motivo para Grant ter cometido o crime, como ele havia gastado o dinheiro e o fato de ele ter se entregado, sentenciou Grant a apenas quinze meses de prisão.

Ele me escreveu da prisão semanalmente e me telefonou no dia em que Alice nasceu de cesariana programada. Queria saber tudo, não só como ela era, mas tudo sobre a experiência do parto. Eu lhe disse que ela era linda e que tudo estava sendo incrível. Contei-lhe que tinha deixado Matthew ir para o Wisconsin acompanhar o nascimento, só para o caso de ela acabar se revelando sua filha, mas que ele pretendia ir embora no dia seguinte. "Que sorte a dele", disse Grant, e então acrescentou que iria nos visitar assim que fosse solto. Que mal podia esperar por esse dia. Senti que era verdade, e isso me fez chorar. É claro que tudo me fazia chorar nas horas e nos dias depois de Alice nascer – a sua chegada foi um milagre. Eu nunca tinha sentido um amor tão grande.

Apesar disso, nossos primeiros meses juntas foram duros, mesmo com muita ajuda da minha família. Estar sozinha não me assustava, mas era *solitário*. O lado bom era que eu estava me sentindo mais forte do que já me sentira em Nova York e realmente gostava dessa nova versão de mim mesma. Eu agora era mais assertiva no trabalho, o que me rendia pautas melhores, e comecei a aprender que o mundo trata você do jeito que você exige ser tratada.

Grant acabou sendo solto quatro meses antes por bom comportamento, após cumprir apenas onze meses da sentença. Conforme o prometido, ele pegou um ônibus até o Wisconsin, depois um táxi até o prédio onde eu dividia um apartamento com Scottie. Jamais esquecerei o instante em que ele segurou Alice no colo pela primeira vez, o modo como olhou para ela. Foi amor à primeira vista, antes mesmo de eu lhe dar a notícia que havia esperado tanto para dar pessoalmente: *Alice era sua filha. Ele era o pai.* Nós choramos e a abraçamos juntos.

No início minha família pareceu preocupada com a chegada de Grant. Minha mãe ficou apreensiva, decerto por ter problemas com o simples conceito de um ex-presidiário, que Scottie e eu concordáramos em deixar dormir no nosso sofá. Mas depois de várias semanas vendo-o cozinhar, fazer faxina e lavar a roupa, sem contar o vínculo evidente que ele formou com Alice, meus pais e meus irmãos conseguiram se afeiçoar a ele.

– Então, qual é o seu plano? – ouvi meu pai lhe perguntar uns quinze dias depois da sua chegada, quando estávamos todos reunidos na casa dos meus pais para nosso jantar semanal de domingo. – Você não pode mais trabalhar na indústria financeira, pode?

Continuei pondo os pratos na lava-louça e fiquei de ouvidos atentos à resposta de Grant, já que nós ainda não tínhamos falado sobre o futuro.

– Não, senhor, não posso mais – disse ele, balançando Alice no joelho. – Mas de toda forma eu não queria voltar a fazer isso. Já me candidatei a alguns empregos no norte do estado de Nova York, onde tenho contatos, e a alguns aqui também. Eu gostaria de me casar com a sua filha um dia. Mas, independentemente do que acontecer com nós dois, quero ser um bom pai para Alice.

Fiquei com os olhos marejados, então saí da cozinha, ainda emocionada demais para pensar naquilo tudo.

Poucas semanas depois, porém, quando Grant me disse que tinha aceitado um emprego na filial de Wisconsin da Associação de ELA e que iria começar a procurar apartamentos na região, eu me senti pronta para conversar. Conversar *de verdade*.

– Tem certeza de que é isso que você quer? – perguntei para ele.

– Tenho – respondeu ele, encarando-me. – Eu quero estar onde você e Alice estiverem. É *só isso* que eu quero.

– Mesmo você e eu não estando juntos? – perguntei. – Como casal?

– Mesmo assim... Mas eu acredito de coração que vamos nos reconciliar. Eu espero... espero o tempo que for. Eu vou te mostrar, Cecily...

Eu já o havia perdoado. Isso acontecera quando ele ainda estava preso, mas nesse instante comecei a confiar nele outra vez. De repente, em vez de ver o mundo em preto e branco, vi na minha frente uma pessoa boa que tinha feito algumas coisas ruins. E eu não era diferente. Nós dois tínhamos cometido erros e contado mentiras, algumas maiores do que outras, mas esses erros e mentiras não precisavam nos definir. Nós podíamos aceitar esses matizes e começar de novo, juntos.

Estou pensando agora nesse momento decisivo ao me aproximar da porta vermelha em estilo Tudor do bar onde tudo começou. Hesito, então acabo entrando e vou me sentar no mesmo banco alto em que conversei com Grant pela primeira vez. São apenas quatro da tarde, mas peço uma cerveja enquanto escuto Bruce Springsteen cantar "Thunder Road" no jukebox. Em determinado momento, tiro o celular da bolsa e ligo para Grant.

Meia hora mais tarde, ele entra no bar, me dá um beijo e se senta ao meu lado.

– Uau – comenta, olhando em volta e dando um assobio. – Bem estranho, hein?

– Pois é – concordo. – Muitas lembranças, com certeza.

Como ele sabe que não gosto de falar sobre o passado, somente sobre o *agora*, pergunta como foi minha entrevista de emprego.

– Foi tudo ótimo – respondo. – Acho que vou conseguir a vaga.

– Tenho certeza de que vai. Mas você *quer* a vaga?

Dou de ombros.

– Não sei. Seria incrível trabalhar outra vez com a Jasmine. E nada é maior do que o *New York Times*, mas... eu realmente adoro a nossa vida em Milwaukee.

– Eu também, baby. – Ele hesita antes de completar: – Sei que eu já disse isso antes, mas eu faço o que você quiser fazer.

– O que *você* quer fazer?

– Neste exato momento? Eu só quero voltar para o hotel – diz ele com uma piscadela.

Sorrio, então balanço a cabeça e lhe pergunto sobre o seu almoço; sei que ele encontrou algumas pessoas da filial da Associação de ELA da região metropolitana de Nova York.

– Foi bom. Aprendi muita coisa – diz ele, e me conta então sobre a última pesquisa desenvolvida pelo hospital Mount Sinai.

Pelo visto ainda não existe um teste para descobrir se alguém tem a doença, mas eles identificaram três proteínas presentes em concentração menor na medula espinhal do cérebro de pacientes com ELA.

– É um ótimo começo – comento, muito orgulhosa do trabalho que ele está fazendo em homenagem à memória da mãe e do irmão.

Ele assente, então aponta para a sacola a seus pés.

– Depois da reunião dei uma passada na American Girl – diz, e pisca para mim.

– Ai, ai. As coisas lá são supercaras – digo, revirando os olhos e fingindo irritação. – Você mima ela demais.

– Pode ser. Mas ela merece... e você também.

Ele então leva a mão ao bolso e, sem a menor cerimônia, pega um anel de ouro com uma pedra azul-clara.

– Que lindo – comento, colocando-o no dedo anelar da mão direita. – É uma pedra da lua?

– Isso – responde ele com um ar orgulhoso. – A pedra de nascimento da Alice. Vi na vitrine de uma lojinha e tive que comprar.

– Adorei – digo, admirando o anel. – Obrigada.

– Ficou ótimo – comenta ele. – Mas você colocou no dedo errado.

– Não... Coube direitinho – retruco, girando o anel para lhe mostrar.

Ele balança a cabeça e arqueia as sobrancelhas.

– Não. É para usar na mão *esquerda*.

– Rá-rá – faço, mas meu coração começa a disparar.

– Estou falando sério – diz Grant, parecendo muito ansioso.

– A gente já falou sobre isso.

– Eu sei... mas você disse que não queria um *diamante*... e *isto* daqui é uma *pedra da lua*.

Eu rio.

– Eu disse também que a gente não precisa se casar quando tudo está perfeito do jeito que está.

Olho para ele e penso em nosso pequeno sítio com vista para um lago e para uma grande área de terrenos agrícolas. A vista perfeita para escrever. Um dia desses quem sabe eu até termine o meu romance.

Mais do que tudo isso, porém, estou pensando em *nós*. No nosso relacionamento. Na nossa pequena família, que nós às vezes falamos em aumentar. Seria bom ter um menininho. Ou uma irmã para Alice.

– Mas as coisas seriam ainda *mais* perfeitas se você fosse minha esposa – afirma Grant.

Seguro sua mão e beijo o nó de seus dedos.

– Mas você já foi casado... e eu quase. E o que a gente tem é muito melhor.

– Eu sei... Porque somos *nós*. – Ele me olha, e sinto um frio na barriga. – Mas você sabe que também podemos ser um *nós* casado.

– Pode ser. Mas eu não quero uma festa.

– Nem eu.

– É possível a gente se casar escondido? Teoricamente falando?

– Talvez... ou então... a gente poderia ir ao cartório – diz ele. – Aqui mesmo. Em Nova York. Poderia ser hoje mesmo. Scottie pode ser nossa testemunha...

Reviro os olhos, mas meu coração continua a bater mais depressa, e antes de eu conseguir responder ele já está pedindo dois shots de Goldschläger.

– Ah, não... você não fez isso – digo, rindo e balançando a cabeça.

– Ah, fiz, *sim*.

Ficamos observando o barman servir dois shots do líquido dourado e colocá-los em cima do balcão na nossa frente. Grant me passa um dos copos, pega o outro e me encara.

– A nós – diz ele.

Sustento seu olhar e lembro que esse foi seu brinde logo antes de ele me beijar pela primeira vez no chalé. A mesma sensação de tontura continua ali, exatamente igual. Mas agora há também muito mais coisa. Um *novo* tipo de mistério.

– A nós – digo, e encosto o copo no dele.

E nesse instante, pelo que parece ser a primeira vez na minha *vida*, minha cabeça e meu coração estão me dizendo exatamente a mesma coisa.

AGRADECIMENTOS

Sou profundamente grata a muita gente por seu amor e por seu apoio durante a escrita deste livro.

A Mary Ann Elgin e Sarah Giffin, a mãe e a irmã mais maravilhosas que há.

A Nancy LeCroy Mohler, copidesque e confidente extraordinária.

A Kate Hardie Patterson, minha incrível assistente e amiga.

A Stephen Lee, meu braço direito desde o primeiro dia.

A meus perceptivos e pacientes primeiros leitores: Alex Elgin, Laryn Ivy Gardner, Bryan Lamb e Julie Wilson Portera.

A minha brilhante editora, Jennifer Hershey, junto com todos da Penguin Random House, entre eles Gina Centrello, Kara Welsh, Susan Corcoran, Jennifer Garza, Kim Hovey, Scott Shannon, Matt Schwartz, Theresa Zoro, Allyson Lord, Maya Franson, Leigh Marchant, Debbie Aroff, Colleen Nuccio, Madison Dettlinger, Denise Cronin, Toby Ernst, Paolo Pepe, Loren Noveck, Elizabeth Rendfleisch, Erin Kane, Cynthia Lasky e Allyson Pearl.

À rocha impressionante que é minha agente, Theresa Park, assim como à incomparável Emily Sweet. Também a Andrea Mai, Abby Koons, Mollie Smith, Rich Green, Scott Schwimer, e todos da Park Literary.

A meus parentes e amigos, em especial Jennifer New, Ally Jacoutot, Lisa Ponder, Doug Elgin, Steve Fallon, Jeff MacFarland, Martha Arias, Kevin Garnett, Brian Spainhour, Michelle Fuller, Sloane Alford, Lori Baker, Jen

McGurn, Katie Moss, Heather Spires, DeAnna Thomas, Lesli Gaither, Laurie Mallis, Ashley Preisinger, Lauren Flint, Mara Davis, Elizabeth Blank, Erin Gianni, Roger Frankel, Molly Smith Heussenstamm, Rachel Smith, Lea Journo, Lindsay French-Johns, Ralph Sampson, e Bill e Kris Griffin.

A meus colegas escritores, fiéis seguidores nas mídias sociais e queridos leitores de todos os lugares.

Por fim, ao Time Blaha. Buddy, Edward, George e Harriet: amo vocês com todo o meu coração.

Leia um trecho de outro livro da autora

Tudo que a gente sempre quis

CAPÍTULO 1

NINA

Era uma típica noite de sábado. E por "típica" não quero dizer num estilo convencional americano. Não teve churrasco na casa dos vizinhos, cinema ou as coisas que eu fazia quando criança. Foi típica para o que nos tornamos após Kirk vender a empresa de software, quando passamos de pessoas com uma vida confortável a pessoas muito ricas. *Muito* ricas.

Ou *obscenamente* ricas, como disse certa vez minha amiga de infância Julie. Ela não se referia a nós, mas a Melanie, outra amiga, que no Dia das Mães se presenteou com um Rolex de ouro e comentou sem qualquer cerimônia num dos nossos jantares que o pratinho de artesanato dos filhos "não podia ser chamado de presente".

"Com esse relógio ela poderia alimentar um acampamento de refugiados sírios por *um ano inteiro*", observara Julie na cozinha, depois que todos já tinham ido embora. "Chega a ser *obsceno.*"

Na ocasião eu havia concordado sem estender muito o assunto, escondendo meu Cartier sob o balcão de mármore, enquanto tentava me convencer de todas as formas de que meu relógio e, portanto, a minha vida nada tinham em comum com os de Melanie. Para início de conversa, eu não tinha comprado o Cartier num impulso consumista: Kirk me dera como presente de quinze anos de casamento. Além disso, eu *adorava* quando nosso filho, Finch, fazia presentinhos ou cartões para mim. E agora ficava até triste por serem relíquias do passado.

Mas, acima de tudo, nunca fui de ostentar. Pelo contrário, dinheiro me constrange. Acho que por isso Julie não o usava contra mim. Até porque ela não sabia exatamente o montante de nossa riqueza, tinha apenas uma ideia, sobretudo depois de ter ido procurar um imóvel comigo. Kirk estava muito ocupado na época, então ela me ajudou a escolher a casa da Belle Meade Boulevard, para onde nos mudamos. Julie, o marido e as meninas eram hóspedes frequentes da nossa casa de veraneio, assim como da de Nantucket, e era com visível felicidade que ela herdava minhas roupas de grife com pouquíssimo uso.

Vez ou outra Julie *provocava* Kirk, mas não por ele ostentar, como Melanie, e sim por ter alguns hábitos elitistas. Pertencente à quarta geração de uma família tradicional de Nashville, meu marido cresceu num mundo de escolas particulares e *country clubs*, portanto tinha certa experiência em ser esnobe, mesmo quando seu dinheiro não era obsceno. Em outras palavras, Kirk vinha de uma "boa família" – expressão vaga que ninguém nunca chegou a definir, mas sabidamente associada a situação financeira confortável, boa educação e gostos refinados. Como na frase: ele é um *Browning*.

Meu sobrenome de solteira, Silver, não tinha tanto status, nem mesmo para os padrões de Bristol, cidade onde cresci e onde Julie ainda mora, na fronteira do Tennessee com a Virgínia. Meus pais trabalhavam muito (papai escrevia para o *Bristol Herald Courier* e mamãe era professora primária), mas não passávamos de uma típica família de classe média, e nossa ideia de luxo consistia em pedir sobremesa num restaurante que não fosse de rede. Pensando bem, talvez isso explique a atenção excessiva que mamãe dava ao dinheiro. Não que fosse deslumbrada, mas sempre sabia dizer quem tinha e quem não tinha, quem era pão-duro ou perdulário. Na realidade, sabia da vida de quase todo mundo em Bristol. Não fazia fofoca, pelo menos não por maldade, simplesmente tinha fascínio pela vida dos outros, por quanto ganhavam, como estavam de saúde, suas inclinações políticas, sua religião, e por aí vai.

A propósito, ela é metodista e papai, judeu. *Viver e deixar viver* é o mantra deles, um lema que tanto eu quanto meu irmão Max adotamos. Nós dois seguimos aquilo que cada religião tem de mais atraente, como acreditar em Papai Noel e Sêder e apelar ora para a culpa dos judeus, ora para o rigor dos cristãos. Isso foi bom, sobretudo para Max, que saiu do armário na faculdade. Meus pais não se importaram nem um pouco; na realidade, pareciam mais incomodados com a riqueza de Kirk do que com a sexualidade do meu irmão, pelo menos no início do nosso namoro. Mamãe dizia que estava apenas triste por eu ter desistido de Teddy, meu namorado da época do ensino médio de quem ela tanto gostava, mas às vezes deixava transparecer um ligeiro complexo de inferioridade, um receio de que os Brownings olhassem com desprezo para mim e para minha família.

A bem da verdade, uma garota semijudia de Bristol com um irmão gay e sem herança talvez não fosse o sonho deles para esposa de seu único filho. Droga, talvez não fosse o sonho de Kirk também, mas... fazer o quê? Ele me escolheu mesmo assim. Eu sempre dizia a mim mesma que ele tinha se apaixonado pela minha personalidade, por *mim*, do mesmo modo que eu tinha me apaixonado por *ele*. Mas nos últimos anos eu vinha tendo dúvidas quanto a nós dois, quanto ao que havia nos aproximado na faculdade.

Devo confessar que, ao falar do nosso relacionamento, Kirk geralmente fazia referência à minha beleza. Ou melhor, *sempre* fazia. Então seria ingênuo pensar que minha aparência não teve nada a ver com a história, assim como eu sabia, lá no fundo, que a segurança de uma "boa família" havia pesado em minha atração por ele.

Por mais que me doesse admitir, era exatamente o que estava na minha cabeça naquela noite de sábado, quando Kirk e eu pegamos um Uber para um baile de gala no Hermitage Hotel, o quinto do ano. Tínhamos nos tornado *aquele* casal, lembro-me de ter pensado no banco traseiro do Lincoln preto. O marido e a esposa de smoking Armani e vestido Dior que mal se falavam. Algo não ia bem no nosso relacionamento. Kirk estava obcecado demais por dinheiro? Ou eu estava meio perdida, agora que Finch já era um homem e eu passava menos tempo dedicada à maternidade e mais à filantropia?

Pensei em um dos comentários recentes de papai, quando havia perguntado por que eu e minhas amigas não abríamos mão dos bailes de gala e simplesmente doávamos *todo* o dinheiro para a caridade. Mamãe também entrou na conversa, dizendo que talvez conseguíssemos realizar "coisas mais importantes de calça jeans do que num traje de gala". Na defensiva, respondi que também fazia esse tipo de trabalho mais direto, lembrando aos dois das horas que dedicava todo mês atendendo a chamadas no centro de valorização da vida, o serviço de prevenção ao suicídio de Nashville. Claro, não revelara que Kirk às vezes minimizava a importância desse tipo de trabalho voluntário, alegando que era mais fácil "assinar um cheque". Na cabeça dele, doar dólares era sempre mais útil do que doar tempo; não vinha ao caso que isso chamasse mais atenção.

Kirk era um homem bom, disse a mim mesma enquanto o observava beber o uísque que tinha servido num copo descartável vermelho. Estava sendo rígida demais com meu marido. Com *nós dois*.

– Você está linda – elogiou ele de repente, olhando para mim e amolecendo ainda mais o meu coração. – Esse vestido é *sensacional*.

– Obrigada, querido.

Com um olhar sedutor, ele sussurrou para que o motorista não ouvisse:

– Não vejo a hora de te ver sem ele...

E deu mais um gole no uísque.

Apenas sorri, lembrando que fazia muito tempo que não transávamos e resistindo à tentação de pedir que ele não abusasse do álcool. Kirk não chegava a ser alcoólico, mas eram raras as noites em que não ficava "alegrinho" com o vinho. Talvez fosse *esse* o problema, pensei. Tanto ele quanto eu precisávamos dar uma diminuída nos compromissos sociais e dedicar mais atenção ao nosso casamento, ficar mais disponíveis um para o outro. Talvez no outono, quando Finch iria para a universidade.

– Então... Pra quem você já contou? Sobre Princeton? – perguntou ele, também pensando em Finch e na carta de admissão que nosso filho havia recebido no dia anterior.

– Fora a família, só pra Julie e Melanie. E você?

– Só para os quatro do jogo de golfe de hoje – disse ele, e repetiu o nome dos companheiros de sempre. – Não queria me gabar, mas... não resisti.

A expressão em seu rosto espelhava o que eu sentia, um misto de orgulho e incredulidade. Finch era bom aluno, meses antes havia sido admitido nas universidades de Vanderbilt e Virgínia. Mas entrar em Princeton não era para qualquer um, e seu sucesso era uma espécie de auge e de validação das muitas decisões que havíamos tomado como pais, começando com a de matriculá-lo aos 5 anos na Windsor Academy, a escola particular mais rigorosa e conceituada de Nashville. Sempre havíamos priorizado a educação do nosso filho, contratando professores particulares quando necessário, levando-o a museus, proporcionando viagens para os quatro cantos do planeta. Nos últimos três verões, nós o enviamos para fazer trabalho voluntário no Equador, para um acampamento de ciclismo na França e um curso de biologia marinha nas Ilhas Galápagos. É claro que eu tinha consciência de que, financeiramente, Finch levava uma ampla vantagem sobre muitos candidatos, e isso (sobretudo a doação que tínhamos feito para os cofres da universidade) me deixava um pouco culpada. Mas eu tentava me convencer de que dinheiro não garantia a admissão de ninguém nas universidades de elite. Finch havia feito por merecer, e era o que me deixava orgulhosa.

Concentre-se nisso, eu dizia a mim mesma. Concentre-se no lado positivo.

Como Kirk voltou ao celular, peguei o meu e abri o Instagram. Polly, a namorada de Finch, tinha acabado de postar uma foto dos dois com a seguinte legenda: Somos Tigers, pessoal. Clemson e Princeton, aí vamos nós! As equipes de esporte das duas universidades tinham um tigre como mascote. Mostrei a foto para Kirk, depois li em voz alta alguns dos comentários de parabéns de filhos de amigos que estariam presentes naquela noite.

– Coitada da Polly – disse Kirk. – Esse namoro não vai durar um semestre.

Eu não sabia se ele se referia à distância entre a Carolina do Sul e Nova Jersey ou à fragilidade dos amores juvenis, mas murmurei que concordava, tentando não pensar na embalagem de camisinha que havia encontrado embaixo da cama de Finch. Que ele tivesse uma vida sexual estava longe de ser uma surpresa, mas ainda assim eu ficava triste quando pensava em como ele havia crescido e mudado. Antes ele era um tagarela, um filho único precoce que fazia questão de me relatar todos os detalhes do seu dia. Não havia nada a seu respeito que eu não soubesse, nada que ele guardasse apenas para si. Mas com a puberdade viera um distanciamento que nunca mais se foi, e ultimamente quase não nos falávamos, por mais que eu tentasse puxar conversa. Kirk insistia que era normal, uma espécie de preparação antes de deixar o ninho. *Você se preocupa demais*, dizia sempre.

Guardei o celular na bolsa, suspirei e perguntei:

– Pronto pra noite de hoje?

– Pronto pra quê? – perguntou ele, terminando o uísque ao entrarmos na Sexta Avenida.

– Nosso discurso.

Na realidade o discurso seria *dele*, mas eu estaria a seu lado, dando apoio moral.

Kirk virou-se para mim com um olhar vago.

– Discurso? Pode me refrescar a memória? Qual é mesmo o evento de hoje?

– Você está brincando, não está?

– É difícil diferenciar um do...

Suspirei e disse:

– Hoje é o Hope Gala, querido.

– Baile da Esperança. E *o que* estamos esperando exatamente? – perguntou ele com um sorrisinho.

– Conscientização e prevenção do suicídio. Vamos ser homenageados, esqueceu?

– Pelo quê? – indagou ele, começando a me irritar.

– Pelo trabalho que fizemos ao trazer psiquiatras especializados pra Nashville – respondi, embora soubéssemos que aquilo tinha muito mais a ver com a doação de cinquenta mil dólares que havíamos feito após uma caloura da Windsor ter tirado a própria vida no último verão, uma história tão horrível que eu ainda não tinha assimilado direito, mesmo depois de tantos meses.

– Brincadeira, querida – disse Kirk, dando um tapinha carinhoso na minha perna. – Estou preparado.

Fiz que sim com a cabeça, ciente de que meu marido estava *sempre* preparado, *sempre* ligado. O homem mais autoconfiante e competente do mundo.

Em pouco tempo chegamos ao hotel. Um funcionário jovem e bonito abriu a porta do carro para mim e me deu as boas-vindas.

– Vai fazer check-in hoje à noite, senhora? – perguntou.

Respondi que estava indo apenas para a festa. Ele assentiu e me ofereceu a mão, enquanto eu reunia o volume do meu vestido de renda preta e pisava na calçada. Logo adiante avistei Melanie conversando com alguns amigos e conhecidos. O grupo de sempre. Ela veio apressada em minha direção, me deu beijinhos sem encostar o rosto no meu e fez elogios.

– Você também está linda – falei. – São novos? – perguntei, levando as mãos aos brincos que ela usava, as pontas dos meus dedos tocando as duas joias de diamante em cascata.

– Ganhei faz pouco tempo, mas são antigos. Mais um pedido de desculpas do... você sabe quem.

Sorri e olhei ao redor em busca do marido dela.

– Aliás, onde está Todd?

– Na Escócia. Viagem de golfe com os amigos. Lembra? – disse ela, revirando os olhos.

– Ah, sim.

Não era fácil me lembrar de todas as extravagâncias de Todd. Ele era pior do que Kirk.

Ao ver meu marido contornando o carro para se juntar a nós, Melanie requebrou os ombros e, alto o bastante para que ele ouvisse, perguntou:

– Você vai dividir o bonitão comigo esta noite?

– Aposto que ele não vai se opor – falei, sorrindo.

Sempre galanteador, Kirk assentiu e cumprimentou-a com dois beijinhos.

– Você está *deslumbrante*.

Melanie agradeceu com um sorriso e exclamou:

– Aimeudeus! Já estou sabendo! Princeton! Que notícia *maravilhosa*! Vocês devem estar superorgulhosos!

– Estamos. Obrigado, Mel. E o Beau? Já decidiu pra onde vai? – indagou Kirk, mudando o tema da conversa para o filho de Melanie.

Ele era amigo de Finch desde os 7 anos. Aliás, era por isso que Mel e eu tínhamos ficado tão próximas.

– Parece que Kentucky.

– Bolsa integral? – perguntou Kirk.

– Cinquenta por cento – respondeu Melanie, radiante.

Beau era um aluno mediano, mas um ótimo jogador de beisebol, e tinha recebido ofertas semelhantes de diversas universidades.

– Mesmo assim é *muito* impressionante. Parabéns – disse Kirk.

Fazia anos que eu tinha a impressão de que Kirk invejava o sucesso de Beau no beisebol. Às vezes acusava Melanie e Todd de serem irritantes, de se gabarem de forma exagerada das proezas do filho. Mas agora era fácil ser condescendente. Afinal de contas, Finch tinha vencido. Princeton era muito melhor do que qualquer beisebol. Eu sabia que era assim que meu marido enxergava as coisas.

Logo que Melanie se afastou para cumprimentar outra amiga, Kirk disse que iria ao bar.

– Quer beber alguma coisa? – perguntou gentilmente, um perfeito cavalheiro no início das festas.

Era no fim da noite que as coisas desandavam.

– Sim, mas vou com você – falei, determinada a aproveitar ao máximo aquele nosso momento juntos, mesmo que cercados de uma multidão. – Podemos, por favor, ir embora cedo hoje?

– Por mim tudo bem – respondeu ele, levando a mão à minha cintura para que atravessávamos juntos o reluzente saguão do hotel.

O resto da noite seguiu o roteiro esperado de uma festa beneficente, começando com coquetéis e um leilão fechado. Não havia nada que eu realmente quisesse arrematar, mas, lembrando que a renda se destinava a uma boa causa, acabei dando um lance num anel de safira. Enquanto isso, degustava uma taça de vinho branco, jogava conversa fora e pedia a Kirk que não bebesse demais.

A certa altura, o jantar foi anunciado, o bar do saguão encerrou os trabalhos e fomos conduzidos a um enorme salão de baile, onde havia mesas com lugares marcados. Kirk e eu nos acomodamos na melhor delas, na frente e no centro, junto com outros três casais que conhecíamos razoavelmente bem, além de Melanie, que me divertia com suas críticas, ora sobre a decoração (os arranjos florais eram altos demais), ora sobre o cardápio (frango, *de novo?*), ora sobre a terrível falta de sintonia nos trajes das organizadoras do evento, uma vestindo marrom e a outra, vermelho (como não haviam pensado em combinar?).

Mais tarde, enquanto o batalhão de garçons recolhia os pratos da tradicional mousse de chocolate, as duas organizadoras nos apresentaram, enaltecendo nosso envolvimento contínuo com aquela e outras tantas obras sociais. Empertiguei-me o máximo que pude, um pouco nervosa quando disseram:

– *Então, sem mais delongas... Nina e Kirk Browning!*

Sob o aplauso da multidão, Kirk e eu nos levantamos e subimos de mãos dadas a escadinha que levava ao palco. Meu coração estava acelerado pela adrenalina de ser o centro das atenções. Kirk se posicionou ao microfone e eu me postei a seu lado com os ombros eretos e um sorriso estampado no rosto. Terminados os aplausos, Kirk deu início ao discurso. Primeiro agradeceu às organizadoras, seus inúmeros comitês, aos demais patrocinadores e a todos os doadores; depois, num tom mais solene, começou a falar sobre o motivo de estarmos ali naquela noite. Observando-o de perfil, pensei em como ele era bonito.

– Minha esposa, Nina, e eu temos um filho chamado Finch – disse ele. – Finch, como os filhos de muitos dos senhores, vai se formar no ensino médio daqui a poucos meses, e no outono vai para a universidade.

Eu olhava para o mar de rostos à contraluz enquanto ele falava.

– Nesses últimos dezoito anos, nossa vida girou em torno dele. É nosso maior tesouro. – Então Kirk fez uma pausa, baixou os olhos e esperou alguns segundos antes de prosseguir: – Não consigo nem imaginar o horror que seria perder nosso filho.

Também baixei os olhos e assenti, sentindo enorme tristeza e compaixão pelas famílias desoladas pelo suicídio. Mas, à medida que Kirk começou a falar dos trabalhos da organização, meus pensamentos vergonhosamente divagaram para a *nossa* vida, para o *nosso* filho. Para as inúmeras oportunidades que esperavam por ele.

Quando voltei a prestar atenção ao discurso, Kirk falava:

– Então, para encerrar, eu gostaria de ressaltar que é uma grande honra para nós dois, Nina e eu, poder contribuir, junto com os senhores, para essa causa tão importante. Essa luta diz respeito aos *nossos* filhos. Muito obrigado e tenham todos uma boa noite.

Enquanto as pessoas aplaudiam e alguns amigos mais próximos se levantavam para ovacioná-lo, Kirk se virou e piscou para mim. Ele sabia que tinha arrasado.

– Perfeito – sussurrei.

Só que, na realidade, as coisas estavam longe de serem perfeitas.

Porque exatamente naquele mesmo instante nosso filho estava do outro lado da cidade tomando a decisão mais equivocada da sua vida.

Para saber mais sobre os títulos e autores da Editora Arqueiro,
visite o nosso site e siga as nossas redes sociais.
Além de informações sobre os próximos lançamentos,
você terá acesso a conteúdos exclusivos
e poderá participar de promoções e sorteios.

editoraarqueiro.com.br